Blumenbar

Willkommen im Club

ISABELLA STRAUB

Das Fest des Windrads

Blumenbar

ISABELLA STRAUB

Das Fest des Windrads

Roman

Blumenbar

1

DER ZUG

1

Vom ersten Satz hängt alles ab. Greta lehnt den Kopf gegen den Sitz. Der Zug rumpelt auf den Schienen, *erster Satz, erster Satz, erster Satz*. Die Scheibe wirkt klebrig, innen und außen, am liebsten berührte sie hier nichts, nicht die Armlehne, nicht das Sitzpolster mit den rätselhaften Flecken, nicht den schmierigen Griff der Schiebetür.

Sie sieht Vittorio Fras vor sich, wie er die Arme ausbreitet, »mia cara Greta« ruft, sie auf die Wange küsst. Spitze Lippen, falscher Kuss. Er wird seine Hand auf ihre Hüfte legen und sie an seine Brust ziehen, ihr eine Schweinerei ins Ohr raunen, für die sie ihn wegschubsen wird, wie im Spiel, und sie wird ihre süßeste Stimme bemühen und »Vittorio« sagen. *Mio caro Vito.* Es ist letztlich alles eine Frage der Überwindung.

Sie betrachtet das Graffito des QR-Codes auf ihrem Zugticket und fragt sich, was der Schaffner damit machen wird. Scannen? Lochen? Zwicken? Sie kann sich nicht erinnern, wann sie das letzte Mal mit der Bahn gefahren ist, es muss Jahrzehnte her sein.

Greta hatte gehofft, einen offenen Wagen vorzufinden, nun aber sitzt sie in einem Abteil, eingekeilt zwischen einem alten und einem jungen Mann, die zeitgleich ihren Proviant auspackten, kaum hatte der Zug den Hauptbahnhof verlassen. Als sie aufblickt, sieht sie schuhsohlengroße Schwarzbrote in den Mündern der Männer verschwinden, sie scheinen nicht zu kauen, und Greta wird sofort übel. Sie erträgt es nicht, anderen beim Essen zuzusehen.

Der eine scheint ein Student zu sein, er trägt eine John-Lennon-Brille und balanciert einen Laptop auf den Knien. Der andere hat ein faltenloses, rundes Gesicht, nur die tiefen Tränensäcke verraten sein Alter. Sie sind angeschwollen und schimmern bläulich, wie zwei kleine Balkone, die nachträglich aufgeklebt wurden, um das Gesicht mit Würde auszustatten.

In San Marino würde Vittorio Fras sie zum Essen einladen, denkt Greta, das bliebe ihr nicht erspart. Seine Einladung am Telefon kam so überraschend, dass sie annahm. Wenn sie richtig verstanden hatte, war bereits im *Medusa* reserviert, Piazza della Libertà.

Greta würde einen kauenden Vittorio in Kauf nehmen und sich ganz auf die Details konzentrieren: auf seine silbernen Manschettenknöpfe mit den Initialen V und F, auf die eigentümlich langen Härchen an seinem Handrücken, auf seine scharf konturierten Geheimratsecken. Und sie würde auf die Mitteilung warten, die süßer schmeckte als jede Crème brûlée: Dass er sich freue, sie zur Leiterin der neuen Superabteilung für flexible und starre Endoskope zu ernennen. Sie, Greta Kaminsky, ausgestattet mit einem geschliffenen Mundwerk und der Bereitschaft, sich für das Unternehmen in jede Bresche zu werfen.

Für diese Mitteilung durfte er essen, was er wollte: Scampi, frittierten Rucola, der ihm zwischen den

Schneidezähnen hängen blieb, er konnte Innereien verschlingen, Leber, Hirn, Zunge, Nieren, und zum Dessert Mousse in allen Variationen, mit Pistazie, Zimt, Kokosraspeln. Sie würde ihn freundlich anlächeln, selbst wenn er während des Essens den Mund öffnete.

»Wie werden Sie es den Kollegen sagen, meine Liebe?«, wird er fragen, nachdem man ihm die Zahnstocher in einer kleinen Schatulle serviert hätte, oder ein weiteres Glas Chateau Latour.

»Vom ersten Satz hängt alles ab«, wird sie sagen, denn darüber hat sie sich Gedanken gemacht wie über kaum etwas anderes. Wenn man den anderen mitteilt, dass man keine Kollegin mehr ist, sondern Vorgesetzte, dann müssen die Worte präzise sein wie die Schnitte eines Chirurgen. Der erste Satz kann alles zerstören, Vertrauen verspielen, Zukunft vernichten. Natürlich wird Fras die *Maßnahmen* erwähnen. So ein Schnitt geht niemals ohne Maßnahmen über die Bühne. Einige von Gretas ehemaligen Kollegen würden demnächst mit dem Automatenkaffee im Jobcenter vorlieb nehmen müssen. Das sei keine schöne Sache, aber für Schönheit würde man sie schließlich nicht bezahlen, wird Fras sagen. »Feingefühl, meine Liebe«, wird Fras sagen und ihre Hand tätscheln. »Das ist es, was zählt.« Er wird sie an das Schicksal von Wendelin Hufnagl erinnern, obwohl es nicht notwendig ist, daran denkt sie ohnehin oft genug.

In seiner ersten Mail nach der Beförderung hatte Hufnagl der Belegschaft gesammelt das Du-Wort entzogen. Er schrieb: *Werte Kollegen. Seien Sie nicht verstimmt, aber ich bin ab heute HERR Hufnagl.* HERR – tatsächlich in Großbuchstaben, wie hingespuckt. Natürlich waren alle verstimmt gewesen, und Hufnagl, der davon überzeugt war, mit der größten Empathie vorgegangen zu sein, verstand die Welt nicht mehr. »Sei wenigstens du mir eine Stütze«, sagte Hufnagl zu Greta und gab ihr damit zu verstehen, dass er nach wie vor auf Augenhöhe mit ihr kommunizieren wolle. Doch als er über Nacht seinen alten Kopf abschraubte und gegen den neuen Chef-Kopf mit den schmalen Lippen und dem arroganten Blick austauschte, hatte er es sich auch mit ihr verscherzt, da mochten die Krawatten noch so glänzen, mit denen er vom Gewinde an seinem Hals abzulenken versuchte.

Der erste Satz, denkt Greta, zielt auf das Sympathie-Organ. Immer. Sie kramt in ihrer Tasche, zieht die Hotelreservierung hervor – Superior-Zimmer im Farinelli mit vollelektronischer Minibar – und notiert auf der Rückseite die Worte AUGENHÖHE und TEAMPLAYER sowie BALLÜBERGABE. Die Mannschafts-Metapher gefällt ihr. Darunter kritzelt sie COACH und EINSTIMMEN.

Das war es doch, worum es ging: einen gemeinsamen Ton finden, den alle mitsummen konnten, ein Lied, das sie gemeinsam einstudierten, eine Hymne, denkt Greta. Eine Hymne.

Klar, dass nur mitsingen konnte, wer in der Lage war, die Töne zu treffen. Das wird ihre erste Aufgabe sein: genau hinzuhören. Die guten Sänger um sich zu scharen.

Sie spürt einen Blick, der sie abtastet, und als sie den Kopf hebt, sieht sie in die wässrigblauen Augen des Tränensack-Mannes. Er hält ihr eine angebrochene Waffelpackung entgegen, sie hebt abwehrend die Hand.

»Essen Sie, Fräulein, essen hat noch nie geschadet!«, sagt er und schwenkt die Waffeln vor ihrem Gesicht.

Sie riecht die Schokoladenusscreme, und da ist noch ein anderer Geruch, an der Hand des Mannes, eine Hand mit ramponierten Fingernägeln und Nikotinflecken. Greta erhebt sich und flüstert: »Nein, nein, bitte nicht.« Sie steigt über die Beine des Studenten, der nicht daran denkt, sie einzuklappen, stützt sich an der Halterung des Gepäckfachs ab.

Als sie die Schiebetür öffnet, versperrt ihr ein uniformierter Koloss den Weg.

»Zugestiegen?«

Was für eine Frage, denkt Greta. Jeder ist zugestiegen, keiner hat hier übernachtet. Wortlos hält sie dem Mann das Ticket entgegen und betrachtet seine Montur, eine Uniform wie aus dem Kostümverleih.

Seine großen Hände zittern, als er sich über das Ticket beugt wie ein Archäologe über einen seltenen Fund. Mit dem Finger fährt er die Zeilen nach, seine Lippen formen Worte. Als er findet, was er gesucht hat, tippt er in Zeitlupe Zahlen in einen Apparat, den er um den Hals trägt. Alles wirkt, als tue er es zum allerersten Mal.

Endlich zwickt er das Ticket mit seiner altmodischen Zange. Dann wünscht er ihr eine gute Fahrt, sie murmelt: »Ebenso« und hofft, dass er sie endlich vorbeilässt, doch er rückt keinen Zentimeter, zupft nur nervös an seinem Schnurrbart.

»Keine gute Fahrt«, sagt er. »Für mich ist es das nie. Ich fahre jeden Tag nach Villach und retour«, sagt er, »jeden Tag, Fräulein, ich kenne jeden Zweig an jedem Baum. Rollen Sie mich schlafend in St. Egyd auf den Bahnsteig, und ich werde Ihnen den richtigen Ort nennen: St. Egyd. Verbinden Sie mir die Augen in Wien, und ich kann

Ihnen in Bruck an der Mur sagen: Wir sind in Bruck an der Mur. Werfen Sie mich auf freier Strecke hinaus, und ich sage Ihnen auf den Meter genau, wie weit es bis zum nächsten Bahnhof ist.«

Greta, die befürchtet, dass er nicht aufgeben wird, ehe er jede einzelne Station aufgezählt hat, sagt: »Das tut mir leid«, obwohl es die falsche Antwort ist. Nur kein Mitleid verschwenden, jeder ist Herr seiner Berufswahl, so wie ihre Eltern beschlossen hatten, Lehrer zu werden, sich dem Bundesdienst mit Haut und Haar zu verschreiben, und sie sich dazu entschlossen hatte, bei MEDICALUX anzuheuern, nachdem sie sich freiwillig von *Bernstein Healthy Products* getrennt hatte. Die Geschichte ging damals durch die Medien, eine einzigartige Synthese aus Mobbing und Stalking, für die Gretas Therapeutin eine eigene Bezeichnung vorschlug: Stabbing. Doch das ist lange her. *Vorbei, vorbei, vorbei,* raunt der Zug unter Gretas Füßen.

Einige Reisende suchen immer noch einen Sitzplatz, sie öffnen die Türen der Abteile, schließen sie enttäuscht wieder, den Trolley neben sich wie einen folgsamen Hund.

»Mein Vater war Fahrdienstleiter!«, ruft der Schaffner ihr nach. »Ragossnig, Peter Ragossnig!«, so als müsste sie ihn kennen, und tatsächlich überlegt Greta, ob sie je von einem Peter Ragossnig gehört hat, doch sie weiß nicht mal, was ein Fahrdienstleiter überhaupt tut.

So muss es sich anfühlen, im Exil zu leben, denkt Greta und möchte dem Schaffner zurufen: »Ich sollte hier nicht sein. Das alles hier ist ein Missverständnis, ich sollte längst in San Marino sein«, ein ganz und gar lächerlicher Satz, und deshalb steht sie nur da und hält den Mund.

Tatsächlich war Greta davon ausgegangen, dass Naomi den BMW für sie reserviert hatte. Allen war doch bewusst, dass sie auf die Messe nach San Marino musste und bereits spät dran war, weil sie ein letztes Treffen mit dem Messestandarchitekten vereinbart hatte. Sie sollte nicht durch diesen zugigen Gang taumeln müssen, sich von einer Seite zur anderen werfen lassen, sie sollte in einer beigen Lederschale sitzen, in einem Sitz, der sie umfängt wie ein Handschuh.

Greta erinnert sich an ihr Erstaunen, als die Sekretärin sie am Morgen mit den Worten begrüßte: »Der BMW ist in der Werkstatt.«

Also gut, dachte Greta. Dann eben wieder fliegen.

»Welches Gate?«, fragte sie, doch Naomi zuckte nur mit den Schultern. »Flüge waren aus. Ich habe Ihnen ein Zugticket ausgedruckt.«

Zugticket. Ein Begriff, der nicht vorhanden ist in Gretas aktivem Wortschatz. Das kann nur ein Witz sein, dachte sie. Gleich hüpfen alle aus den Schränken und lachen sich halb tot. Wahrscheinlich haben sie Wind bekommen von der Beförderung. Ein kleiner Abschiedsscherz mit Prosecco und Lachs-Canapés.

Greta wartete, doch es blieb still. Naomi pflückte in aller Ruhe ein Papier aus dem Druckerschacht.

»Gleis 23«, sagte sie. »Der Empfang fällt aus. Ich glaube kaum, dass Sie das schaffen.«

»Scheiße«, flüsterte Greta. »Verdammter Mist.«

Seit Wochen hatten sich alle Beschäftigungen auf die Messe in San Marino konzentriert, Björn und Martina waren vorgefahren und machten sich bereits über die vollautomatische Minibar im Farinelli her, während sie zum Hauptbahnhof fahren und Gleis 23 suchen durfte. Eine Irritation, sagte sie sich, eine kleine Verzögerung, weit von einer Katastrophe entfernt. *Das ist keine Katastrophe.* Sie würde etwas später in San Marino eintreffen, das war alles, den ersten Messetag versäumen, doch für das Essen mit Fras am darauffolgenden Abend wäre sie gerüstet.

Seit drei Jahren arbeitete Greta bei MEDICALUX, und wenn sie ehrlich war, dann hatte der Unternehmenssitz am Wiener Stadtrand ihre Entscheidung wesentlich beschleunigt. Der monumentale Bau aus übereinandergesetzten bunten Kuben, entworfen von einem niederländischen Architektenkollektiv, hatte sie deutlich mehr beeindruckt als das Gespräch mit der Geschäftsführung. Das Haus verströmte eine Leichtigkeit und Transparenz, die Greta bei ihrem vorhergehenden Arbeitgeber vermisst hatte.

MEDICALUX stellt Endoskope her, Rohre, mit denen man in den menschlichen Körper hineinsieht, eine präzise, hygienisch einwandfreie Angelegenheit zum Wohle der Menschheit.

Guten Freunden pflegt Greta zu sagen: »Es ist das Gegenteil der Astronomie. Du schaust hinein, nicht hinaus. Und wenn du ganz tief drinnen bist, sieht es aus wie ganz weit draußen. Wir tragen ein Weltall in uns.«

Obwohl sie ein Büro in der Marketing-Etage bezog, war sie bald öfter bei den Kollegen im Vertrieb zu finden. Gretas strategischen Fähigkeiten war es zu verdanken, dass MEDICALUX im letzten Jahr gleich zwei große Krankenhausverbünde als Neukunden verbuchen konnte, darunter die renommierte Magenbuch-Klinik. Das hatte Hufnagl anlässlich der letzten Weihnachtsfeier in der Aula verkündet. Alle waren gekommen, sogar Technik und IT, die ein Universum für sich bildeten. Sie standen im Halbkreis um den Plastikbaum, und als Hufnagl mit ihr anstieß, zwang sie sich zu einem Lächeln.

Hufnagl sagte: »Ich hoffe, du bleibst uns noch lange erhalten.«

Du, nicht *Sie*.

Es klang erbärmlich, als die Kunststoff-Gläser aneinander stießen.

Greta zippt ihre Handtasche auf, gelbes Rindsleder, und kontrolliert den Inhalt des Seitenfachs. Von jedem Folder sollte mindestens ein Exemplar vorhanden sein, einmal flexible, einmal starre Endoskope, einmal die ganze Produktpalette, einmal die Historie von MEDICALUX.

Der Claim lautet: *Wir bringen Licht ins Dunkel.* Der englische Slogan gefällt ihr besser: *We light up your life.* Das ist es auch, was die Firma für sie geleistet hat: Gretas Leben ist bedeutend heller, seit sie *Bernstein Healthy Products* verlassen hat.

Sie schielt auf ihr Mobiltelefon, das in der Seitentasche ihrer Max Mara-Tasche steckt.

Drei Anrufe in Abwesenheit.

Björn.

Björn.

Björn.

Björn ruft nie an. Bevor er sie um Hilfe bittet, hackt er sich den Arm ab.

»Hallo?«
Greta presst das Telefon ans Ohr. Es rauscht und pfeift in der Leitung.
Greta kann die Worte »Verwalter« und »Wände« verstehen. »Zu schmal«, ruft Björn. »Wände ... passen nicht.«
»Verdammt«, sagt Greta.
Sie hatte mit dem Messestandarchitekten einen neuen Aufbau besprochen, luftiger, leichter, offener. Das ist offenbar nicht bis zu Martina und Björn durchgedrungen. Zwei neutrale Paneele für die Videoprojektion, davor die Bar und mittig der Präsentationstisch. Lounge-Chairs dekorativ über die Ausstellungsfläche verteilt. Weiße Orchideen auf niedrigen Tischen, die Hostessen tragen Jeans und weiße T-Shirts mit dem Spruch *We light up your life.* Als Stehlampen dienen umgebaute flexible Endoskope – ein Gag, mit dem sie bereits auf der Medizintechnikmesse in Ravenna für Furore gesorgt und es bis in die Tagesgazetten geschafft hatte.
Die Verbindung ist abgerissen. Greta hält das Handy an ihre Stirn, schließt die Augen. Warum hat sie das Zugticket entgegengenommen? Sie hätte auf einen Flug bestehen müssen. Keine Schwäche zeigen.
Diana kommt ihr in den Sinn, Diana Birkmeier, Vertriebschefin, seit drei Monaten im Krankenstand. Burnout. Doch seit jede Regalbetreuerin Burnout hat, kann man damit nicht mehr kommen, das ist lachhaft. Proletarisierung der Diagnose. Offiziell hat Diana eine Lungenembolie, während sie in Wahrheit in der »Burnout-Oase am TG« liegt, offenbar eine Klinik für psychosomatische Störungen. Seit drei Wochen habe sie nicht mehr gesprochen, keinen Pieps.

»TG, was bedeutet das?«, hat Greta gefragt. »Tiefgarage?« Die Kollegen hatten gelacht. »Am Teich gelegen«, hatte einer geantwortet. »Ist doch logisch, oder? Eine Burnout-Oase *muss* am Teich liegen.«
Greta tippt eine Nachricht an Diana ins Handy: »Wir vermissen dich, sind auf dem Weg nach San Marino.«
Sie hat gehört, dass Diana auf dem einzigen Stuhl in ihrem Zimmer sitzt und auf die Pappel vor ihrem Fenster starrt. Der Baum vor ihrem Fenster sei, so erzählte man es Greta, die einzige Vegetation. Zur Beruhigung des Geistes.
»Das wünsche ich mir auch manchmal«, hatte Greta gesagt. »Eine Pappel, auf die ich schauen kann.«
Eine idiotische Bemerkung, mit der sie von der Tatsache abzulenken versuchte, dass sie Diana bis heute nicht besucht hat.
Gretas größte Befürchtung ist es, sich mit chronischer Hoffnungslosigkeit anzustecken. Manchmal, wenn sie morgens in ihren Spitzenslip schlüpft, weiß sie, dass ihre Sorglosigkeit ein Ablaufdatum hat, und dass sie im Tempo nicht nachlassen darf, nicht einen Augenblick.

2

Ein kurzer Schwindel. Nichts, worüber man auch nur ein Wort verliert. Jurek lässt das Leitungswasser laufen, stützt sich mit beiden Händen am Waschtisch ab, bevor er den Zahnputzbecher füllt und zusieht, wie sich zwei Brausetabletten zischend auflösen. Er leert das Glas in einem Zug. Dann befeuchtet

er eines der Gästehandtücher und legt es sich um den Hals. Blick in den Spiegel. Er zieht den Bund seiner Boxershorts hoch, drückt die Schultern durch, klopft mit der flachen Hand auf den Nabel. Das Fleisch unter seinen Fingern zittert.
Zum Pinkeln setzt er sich auf die Klobrille. Theoretisch könnte er wieder stehen, niemand da, der es ihm verbietet. Er beugt sich vor, greift nach der Zeitschrift, die seit Tagen neben der Wanne liegt, sie ist feucht geworden und wieder getrocknet, die Seiten sind spröde. Sein Bauch ruht auf den Oberschenkeln, warm und weich, während er die Zeitung durchblättert. Er bleibt bei einem Bild hängen, das einen ältlichen Hollywoodstar zeigt, der mit seiner Freundin auf dem roten Teppich posiert. Die Wangen des Schauspielers sehen aus wie Lederhäute, die zu straff über eine Trommel gespannt sind. Jurek bohrt mit der Zunge in seiner Wange.
Er zieht sich an. Die Kniestrümpfe zuerst, dann das Hemd, dann die Hose. Den Gürtel versuchsweise ein Loch enger schnallen, vielleicht lässt sich die Hüfte bestechen.
Ich muss Sport machen, denkt er.
Schlüpft in die Slipper, die braunen. Flexible Sohle, bequem wie Hausschuhe.
Jurek tritt auf die Terrasse, zündet noch im Gehen eine Marlboro an. Im Haus wird nicht geraucht, da ist er eisern. Er atmet tief ein und bläst den Rauch stoßweise aus.
Der Himmel ist ohne Farbe. Jurek sieht hinüber zu den Rosensteins. Wie mit der Nagelschere getrimmtes Gras. Der Buchsbaum hat die Form einer Ente. In herzförmigen Beeten welken Blumen, deren Namen er längst

vergessen hat. Miriam wusste alle Namen, sie war sein Naturgedächtnis, doch Miriam ist fort und sie nahm mehr mit als die Namen der Blumen im Garten der Rosensteins.

Jurek tritt die Kippe auf dem Betonboden aus. Das Haus der Eltern, das er nach deren Tod bezogen hat, ist ein Rohbau geblieben. Zu Beginn gefiel ihm der Anblick der Ziegel, die die Struktur des Hauses betonten. Wie ein Körper, dem man die Haut abgezogen hat. Er hatte sich mit dem Haus verbündet. Wenn er das Haus fertigstellte, würde er sich endgültig dafür entscheiden, in Oed zu bleiben. Der Rohbau war die Versicherung dafür, dass er frei war und jederzeit gehen konnte.

Rosenstein ist wie jeden Morgen auf dem Weg zu seinem Carport. Federleichter Schritt, halboffener Mund, Konzentration. Jurek sieht auf Rosensteins Glatze hinunter, auf das Eidechsengesicht mit der langen Nase, auf das schwarze Gestell seiner Brille. Jurek weiß, dass Rosenstein gleich den Blick heben wird, ein altes Ritual, das sie verbindet, Jurek hebt vorsorglich die Hand.

»Heute Abend«, ruft Rosenstein zu ihm hinauf. »Nicht vergessen!«

Heute Abend? Als Jurek die Balkontür schließt, fällt es ihm wieder ein. Danielle lud ihn zu einer Party ein, als sie sich am Glassammelcontainer trafen. »Ganz informell«, sagte sie zwischen dem Plingplong der Flaschen. Und: »Mach dir keine Sorgen. Nur ein paar Freunde.«

Er fragt sich, was sie ihm damit sagen wollte. Er macht sich keine Sorgen. Seit er geschieden war, behandelten sie ihn seltsam, als litte er an einer mysteriösen Krankheit, die es ihm verbiete, sich in Gesellschaft aufzuhalten.

Als sei irgendein inneres Rädchen in ihm unwiederbringlich kaputt.
Natürlich hatte er vergessen, zu fragen, ob sie Geburtstag feierten. Ein Geburtstagsgeschenk auszusuchen, ist ihm immer schon eine Qual gewesen.
Er hat keine Vorstellung davon, worüber andere sich freuen. Miriam hatte eine Geschenkschublade angelegt, die bis oben hin mit Papierrollen gefüllt war. Sie bereitete ein Geschenk zu wie ein aufwändiges Gericht. Ehe es nicht perfekt verpackt und mit Schleifen und Glitzer verziert war, war es in ihren Augen nicht wert, überreicht zu werden. Miriam verstörte und beschämte den Beschenkten, der sich nicht traute, die Verpackung in ihrer Anwesenheit zu zerstören. Das hat Jurek nie verstanden. Weshalb ihr das Drumherum so wichtig war.
Jurek beschließt, den Rosensteins eine Flasche Wein mitzubringen. Wein ist nie verkehrt. Rosensteins sind fanatische Weintrinker. Daran lassen Anzahl und Etiketten der Flaschen, die Danielle in den Glascontainer wirft, keinerlei Zweifel. Zwei Mal im Jahr besuchen sie mehrere Weinbauern persönlich und kehren schwer beladen nach Oed zurück. Jurek ist den Eindruck nie losgeworden, dass sie diese Reisen nur unternehmen, um danach ausgiebig davon erzählen zu können.
Auf der Kommode im Vorhaus liegt, was Jurek für den Tag benötigt: Handcreme, ein Blister Kopfschmerztabletten, Sonnenbrillen, Schlüssel, Taschenkalender, das Handy. Drei Anrufe in Abwesenheit.
Joe.
Joe.
Joe.

Neben einem frühen Bild seiner Eltern – irgendwo am Meer, Mutters Augen glühen vor Glück – klebt Jureks Don't-do-Liste. Sie erinnert ihn an die Dinge, die er um jeden Preis vermeiden muss.

- Haustiere (auch ganz kleine)
- Fitness-E.
- Schnulzige Liebesfilme
- Trink-E. b. Hauspartys
- One-Night-Stands (m. Oederinnen)

Das »E.« steht für »Exzess«.

Der Toyota ist an der Straße geparkt. Jurek gleitet in den Wagen, wirft Haustürschlüssel und Kopfschmerztabletten in die Kuhle unter der Temperaturregelung. Als er nach der Sonnenbrille greift, klopft es an die Seitenscheibe. Ein Fremder. Schmale Statur, unter dem Mantel trägt er einen grauen Anzug mit weißem Hemd. Jurek öffnet das Fenster einen Spalt.

»Sind Sie frei?«, fragt der Mann.

»Tut mir leid.«

Der Mann späht ins Wageninnere. »Da ist doch niemand«, sagt er.

»Termin«, sagt Jurek. »Vorbestellt.« Der Fremde steht auf seinem Grund und Boden, er hat keine Lust, sich zu rechtfertigen.

»Wo finde ich ein anderes Taxi?«

Jurek lacht. »Hier? In Oed?«

»Bitte«, sagt der Mann. »Nehmen Sie mich mit.«

»Sorry.« Jurek startet den Motor.

»Arschloch«, sagt der Fremde und spuckt auf den Boden. Jurek kurbelt das Fenster hoch. Nur weil Taxi draufsteht, heißt das nicht, dass er springt, sobald einer mit dem

Finger schnippt. Er vergibt Termine an Stammkunden, wie ein Zahnarzt.

Jurek rollt die Sechzehnte Straße hinunter, als etwas gegen die Rückscheibe poltert. Er bremst. Ein Stein hat den Wagen getroffen. Der Mann, der ihn angepöbelt hat, steht auf der Straße unter seinem Haus und brüllt unverständliches Zeug. Er droht ihm mit der Faust. Da ist eine Kerbe in der Heckscheibe. Jurek flucht. Eine alte Wut, die hochschwappt und ihm den Atem nimmt. Er steigt aus, hat Lust, den Mann zusammenzuschlagen.

Das Handy vibriert in seiner Tasche. Joe.

»Ja?«

»Tu mir einen Gefallen, Juju. Ich brauche Streifen.«

»Schon wieder?«

»Alles gut«, sagt Joe. »Schlechte Laune?«

Jurek rammt seine Schuhspitze in den Reifen. Er atmet tief ein. »In Ordnung«, sagt er. »Jetzt gleich?«

»Ich hab's schon öfter probiert«, sagt Joe. »Du hast nicht abgehoben.«

Jurek setzt sich zurück in den Wagen. Sein Herz rast. Er sucht den Mann im Rückspiegel. Die Straße ist leer.

»Also?«

»Bin gleich bei dir«, sagt Jurek.

Mit jedem Meter lässt das Herzklopfen nach.

In der Apotheke wartet er, bis Alice für ihn Zeit hat.

»Wie immer?«, fragt Alice.

Jurek nickt. Sie sieht abgespannt aus, denkt Jurek.

»Zwei?«

»Drei«, sagt er.

Alice hat einen leichten Überbiss. Jurek findet Zahnfehlstellungen sexy. Er sieht sie gerne an.

Sie verschwindet in den Nebenraum, zieht Schubladen auf und wieder zu. Er kann ihren Arm sehen, ihre schlanken Finger mit den runden Nägeln. Alice hat eine fünfjährige Tochter, Mathilda. Sie hatten sich ein paar Mal getroffen, nachdem Alice Mathilda in den Kindergarten gebracht oder bevor sie sie wieder abgeholt hatte. Sie hatten sich dabei nie aus der Umlaufbahn des Kindergartens gelöst. Es waren kurze, verstohlene Treffen, bei denen sie über ihre Tochter erzählte und er zuhörte, und irgendwann hatten sie es wieder aufgegeben.

Alice türmt drei Verpackungen mit Blutzuckerteststreifen neben die Kasse.

»Darf's noch was sein?«

»Aspirin«, sagt Jurek.

»Mit Vitamin C, Koffein, komplex, direkt, protect?«

»Einfach Aspirin.« Sie lächelt.

Er fragt sich, ob dieses Lächeln mehr ist als ein professionelles Lächeln und sein Arm schnellt wie von allein hinauf zu seinem Kopf. Er streicht mit der Handfläche über die Stoppelglatze. Er ist nervös. Bei einem ihrer ersten Treffen hatte Alice gesagt, dass er von weitem aussähe wie Bruce Willis.

»Und aus der Nähe?«, wollte er wissen.

»Aus der Nähe siehst du aus – wie Jurek«, sagte sie.

Alice tippt den Betrag in die Kasse, Jurek zählt Geldscheine und Münzen ab, sie sagt »Danke, Jurek«.

Dass sie ihn beim Namen nennt, klingt wie ein Versprechen, und er flüstert: »Alice?« und sie sagt: »Ja?«, aber sie hat ihr Lächeln bereits ausgeknipst und bedient eine Alte, die ihr eine ellenlange Medikamentenliste zuschiebt.

Jurek hat einen Schlüssel zu Joes Wohnung. Im Vorhaus riecht es nach Katzenfutter. Joe hat keine Katze.
Auf dem Fernsehschirm läuft eine Werbesendung. Man sieht eine Plastikwippe, auf der eine muskulöse Palm-Beach-Schönheit schaukelt. Es heißt, die Wippe verwandle jeden Trommelbauch in nur drei Wochen in einen Sixpack. Die Synchronisation ist miserabel. Die Blonde sagt: »Vor fünf Wochen habe ich so ausgesehen« und deutet auf einen unscharfen Schnappschuss. Eine fette Frau in einem Stars-and-Stripes-Badeanzug. Ein Wal. Die Sterne auf ihrem Bauch sehen aus wie kurz vor der Implosion.
Joe sitzt in seinem Gesundheitsstuhl und lacht. Es ist ein abgehacktes, kurzatmiges Lachen. Jurek legt die Päckchen mit den Teststreifen auf den Wohnzimmertisch.
»Eins plus eins gratis«, sagt ein Moderator. Er meint ein kostenloses Kokosöl.
Jurek steht an der Wohnzimmertür. »Tu mir einen Gefallen«, sagt er, »bestell das nicht.« Wenn er für Joe eine Don't do-Liste verfassen müsste, wäre der erste Punkt: »Bei Verkaufsshows anrufen.«
Joe hat ein Zimmer seiner Dreiraumwohnung mit Bestellungen aus TV und Internet vollgestopft. Autopoliersysteme, Pfannensysteme, Bettsysteme, Damenoberbekleidung. Alles originalverpackt.
Jurek geht zum Fenster, öffnet es.
»Wann warst du eigentlich das letzte Mal draußen?«
Joe zuckt mit den Schultern.
»Darf nicht«, sagt er und schiebt die Brille mit dem wuchtigen schwarzen Gestell an die Nasenwurzel. Joe hat Diabetes Typ zwei. Die Diagnose ist sein Airbag, an dem die Zumutungen des Alltags abprallen.

»Blödsinn«, sagt Jurek. »Frische Luft tut dir gut.«
Heiseres Lachen. »Danke für den Rat, Herr Doktor.«
Joes riesiger Bauch hängt zwischen den Oberschenkeln. In der einen Hand hält er die Fernbedienung, in der anderen das Blutzuckermessgerät.
Joe misst ungefähr alle zehn Minuten seinen Blutzucker. Jurek hat den Eindruck, als sei dieses Messen seine letzte und wichtigste Aufgabe. Ein Mess-Junkie. Ohne Unterlass benötigt er frische Teststreifen.
Joe kann es sich leisten, Jurek für die Fahrten zur Apotheke zu verpflichten, denn er bekommt eine großzügige Rente aus seiner Zeit als Ministerialrat in Wien.

Bevor die Diabeteserkrankung Joes gesamte Aufmerksamkeit beanspruchte, hatte es eine Frau in seinem Leben gegeben. Eine Philippinin, die er sich im Heiratskatalog der Agentur *Immer und ewig* ausgesucht hatte. Die perfekte Lösung für eine späte Familie, wie Joe fand. Er wählte eine Neunzehnjährige, die ihren Heimatort noch nie verlassen hatte und in einem komplexen Familienverband lebte. Joe überwies Monat für Monat eine beträchtliche Summe auf ein Bankkonto in Manila, und nach einem knappen Jahr stand Mary mit einem Schulranzen vor seiner Tür.
Es war Jurek, der die zierliche Philippinin, die kein Wort Deutsch und nur ein paar Brocken Englisch sprach, auf der Bundesstraße zwischen Niederoed und Mundschuh auflas. Sie war verzweifelt und hielt einen Zettel mit Joes Adresse in der Hand: 21. Straße, Haus 13, OTG.
Alle hier sagen OTG und nicht Oed am Tiefen Graben, weil das weltmännisch und selbstbewusst klingt. Die

Straßen haben keinen Namen, sondern Nummern wie in New York – ein Erbe der Besatzungszeit.
Jurek sah die Enttäuschung in den Augen des Mädchens, als sie durch Oed fuhren. Wahrscheinlich hatte sie eine Stadt wie Las Vegas erwartet. Stattdessen war sie von einem Dorf am Ende der Welt in ein anderes Dorf am anderen Ende der Welt gereist. Mary trug nur eine dünne Bluse, auf den Winter in Europa war sie nicht vorbereitet. Eine Bluse mit bunten Schmetterlingen, das einzig Fröhliche an ihr. Jurek stellte sich vor, dass ihr gesamter Clan sie zum Flughafen gebracht hatte. Wenigstens eine von ihnen, die es schaffen und ihren Schwestern den Kinderstrich in Ermita ersparen würde.
Jurek lieferte Mary an Joes Wohnungstür ab. Joe hatte sie absichtlich nicht vom Flughafen abgeholt, um ihren Orientierungssinn zu schulen, wie er betonte. Jurek fand das unbarmherzig. Wahrscheinlich wollte er nur verhindern, dass sie sich, sobald sie ihn sah, in den nächsten Flieger nach Manila setzte.
Mary kannte Joe nur von Schnappschüssen, auf denen er wirkte wie einer, der viel nachdachte. Schwarze Brille, dunkles Haar, schwarzer Rollkragenpulli, der das Doppelkinn kaschierte. Die Uniform des Existenzialisten.
Schlank war er nie gewesen, nicht einmal zum Zeitpunkt seiner Geburt. Als der Arzt ihn aus dem Leib seiner Mutter gezogen hatte, liefen alle Hebammen zusammen, um *das dickste Baby des Jahrhunderts* zu bewundern. Wahrscheinlich hängt sein Foto noch heute im Gang der Semmelweis-Frauenklinik.
Joes Mutter war zart und zerbrechlich, ein feenartiges Wesen, das leise sprach und ihr einziges Kind mit all der

Liebe versorgte, derer sie fähig war. Auch Mary war so dünn, dass man Angst haben musste, sie breche auseinander, wenn man sie ungeschickt anfasste.
Wann immer Jurek die beiden zu Hause besuchte, schien es ihm, als versuche Mary, mit der Wohnzimmertapete zu verschmelzen. Sie trug altmodische Gewänder, die Joe für sie bei QVC bestellte und die ihr viel zu groß waren. Nachdem sie mit ihrer Familie geskypt hatte, weinte sie sich in den Schlaf.
»Das wird vergehen«, pflegte Joe zu sagen.
Sein Optimismus war unerschütterlich.
Bis Mary an einem Wintermorgen verschwand. Jurek erinnert sich noch gut an den Anruf. Joe wollte wissen, ob sie bei ihm untergetaucht sei. War sie nicht. Jurek wünschte, er hätte sich mehr um das Mädchen gekümmert. Marys Familie machte Joe Vorhaltungen, und er überwies die doppelte Summe an die Familie, um sein schlechtes Gewissen zu beruhigen. Das war die Zeit, in der er alle Hemmungen über Bord warf. Er begann, haltlos zu fressen, so als wollte er die ganze Welt verschlingen.
Drei Jahre nach ihrer Ankunft in Österreich wurde Mary auf einer Toilette am Wiener Westbahnhof aufgegriffen.
»Jetzt hängen wir beide an der Nadel«, sagte Joe. Es sollte ein Witz sein.
Insulin und Heroin. Zwei, die sich gut verstehen.
Joe wankte in seinem Spezialfernsehsessel für Übergewichtige zur Melodie eines Wiener Walzers.
Nur das Essen ist ihm geblieben, denkt Jurek. Und sogleich hat er Angst, dass es auch bei ihm bald so weit

sein könnte: Dieser Moment, in dem nur noch die Kalorien treu zu ihm halten würden. Das letzte Geschenk des Lebens.

Joe reicht Jurek sein Mobiltelefon.

»Was soll ich damit?«

»Sieh dir das an! Das Foto!«

Mary, auf einer Steinmauer sitzend. Ihr Gesicht ist noch schmaler, sie trägt rosa Lippenstift. Auf ihrem T-Shirt steht *Kiss me here.*

»Sie ist in einem Entzugsprogramm«, sagt Joe stolz.

Jurek schweigt, legt das Mobiltelefon auf den Fernsehzeitschriftenstapel.

»Du glaubst es nicht, was? Dass die Kleine es schafft. Oder? Sei ehrlich.«

Jurek setzt sich auf den einzigen freien Stuhl im Raum. »Ich wünsche es mir. Für sie«, sagt er und räuspert sich. »Und für dich.«

Was für eine Lüge. Was für eine miserable, kleine Lüge. Aber Joe ist dankbar. Er lächelt. Dann greift er zum Messgerät, schiebt ein Plättchen ein, sticht sich mit dem Pen in den Finger, lässt einen Tropfen Blut auf das Plättchen fallen. Gebannt starrt er auf das Display.

»Hundertdreiundzwanzig.«

»Gut, oder?«

»Was heißt gut. Stell dir eine perfekte Taxifahrt vor. Eleganter Kunde, der freundlich plaudert und großzügig Trinkgeld gibt, schönes Wetter. So fühlt sich dieser Wert an.«

Jurek muss an die Episode vor seinem Haus denken.

»Ich bin einem Wahnsinnigen begegnet«, sagt er.

Joe zuckt mit den Schultern. »Wundert's dich?«

»Hör mal: Er hat mich bedroht. Einen Stein auf den Wagen geworfen.«
Sie erhalten nicht nur eine Flasche Kokosöl, nein – wir schenken Ihnen noch eine zweite dazu, sagt die Blonde. Sie steht frontal zur Kamera und lässt ihre Brüste wippen.
»Üppiger Balkon«, sagt Joe. »Aber, weißt du: Die Flachen sind mir lieber.«
Jurek zeigt auf das Innere seiner Handfläche: »So eine große Kerbe in der Heckscheibe.«
Und Sie erhalten nicht nur eine weitere Flasche Kokosöl gratis dazu, sondern auch noch eine dritte Flasche im Wert von neunzehn Euro neunzig.
»Bin gleich bei dir«, sagt Joe und tippt die Zahlen, die auf dem Bildschirm eingeblendet werden, in sein Mobiltelefon.
»Tu's nicht«, sagt Jurek.

3

Greta ist in den Speisewagen geflüchtet. Sie betrachtet den Fichtenvorhang, hinter dem sich die monotone Topographie des niederösterreichischen Flachlandes erstreckt: schachbrettartig gemusterte Felder, gesäumt von einer Bordüre aus Schrebergartenhäuschen. Eine Landschaft, die ihr Kopfschmerzen bereitet.
Die Speisekarte wankt im Speisekartenhalter. Greta bestellt Kräutertee. Tee, sonst nichts, ihr Vertrauen in die Convenience-Gastronomie ist begrenzt. Sie bemüht sich, das Tischtuch so wenig wie möglich zu berühren. Ein

großer roter Fleck, viele braune Spritzer. Als hätte jemand ein kleines Tier geschlachtet.
Ein pockennarbiger Kellner stellt eine Tasse auf ihrem Tisch ab. Auf der Untertasse liegt der Teebeutel. Gold-Melisse. Das Wasser ist lauwarm.
Der Kellner atmet durch den Mund, die Zähne unter seinen wulstigen Lippen liegen frei. Polypen, denkt Greta. Lass dich doch operieren. Sie atmet einige Male bewusst ein und aus.
Seit einiger Zeit hat sie Sorge, sich anzustecken – mit Unzulänglichkeiten, geistigen oder körperlichen Defekten. Bei *Bernstein Healthy Products* hatte es angefangen. Jedes Zittern einer Hand irritierte sie auf einmal, Schuppen auf dunklem Sakko, das teigige Gesicht ihrer Freundin Alma Täubler, das täglich breiter zu werden schien, bis, so dachte Greta, ihre Augen vollkommen unter der Fettschicht verschwinden würden.
Sie hoffte, dass es bei MEDICALUX besser werden würde, schließlich trug das Unternehmen das Licht im Namen, und was hell ausgeleuchtet war, das brauchte man nicht zu fürchten. Doch ihre kleine Störung, wie sie es mittlerweile bei sich nannte, ruhte nur kurz. Alles schien sie auf einmal zu hintergehen, die Sonne und auch der Mond, der sie immer öfter wach hielt. Sogar ihre Füße schienen breiter zu werden, sie hatte eine Schuhgröße mehr, über Nacht, und konnte sich nicht erklären, wie das vor sich gegangen war.
Sie beobachtete Georg, wenn er sie beobachtete, und fragte sich, ob er es auch sah. Sie analysierte seinen Blick, registrierte, wie lange er wohin sah und wie sich seine Mimik veränderte. Früher betraf es nur die anderen, nun

war auch sie aufgenommen in die große Gemeinschaft derer, die auf dem Rückzug waren.
Der Kellner nähert sich Gretas Tisch, verzieht sein Gesicht zu einem Lächeln. »Darf's noch was sein, gnädige Frau?«
Sie schüttelt den Kopf. Was sie braucht, steht nicht auf der Karte.
Später öffnet sie den Kalender auf dem Mobiltelefon und checkt ihren Messeplan. Ein Schweizer Krankenhausverbund hatte um eine Audienz gebeten. Das Angebot war bereits vor drei Monaten rausgegangen. Björn wird bei diesem Termin dabei sein müssen, Greta macht sich eine Notiz. Der zweite Messetag ist mit Meetings gepflastert, da sind die Zuspätkommenden bereits angekommen und die Frühabreisenden noch nicht weg. Der zweite Messetag ist Gretas Adrenalinanflutungstag. Noch abends um sieben, wenn die Messetore schließen und sie kaum mehr stehen kann, weil sich ihre Beine in Betonklumpen verwandelt haben, tropft ihr das Adrenalin aus den Poren. Sie liebt diese Momente höchster Konzentration, die Trance, in der ihr Verstand noch wacher zu sein scheint, ihre Sinne noch schärfer, ihre Sicht noch klarer. Alles, was sie danach braucht, ist eine Badewanne und eine dieser Miniatur-Weinflaschen aus der Minibar.
Badewanne.
Hoffentlich. Hektisches Kramen in der Tasche. Sie zieht die Hotelreservierung hervor.
Color-Relax-Dusche.
Was soll sie damit. Deluxe und dann das. Sie wird das Zimmer wechseln müssen.
Sie wendet das Blatt, liest AUGENHÖHE, TEAMPLAYER

und BALLÜBERGABE. Fügt BELASTUNGSGRENZE hinzu. Ein wunderbarer Fünfsilber. Unverständlich, weshalb andere sich daran stoßen. Und AUSLOTEN. Ein Tun-Wort, das seiner Gattung alle Ehre macht. Es liegt in der Natur der Sache, dass Grenzen ausgelotet werden. Wir begeben uns doch jeden Morgen raus aus der Komfortzone und rein in unbekanntes Terrain, und wer dafür zu bequem ist, der ist in ihrem Team fehl am Platz. Das muss sie ihren neuen Kollegen deutlich sagen, damit darf sie nicht hinterm Berg halten. Außerdem wird nicht gejammert, zu keiner Zeit. Sie wird ein zeitlich unbegrenztes Jammerverbot verhängen.

Ihr Lieben!, schreibt sie.

Die Anrede ist bewusst gewählt. Tatsächlich ist sie mit vielen Kollegen bei MEDICALUX befreundet, einige wissen Bescheid über ihre Vorliebe für verheiratete Männer, andere waren schon bei ihr zu Hause, in ihrer Wohnhöhle am Donaukanal, ein kompaktes Ein-Frau-Appartement mit offener Küche und Blick aufs Wasser.

Sie hat nie viel Wert gelegt auf die Größe ihrer Wohnung. Wichtig ist ihr immer nur, was man sieht, wenn man aus dem Appartement hinausblickt. Sie sieht auf Wasser, auf Schiffe, die zu Restaurants umgebaut wurden, auf das Partyvolk, das sich abends am Ufer trifft.

Die freundschaftliche Anrede hat eine weitere Funktion: Dass sie stets eine glühende Verfechterin externer Besetzungen von Führungspositionen war und ihren Standpunkt mehr als ein einziges Mal öffentlich vertreten hat, würde ihre Glaubwürdigkeit möglicherweise unterhöhlen. Es gilt, den Kritikern gleich zu Beginn den Wind aus den Segeln zu nehmen.

Wie ihr wisst, habe ich es immer gerne gesehen, wenn Führungspositionen mit externen Experten besetzt werden, um Spannungen innerhalb des Teams zu vermeiden. Wie ihr ebenfalls alle wisst, gehört den Endoskopen mein Herz.
Ein trivialer Einschub, der die unterste emotionale Schublade aufzieht, aber möglicherweise dabei hilft, die Frauen auf ihre Seite zu ziehen.
Ihr seid meine Mannschaft, und ich wünsche mir, dass ihr mich als euren Coach betrachtet. Als Trainer, der jeden dort einsetzt, wo er sich und sein Potential am besten entwickeln kann.
Das klingt nach flachen Hierarchien und kurzen Entscheidungswegen. Das klingt gut, befindet Greta. Mit voller Absicht wählt sie die männliche Form. Feminismus, der über die Sprache verordnet wird, hat sie immer schon als aufgesetzt und im Grunde lächerlich empfunden. Eine Sprachprothese für Selbstwertamputierte. Da macht sie nicht mit.
Bis dato hat Greta nur ihre engsten Vertrauten eingeweiht, Paul von der IT und Sonja von der Öffentlichkeitsarbeit. Die Putzfrau hat Lunte gerochen. Greta war spätabends noch im Büro gewesen und hatte ihre Management-Wälzer, die ohnehin nur dekorative Funktion erfüllten, in eine Kiste geräumt. Die Putzfrau hat sofort das leere Regal nachgewischt.
»Ich bin bald woanders«, sagte Greta und deutete mit dem Zeigefinger an die Decke.
Die Putzfrau nickte. »Im Flugzeug.«
Greta lachte. »Das auch. Aber ich siedle hinauf.«
Sie sah aus dem Fenster hinunter auf die Lichter der Stadt, eine blinkende Spielzeugstadt, durch die eine

Spielzeug-Eisenbahn fuhr, und am Rand der Spielfläche stand ein Mann mit Schaffnerkäppi, der den Strom ein- und ausschaltete. Tatsächlich kam ihr alles vor wie ein Spiel. Sie hatte geschickt gewürfelt und durfte vorrücken. Ihren Eltern hat sie schon davon berichtet, den beiden unkündbaren Volksschullehrern, die eine unkündbare Weltsicht kultivieren und stets wissen, wie das richtige Leben auszusehen hat. Karriere hat für sie einen schalen Beigeschmack, vor allem, wenn sie in Zusammenhang mit ihrer Tochter auftritt. Wenn sie wiederholt ihrem Wunsch nach einem Enkelkind Ausdruck verleihen, rät Greta ihnen, ihre Katzen zu fotografieren und auf dem Kaminsims auszustellen. Greta hat das Gefühl, dass sie nicht verstehen, was sie in der Firma eigentlich tut. Schlimmer: Sie interessieren sich nicht dafür. Sie sprechen heute noch mit ihr, als sei sie sechs.
»Also bist du nicht mehr bei diesen *Dingern*?«
Sie vermeiden es, das Wort »Endoskop« in den Mund zu nehmen.
»Doch, dieselbe Firma. Ich bekomme noch eine Abteilung dazu.«
Stille.
»Dein Vater will wissen, ob du mehr Geld verdienst.«
Darauf lief es immer hinaus. Hauptsache, sie lag ihnen nicht auf der Tasche.
»Ich werde gut verdienen.«
»Dann ist es ja gut.«
»Ja, das denke ich auch.«

Der Speisewagen füllt sich. Es wird Mittagessen geordert, faschierter Braten mit Püree, Gemüsecurry mit gedämpftem Reis. Bald ist Greta umringt von Essenden, und sie wendet sich ihrem Mail-Entwurf auf der Rückseite der Farinelli-Reservierung zu, streicht Wörter, fügt andere hinzu. Hin und wieder wirft sie einen Blick aus dem Fenster, doch nichts kann ihren Blick länger fesseln. Eine gelangweilte Landschaft, braune Äcker, Schrebergärten mit windschiefen Dächern unter einem honigfarbenen Himmel.

In Langeck steigt eine alte Frau mit zwei weinenden Kindern zu, niemand steigt aus. Ein hinkender Mann im gelben Umhang fegt den Bahnhofsvorplatz, wobei er den Dreck von einer Ecke in die andere kehrt. In Brunegg-Zitzendorf sagt eine Stimme: »Bitte zurücktreten, Türen schließen automatisch«, obwohl da niemand ist, der zurücktreten könnte.

Der Tee schmeckt nach Abwaschwasser, Greta schiebt die Tasse von sich und bedeckt damit den großen roten Fleck.

Sie öffnet den Terminkalender auf ihrem Mobiltelefon. Wenn sie sich mit dem Einchecken im Farinelli beeilte, das Taxi warten und das Gepäck auf ihr Zimmer bringen ließ, würde sie alle noch im Rotonda antreffen. Sollte es knapp werden, würde sie Björn eine Nachricht übermitteln, damit er auf sie wartete. Sie würde sich drei Mal am Tag umziehen.

Für das Essen mit Fras hat sie ein nachtblaues Kostüm angeschafft, das sie Georg am Vorabend vorführte. Sie drehte sich dabei um die eigene Achse und bemühte sich, mit ihren Heels keine allzu tiefen Wunden in den Dielenboden zu bohren. Mit den nadeldünnen Absätzen ließen sich Schoßhunde aufspießen.

Georg hob die Augenbrauen, das Äußerste an mimischem Zuspruch, das sie erwarten konnte. Ursprünglich hätte er mitfahren sollen nach San Marino, zumindest hatten sie das angedacht. Ein Arzt auf einer Endoskopie-Messe – das war nichts Ungewöhnliches, er hätte krankenhausübergreifende Kontakte pflegen können, während Greta ihre Karriere vorantrieb.
Sie sprachen ein, zwei Mal darüber, Greta hatte vorsorglich eine Junior-Suite reserviert.
Und dann sagte er ab, wie so oft. *Dienst.* Ein kurzes Wort, scharf wie ein Skalpell. Meistens hieß der Dienst Vera und beaufsichtigte die drei gemeinsamen Sprösslinge.
Ihre Affäre, die nicht einmal so alt ist wie eine durchschnittliche Schwangerschaft, zeigt erste Verfallserscheinungen. Dabei hatte sich ihre Strategie, sich ausschließlich mit verheirateten Männern einzulassen, bis dato als blendende Idee erwiesen. Gebundene Männer spulen ihr Best-of-Programm ab, dankbar für die Aufmerksamkeit, die ihnen zuteil wird. Eine Aufmerksamkeit, die nicht an die Bedingung der Exklusivität gebunden – und dadurch umso wertvoller ist. Zusätzlich, quasi als Bonus, ist ein verheirateter Mann treu, sofern sich dies sagen lässt. Er ist seiner Affäre treu. Eine dritte Frau tut er sich – vor allem ab einem bestimmten Alter – nicht mehr an.

Nach der Kostümprobe am Vorabend hatte Georg verlangt, dass sie den Rock auszog, aber die Schuhe anließ. Sie weiß, dass er gern ihre Beine betrachtet. Sie hofft, dass keine neuen Besenreiser dazugekommen sind. Jene, die sie bereits kennt, hatte sie mit Puder überschminkt. Ihre Knie übersah er geflissentlich, noch nie hat er ihre Waden geküsst. Georg bevorzugte definitiv ihre Fesseln, die er gern mit seiner Hand umfasste. Das hat Greta nie verstanden, schließlich ist sie kein Rennpferd. Angebetet werden ist in Ordnung, aber doch bitte für Körperteile, mit denen sich der Schöpfer tatsächlich Mühe gegeben hat.

Georg hat eine hohe, aristokratische Denkerstirn und eine Konzentrationsfurche, die seine Stirn in zwei Kontinente teilt. Unter der klassischen römischen Nase sitzt ein zu kleiner Mund, wie von einem Kind gezeichnet, das sich nicht um Proportionen kümmert. Greta ist froh über diese Unvollkommenheit.

Ihre Lieblingsstelle an seinem Körper aber sind seine Fingerkuppen, denn die sind makellos glatt und rund und ganz ohne Rillen. Das ist eine seltene Krankheit, sie heißt *Naegeli-Syndrom*. Anfangs hat sie Witze darüber gemacht, zumindest hat sie's versucht: Du könntest einen Mord begehen, du könntest eine Bank überfallen – oder zumindest eine Regionalsparkasse –, und niemand würde je einen Fingerabdruck von dir finden. Deine genetischen Voraussetzungen machen aus dir den perfekten Verbrecher. Georg lächelte nicht einmal. Greta dachte zunächst, seine Ernsthaftigkeit habe mit seinem Beruf zu tun: Wer so viele Stunden am Tag in einem Raum verbringt, in dem menschliche Körper angeschnitten, angebohrt, abgesaugt und zugenäht werden, der ist für die leichte Muse nicht empfänglich. Dabei lachte er bloß über ihre Witze nicht.

In letzter Zeit ist Georg auffällig unruhig und nervös, denkt Greta. Fahrig, hektisch, vergaß Termine, beschuldigte andere, in den meisten Fällen: Greta. Sogar die Farben der Wände schienen blasser, sobald er die Wohnung betrat. Greta hatte nicht erwartet, dass Georg ihre Lebenswirrnisse auflöste, allerdings hatte sie gehofft, dass er kein neues hinzufügen würde, zumindest keines, das grobes Unwohlsein verursachte. Das sei doch das Mindeste, was man von einem Anästhesisten erwarten konnte, dachte sie: dass er einem den Schmerz nimmt, anstatt neuen hinzuzufügen.

Eine Frau in einem geblümten Landpomeranzenkleid steckt eine Stoffserviette in ihren Ausschnitt, ein grotesker Anblick. Offenbar hat sie Gretas Blick registriert, denn sie hebt den Kopf und deutet mit ihren Zeigefinger auf den Teller vor sich.
»Diese Suppe«, ruft sie ihr quer durch den Speisewagen zu, »sollten Sie besser nicht bestellen!« – »Kokossuppe!«, ruft sie. »Dass ich nicht lache. Die hat noch nie eine Kokosnuss gesehen. Keine Kokosnuss, kein Ingwer, kein Zitronengras. Ich weiß, wie Kokossuppe schmecken muss. Ich war in Thailand, wunderbare Kokossuppe dort.«
Sie öffnet einen Taschenspiegel, stochert mit dem Fingernagel zwischen den Vorderzähnen und hält dann triumphierend etwas hoch, das Greta nicht erkennen kann.
»Sehen Sie? Petersilie! Kein Zitronengras!«
»Zahlen!«, ruft Greta und winkt mit der Geldbörse.
Sie nickt der Frau mit der Suppe zu, dann steht sie auf und tastet sich an den Bänken entlang zur Bordküche vor.
Das hat ihr gerade noch gefehlt: Eine Fremde, die Anschluss sucht. So als setze die Tatsache, dass man ge-

meinsam in einem Metallgehäuse hockt, mit einem Schlag das Recht auf Privatsphäre außer Kraft.

Die Küche sieht aus, als sei jemand in seiner Arbeit jäh unterbrochen worden. Auf einem Schneidebrett liegen zerfledderte Radicchio-Blätter, daneben eine Packung Tiefkühlgemüse. Unter der Espressomaschine steht eine halb gefüllte Kaffeetasse.

»Zahlen!«, ruft Greta ein zweites Mal, und sie ruft es dem geöffneten Maul der Mikrowelle zu, der Espressomaschine, der halb gefüllten Kaffeetasse, vergeblich, sie kann bis in den hintersten Winkel sehen: Die Küche ist leer.

Sie dreht sich um, alle noch auf ihren Plätzen, die Mutter mit ihrem halbwüchsigen Sohn, zwei Männer, die sich an ihre Bierflaschen klammern, die Kokossuppenfrau, die den Finger hebt, als sie Gretas Blick auffängt. Schnell greift Greta in die Seitentasche ihrer Handtasche und zieht ihr Handy hervor, noch ehe die Frau die Möglichkeit hat, sie neuerlich anzusprechen.

Sie beschließt, Georg eine SMS zu schreiben. Sie senden einander nur selten Nachrichten, um keine hieb- und stichfesten Beweise zu produzieren, die irgendwann gegen sie verwendet werden können.

Grüße aus dem Intercity, schreibt Greta und fügt ein Smiley hinzu, das die Zunge herausstreckt. Die Sache mit den tausend Küssen lässt sie weg. So trocken wie möglich.

Er wird ohnehin nicht antworten. Manche Kollegen hantieren im OP mit ihrem Handy, er tut das nicht. Als Oberarzt geht er mit leuchtendem Beispiel voran, doch jeden Meter, den er sich vom OP entfernt, verliert sein Vorbildcharakter an Leuchtkraft.

Greta stolpert durch den Gang, stößt gegen die gläsernen Schiebetüren der Abteile, hinter denen die Passagiere einander anglotzen wie träge Fische im Aquarium. Der Zug schlängelt sich durch gebirgiges Gelände. An den Hängen kleben klotzige Hotels. Eine Gruppe Nordic Walkerinnen schält sich aus dem Nebel und marschiert im Gleichschritt einen Waldweg entlang. Sie wirken ernst und stolz. Die Köpfe hoch erhoben. Kraftvoll und entschlossen rammen sie die Stockspitzen in die Erde.
Vor der Toilette wartet eine Nonne. Greta verabscheut öffentliche Toiletten, sie sucht ein Desinfektionsmittel in ihrer Handtasche, findet aber nur Selbstbräunungscreme und ein hautfarbenes Kondom mit abgelaufenem Haltbarkeitsdatum.
Der Zug ruckelt, lehnt sich unvermittelt zur Seite. Greta taumelt, verliert den Halt, die Nonne fällt gegen die Tür der Toilette, Greta streift ihre Schulter mit dem Ellenbogen. Schrecksekunde. Es folgt der Dreischritt von Wiederaufrichten, gegenseitige Versicherung der Unversehrtheit, Beleidigung des Lokführers.
Die Nonne ist erschreckend jung. Sie lächelt Greta an. Ihre Zähne sind hostienbeige. Der Schleier verleiht ihr etwas Bodenständiges. Greta überlegt, ob sie es aussprechen soll: dass sie unbedingt ins Kloster wollte, als sie sechzehn war. Sie hatte sich in Jesus verknallt, diesen Revoluzzer, sie zwang ihren ersten Freund dazu, die Haare länger zu tragen und sich einen Fünftagebart wachsen zu lassen. Das mit dem Bart musste sie sich abschminken, dem Jungen wuchs nichts, so sehr er mit dem Rasierer seine Wangen auch abschabte.
Wir teilen ein Geheimnis, möchte Greta der Nonne zu-

flüstern. Wir sind Komplizinnen. Wir beide binden uns freiwillig an Männer, die nicht ausschließlich für uns da sind, sondern zahlreiche weitere Bräute haben. Deiner noch mehr als meiner, möchte sie sagen. Und dass sich auch in ihrer Gebärmutter niemals ein Fötus einnisten würde. Eine nutzlose Höhle trugen sie beide mit sich spazieren. Keine Schwangerschaftsstreifen, keine postnatalen Depressionen, ihre Brustwarzen würden niemals Zapfhahn sein.

Doch bevor Greta auch nur ein Wort sagen kann, öffnet sich die Toilettentür mit einem Schmatzen, ein großgewachsener Mann zieht den Kopf ein und schiebt sich durch das Türgehäuse. Die Ordensschwester schlüpft an ihm vorbei.

Der Mann ist schon an der Schwingtür, da dreht er sich um, als habe er etwas vergessen.

»Gerda?«

»Greta«, sagt sie.

Sie sieht genauer hin. Dunkle Locken, die Augen hervortretend, so als wollten sie jeden Moment aus ihrer Verankerung springen. Breite Höckernase, die auf Boxervergangenheit schließen lässt. Wo hat sie die schon einmal gesehen? An der Uni? Im B7-Business-Club? Vielleicht sogar ein Kunde?

»Sag bloß, du erinnerst dich nicht«, sagt der Mann. Grinsen. »Management-Akademie, Schloss Seggau. Na?«

Greta schnippt mit Daumen und Mittelfinger. Der Ausflug auf die steirische Weinstraße im Herbst, sie waren damals allesamt Marketing-Novizen, frisch aus dem universitären Ei gekrochen. Sie hatten jeden Abend Trinkspiele veranstaltet.

»Julius?«

»Jan«, sagt er.

Jan, genau. Er war der Frechste der Gruppe, der mit der größten Klappe. Möglicherweise hatten sie sich am Abschiedsabend geküsst. Damals trug er einen Bart.

»Dich hätte ich hier am wenigsten vermutet.«

Breites Lachen, der Anflug eines Doppelkinns. Groß war er immer schon gewesen, allerdings erscheint er insgesamt breiter, bestens genährt, wahrscheinlich steht er in einem guten Stall. Er trägt einen blauen Business-Anzug, unauffällig, aber gut geschnitten und ein gestreiftes Hemd. Kein bügelfreies, sondern eines, das man lange und sorgfältig bügeln muss.

Sofort fühlt sich Greta lebendiger. Sie hat einen Verbündeten gefunden an diesem ungastlichen Ort. Er stellt sich neben sie, stützt sich mit der Hand an der Wand ab. Und sie sieht auf seine Hände, kann nicht anders, ein Reflex.

Da ist er, der Ring, edel, aber nicht protzig. Weißgold. Bestimmt mit Gravur: *Für immer. Deine Irmi*. Oder: *Dein ist mein ganzes Herz. Sissi.*

»Hast du ein Glück«, sagt Jan.

»Wieso?«

»Weil die da drin« – er deutet mit dem Kopf in Richtung Zugtoilette – »grad ihr Weihwasser abschlägt.«

»Idiot«, sagt Greta.

Er lacht so lange, bis sie in sein Lachen mit einfällt.

4

Weil Jurek bei Joe war, ist er jetzt in Eile. Um zehn hätte er ein Paket bei Dr. Schrittesser abholen müssen. Der praktische Arzt residiert in einem Bungalow auf dem Gottesberg – eine maßlose Übertreibung, denn der Gottesberg ist nicht mehr als eine unbedeutende Erhebung, ein Gupf, von dem aus man das zersiedelte Dorf betrachten kann und seine einzige Attraktion: das Windrad.

Jurek parkt den Wagen in der Siebzehnten Straße und spaziert den Weg hinauf zum roten Bungalow, der heraussticht aus dem Ensemble der taubengrauen Reihenhäuser wie eine Wunde. Ein privater Eingang mit verwelktem Türkranz, daneben die schlichte Patienten-Schleuse mit einem »Arzt, hier läuten«-Schild.

Jurek läutet und wird eingelassen. Das Wartezimmer ist leer. Es riecht nach WC-Ente. Jurek setzt sich, betrachtet die Poster an der Wand, die für Impfungen werben, FSME und HPV, Buchstabenkombinationen, die ihm nichts sagen.

Die neue Assistentin tritt auf. Ein Mädchen im kurzen Schwesternkittel, kaum älter als Lynn. Sie sieht aus, als bestünde ihre einzige Aufgabe darin, männliche Patienten scharf zu machen.

Sie nickt Jurek zu. »Wenn Sie bitte mitkommen.«

Er folgt ihr in einen Nebenraum mit mehreren Liegen, getrennt nur durch hauchdünne Paravents. Die Assistentin heißt Ramona, das verrät ihr Schild, das auf Brusthöhe montiert ist.

»Ich hole das Paket ab«, sagt Jurek.

»Ich weiß«, sagt Ramona und bedeutet ihm, auf einer der Liegen Platz zu nehmen.

»Bitte den Ärmel hoch.« Sie macht sich an seinem Arm zu schaffen.
»Das ist ein Missverständnis«, sagt Jurek und streift das Hemd wieder hinunter. »Ich bin hier, um etwas abzuholen. Ein Paket.«
»Nur ein Routine-Check«, sagt Ramona und hält ihn am Arm fest. Er spürt ihre Nägel, die sich in seine Haut graben. »Sie brauchen sich keine Sorgen machen.«
»Ich machen mir keine Sorgen. Ich hole ein Paket ab, das ist alles. Ich bin nicht krank.«
»Aber alle unsere Patienten –«
Er springt auf. »Das ist doch nicht zu fassen. Ich bin kein Patient, ich komme wegen des Pakets! Sie haben mich angerufen!«
Sie sieht ihn ratlos an.
Wohl frisch von der Ausbildung, denkt Jurek. Darauf abgerichtet, immer dieselben Handgriffe zu wiederholen wie ein Affe am Fließband.
»Einen Moment«, sagt Ramona und verschwindet in der Tür, auf der KEIN EINTRITT steht. Kurz darauf kommt sie in Begleitung von Dr. Schrittesser wieder heraus.
Der Arzt reicht Jurek die Rechte und hält ihn mit der Linken am Oberarm fest. »Herr Bach«, sagt er. »Was für eine Überraschung. Wie geht es der werten Frau Mutter?«
Jurek starrt wie hypnotisiert auf das rot-schwarz-blaue Kugelschreiber-Trio, das aus der Manteltasche des Arztes hervorlugt. Dieser Mann vereint sämtliche Klischees des Yuppie-Landarztes, von der roten Designerbrille über die näselnde Aussprache bis hin zum Stethoskop, das um seinen Hals baumelt wie ein wertvoller Schal.
Die werte Frau Mutter ist tot und den Würmern zum

Fraß vorgeworfen, möchte Jurek sagen. Möglicherweise hat die Kombination von Blutdruck-, Herz- und Entwässerungskapseln eine Rolle gespielt, die Sie ihr verschrieben haben, möglicherweise aber auch nicht, das wird niemals geklärt werden.

»Gut geht es ihr«, antwortet Jurek. »Ich bin wegen des Pakets hier.«

Keine Diskussion vom Zaun brechen, das Paket in Empfang nehmen und wieder abhauen. Die Mutter wurde im allerkleinsten Familienkreis beerdigt, wobei man von Kreis genau genommen nicht sprechen kann – nur sie und er und Miriam und Lynn und Bach-Gounod nicht zu vergessen und der Priester natürlich auch. Die kleinstmögliche Konstellation.

»Richtig, das Paket«, sagt der Arzt, lässt Jurek los und bedeutet Ramona mit einem Kopfnicken, sie möge es aus dem Nebenraum heranschaffen. Jurek fragt sich, ob da etwas läuft zwischen dem Arzt und der Assistentin. Er versucht, sich die beiden vögelnd auf einer dieser Liegen vorzustellen. Wer weiß, was Ramona unter ihrem Kittel trägt. Möglicherweise: nichts, gar nichts. Er wird darauf achten, ob sich ein Slip unter ihrem Kittel abzeichnet.

»Wenn Sie schon da sind, machen Sie doch bitte den Mund auf«, sagt Dr. Schrittesser.

»Wie bitte?«

»Das hier.« Er berührt Jureks Unterlippe mit seinem Zeigefinger und legt ihm dann die Hand auf die Schulter. Eine Kumpanei, die Jurek abstößt. Angewidert tritt er einen Schritt zurück, stößt an eine der Liegen.

»Wir wollen doch sehen, was mit Ihnen los ist, nicht wahr?«

Nichts ist mit mir los, denkt Jurek. Auch er wird bald in einem Alter sein, in dem alles kaputt geht und jeder Tag ohne Schmerzen ein guter Tag sein wird. Er braucht keinen Doktor, der ihn daran erinnert.
Dr. Schrittesser beäugt ihn mit einem Röntgenblick, der sämtliche Hautschichten durchdringt. Er wird ihn so lange untersuchen, bis er etwas gefunden hat. Und Jurek wird alles zugeben müssen, wie vor Gericht: Ja, Herr Rat, zu viele Zigaretten, viel zu viele. Wein und Bier, natürlich, und nein: Ich zähle nicht mit. Hin und wieder Schwindel, besonders in der Früh. Ja, auch Kopfschmerzen, ringförmiges Pochen. Heute zum Beispiel, heute früh. Ja, stechende Schmerzen im Unterleib, durchaus.
Und dann wird Jurek in die Mühlen der Medizin eintreten müssen, wo er gefangen genommen wird von piepsenden Apparaten. Schläuche werden aus ihm herausragen und in ihn hineingesteckt, er wird in Röhren geschoben, dann ist es nur noch eine Frage der Zeit, bis Dinge geortet werden, die nichts zu suchen haben in diesem Jurekkörper.
Bei seiner Mutter war es doch genauso gewesen. Wasser in der Lunge, Wasser in den Beinen, Keime in den Nieren, wenig erforschte Mikroben, die sich den Platz unter seiner Haut streitig machen und ein Organ nach dem anderen erobern.
Die Assistentin kehrt mit dem Paket zurück, das etwa so groß ist wie eine Katzenkiste.
»Passen Sie gut drauf auf«, sagt der Arzt und streicht über das Paket. »Der Inhalt ist – empfindlich.« Er wechselt einen schnellen Blick mit Ramona. Das Mädchen lächelt.

Dreh dich um, Ramona, denkt Jurek. Jetzt. Zeig mir deinen Hintern, na los.
»Mit einer chronischen Halsentzündung ist nicht zu spaßen«, sagt der Doktor zu Jurek. »Ihre Stimme klingt – nun ja. Ich würde Ihnen auf alle Fälle zu einer Gesundenuntersuchung raten. Geht ruckzuck.«
»Ich bin gesund«, sagt Jurek. »Halbwegs.« Er lacht.
Der Doktor lacht nicht mit. Er zieht einen Einweghandschuh über seine rechte Hand.
»Wann hatten Sie Ihren letzten PSA-Test, Herr Bach?«
PSA? Das war doch irgendwas mit der Prostata. Jurek beginnt zu schwitzen. Ramona befestigt ein Formular an einem Klemmbrett. Sie sieht ihn mit großen Augen an.
»Ich – ich weiß nicht«, sagt Jurek. Noch nie, noch nie, das hat er doch noch nie gemacht, aber wenn er das jetzt zugibt, ist er geliefert.
»Mein Hals, mein Hals«, sagt Jurek schnell. »Vielleicht stimmt da wirklich etwas nicht. Manchmal hab ich da so ein ... ein Kratzen.«
Und dann öffnet er auch schon den Mund, und der Arzt und Ramona lugen gemeinschaftlich in seinen Schlund. Einer der beiden hat einen säuerlichen Körpergeruch.
»Ja, weit auf. Noch weiter, ich kann nichts sehen. So ist es gut«, sagt Dr. Schrittesser.
Jurek schielt auf das Paket, das Ramona auf der Liege deponiert hat. Er fragt sich, was drin sein mag. Ein Blutdruckmessgerät? Verbandszeug? Vielleicht ein Vaterschaftstest in unhandlicher Verpackung, um ja keine Gerüchte in der Nachbarschaft zu streuen.
Kurz nach Lynns Geburt hatte Jurek einen Vaterschaftstest erwogen. Nicht, weil ihm das Baby nicht ähnlich

sah – es sah auch Miriam nicht ähnlich. Sondern weil Miriam ihn absichtlich vom Kind fernzuhalten schien. Sobald er einen Blick in die Wiege warf, nahm sie das Kind heraus und drückte es an sich. Vielleicht ist es tatsächlich nur ihres und nicht meines, dachte er, vielleicht hat sie es ganz allein hergestellt, in einem komplizierten alchimistischen Prozess, von dem kein Mann etwas ahnt. Was er wusste, war nur, dass es anderen Männern ähnlich ging. Das Kind kommt, und sie müssen ins Exil, der Mohr hat seine Schuldigkeit getan, der Mohr kann gehen.

»Noch ein bisschen weiter«, sagt Dr. Schrittesser und berührt ihn mit der behandschuhten Hand am Kinn. Jurek muss schlucken, sein Kiefer schmerzt, seine Augen tränen. Er sieht direkt in das unbarmherzige Licht einer Neonleuchte.

»So, jetzt A sagen. AAAAA. Schauen Sie nicht so verzweifelt, ich tue Ihnen doch nichts! Ja, genau, sehr gut, Herr Bach, noch ein bisschen weiter den Mund öffnen, und richten Sie doch der Frau Mutter aus, dass sie einmal vorbeischaut bei mir, das würde uns freuen, nicht wahr, Ramona? Die Augen können Sie übrigens schließen, es hilft uns nicht, wenn Sie in die Lampe starren, dort gibt's nichts zu sehen, so, noch ein bisschen, jetzt leuchte ich hinein, nicht erschrecken, na bitte, wer sagt's denn, geht doch.«

5 Greta sieht in Jans Mund hinein. Das war nicht geplant. Doch als er laut lacht und dabei seinen Kopf in den Nacken wirft, hat sie freien Blick auf eine Goldfüllung und eine Brücke in strahlendem Weiß. Es sind stramme, kraftstrotzende Zähne, aufgereiht wie Soldaten beim Appell, nur ein Eckzahn wirkt, als wolle er desertieren.

Sie sitzen im Speisewagen. Derselbe Tisch, an dem Greta zuvor alleine saß. An den Weinflecken hat sie ihn wiedererkannt. Es ist ein guter Tisch, weit genug weg von den Jugendlichen, die die hinteren Tische in Beschlag genommen haben und in guter Rufdistanz zur Kombüse. Greta hofft, dass Jan nichts zu essen bestellen wird, der Anblick mahlender Kiefer würde ihren erotischen Appetit augenblicklich vernichten.

Jan rezitiert aus dem Fahrplan. Zuerst kommt Wieting, sagt er. Dann Schloissing, Rupoldshofen, Astelbach und Gumming.

»Gumming«, sagt er. »Wie das schon klingt.«

Der Zug verfügt über ein Stillabteil, einen Rollstuhlstellplatz, ein Kleinkind- und ein Damenabteil.

Greta fragt sich, was in einem Damenabteil geschieht. Ob man dort nur über Frauenzeug sprechen darf. Über Menstruation, Presswehen, Schaumfestiger.

»Und was ist mit einem Männerabteil?«, ruft Jan aus. »Weshalb gibt es kein Abteil nur für Männer? Hier wird systematisch diskriminiert.«

»Wenigstens hat es System«, sagt Greta.

»Wieting«, sagt Jan.« Da wollte ich nie hin.«

Seine Augenbrauen: hochgezogen, spöttisch. »Und du? Warst du schon einmal in Wieting? Für ein Meeting?«

Greta überlegt, wie er wohl küsst. Forsch, zielgerichtet? Drängt er ihr seine Zunge auf, rührt er damit in ihrem Mund, betastet er ihre Zahnzwischenräume wie eine Prophylaxeassistentin auf der Suche nach Entzündungen? Greift er gleichzeitig nach ihren Hüften, knetet er mit seinen Händen Busen und Hintern? Unter dem Einfluss von Testosteron erwachsen manchen Männern ungeahnte Multitasking-Fähigkeiten.
»Dieser Zug verfügt über Fahrradabstellplätze«, liest Jan vor. »Voranmeldung erforderlich. Bordrestaurant, mobiles Bordservice, Handy- und Ruhezonen.« Er rezitiert wie ein Burgschauspieler, der über einen Kollegen spottet. Mit ausufernder Gestik und falscher Betonung.
Alles Theater, denkt Greta. Wäre er ehrlich, würde er unter dem Tisch ihre Knie berühren und sich die Innenseiten ihrer Oberschenkel hinauftasten, während er von der Hüfte aufwärts weiterhin den zivilisierten Bahnreisenden gäbe. Die blutige Tischdecke wäre die Trennlinie zwischen Contenance und Trieb. Eine Vorstellung, die Greta inwendig erröten lässt. Es ist der Moment, kurz bevor die Hitze an die Oberfläche dringt.
Sie greift nach der Speisekarte, befühlt die Oberfläche mit der flachen Hand, öffnet sie, ohne sie zu lesen, klappt sie wieder zu.
»Hunger?«
»Nein, es ist nur –«
Er sieht sie an.
Jetzt, denkt sie. Sag was, na los. Sie ist von sich selbst überrascht. Wie schnell ihre Lust anzuknipsen ist.
Er beugt sich vor, schürzt die Lippen. Sie nähert sich seinem Kopf.

»Ich sage dir eins«, flüstert er. »Lange halte ich es in dieser Bude nicht mehr aus.«
Greta erschrickt. Bis sie versteht. Mit »Bude« meint er die Firma, für die er arbeitet. Ein Chips-Hersteller. »Keine Computer-, sondern Kartoffelchips.«
Daher das Übergewicht. Jan ist wahrscheinlich gezwungen, den Vorkoster zu spielen. Das deformiert auf Dauer jede Silhouette.
Die Firma selbst leidet offenbar bereits an einer fortschreitenden Verkalkung der finanziellen Arterien.
»Wir produzieren alles«, sagt Jan. »Das kann nicht funktionieren. Chips mit Paprika, Knoblauch, Stapelchips, Biochips, fettreduzierte Sorten mit Algen und Ingwer. Da bleibt nichts hängen beim Kunden. Wir sind alles, doch wer alles ist, ist nichts«, sagt er.
Mit einem Mal ist er Manager, richtet sich auf, spricht in einem professionellen Ton.
»Wie würdest du reagieren, Greta? Mal im Ernst. Marketingplan abgesegnet, aber nie umgesetzt. Neue Corporate Identity seit zwei Jahren in den Startlöchern. Die Werbeagentur wirft genervt das Handtuch. Alleinherrscher ist der Seniorchef, der leichte Demenz-Anwandlungen hat. Weiß heute nicht mehr, was er welchem Lieferanten gestern versprochen hat. Hüte dich vor Familienunternehmen, Greta. Solang du nicht selbst Teil der Familie bist. Versprich mir das.«
»Versprochen.«
Jan bekreuzigt sich. »Amen!«, ruft er.
Das Besteckklimpern verstummt.
Die Kokossuppen-Frau dreht sich um. »Diese Suppe hier«, sagt die Frau und deutet auf die leere Schüssel vor

sich, »sollten Sie nicht bestellen! Kein Ingwer, kein Zitronengras! Vermutlich auch kein Kokos.«

»Keine Sorge, Madame!«, ruft er. »Ich werde hier nichts essen.«

Er winkt Greta mit dem Zeigefinger zu sich. »Mal ehrlich«, flüstert er. »Findest du, dass ich zugenommen habe?«

Was für eine Tussifrage, denkt Greta. »Mach dir keine Sorgen«, sagt sie. »Du bist in Ordnung.«

Er ächzt. »Das ist nur wegen dieser ... wie nennt man das?«

Er zieht ein schmales Heft aus der Innentasche seines Sakkos, blättert hektisch darin. »Ich hab's mir sogar aufgeschrieben.«

Er hält ihr das Heftchen hin, deutet auf ein Wort: »Hier. Bitte, lies. Hedonistische Hyperphagie. Das ist es. Fressen ohne Hunger. Du isst, obwohl du schon satt bist. Das ist meine Krankheit.«

Greta lacht. Tun wir das nicht alle? Fressen ohne Hunger, Reden ohne Notwendigkeit, Sex ohne Lust.

»Lach nicht«, sagt er. »Ist eine ernste Sache. Hat man bei Ratten festgestellt, die mit unseren Chips gefüttert wurden.«

Hedonistische Hyperphagie.

Jans Handschrift ist groß und klein zugleich. Miniatur-Versalien, gestochen scharf, wie von der Maschine ausgeworfen. Ein Kontrollfreak, denkt Greta. Muss alles unter seine Herrschaft bringen, und danach bricht die große Langeweile aus.

Sie fragt sich, wie Jan nackt aussehen mag. Wahrscheinlich ebenfalls groß und klein zugleich. Ein kurzer

Rumpf mit breitem Becken und Spitzbauch, lange Beine, schlanke Waden. Ein Knollenpenis in einem Nest aus fahlem, glattem Schamhaar. Sie würde die Figur, die ihm ursprünglich zugedacht war, unter dem Fettpanzer erahnen können. Nicht sonderlich attraktiv, aber auch nicht abstoßend. Beim Sex würde er sorgfältig vorgehen und jeden Punkt auf seiner Liste abhaken. Kein Handgriff wäre dem Zufall überlassen, alles tausendfach erprobt und durchgespielt. Er lässt sich schließlich nichts nachsagen. Vielleicht aber würde er sich auch als große Überraschung entpuppen. Unvorhersehbar. Launisch. Nicht satt zu kriegen. Ein Sonnenkönig, bei dem sich die Gier in jeder einzelnen Zelle breit gemacht hat.

»Gott hat gesagt: Gründe mit dieser Frau eine Firma. Was meinst du?«

Seine Hand liegt dicht neben der ihren.

Um Himmels Willen, denkt Greta. Er spricht von mir. In tausend Jahren nicht. Aber wahrscheinlich ist das bloß seine Methode, um ihr sein Interesse zu signalisieren.

»Ich weiß nicht«, sagt Greta. »Komm doch einfach zu uns. Wir stellen die Instrumente her, mit denen wir in die Menschen hineinschauen, die sich an euren Produkten überfressen haben. Wir sind euer verlängerter Arm. Eure logische Konsequenz.«

Sie versucht, es ihm zu erklären. Es sei ähnlich wie mit der Astronomie.

»Mit den Endoskopen schauen wir in den Körper hinein, um Verstecktes zu sehen.«

»Aber es ist doch nicht ohne Grund versteckt«, sagt Jan. »Meine Innereien wollen nicht angeschaut werden. Deswegen heißen die ja auch so.«

Immer dieselben Argumente. Ein Ton, der sagt: Mit *mir* nicht.
Nein, das sei definitiv nichts für ihn, sagt Jan und fegt unsichtbare Krümel vom Tisch. Zumal er gelesen habe, dass die Medizintechnikbranche in argen Turbulenzen stecke.
Davon wisse sie nichts, sagt Greta. Im Gegenteil, man expandiere, eröffne neue Dependancen. Außerdem stünde sie kurz davor – sie macht eine dramatische Pause –, eine zweite Abteilung zu übernehmen, die flexiblen Endoskope neben den starren, und da brauche sie gute Leute im Team, so etwas sei eine echte Herausforderung.
Um ihre Aussage zu bekräftigen, drückt sie mit ihrem Finger auf seinen Handballen, wie wenn man einen Schalter anknipst. Doch er zeigt keinerlei Reaktion, kein Licht geht an, seine Hand liegt nur schlaff da, und sein irrlichternder Blick verrät, dass er in Gedanken bereits ganz woanders ist.
Er habe vier Kinder von zwei Frauen, sagt er. Die Höchststrafe. Und gleichzeitig das höchste Glück. Eine Familie sei eine Liebesmaschine, sagt er, und dass er eingezwängt sei zwischen zwei Liebesmaschinen und einer Chips-Maschine.
Um Geld zu sparen – das sage er ganz offen –, fahre er mit der Bahn zwischen Kindesmutter eins und Kindesmutter zwei hin und her, als Geschenk oft nicht mehr dabei als zwei Tüten Chips.
»Zermalmt!«, ruft er aus, »Zermalmt!«
Die Kokossuppenfrau erhebt sich. »Sie haben ganz recht«, sagt sie. »Ich weiß nicht, wo dieser Kellner bleibt. Ich möchte meine Suppe zahlen, obwohl sie nicht einen Cent wert ist.«

Sie watschelt mit unsicheren Schritten auf Greta zu, kramt in ihrer Börse und zieht eine Karte hervor, die sie ihr hinhält: »Jahreskarte, Seniorin. Da will man zahlen, und dann kommt keiner«, jammert sie. »Das ist doch kein Vergnügen. Und das bei einer Jahreskarte. Hören Sie?«

Sie hat rote Flecken auf den Wagen, so als habe sie gerade ein Kompliment erhalten.

Wer hat gesagt, dass es ein Vergnügen ist, denkt Greta.

Greta spürt Jans Blick. Sie bräuchte ihm nur den Kopf zuwenden und seinen Blick aufnehmen, und schon bildeten sie ein Spott-Bündnis, das sich gegen diese Frau richtet.

»Nein, das ist kein Vergnügen«, wiederholt die Frau.

Sie riecht wie jemand, der schon lange alleine ist.

Greta hat große Lust, sie bei den Schultern zu packen.

Glauben Sie immer noch, dass jeden Tag etwas passieren kann, das Ihr Leben auf den Kopf stellt? Das möchte sie diese Frau fragen.

Wann erlischt sie, die Hoffnung, dass das Große, das Umwerfende noch bevorsteht?

6

Jurek zündet sich eine Zigarette an. Wenn er zehn Minuten keine geraucht hat, erwacht ein Sehnsuchtstier, das ihm die Krallen ins Fleisch schlägt und erst von ihm ablässt, wenn es das beruhigende Klacken des Feuerzeugs gehört hat.

Jurek besitzt ein silberfarbenes Zippo mit Indianerkopf.

Miriam hatte es ihm geschenkt, da waren sie gerade einmal ein halbes Jahr zusammen. Damals schenkten sie einander Dinge, die sie in dem bestätigten, was sie waren. Rauchutensilien, Konzertkarten, Pralinen. Später schenkten sie einander nur noch Dinge, die auf Änderung abzielten. Jurek bekam Laufschuhe und schenkte Miriam einen Stabmixer. Sie wussten beide, dass etwas schief lief, hatten aber keine Idee, wie man das richten sollte.

»Hast du eine Retta für mich?«, fragt Vroni.

Retta, weil so eine Zigarette doch eigentlich weiblich ist: schlank, stark und betörend.

Sie stehen am Tresen, jeder auf seiner Seite, und blasen den Rauch aus den Nüstern wie Drachen.

Vroni ist die Pächterin der *Pension Bergruh*, eines in die Jahre gekommenen Landgasthofs. Weil sie Hans hat, den sie hält wie einen Haussklaven, bleibt ihr viel Zeit zum Rauchen. Morgens ist Hans für das Frühstück zuständig, am Vormittag putzt er die Gästezimmer, am Abend singt er französische Chansons auf einer improvisierten Bühne, in der Nacht gibt er den Barkeeper.

»Richte dich immer nach mir aus, ich bin deine Sonne«, sagt Vroni zu Hans, und Jurek denkt: Die beiden passen gut zusammen. Einer, der anschafft und einer, der mit sich machen lässt. Hans treibt im Vroni-Wasser wie eine Luftmatratze im Strömungskanal. Allein wie er sie ansieht! Man möchte ihn schütteln und ihm ins Gewissen reden: *Komm zu dir, Bürschchen, sie ist deine Chefin, nicht deine Mama.*

Früher, so munkelt man in Oed, sei Vroni eine strenge Dame in einer »Kultureinrichtung« gewesen. Sie nann-

te sich *Madame Veronique* und war weit über die Grenzen Mundschuhs hinaus eine bekannte Einpeitscherin. Nicht, dass Jurek jemals ihre Dienste beansprucht hätte. Doch Joe will gehört haben, dass sie in der Lage gewesen sei, chinesische und japanische Schriftzeichen auf den Rücken der Unfolgsamen zu peitschen. Das Zeichen für Feuer etwa. Das Zeichen für Wasser. Oder das japanische Wort »taikun«, das so viel heißt wie »Großer Gebieter«. Nur am Zeichen für Liebe sei sie gescheitert. Das sei zu kompliziert, hatte sie behauptet. Zu viele Querbalken, zu viele Ebenen, zu viele Striche.
Jurek zieht an seiner Marlboro und denkt an Alice.
An die spitzen Brüste, die sich unter ihrem weißen Shirt mit dem Schriftzug APOTHEKE ZUR FROMMEN HELENE abzeichneten. Manchmal braucht es zwei Anläufe, um ein Buch zu Ende zu lesen, denkt er. Warum sollte es bei Frauen anders sein. Noch einmal mit Alice die erste Seite aufschlagen, viel weiter als bis zum Prolog waren sie ohnehin nicht gekommen. Manchmal ertappt er sich dabei, wie er ihren Vornamen mit seinem Nachnamen koppelt. Alice Bach. Mathilda Bach. Verrückt.
Jurek zeigt auf seine Tasse.
»Hans«, ruft Vroni. »Noch einen Dunkelschwarzen für den Herrn!«
Und zu Jurek: »Wenig geschlafen?«
»Vielleicht?«
»Mit einem Fragezeichen hinten dran?«
»Neugierige Menschen sterben früh«, sagt Jurek.
Vroni lacht. »Für früh ist es schon zu spät.«
Sie wird an die sechzig sein. Trägt immer noch Overknees und hautenge Lederhosen. Als sei kein Tag ver-

gangen. Von hinten sieht sie aus wie vierzig. Maximal. Auch von der Seite, wenn man ein Auge zukneift. Rote Mähne, zackig geschnitten.

Seit seiner Scheidung versucht Vroni, ihm Frauen vom Leib zu halten, die ihr suspekt erscheinen. Vroni hat keine Kinder und manchmal denkt Jurek, sie hat ihn sich als Sohn-Ersatz auserkoren. Fühlt sich nicht ganz nach Mutter an, so wie Kaffee-Ersatz nur im Ansatz nach Kaffee schmeckt. Aber besser als nichts.

Jureks Mutter war aus einem anderen Holz geschnitzt. Für seine Liebschaften hatte sie sich nie interessiert, und Miriam, der Städterin, war sie mit unverhohlenem Misstrauen begegnet. Eine unverrückbare Trennlinie, die das Bachsche Hoheitsgebiet vom Feindesland trennte.

Bei ihr macht man das vielleicht so, bei uns ist das anders.

Miriam hatte von Anfang an keine Chance. Je mehr sie seiner Mutter zu gefallen suchte, umso heftiger wurde sie zurückgestoßen. Jureks Vater hatte sie gemocht, jedoch ohne es zeigen zu können. Das war sein Markenzeichen gewesen. Karl Bach, der schweigsame Schwierige. Oder der schwierige Schweiger.

Und dennoch ist Miriam zum Begräbnis der Mutter nach Oed gefahren und hatte Oeder Erde mit der Schaufel auf das Grab geworfen. Jurek hat ihr das hoch angerechnet, was aber letztlich nichts nützte, denn es hatte keine Rechnungen mehr zwischen Miriam und ihm gegeben, weder eine gemeinsame, noch eine getrennte.

»Das Begräbnis ist um zwei?«, fragt Vroni.

Im ersten Moment weiß Jurek nicht, wovon sie spricht. Seine Mutter ist doch schon längst begraben, will er sagen. Es gibt kein zweites Begräbnis. Dann fällt es ihm

wieder ein. Peppino, Tankstellenpächter und Betreiber des *Café Wunderland*, hat sich aufgehängt.
»Noch einen«, sagt Jurek und hebt seine Tasse.
An Peppino zu denken, macht ihn melancholisch. Bei Selbstmord fühlt man sich immer mitschuldig.
»Ich bin so erschüttert«, sagt Vroni und zieht an ihrer Zigarette wie eine Ertrinkende.
Sie war mit Peppino befreundet, eine Zeitlang haben sie sogar überlegt, ein gemeinsames Café zu betreiben, woraus aber nichts geworden ist.
Peppino hat sich als weit chaotischer entpuppt, als es zu Beginn den Anschein hatte, und es war Vroni nicht möglich, ihn zu bändigen, wie sie es bei Hans geschafft hatte. So hat Peppino das *Wunderland* und Vroni das *Bergruh* betrieben, ohne einander in die Quere zu kommen. Zu Peppino kamen vor allem Fernfahrer, die einen Halt auf der Strecke nach Tschechien oder Ungarn einlegten sowie die drei ortsbekannten Quartalssäufer. Die Welt schien groß genug für beide.
Jurek möchte wissen, wer Peppino gefunden hat. Aus Angst vor der Antwort fragt er nicht danach.
Er rührt in seinem Kaffee.
Miriam hatte ihm immer gedroht, sich vor einen Lastwagen zu werfen, sie hatte eine Vorliebe für Gigaliner. Das war ihr Vorrecht. Manchmal hatte sie auch gesagt: »Ich werfe mich vor den Zug.«
Dass das nicht ernst gemeint war, war ihnen beiden klar. Schon damals war auf die Bahn kein Verlass. Sie hatten gelacht über den Malergesellen mit Liebeskummer, der sich bei Niederoed auf die Geleise gelegt hatte und einschlief, weil der Zug nicht kam. Man brachte ihm Kaffee,

Decken, ein Radio. Am dritten Tag stand er auf und gab den Niederösterreichischen Nachrichten ein Interview.
Jurek wusste, dass Miriam ihn verletzen wollte mit ihren Drohungen, niemals hätte sie sich etwas angetan. Ein elendes Spiel, das beide nur verlieren konnten.
Jurek erinnert sich an den Moment, als er vor ihr stand und erschrocken auf seine Hände glotzte. Als er sich fragte, woher dieser Drang kam, alles zu zerschlagen, die Vorhänge herunterzureißen, die Bilder zu zerstechen, dieser Frau den Hals umzudrehen wie einem Huhn. Als sie ihn nur ansah mit leerem Blick, die Mundwinkel nach oben gezogen, ein kaltes Lächeln, das sagte: Tu's doch, Feigling. Du hast mein Leben versaut, also kannst du's auch beenden.
Es war Winter, ein seltsam milder Winteranfang, als diese allerletzte zerstörerische Phase begann, und sie dauerte bis in den Frühling hinein, bis die Krokusse im Garten zu blühen und Miriam zu weinen begann, und Jurek verabscheute diese Tränen, die immer nur ihr selbst galten.
In dieser Zeit war er froh, wenn er das Haus verlassen konnte. Sobald er im Taxi saß, konnte er frei atmen, und er saß so viel im Taxi wie noch nie, auch wenn er keine Fuhre hatte. Manchmal nahm er Lynn mit auf seine Touren. Sie verstand nicht, was vor sich ging, aber er spürte, dass sie unter der Stimmung im Haus litt.
Sie fuhren ziellos durch Oed und spielten »Ich sehe was, was du nicht siehst« und sangen die beiden Kinderlieder, die Jurek auch kannte: *Muss i denn* und *Bruder Jakob*. Lynn sang dabei immer »Bruder Jurek, Bruder Jurek« und lachte, bis sie beinahe aus dem Kindersitz kippte.

Manchmal fuhren sie zum Windrad, das war einer von Lynns Lieblingsplätzen. Sie sahen hinauf in den Himmel, zu den unnützen Rotorblättern, die im Wind zitterten, ein Schauspiel, das nur noch historischen Wert hatte, wenn überhaupt, und Lynn bestand darauf, ein buntes Bändchen an einem der Beine zu befestigen. Der Aufseher des Windrads, ein pensionierter Gemeindesekretär, schnitt die Bändchen wieder ab, sobald er sie entdeckte, und so brach ein geheimer Wettlauf aus zwischen den wenigen Oeder Kindern und dem Aufseher, der seine Aufgabe sehr ernst nahm.

Wie immer, wenn er in melancholischer Stimmung ist, fragt sich Jurek, wann sie begonnen hatten, Fehler zu machen, nicht die kleinen, sondern die richtig großen, fatalen Fehler.

Miriam war es doch, die unbedingt nach Oed ziehen wollte – es ihm im Nachhinein vorzuwerfen, war grotesk. Sie sagte immer: »Ich bin ein Landkind«, weil sie als Kind die Sommermonate bei ihren Großeltern im Hausruck-Viertel verbracht hatte. Sie kokettierte mit ihrer Landmädel-Vergangenheit, dabei mochte sie bloß die Vorstellung, die sie vom Landleben hatte. Mit dem Leben hier hatte das nichts zu tun. Als sie sich an der Universität kennenlernten, band sie es ihm gleich auf die Nase: »Ich bin auch vom Land«, sagte sie, nachdem er sich vorgestellt hatte. Aber was aus ihrem Mund kam, war kein Dialekt, sondern das elegante Wienerisch des 19. Bezirks. Sie war bestimmt ein Kind aus gutem Hause, dachte Jurek, und er sah efeuumrankte Villen vor sich, knarzendes Parkett, Jugendstil-Lüster, Privatschuluniform. Womöglich musste sie ihre Eltern siezen?

Für einen Jungen vom platten Land waren die Wienerinnen an der Universität Lichtgestalten, denen er sich kaum zu nähern wagte. Umso erstaunter war er, als Miriam sich sofort mit ihm verbündete, und er konnte sein Glück nicht fassen. Er studierte Philosophie, sie studierte Theaterwissenschaften, wollte Dramaturgin werden.
»Und was hast du danach vor?«, hatte sie ihn gefragt, und er war ihr sofort verfallen. Sie wirkte zugleich scheu und überlegen.
Er hatte überlegt. *Danach* – das war das Zauberwort. Nach dem Studium. Damals gab es Jobs an jeder Ecke, und wer ein warmes Plätzchen in einem der großen Unternehmen ergattert hatte, konnte damit rechnen, zu seinem dreißigjährigen Firmenjubiläum eine goldene Uhr in Empfang zu nehmen.
»Was kann man schon anfangen mit einem Philosophiestudium«, hatte er geantwortet und in seiner heißen Schokolade gerührt. »Taxi fahren, was sonst.«
Sie hatte schallend gelacht, und er war so stolz gewesen. Wenn er geahnt hätte, wie verdammt Recht er behalten sollte, hätte er ohne zu zögern ein anderes Fach gewählt. Es war ohnehin nicht der Wunsch nach Erkenntnis, der ihn geleitet hatte, sondern die Abgrenzung zu seinen Eltern und ihrem pragmatischen Zugang zur Welt. Dem musste er etwas entgegensetzen, und sei es die Entscheidung für ein Orchideenstudium.
Heute würde er seinem Kind selbstverständlich davon abraten, und das hatte er ja auch getan. Studiere, was du willst, hatte er Lynn gesagt, lass dich von deinen Wünschen leiten, und nicht davon, wie du uns ärgern kannst. Das hatte Lynn nicht nur beherzigt, sondern weidlich

ausgenützt, indem sie sich jedes Jahr für ein anderes Studienfach anmeldete.
Das Philosophie-Studium hatte Jurek dann aber mehr Spaß bereitet, als er anfänglich vermutet hatte. Er entwickelte sogar so etwas wie Ehrgeiz. Doch als er sich mit Miriam in der Kantine unterhielt, beschloss er, auf das Kierkegaard-Proseminar zu pfeifen. Die Lust an dänischen Depressionen war ihm vergangen. *Scheiß drauf,* dachte er, dieser Mann ist lange tot, diese Frau aber ist lebendig. Und wie lebendig sie war. Sie trug ein enges weißes T-Shirt und schwarze Jeans, daran erinnert er sich, weil ein Kommilitone an diesem Tag ein Foto gemacht hatte, das er ihnen viel später zur Hochzeit schenkte.
Miriam hatte die Angewohnheit, mit dem Knöchel des rechten Zeigefingers auf den Handrücken ihrer linken Hand zu klopfen, wenn sie nachdachte. Später trieb sie ihn in den Wahnsinn mit all ihren Ticks und Ritualen, aber damals fand er alles an ihr *spannend.*
Eine Wahnsinnsfrau, die sich für ihn interessierte. Sein Blick wanderte von ihren Augen selbstständig zu ihren Brüsten. Sie erregte ihn auf erschütternde Weise.
Damals wohnte Jurek mit zwei anderen Niederösterreichern in einer Wohngemeinschaft am Margaretengürtel. Altbau, Flügeltüren, vier Meter hohe Wände, und wenn er sich aus dem Küchenfenster beugte, konnte er die Prostituierten beobachten, die auf dem Gehsteig standen in ihren hohen Lackstiefeln und den zu Vogelnestern drapierten Haaren. Das war der Sex, den er sich einmal pro Monat vom Stipendium absparte – eine hygienisch einwandfreie Sache, die seinen Trieb allerdings eher anstachelte als ihn zu beruhigen.

Und dann hatte er sich mit Miriam »Clockwork Orange« im Gartenbaukino angesehen. Danach saßen sie in einer Bar am Opernring und tranken Bacardi-Cola. Sie fragte ihn, ob er die Geschichte von Anthony Burgess kannte, dem Autor von »Clockwork Orange«.
»Prüfungsfrage?«
Sie lachte. »Stell dir vor: Ein Arzt sagt dir, dass du einen Gehirntumor hast. Ein Jahr noch, maximal. Was hat Burgess gemacht? Er hat Romane geschrieben wie ein Wahnsinniger, um seiner Frau ein wenig Geld zu hinterlassen. Und dann: zack. Fehldiagnose. Doch kein Tumor.«
»Unglaublich.«
»Aber er schrieb und schrieb. War nicht mehr abzustellen. In den sechziger Jahren bestand die englische Literatur fast nur aus ihm.«
Dann nahm sie seine Hand, ganz ernst auf einmal. »Wie ist das mit dir? Was würdest du tun, wenn du noch zwölf Monate hättest?«
»Ich würde –«
Er stockte.
Was für eine bescheuerte Frauenzeitschriftenfrage, denkt er heute. Damals dachte er: Was für eine psychologisch raffinierte Annäherung. Sie öffnete ihm die Tür, er brauchte nur durchzuspazieren.
»Ich würde alles versuchen, um dich zu verführen.«
Als die Worte gesagt waren und zwischen ihnen lagen wie Felsbrocken, hielt er den Atem an. Er sah sie nicht an, sah nur ihren Zeigefinger, mit dem sie auf den Handrücken klopfte. Und dann: die feinen Härchen an ihren Unterarmen, die sich aufstellten. Gänsehaut. Sie lächelte.

Wenn man von Niederoed kommend nach Oed einbiegt, fährt man am Friedhof vorbei, der von einer niedrigen Mauer umgeben ist, sodass man die höheren Grabsteine von der Straße aus sehen kann. Jurek hatte lange über die Höhe des Grabsteins für seine Mutter nachgedacht. Er wusste nicht, ob er jedes Mal, wenn er von Niederoed nach Oed fuhr, an sie erinnert werden wollte. Er hatte sich für Laaser Marmor entschieden, den weißen Marmor aus Südtirol, den er für den schönsten überhaupt hielt.
Der Grabstein leuchtete aus dem Meer der schwarzen und grauen Steine heraus wie ein Edelstein. Doch der erste Entwurf war zu mächtig für die zierliche Frau, die seine Mutter gewesen war, und Jurek beschloss, den Stein kürzen zu lassen. Die Marmorbrocken, die übrig blieben, verkaufte er an den Steinmetz weiter, der daraus Figuren fertigte, die als Kerzenhalter dienten.
Der Grabstein gehört nun zu den Exemplaren mittlerer Größe. Wenn er am Friedhof vorbeifährt, kann er ein schmales weißes Band erkennen, das über die Mauer ragt – genau jene Dosis an Erinnerung, die er gerade noch verträgt.

Jurek parkt den Wagen vor der *Gemischtwarenhandlung Wasserfaller*. Es ist wenige Minuten vor sechs, um punkt sechs wird Frau Wasserfaller die Eingangstür zusperren und das OFFEN-Schild umdrehen. Von verlängerten Öffnungszeiten hält man hier wenig.
Jurek kauft zwei Paar Kniestrümpfe, eine Stange Marlboro und vorgeschnittenen Speck, in Plastik eingeschweißt. Als er bereits an der Kasse steht, fällt ihm die Einladung

bei den Rosensteins ein. Er braucht noch eine Flasche Wein. Er entscheidet sich für einen Roten von Markowitsch. *Mit tiefer Frucht und kräftigen Tanninen.* Klingt, als ob es zu Danielle passen könnte.

Neben dem Klopapier und den Feuchttüchern hängen Kondome, geordnet nach Farbe und Geschmacksrichtung. Frau Wasserfaller hat es gern ordentlich. Jurek hat lange keine Kondome mehr gekauft, doch da draußen muss es Frauen geben, die mit ihm schlafen wollen. Wenn nicht Alice, dann eine andere. Er nimmt eine Packung zur Hand und studiert die Gebrauchsanweisung.

»Alice«, murmelt Jurek und Frau Wasserfaller, die in diesem Moment um die Ecke biegt, sieht ihn misstrauisch an. »Kann ich Ihnen helfen?«

Jurek hängt die Kondompackung – *Sensifit, für noch intensiveres Empfinden* – zurück an den Haken.

»Zahlen«, sagt er.

7

Es war Jans Idee gewesen.

»Vertreten wir uns die Beine«, hatte er gesagt, war aufgestanden, sie hatte sich bei ihm eingehakt. Arm in Arm spazierten sie aus dem Speisewagen, Greta genoss den Blick der Kokossuppenfrau in ihrem Rücken.

Jan geht an der Fenster-, Greta an der Abteil-Seite. Sie muss sich an ihn drücken, damit ihr Ellenbogen nicht gegen die Schiebetüren stößt. Jans Aftershave riecht abenteuerlustig, nach Duell im Morgengrauen, nach feuchter Erde und Schmauchspuren. Sie sind ein Paar,

das exakt in diesen Gang passt. Als seien sie dafür konstruiert, denkt Greta. Für genau diesen Augenblick.
»Natürlich würde ich lieber Brot herstellen«, sagt Jan. »Von mir aus auch Fleisch. So ein Steak ist ein überaus ästhetisches Produkt. Wenn es im Supermarkt liegt, sieht man nicht mehr, woher es kommt. Seine Herkunft ist verborgen. Das ist wunderbar. Manchmal wünsche ich mir das auch. Dass meine Herkunft verschwindet, verstehst du das?«
Sie wird nicht darauf eingehen. Seine Herkunft interessiert sie nicht. Einzig der Augenblick hat Gewicht. Das Produkt, das neben ihr geht. Sein Oberarm, die Textur seines Jacketts. Ein weicher, edler Stoff, ein schmeichelnder Schnitt, wahrscheinlich *Made in Milano*. Der Zug rattert unter ihren Füßen, und Jans Worte fügen sich nahtlos in den Rhythmus. »Algenchips« – taram – »sind die« – taram, taram – »Zukunft.« Greta spendet ab und zu ein Lächeln oder ein Nicken oder erstauntes Hochziehen der Augenbrauen.
Sie gehen an Abteilen vorüber, in denen sich Familien häuslich niedergelassen haben. Greta entdeckt Thermoskannen, weiße Leintücher und Wärmflaschen; Kleinkinder, die auf dicken Matten auf dem Boden des Abteils mit Legosteinen spielen, Bücherstapel, ja sogar Poster und Zeichnungen an den Wänden.
Als sie den Wagen mit der Nummer 214 erreicht haben, passiert es. Ein plötzliches Rucken, ein Zittern, das die Karosserie erfasst. Die Bremsen jaulen. Jan stürzt auf Greta, ist ihr plötzlich so nah. Seine Bartstoppeln an ihrer Wange. Sein Gewicht drückt sie gegen den Griff einer Schiebetür, ein scharfer Schmerz im Rücken. Seine

Arme, die sie umfangen, sein Oberarm an ihrer Wange. Sie schmiegt ihren Kopf an seinen Arm, um zu testen, wie es sich anfühlt. Er löst sich von ihr einen Moment später als notwendig.
Er lacht. »Diese Selbstmörder sind eine Plage. Warum können die sich nicht aufhängen wie vernünftige Menschen?«
Schiebetüren werden geöffnet. Alle sehen gebannt aus den Fenstern, doch es gibt nichts zu entdecken: Felder, Strommasten, Tristesse.
Aus dem Lautsprecher ertönt die ölige Stimme des Schaffners: »Der Zug hält aufgrund eines technischen Defekts, bitte Türen geschlossen halten.«
Von allen Seiten drängen Reisende auf den Gang, stöhnen, flüstern, fluchen.
Jan greift nach Gretas Hand. »Lass uns zurückgehen«, sagt er. »Das ist unerträglich.«
Sie überlässt ihm ihre Hand. Sie schieben sich durch Menschentrauben. Als wär's das Selbstverständlichste der Welt. Als gehörten sie zusammen.
Im Speisewagen herrscht eifriges Treiben. Gepäck wird aufgehoben, an seinen Platz gerückt, sicher verstaut. Greta steigt über Scherben und eine Lache, dem Geruch nach Bier.
Sie setzen sich an ihren Tisch. Die Speisekartenhalter ist umgekippt, die Speisekarte liegt offen auf dem Boden. Die Frau am Nebentisch hat ihre Sonnenbrille abgenommen und streicht zärtlich über die Gläser. Als tröste sie ein kleines Tier.
Jan studiert den Zugbegleiter. »Wir sind in der Nähe von Schloissing«, sagt er. »Dort gibt es das Foltermuseum.

Muss man gesehen haben. Ich empfehle das Kombi-Angebot Hexenverbrennung und Abendmahl an der Rittertafel. Ab zehn Personen ist es günstiger.«
»Wo steigst du aus?«, fragt Greta.
»Astelbach. Nächster Halt.« Katharina wohne drei Kilometer vom Bahnhof entfernt. Frau Nummer eins hat also einen Namen: Katharina. Und er steigt demnächst aus.
»Ehebrecher«, sagt er, »wurden an den Pranger gestellt und mit faulen Eiern beworfen. Damit war nach der Ehe auch die Ehre futsch. Manchen Frauen hat man Halseisen angelegt.«
Er langt über den Tisch, berührt ihren Hals unterhalb des Ohrs.
»Hier«, sagt er. »Genau hier wurde es angelegt.«
Greta schluckt. Er weiß es und sie weiß es. Dass es möglich sein könnte. Dass es nicht mehr viel braucht. Ein Verlangen, das sich anfühlt wie Hunger. Sie hebt die Speisekarte vom Boden auf, blättert zu den Hauptspeisen. Gegrillte Entenbrust mit Couscous. Schnitzel Wiener Art. Thai-Curry mit Duftreis. Kokossuppe.
»Das ist sinnlos«, sagt die Sonnenbrillen-Frau am Nebentisch.
»Wie bitte?«
Sie deutet auf die Karte. »Da kommt keiner, da können Sie so lange hineinschauen, wie Sie wollen. Die sind verschwunden.«
»Verschwunden? In einem Zug?« Greta muss lachen.
»Es muss etwas passiert sein«, flüstert die Frau.
Greta wechselt einen Blick mit Jan. Er zuckt mit den Schultern.

»Außerirdische«, sagt er. »Kommt immer wieder vor.«
»An Ihrer Stelle würde ich nicht lachen«, sagt die Frau.
»An Ihrer Stelle würde ich nicht so schwarz sehen«, sagt Jan.
Die Frau wendet sich beleidigt ab.
Ein Glas Prosecco kostet vier Euro zwanzig. Greta hat Lust, mit Jan auf den neuen Job anzustoßen. Ihm von der Mail zu erzählen, die sie schreiben muss. Von ihren Gewissensnöten. Von dem Büro, das sie beziehen wird. Mit Sitzgruppe. Von ihrem neuen Schreibtisch. Olivenholz.
Doch Jan hat bereits seine Brieftasche geöffnet und die Früchte seiner Lenden auf dem Tisch ausgebreitet. Hier die beiden Kinder mit Elaine. Paul, fünf, und Charly, achteinhalb.
»Elaine hat ältere Rechte«, sagt Jan. »Außerdem sind wir verheiratet.«
Dann die beiden anderen. Mit Katharina. Ein blondes Mädchen mit Sommersprossen und wasserblauen Augen, Amelie. Und ein Junge mit Baseballkappe, André, vierzehn. Schwere Akne. Problematische Pubertätswirren, inklusive Ladendiebstahl. André sei nicht von ihm, aber er behandle ihn wie einen Sohn, sagt Jan. »Das Kind braucht einen Vater.« Er könne übrigens gar nicht genügend Kinder haben. Er breitet die Arme aus: »Kommt alle zu mir!«
So hat Greta ihn in Erinnerung: ein wenig überdreht, aber mit großem Herzen. Bestimmt ist er ein unruhiges Kind gewesen. Greta hat sich immer gefragt, was aus all den Kindern mit ADHS wurde. Jetzt weiß sie es: Erwachsene mit ADHS.

Im Gegensatz zu ihm und seinen Energieschüben seien die beiden Frauen in seinem Leben latent depressiv und litten unter Schlafstörungen, sagt Jan. Sie ergänzten einander perfekt. Nicht nur die beiden Frauen, sondern auch er, der in diesem Triumvirat den beweglichen Teil spielte.

Greta findet Katharina auf Anhieb sympathisch. Auch eine, die die Vorteile des Männer-Sharings erkannt hat.

»Mit einer alleine würde es auf keinen Fall funktionieren«, sagt Jan. »Bei Katharina erhole ich mich von Elaine und umgekehrt. Und du?«, fragt er unvermittelt, »Was ist mit deinem Nachwuchs?«

In ihrer Gebärmutter wird sich niemals etwas einnisten. Das sagt sie nicht. Dass sie das schon mit zwölf gewusst hat und die Impfung gegen Röteln verweigerte. »Brauch ich nicht.« Diese mitleidigen Blicke. Sie konnte ihre Gedanken lesen. Nein, was dieses Mädchen für eine Vorstellung vom Leben hat!

An ihrer Einstellung hat sich kein Jota verändert. Sie sollten sie heute sehen. Karrieretechnisch uneinholbar, während andere in ihrem Alter einen Milch-Vampir an ihrer Brust mästen und sich am Elternabend den Hintern auf Miniaturstühlen plattsitzen.

In Gretas Brieftasche befinden sich Geld- und Kundenkarten. Und die Reservierungsbestätigung des Farinelli.

»Hier«, sagt sie und streicht das Papier auf dem Tischchen glatt. »Das erwartet mich heute Abend. Alles von Philippe Starck, sogar die Toiletten. Design-Pinkeln. Wellness, Fitness, jedes Pipapo, das du dir vorstellen kannst. Bar mit DJ, Party jeden Abend.«

Der Zug macht einen Ruck. Als müsse er husten.

Jan lehnt sich zurück. »Es geht weiter. Was hab ich gesagt.«
Gar nichts hast du gesagt, denkt Greta.
»Das ist nicht das erste Mal, dass der Zug hier hält. Es scheint ein Fehler vorzuliegen. Ein Gleisfehler. Eine Kontaktschwäche.«
Kontaktschwäche! Was für ein Wort.
Nach dem zweiten Rucken ist Schluss.
»Immerhin dreißig Zentimeter«, sagt Jan. »Wir kommen voran.«
Greta schielt auf ihre Uhr. Wenn es in diesem Tempo weitergeht, kann sie sich die Abendveranstaltung abschminken.
»Was ist los, hast du's eilig?«
»Ich werde erwartet.«
»Soso«, macht Jan. »Stell dir mal vor: Mich erwartet man auch. Eine ganze Horde wartet auf mich. Aber das da draußen ist die Prärie. Der Wilde Westen. Rechtsfreie Zone. Da kümmert es niemanden, ob du einen Termin hast.« Er kaut auf einem Zahnstocher, verzieht den Mund zu einem breiten Grinsen, springt auf. »Warte hier.«
Nach kurzer Zeit steht er wieder vor ihr, eine Packung Erdnüsse und einen Piccolo in der Hand. »Eine Erfrischung gefällig, gnädige Frau?« Er ahmt die näselnde Stimme des pockennarbigen Kellners nach.
»Woher hast du das?«
»Wir haben die Küche geentert«, sagt er. »Wir sind viele.«
»Du hast dir das einfach … genommen? Ohne zu zahlen?«
»Was hätte ich tun sollen? Wenn keiner kommt, um zu bedienen, bedienen wir uns eben selbst.«

Er hält ihr die Erdnusspackung entgegen. »Gab's keine Chips?«, fragt sie.
Er lacht. »Doch. Aber nicht unsere. Saftladen.«
Greta sieht sich um. Die Alte mit der Kokossuppe hat eine Limonade ergattert. Einer räumt den Kühlschrank aus, stellt eine Bierflasche nach der anderen auf den Tresen.
»Schlaraffenland«, sagt Jan. »Phase eins. In Phase zwei plündern wir die Tiefkühltruhe. Keiner geht hier hungrig raus.«
Er hat sich seines Sakkos entledigt, es macht ihm Spaß, das sieht man ihm an. Ein Chaoskrieger, der zur Höchstform aufläuft, sobald etwas schiefgeht.
Noch ein paar Erdnüsse, Greta streckt die Hand aus, doch plötzlich zieht Jan das Päckchen weg.
»Wahrheit oder Pflicht.«
»Wie bitte?«
»Wahrheit oder Pflicht. Kennst du doch. Also?«
»Wahrheit«, sagt Greta. Jetzt erst lässt er sie in die Erdnusstüte greifen.
»In wen warst du verliebt, damals auf Schloß Seggau?«
Was soll das? »In niemanden«, sagt Greta.
»Du lügst«, sagt Jan. »Und das ist gegen die Spielregeln. Du hast Wahrheit gewählt.« Ganz ernst sagt er das.
Greta überlegt.
»In den Arend«, sagt sie.
Das stimmt zwar nicht, aber es ist glaubwürdig. Peter Arend, Assistenzprofessor. Spezialgebiet: Markenaufbau und langbeinige Studentinnen. In den Arend waren alle verschossen. Er sah aus wie Richard Chamberlain, ein Vorteil, wenn man vor einer Generation dozierte, die mit *Dornenvögel* aufgewachsen war.

Jan nickt. »Und? Lief da was?«
»Nichts da«, sagt Greta. »Ein Frage. Eine Antwort. Du bist dran.«
»Pflicht«, sagt Jan.
»Also gut«, sagt Greta. »Du wirst mir Gummibärchen besorgen. Aber nicht irgendwelche. Sondern –« Sie zeigt auf den Tisch mit Bauarbeitern – »von den Herren da drüben.«
Jan erhebt sich. Tatsächlich, er tut es. Er wird alles machen, was sie ihm aufträgt. Sie hat ihn in der Hand. Sie hat sie alle in der Hand.
Er tritt an den Tisch der Männer. Sie beobachtet seine Gesten, ausladend, überzeugt, versucht zu verstehen, was er sagt. Und dann ist er auch schon wieder da, streut mit arroganter Geste eine Handvoll Gummibärchen auf das Tischtuch. Sie liegen da wie erschossen.
»Gelb, grün, weiß?«
»Weiß«, sagt Greta. »Immer weiß.«
Jan setzt sich, beugt sich zu ihr. »Hier stimmt etwas nicht«, zischt er. »Der eine ist vorher durch den ganzen Zug gelaufen, durch alle Abteile. Durch alle. Kein Schaffner auffindbar, nirgends.«
»Und?«
Er deutet mit dem Kopf zum Nebentisch. »Sie hatte recht.«
Greta zögert einen Moment. »Wahrheit oder Pflicht?«
Jan pflückt ein grünes Gummibärchen vom Tischtuch. »Wahrheit.«
»Warst du eigentlich damals in mich verliebt?«
»Natürlich.« Er grinst. »Wir waren alle in dich verliebt.«
Er wird nicht rot, nicht einmal einen Stich ins Rosé. Er

lügt, aber das ist Greta egal. Sie spürt etwas an ihrem Knie. Sein Knie. Ein Rhythmus. Als wolle er ihr eine Botschaft ins Knie morsen.
Ja, denkt Greta. Ja. Jetzt. Sofort.

8

Danielle trägt etwas, das Jurek das letzte Mal in den späten Siebzigern gesehen hat: einen Hosenanzug mit Fledermausärmeln und flatternden Hosenbeinen. Um die Taille einen Gummizug. Pink. Die Haare aufgesteckt und mit einer goldenen Haarspange am Hinterkopf befestigt. Jurek küsst sie auf die Wange und drückt ihr den Rotwein in die Hand.
Danielle verbreitet einen süßlichen Duft. Jurek schließt für einen Moment die Augen.
»Ihr feiert doch wohl nicht Geburtstag«, sagt er.
»Wieso nicht? Ist das verboten?« Sie legt den Kopf in den Nacken und lacht. Ihre Zunge ist belegt.
Aus dem Wohnzimmer dringen Stimmengewirr und helles Lachen. Auf eine große Gesellschaft ist Jurek nicht vorbereitet, er hat nur rasch das Hemd gewechselt, trägt immer noch Jeans und die Taxi-Schuhe. Er fühlt sich angenehm müde.
Danielle geht voraus, ihre Plateauschuhe schleifen über die polierten Fliesen. Im Gegensatz zu seinem Haus ist das der Rosensteins klinisch rein und blendend hell wie ein Operationssaal. Downlights, in den Fußboden eingelassene Spots, Hängeleuchten, Wandlichter, Deckenfluter, jeder Winkel ausgeleuchtet, gnadenlos.

»Ich hoffe, du magst Paella«, sagt Danielle.
Die Gäste sitzen dicht gedrängt um den ovalen Esstisch und schöpfen mit einer Kelle ein Reisgericht aus einer Pfanne. Als er eintritt, heben sie synchron den Kopf. Er kann ihre Gedanken hören. Noch einer. Spät kommt er. Komischer Typ.
Jurek mustert die Runde. Die Kalbhenns sind da, zum Glück.
»Na sowas!« Toni Kalbhenn hat ihn gesehen und hebt das Glas in seine Richtung. Neben ihm seine Frau Lissy, blond und drall. Mit ihren Lippen ist etwas passiert.
Klaus Ostrowsky, Spezialist für mittelalterliche Phonetik, ist aus Wien angereist. Ein Großer mit ausladendem Bauch und einer Zottelmähne wie Gérard Depardieu. An seiner Seite sitzt eine unscheinbare, kleine Frau mit fahrigem Blick. Seine Studentin, seine Sekretärin oder seine Geliebte. Jurek interessiert sich nicht für Klatsch. Die anderen kennt er nicht.
»Das ist unser Jurek«, ruft Danielle. Sie klatscht in die Hände wie auf einem Kindergeburtstag, bevor der Clown mit seinen erbärmlichen Kunststücken beginnt.
»Lass nur, Danielle«, sagt Jurek und umfasst ihren Oberarm, der erstaunlich weich ist.
»Jurek ist lebenswichtig«, sagt sie etwas zu dramatisch.
Beim letzten Wort wenden alle wie auf Kommando den Kopf und glotzen ihn an. Stille.
»Ich bitte dich«, zischt Jurek.
»Hört nur, wie bescheiden er ist!«, ruft sie. »Unser lieber Nachbar ist die Bescheidenheit in Person.«
Er spürt ihre Hand an seinem Kreuz. Spitze Fingernägel, die über sein Hemd kratzen.

»Jurek ist der einzige Taxifahrer in Oed. Ohne ihn wären wir verloren.«
Lachen. Erleichterung. Einer applaudiert. Wahrscheinlich haben sie erwartet, dass sie ihn als Neurochirurgen vorstellt oder als Pilot eines Rettungshubschraubers.
Die Gäste wenden sich wieder ihren Tellern zu und klimpern mit dem Besteck.
Rosenstein stellt sich neben ihn und drückt ihm ein Glas mit einer bernsteinfarbenen Flüssigkeit in die Hand.
»Wer am nächsten wohnt, kommt zuletzt, was?«, sagt er und lacht.
Sie stoßen an.
»Ich hatte noch eine Fahrt«, sagte Jurek und blickt in sein Glas.
Sofort tut es ihm leid, dass er sich dafür auch noch rechtfertigt. Niemand hat ihn darum gebeten.
Ralf Rosenstein hat sich in Schale geworfen. Dunkler Anzug, graues Hemd.
»Was machen die Brillen?«, fragt Jurek.
Ralf hat vor zehn Jahren das Brillenlabel NOW I SEE gegründet. Eine beispiellose Erfolgsgeschichte, die ihn vor drei Jahren auf das Cover der *Wirtschaftswoche* katapultierte. Österreichs *Manager des Jahres.*
»Alles paletti«, sagt Ralf und packt Jurek am Nacken.
»Und du? Immer noch ganz allein in dem großen Haus?«
Jurek nimmt einen Verlegenheitsschluck.
»Sieht so aus.«
»Was Neues von Lynn?«
Die Fragen, die er fürchtet. Eine nach der anderen. Unausweichlich.
»Studiert«, sagt er.

»Ich weiß noch, wie sie immer zu uns rüberkam und mit der Katze spielte. Ewig her.«

Jurek nickt. Nippt am Glas. Sie hatten früher öfter gemeinsam etwas unternommen. Die Familien Rosenstein und Bach. Wie lange das her ist. Die Katze ist unter dem Kastanienbaum begraben. Die Kinder studieren in Wien. Der Whisky brennt in den Eingeweiden. Warum ist er nicht zu Hause geblieben.

»Gib uns doch Bescheid, wenn sie dich besucht«, sagt Ralf. »Wir würden sie gern wieder mal sehen. Nicht wahr, Dani, das würden wir doch?« Ralf schlingt den Arm um die Taille seiner Frau.

»Das ist Betrug!«, ruft Ostrowsky. »BE-TRUG AN ALLEN STEUERZAHLERN.«

Danielle winkt ab.

»Er schimpft über die Bahn«, sagt sie und verdreht die Augen »Seit über dreißig Jahren dieselbe Leier.«

»Ich werd mal ein paar alte Bekannte begrüßen«, sagt Jurek. Fährt mit der Hand über seine Stoppelglatze. Heiß hier drin. Diese Lichter überall.

Er umrundet den Esstisch. Neben Lissy Kalbhenn erspäht er einen freien Stuhl. Wenigstens eine Gelegenheit, sie aus der Nähe zu betrachten.

Lissy und Miriam waren befreundet. Dass er sie hier wiedertrifft, schmerzt ein wenig. Ein Brennen in der Brust. Miriam war immer für die Aufrechterhaltung der Freundschaften zuständig gewesen. Seit sie getrennt waren, haben sich beinahe alle gemeinsamen Kontakte verflüchtigt. Oder sind zu Miriam übergelaufen.

»Schön, dich zu sehen«, sagt Lissy. »Du bist gut in Form, Jurek.«

Er lacht.
»Darf man hier drin rauchen?«
Lissy zuckt mit den Schultern. »Wir rauchen nicht mehr.«
Jurek zeigt Danielle über den Tisch hinweg seine Zigarettenpackung. Sie nickt. Was für ein Glück.
Früher hatten sie alle gemeinsam gequalmt. Fröhlich und ohne Rücksicht auf Verluste. Das ist vorbei. So vieles ist vorbei. Er war auf alles gefasst heute Abend, nicht aber auf die weinerliche Stimmung, in die er langsam abgleitet.
»Hier«, sagt Lissy und schiebt ihm einen Teller zu. »Die Paella musst du probieren.«
»Die Südbahnstrecke haben sie vollkommen vergessen!«, donnert Ostrowsky. »Voll-komm-en. Und das hat Geschichte, das könnt ihr mir glauben! Kundenfeindlichkeit aus Tradition.«
»Ostrowsky ist wohl mit dem Zug angereist«, sagt Jurek zu Lissy.
Er würde zu gern ihre Lippen betasten, die sich aus ihrem Gesicht wölben wie zwei Schwellungen.
»Du kennst doch Klaus«, sagt Lissy. »Wenn er sich nicht beschweren kann, ist er nicht glücklich.«
Jurek zieht an der Zigarette. Noch ein Schluck Whisky. Er kramt in seinem Hirn nach Gesprächsstoff. Die Nachbarin zu seiner Rechten erzählt von einem Krankheitsfall. Er kann die Worte »Aneurysma« und »Intensivstation« verstehen. Er versucht, nicht hinzuhören.
»In Niederoed steht schon wieder ein Zug auf den Schienen«, ruft Ostrowsky. »Habt ihr davon gehört? Rührt sich nicht. Liegt auf den Schienen wie tot. Schon wieder.«

Jurek sieht sich um. Ihm gegenüber sitzt eine Frau mit langen, dunklen Haaren. Verschatteter Blick. Um den Hals ein goldenes Amulett. Der Ansatz eines Tattoos. Eine ungewöhnliche Gestalt. Ungewöhnlich für Oed. Sie deutet auf seine Zigarettenpackung.
»Hättest du eine für mich?«
So war das hier: alle per du. Das hat Danielle wahrscheinlich mit »zwanglos« gemeint.
Jurek öffnet die Packung, hält sie ihr entgegen. Sie lächelt.
»Zu viel Paella«, sagt sie. »Da hilft nur Tabak.«
Er gibt ihr über den Tisch hinweg Feuer.
»Ich bin Hannelore«, sagt sie.
»Jurek«, sagt Jurek.
Lissy deutet auf Hannelore. »Wir haben sie mitgenommen, Lore ist unsere Nachbarin.«
»Ach so«, sagt Jurek. Dann nichts mehr. Es ist, als verließen ihn die Worte. Nichts mehr da, aus dem er schöpfen könnte. Er will nach Hause vor den Fernseher. Füße hoch. Zappen.
»Ich treffe Miriam noch ab und zu«, sagt Lissy.
Jurek versteht nicht, warum alle über seine Ex sprechen wollen. Als sei er immer noch Teil eines Paars. Der unbedeutendere Teil.
Er nickt. Sie ist gegangen, nicht er. Ihr Leben geht ihn nichts mehr an.
»Sie arbeitet in einem Blumenladen«, sagt Lissy.
Blumenladen. Typisch.
»Habt ihr Kontakt?«, fragt Lissy.
Jurek schüttelt den Kopf, trinkt den Whisky aus.
Miriam hat beschlossen, zurück nach Wien zu gehen, als

Lynn fünf war. Sie wollte in ihrem Restleben, wie sie es nannte, keinen Fuß mehr nach OTG setzen. »Ansteckende Erde«, hat sie gesagt. »Sie zieht mich runter, macht mich krank.«

Er hat nie verstanden, was sie ihm damit sagen wollte. Was die Erde in Oed mit ihrer Ehe zu tun hatte. Sie war es doch, die ihn gedrängt hatte, aufs Land zu ziehen. Sie wollte Hühner züchten, Hochbeete und Kräuterspiralen anlegen und im Sommer auf der Terrasse unter freiem Himmel schlafen. Ihre romantische Vorstellung vom Landleben war es, die ihn dazu ermutigte, an den Ort seiner Kindheit zurückzukehren.

Er fürchtet sich vor dem Tag, an dem Lynn es ihm vorwerfen wird: Dass er ihre Mutter aus der Stadt entführt hat, in ein Kaff an den Rand der Welt verbannt hatte, in dem ein kaputtes Windrad die einzige Attraktion war. Obwohl es doch genau andersherum war. Er hatte immer in der Stadt bleiben wollen.

»Entschuldige mich«, murmelt Jurek.

Er steht auf, bahnt sich einen Weg durch das Grüppchen, das den Flur verstopft. Er schwankt ein wenig, verträgt keinen Whisky auf leeren Magen.

Die Toilette ist besetzt. Auch das noch. Dann wenigstens Luft schnappen. Jurek tritt hinaus in die Dunkelheit. Es hat aufgehört zu regnen, die Luft ist warm und schmeckt nach frisch gemähtem Gras. Er atmet tief ein und aus.

Dass er die längste Zeit Teilzeitvater war, kann ihm nicht angelastet werden, was hätte er auch tun sollen. Nach der Trennung hat er jeden Mittwoch mit Lynn telefoniert. Die Mitte der Woche war ein guter Zeitpunkt, um Neuigkeiten auszutauschen. Lynn erzählte, was in ihrem Pony-

Heft stand und wie sie ihr eigenes Pony nennen würde, wenn sie endlich eines bekäme. Cosmea. Stella. Wotan, falls es ein Hengst wäre. Jurek beschränkte sich darauf, zuzuhören.

Die Mittwochsgespräche hörten auf, als sie zwölf war und von »Mein Pony« auf »Bravo« umstieg. Von da an besuchte sie ihn nur noch zwei Mal im Jahr. Es waren Pflichtbesuche, darüber ließ sie ihn nie im Unklaren. Sie saßen einander gegenüber auf der Kücheneckbank und Lynn kämmte sich mit ihren Fingern die Haare ins Gesicht, damit er sie nicht sehen konnte.

Miriam nannte es pubertären Autismus. »Lass ihr die Freiheit, so zu sein, wie sie will.«

Er ließ sie doch ohnehin.

Lynn war pummeliger geworden in der Pubertät, sogar ihre Hände erschienen ihm wie aufgeschwemmt. Er sorgte sich, dass sie sich nicht gesund ernährte. Als er Miriam darauf ansprach, sagte sie, ihr Privatkoch habe eine Auszeit genommen und befinde sich aktuell auf den Malediven. Er könne aber gern nach Wien kommen, um Lynn ihr tägliches Fünfgängemenü zu kochen.

Nach und nach versickerten die Meldungen aus Wien.

Jurek durchstreift den Garten. Vor ihm der Buchsbaum in Entenform. Er öffnet die Hose, greift in die Boxershorts. Der Ente in den Mund pinkeln, das wollte er immer schon einmal. Er zielt und trifft mitten hinein, der Strahl ist kräftig genug.

Auf einmal ein Schrei. Ein Schatten, der aufspringt. Jurek fällt nach hinten in die Dunkelheit. Herzrasen. Er rappelt sich auf, stopft den Schwanz zurück in die Hose.

»Hallo? Hallo?«
Eine Frauenstimme.
»Ach, du bist es«, sagt Hannelore. »Hast du mich erschreckt.« Ihr Amulett funkelt im Mondlicht.
»Das ... das tut mir ... leid«, stammelt Jurek. »Ich wollte ... Hab ich dich getroffen?«
Sie lacht.
»Keine Sorge«, sagt sie. »Nichts passiert.«
Jurek betrachtet den glatten Vorhang ihrer schwarzen Haare, der sich von ihrem blassen Gesicht abhebt. Er weiß wieder einmal nicht, was er sagen soll. Schaut hinauf in den Himmel. Großer Wagen, kleiner Bär. Nordstern.
»Schön hier«, sagt er. Dann zieht er die Zigarettenpackung aus der Hosentasche, öffnet sie, hält sie hinein in die Dunkelheit. Seine Hand zittert.
»Noch eine?«

9

Greta hat sich auf eine freie Toilette geflüchtet. Sie sitzt auf dem Deckel des Vakuum-Klos, hält ein Feuchttuch an ihre Stirn, das sie in den Tiefen ihrer Handtasche gefunden hat. Sie kann Stimmen hören, Trampeln, Rufen, das an- und abschwellende Heulen der Kinder.
Mit der Taschenlampenfunktion ihres Handys leuchtet sie den Raum aus, betrachtet die verschmierten Wände, den ausgeraubten Papierhandtuchspender, den Wasserhahn. Dieser armselige Rest an Privatheit.

Sie hat Lust zu weinen, entscheidet sich aber dagegen. Tränen ruinieren das Augen-Make-up, und die Fassung war das einzige, das sie in einem Moment wie diesem noch bewahren konnte.
Das kleine Fenster ist gekippt. Greta lugt hinaus in die Stille. Mit einem Mal ist es dunkel geworden. Als sei die Dämmerung abgeschafft worden.
Sie öffnet ihr Schminktäschchen, tastet nach ihrem Lieblingslippenstift. Galactic Mauve. Schraubt den Stift auf, führt ihn zu ihrem Mund. Dieser vertraute Geruch. Sie trägt die Farbe auf die Unterlippe auf und drückt die Lippen fest aufeinander. Kussecht.
Vor mehr als einer Stunde verlöschte das Licht. Sie rüttelten an jeder Tür, zogen an den Griffen, drückten auf alle Knöpfe, betätigten die Notbremse. Irgendwann hatten sie es kapiert: Sie sind gefangen im Verlies der Österreichischen Landesbahnen. Was für eine Absurdität.
Vittorio Fras wird mit dem Privatjet nach Österreich fliegen und im Steirereck reservieren, um sich das Zug-Erlebnis aus ihrem Mund schildern zu lassen. Um ihr zu lauschen, Greta Kaminsky, die bereit ist, für das Unternehmen jedes Risiko einzugehen.
Man kann es sich nicht vorstellen. Wir hatten TODESANGST. Es war SCHRECKLICH.
Sie wird die Erzählung ausschmücken. Sie wird von Reisenden erzählen, die vor ihren Augen kollabierten, die sich um die letzten Wasserflaschen blutig schlugen.
Mach was draus, sagt Greta sich vor wie ein Mantra. Mach was draus.
Vorsichtiges Klopfen. »Alles in Ordnung?«
Jan. Er wartet auf sie.

Sie erhebt sich. Drückt auf den Knopf für den Wasserhahn. Sie hat das dringende Bedürfnis, in eine Wanne zu steigen, in einen Pool, einen See. Sich rundum zu erfrischen. Der Wasserhahn weigert sich, mehr als einen Tropfen herzugeben.

Sie nähert sich dem Spiegel. Ihre Augen, zwei dunkle Höhlen. Der Mund. Doch was ist das? Eine Lippenstiftspur zieht sich vom Mund quer übers Kinn. Sie spuckt auf das Taschentuch, reibt ihr Kinn so fest, dass ihr die Tränen kommen. Sie kneift die Augen zusammen. Die Spur ist immer noch da. Oder ist es nur ein Schatten? Sie presst das Taschentuch auf ihre Augen. Beherrsch dich, denkt sie. Reiß dich zusammen. Es ist nichts passiert. Es. Ist. Nichts. Passiert.

Sie öffnet die Tür.

Jan hält ihr sein Handy entgegen.

»Kein Empfang«, sagt er. »Wir haben's überall probiert.«

Greta ist übel. Ihre Zunge klebt am Gaumen.

»Und jetzt?«

»Es wird wohl eine Weile dauern, bis du dein Hotelzimmer beziehen kannst«, sagt Jan. Er lächelt. Immer noch.

Sie suchen uns bereits überall, denkt Greta. Bestimmt suchen sie uns. Mit Hunden und Hubschraubern. Gleich biegt ein Trupp Soldaten um die Ecke, und morgen stehen wir in der Zeitung.

Erschöpft, aber glücklich

Rätsel: Zugpersonal wie vom Erdboden verschluckt, Passagiere gerettet.

Man wird sie fotografieren, wie sie in der Steppe zusammenstehen, mit Decken auf den Schultern, einen Becher Tee in der Hand, Tränen der Erleichterung in den Augen.

Wenn man sie interviewt, wird sie dezent den Firmennamen unterbringen, dann hat sich die Aktion letztlich gelohnt.
Ja, wissen Sie: Wenn man bei einem internationalen Konzern wie MEDICALUX *arbeitet –*
Ich war auf den Weg zu einer Messe nach San Marino, unser Unternehmen MEDICALUX *legt Wert auf –*
Eine Hand auf ihrem Rücken.
»Wünscht man sich das nicht? Ganz insgeheim? Sei ehrlich.« Jan flüstert ihr ins Ohr. Sein Atem riecht nach Gummibärchen.
Eine trostlose Karawane zieht an ihnen vorbei. Ältere Männer und Frauen, die ein Gebet murmeln. Sie tragen Kleidung, die aussieht, als stamme sie aus der Altkleidertonne. Greta lehnt sich an die Toilettentür, um sie vorbeizulassen. Jan steht vor dem niedrigen Fenster, das nichts zeigt als Schwärze.
Gebenedeit ist die Frucht deines Leibes, Jesus. Heilige Maria, Mutter Gottes –
Die Lobby des Farinelli ist ausgelegt mit zotteligen Teppichen, die aussehen wie das Fell eines riesigen, gutmütigen Tiers. Gretas Erinnerungsbilder sind von erstaunlicher Schärfe und Leuchtkraft, dabei hatte sie nur eine einzige Nacht dort verbracht. Die Mädchen an der Rezeption trugen waldgrüne Uniformen und die Haare hochgesteckt wie Balletttänzerinnen. Es roch nach orientalischem Markt. Sie erklärten ihr, dass das Farinelli einen eigenen Duftberater beschäftigte, der permanent in der Welt unterwegs war, um neue Düfte einzufangen.
Was für ein wundervoller Beruf, hatte sie gedacht. Duftjäger. Mit einem verglasten Aufzug ist sie in den drit-

ten Stock gefahren. Sie konnte die Rezeptionistinnen von oben betrachten, die Kämme, die in ihren Haarknoten steckten, ihre rosa Kopfhaut, ihre blassen, sauberen Nacken.

Jetzt und in der Stunde unseres Todes. Gegrüßet seist du, Maria.

Greta stellt sich vor, dass sie gemeinsam mit Jan über die flauschigen Teppiche geht. Dass sie an der Bar einen Cocktail bestellen. Dass er sie im Lift küsst. Dass sie aus dem Augenwinkel die Rezeptionistinnen dabei beobachtet, wie sie einen Blick zu ihr hoch werfen. Dass sie engumschlungen den langen Gang zu ihrem Zimmer entlanggehen, denn Greta reserviert immer am Ende des Gangs. Weit weg vom Lift. Weit weg von allen Zumutungen wie Kindergeschrei, Besteckgeklapper, Barmusik. Am liebsten hätte sie eine ganze Etage für sich.

Der Herr ist mit dir. Und du bist gebenedeit unter den Frauen.

Der Herr ist auch mit mir, denkt Greta. Ein anderer zwar, doch sie ist nicht allein. Sie lehnt ihren Kopf an Jans Schulter. Erwartet, dass er reagiert. Dass er sie tröstend in den Arm nimmt. Ihr zumindest den Kopf zuwendet. Doch nichts dergleichen. Und als der letzte der Pilger an ihnen vorübergegangen ist, strafft sich Jans Körper, und er sagt mit kalter Stimme: »Gehen wir zurück.«

Diesmal nimmt er sie nicht an der Hand, und Greta fragt sich, ob sie einen Fehler gemacht hat. Einer, der schon zwei Frauen hat, braucht keine Dritte – das war ihre These, aber vielleicht doch, vielleicht braucht er eine ganz bestimmte. Sie hat keine Zeit, darüber nachzudenken, sie drängen sich durch eine endlose Menschentraube, und

Greta kann gar nicht aufhören, permanent Entschuldigung, Entschuldigung zu sagen. Sie rempelt einen Jugendlichen an, schaut in ängstliche Augen. Bald wird es den ersten medizinischen Notfall geben. Man wird nach einem Arzt suchen, und Greta wird nur sagen können: Alles, was ich dabeihabe, sind Prospekte über flexible und starre Endoskope, es tut mir wirklich leid, Pardon, entschuldigen Sie vielmals. Die Reisenden in den Abteilen sehen kümmerlich aus, drängen sich unter der fahlen Notbeleuchtung zusammen wie Hühner, eng und elend.

Mit einem Mal kann sie die Kappe des Schaffners erkennen.
»Da vorne!«, ruft sie Jan zu, der bereits vorausgelaufen ist. Er kann sie nicht hören. Der Schaffner ist umringt von Reisenden. Als sie näher kommt, sieht sie, dass es sich um die Pilgergruppe handelt.
»Lassen Sie mich durch«, sagt Greta, stolpert über Beine, stößt an weiches Fleisch. Und dann steht sie vor dem Mann und öffnet den Mund, und bevor sie ein einziges Wort gesagt hat, erkennt sie, dass es kein Schaffner ist, sondern bloß einer, der sich eine Schaffnermütze aufgesetzt hat.
Ein Betrüger.
Er habe die Kappe am Boden gefunden, erklärt er, zwischen zwei Waggons, auf der beweglichen Plattform.
»Der Herr«, sagt er, »aber ist bei uns. Er beschützt uns. Auch dich.«
Er versucht, seine Hand auf ihren Oberarm zu legen. Sie schüttelt ihn ab, wütend.
Der Speisewagen ist zur Kommandobrücke umfunktio-

niert. Unterhalb des Notlichts hat sich eine Eingreiftruppe versammelt. Jan befindet sich unter ihnen, er hat seine Ärmel hochgekrempelt.
Greta setzt sich zurück an ihren Platz, lässt ihren Kopf in ihre Arme sinken. Sie wird die Bahn verklagen, das steht fest. Sie wird die Bahn verklagen und jeden einzelnen der Bahnbediensteten, der diesen verdammten Zug vorzeitig verlassen hat. Jeder spricht von Flugangst, aber keiner hat je über Zugangst berichtet. Im Zug lauert das wahre Grauen, denkt Greta. Weil man es hier nicht erwartet. Weil der Weg des Zuges doch vorgezeichnet ist.
Dann geschieht etwas mit ihrem Gesicht. Als platze eine Ader. Es strömt es aus ihren Augen. Sie weint, schluchzt. »Ich will hier raus, verdammt!« Sie schlägt mit der Hand gegen das Fenster, immer wieder. Kein Schmerz, nur Wut.
Jan ist bei ihr, hält ihre Hände.
»Beruhig dich«, sagt er, »wir haben eine Lösung gefunden.« Er redet wie ein Chirurg vor der Operation. Wie ein Chirurg, der weiß, dass es wahrscheinlich schief gehen wird. Doch sie ist folgsam, schnieft ein letztes Mal, wischt sich mit dem Handrücken die Tränen aus ihrem Gesicht. Dass ihr Makeup nun endgültig ruiniert ist, spielt keine Rolle, zumal auch die Notbeleuchtung an Kraft zu verlieren scheint.
»Ich bin froh«, sagt sie. »Dass du da bist.«
Jan gießt den Rest des Prosecco in die Gläser. »Du musst dir eines merken: Es gibt immer einen Profi an Bord. Und es gibt immer einen, der's durchzieht.« Er ist vollkommen ruhig, leert das Glas in einem Zug, klopft zwei-

mal auf den Tisch und fährt fort: »Wir haben im gesamten Zug die Notfallhämmer eingesammelt.«
Schon beginnt ein langsames, synchrones Schlagen auf Glas. Zunächst vorsichtig, beinah zart. Allmählich erhöht sich die Intensität. Ein rhythmisches Hämmern, das in Gretas Kopf widerhallt.
Raus, raus, raus, das ist es, was sie hört.
Sie dreht sich um. Zwei Männer stehen vor dem Fenster, vor dem sich erst kürzlich die Kokossuppenfrau die Petersilie aus den Zähnen gekratzt hat. Der mit dem größten Hammer kniet auf dem Tisch. Sie bearbeiten das Fenster in einer präzise abgestimmten Dramaturgie und rufen sich Anweisungen zu.
Tiefer, tiefer – ja, klingt gut, du ein wenig höher, noch höher!
»Du musst aufpassen«, sagt Jan, »dass du dir nicht die Knie aufschlägst, wenn du rausspringst.«
Daran hat Greta nicht gedacht. Ihre Kleidung ist nicht für eine Evakuierung konzipiert. Sie trägt ihr Messekostüm inklusive hoher Schuhe. Louboutins mit roter Sohle.
»Ich sollte längst im Rotonda sein«, flüstert sie. »Das ist ein Steak-Restaurant in San Marino.«
»Tja«, sagt Jan und lehnt sich vor, »höhere Gewalt.«
Und dann wagt sie es. Schlüpft aus ihrem rechten Schuh, schmiegt ihren bestrumpften Fuß an seine Wade.
Er verzieht keine Miene, er scheint nicht einmal überrascht. Im nächsten Moment packt er ihren Fuß und hält ihn fest. »Das ist nicht der beste Moment für so etwas«, sagt er.
»Vielleicht«, sagt Greta. »Aber einen besseren wird es nicht geben.«

Das ist die Wahrheit, und Wahrheit ist Pflicht.
Im Speisewagen ist es still geworden.
Alle verfolgen gebannt die Bemühungen der Männer, die stetig und immer heftiger auf das Glas einschlagen.
Und gerade als Jan sich vorsichtig die Innenseite von Gretas Oberschenkel hinauftastet, und Greta ihre Augen schließt – weiter, ja, mach einfach weiter, was interessiert uns, was morgen ist –, birst das Fensterglas mit einem erstaunten *krisp*.

10

Jurek, der lange keine Frau mehr umarmt hat, tut so, als sei er in Übung. Dabei weiß er nicht, wohin mit seinen Händen. Was sie dürfen, was nicht. Hannelores Lippen schmecken nach Fisch. Er küsst die Kuhle an ihrem Hals, ihr Amulett, das aussieht, als sei es aus Elfenbein. Er kann sein Glück kaum fassen. Er möchte sie niederwerfen und sich zwischen ihre Beine drängen, aber etwas hält ihn zurück.
In Hannelores Gesten liegt ein Zögern. Sie umarmt ihn, doch er spürt nur ihre Nägel an seinem Rücken. Wenn er ihren Blick sucht, schließt sie die Augen. Als er ihr Shirt hochstreifen will, hält sie seine Hand fest. Er hört sich selbst keuchen.
»Nicht«, flüstert sie. »Bitte.«
»Hier sieht uns keiner«, sagt Jurek. Ein Satz wie aus einem schlechten Film.
Sie sitzen in der Hollywoodschaukel der Rosensteins.

Gedämpftes Lachen schwappt vom Wohnzimmer in den Garten.

»Nicht deswegen.«

»Warum dann?«

Sie tut so, als müsste sie ihre Jungfräulichkeit verteidigen. Dabei war doch sie es, die die Initiative ergriffen hat. Die seine Hand in ihre nahm, mit ihrem Finger die Linien auf der Handinnenfläche nachfuhr, etwas über seine Herzlinie sagte. Er hörte schon längst nicht mehr zu, sein ganzer Körper war taub vor Erwartung. Und dann hatte sie seinen Handrücken geküsst, auf einmal, als wäre sie der Mann und er ein adeliges Fräulein.

Sie konnte ihm alles erzählen über Handlinien, Horoskope, Tarot-Karten, jeden esoterischen Quatsch, das war ihm egal. Hauptsache, sie ließ ihn jetzt nicht allein.

»Wir können zu mir gehen«, sagt Jurek. Er zeigt auf den Rohbau, der über der Hollywoodschaukel in den Himmel ragt.

»Das ist dein Haus?« Hannelore hält inne. »Es ist noch nicht fertig.«

»Auf seine Art ist es fertig«, sagt Jurek und streicht über ihr Shirt. Ihr Bauch wölbt sich hervor wie eine harte Kugel, aber das stört ihn nicht. Er ist so hungrig nach Frauenhaut.

Hat er das Bett gemacht, bevor er ging? Er beschließt, dass das nicht wichtig ist. Die Don't do-Liste darf sie jedenfalls nicht entdecken. Es wird Zeit, dass er sie entsorgt.

Jurek haucht ihren Namen auf ihre Stirn. Hannelore.

»Ja?«

»Du bist schön. Du bist wunderschön.«

Kümmerliche Relikte einer Verführungsprosa. Worte,

die faulig schmecken. Aber möglicherweise ein Weg, um unter ihr T-Shirt zu gelangen. Er fühlt sich wie sechzehn. Dieselbe Aufregung. Dieselbe Hitze. Dieselbe Unsicherheit.
Hannelore kichert. Jurek hält inne.
»Stimmt etwas nicht?«
»Du hast ein Winchester-Haus«, sagt sie.
»Was?«
Und dann erzählt sie. Von der Schwiegertochter des Gewehrfabrikanten Winchester, die Angst hatte vor der Rache der Toten, die mit den Gewehren ihres Schwiegervaters umgebracht worden waren. Ihre Tochter starb einige Wochen nach der Geburt, auch ihr Mann starb früh. Sie bat einen Spiritisten um Rat. Er sagte ihr, der Fluch werde nicht wirken, solange sie an ihrem Haus weiterbaut. Also stellte sie mehr als zwanzig Handwerker ein, die Tag und Nacht an ihrer Villa schufteten. Achtunddreißig Jahre lang, ohne einen einzigen Tag Pause.
»Und?«
»Sie wurde steinalt.«
Jurek lacht. »Du glaubst an Geister.«
»Du nicht?«
Er ist bereit, an alles zu glauben.
»Ich will nach Hause«, sagt Hannelore.
Scheiße, denkt Jurek. Er richtet sich auf. Sein Rücken schmerzt.
Wahrscheinlich ist es wegen der Verhütung, denkt er. Ein Trostgedanke. Sie möchte ihn mit zu sich nehmen, das wird es sein. Dorthin, wo sie alles unter Kontrolle hat. Er weiß nicht, welche Verhütungsmittel im Mo-

ment in Mode sind. Er hat von unter die Haut gepflanzten Hormonstäbchen gelesen und von Apparaturen, die Temperatur und Konsistenz von Körperabsonderungen messen. Ein Thema, das ihn nie sonderlich interessierte. Miriam hatte die Pille genommen, und nach Lynns Geburt war ihr sexueller Appetit so weit abgeflaut, dass eine weitere Schwangerschaft ohnehin utopisch schien. Miriam pflegte ihre Schwangerschaftsstreifen wie Opfermale. Ihr Körper sei traumatisiert, sagte sie ihm ein ums andere Mal und tat so, als ob er sich schuldig fühlen müsste. Sie zog zu Lynn ins Kinderzimmer und nächtigte fortan auf der Matratze. Ehe sie Oed verließ, hatte sie ihn längst verlassen.

Alles in Ordnung, möchte er Hannelore zuflüstern. Ich verstehe dich. Ganz wie du willst, du bist die Königin dieser Nacht.

»Du bist mir nicht böse?«

Er schüttelt den Kopf, streicht mit dem Finger über ihre Armbeuge.

»Ich bringe dich nach Hause«, sagt er.

Sie steht auf, klopft ihren langen Rock ab, als hätten sie im Heu gelegen.

»Ich wohne in Niederoed«, sagt sie.

»Besser, wir verabschieden uns nicht von den anderen«, sagt Jurek. »Sonst kommen wir hier nicht mehr weg.«

Hannelore kichert. Jurek nimmt ihre Hand, betrachtet sie, wie sie neben ihm geht. Sie muss Akne gehabt haben als Teenager, die Narben sind notdürftig mit Makeup verspachtelt. Ihre Hand ist klein und kühl.

Als sie den Wagen sieht, sagt sie: »Vor diesem Abend wusste ich nicht, dass es in Oed ein Taxi gibt.«

»Du weißt vieles nicht«, sagt Jurek.
Es sollte charmant klingen, doch Hannelore lässt augenblicklich seine Hand los, zieht sie zurück. Er muss behutsamer vorgehen.
»Was hältst du von einem Schlummertrunk?«, fragt er.
Mit ein wenig Alkohol im Blut ginge alles leichter. Das *Bergruh* hat bestimmt noch geöffnet.
Hannelore sagt nichts. Jurek wertet das als Zustimmung.
Während der Fahrt kommen ihm Zweifel. Wenn sie zu Beginn so forsch war, ihr Interesse aber nun erlahmt, muss es an ihm liegen. Körpergeruch? Er versucht, unauffällig an seinem Hemd zu schnuppern. Er riecht nichts. Er denkt an Alice. Ist es Betrug, was er vorhat? Ist es überhaupt möglich, jemanden zu betrügen, mit dem man keine Beziehung hat?
Aus dem Augenwinkel betrachtet Jurek Hannelores üppige Schenkel. Er hat schlanke Frauen immer besonders attraktiv gefunden, wahrscheinlich ist es an der Zeit, seine Muster aufzubrechen.
Im *Bergruh* bemüht sich Jurek, den Gentleman herauszukehren. Der Dame die Tür öffnen, ihr aus der Jacke helfen, all das. Er rückt zwei Barhocker näher zueinander, bevor er sich setzt. Jetzt nur nichts vermasseln.
Hannelore studiert die Getränkekarte, als wolle sie sie auswendig lernen.
»Für mich ein großes Helles«, sagt Jurek.
»Und die Dame?«, fragt Hans. Er sieht erschöpft aus.
»Sex on the Beach«, sagt Hannelore.
Jurek spürt, wie ihm das Blut ins Gesicht schießt. Ein klares Zeichen: Wenn sie keinen Sex wollte, hätte sie diesen Cocktail nicht bestellt.

Hans stellt Jureks Bier auf den Tresen, dann mixt er umständlich den Cocktail.
»Und was arbeitest du so?«, fragt Jurek und berührt Hannelore leicht an der Hüfte.
»Sozialmedizinischer Betreuungsring«, sagt sie.
»Schön«, sagt Jurek. »Sehr schön.«
Hans serviert ein mit Ananasstücken und Orangen dekoriertes Cocktailglas. »Schön?« Hannelore zieht an beiden Strohhalmen zugleich.
»Schön, wenn man eine soziale Ader hat. Wir werden alle einmal alt.«
»Ich weiß nicht«, sagt Hannelore. »Sind übrigens immer mehr Junge darunter, die gepflegt werden müssen«, sagt Hannelore. »Multiple Sklerose, Adipositas, Parkinson, das trifft nicht nur Senioren.«
Jurek gefällt die Wendung nicht, die das Gespräch genommen hat.
»Adi –?«
»Du weißt schon.« Sie breitet die Arme aus. »Die ganz Dicken.«
»Ach, so wie Joe«, sagt Jurek.
»Josef Kröll?«
»Du kennst ihn?«
»Klient von mir«, sagt Hannelore. »Diabetes Typ zwei. Kein Wunder.«
Der sozialmedizinische Betreuungsring, bei dem sie angestellt sei, habe sie angewiesen, regelmäßig Joes Kühlschrank zu kontrollieren und sämtliche Kohlenhydratbomben verschwinden zu lassen.
»Ihr entmündigt ihn?«
»Wir retten ihm das Leben.«

Jurek fragt sich, weshalb Joe ihn in die Apotheke schickt, um Blutzuckerteststreifen zu kaufen, wo er doch offenbar eine Pflegerin beschäftigt.

»Ein ganz Charmanter«, sagt Hannelore. Sie zeigt auf das Amulett, das sie um den Hals trägt. »Das hat er mir geschenkt. Schützt vor dem bösen Blick.«

Jurek dreht das Amulett zwischen seinen Fingern. Eine Möglichkeit, sich ihr zu nähern.

»Gefällt es dir?«, fragt Hannelore.

»Und wie.«

Bestimmt ein Shoppingkanal-Schnäppchen.

Langsam breitet sich in Jurek eine Müdigkeit aus, die von den Füßen über den Unterleib in den Kopf kriecht. Das Bier, denkt er. Er hätte das verdammte Bier nicht trinken dürfen.

Hannelore erzählt von einem Schutzengelritual, das sie gemeinsam mit einer Freundin praktiziert.

»Und dann stellen wir uns in die Mitte des Raums und sprechen laut: Vor mir ist Raphael, hinter mir Gabriel, zu meiner Rechten Michael, zu meiner Linken Uriel, vor mir ist das flammende Pentagramm, hinter mir der sechszackige Stern.«

»Flammendes Pentagramm?«

»Das stellen wir uns nur vor«, sagt Hannelore. »Das Pentagramm und den Stern sehen wir *in unserer Vorstellung.*«

Um sein Erregungslevel aufrechtzuerhalten, stellt Jurek sich Hannelore und ihre Freundin bei gemeinsamen erotischen Aktivitäten vor. Wie sie sich nach dem Schutzengelritual küssen und einander die wallenden Gewänder vom Körper streifen. Wie Hannelore die Brust ihrer

Freundin küsst und ableckt, während sie mit der Schutzengelfigur ihren Nabel umkreist.
»Du hörst mir nicht zu.«
»Ich habe alles gehört«, sagt Jurek. »Jedes einzelne Wort. Lass uns fahren.« Und zu Hans: »Zahlen.«
Hans zählt die Positionen auf seinem Block zusammen, rechnet zwei Mal nach. Hannelore schweigt. Jurek zieht die Geldbörse aus der Gesäßtasche seiner Hose und hofft, genügend Bargeld bei sich zu haben.
Als sie wieder im Wagen sitzen, plappert Hannelore ohne Unterbrechung, der Alkohol hat ihre Zunge gelöst. Jurek ist zufrieden. Eigentlich dürfe sie nicht über Klienten sprechen, sagt sie, aber da Jurek ihn auch kenne, Joe also gewissermaßen ein gemeinsamer Freund sei, empfinde sie es nicht als Verrat.
Er habe seine Zuckerkrankheit lange nicht wahrhaben wollen, sagt sie. Wollte sich zu Tode fressen. Sich alles einverleiben, einschließlich sich selbst. »Seine Frau hat ihn verlassen, ist das wahr?«, fragt sie.
Es war die traurigste Hochzeit der Welt. Mary Joy in einem blassrosa Hochzeitskleid, keine fünfzig Kilo leicht, blendend schön. In der Oeder Pfarrkirche weinte sie lautlos. Keiner ihrer Verwandten hatte kommen können. Jurek war Joes Trauzeuge, doch er fühlte sich eher wie der Zeuge eines Unfalls. Als es ans Unterschreiben der Papiere ging, erwog er, einen anderen Namen als den seinen zu schreiben, damit die Hochzeit im Falle des Falles annulliert werden konnte. Schließlich kritzelte er doch noch JUREK BACH aufs Papier, und Vroni, die Mary Joys Trauzeugin war, zwinkerte Jurek zu, bevor sie die bereit gelegten Papiere ebenfalls unterzeichnete.

Joe hatte versprochen, das Hochzeitsessen im *Bergruh* abzuhalten, Vronis Trauzeuginnen-Gefälligkeit war im Pauschalpreis inkludiert.
»Das stimmt«, sagt Jurek. »Er isst, weil er verlassen wurde.«
Ein Schicksal, das ihm mit einem Mal nicht mehr Lichtjahre entfernt scheint wie er immer gedacht hat, vielleicht steht auch ihm eine nahe Zukunft mit Adipositas bevor. Er tut so, als ob er sich am Bauch kratzt, dabei kneift er sich unauffällig in die Bauchfalte.
Sie fahren aus dem Oeder Zentrum hinein in die Nacht. Die Bundesstraße ist unbeleuchtet, das Auto tastet sich durch die Dunkelheit. Jurek hat es nicht eilig.
»Da!«, sagt Hannelore und deutet auf die Bahntrasse. »Bitte halt an.« Der Zug, den Ostrowsky erwähnt hat.
»Lass uns hinfahren«, sagt Hannelore und legt ihre Hand auf seinen Oberschenkel. Eine Botschaft an seinen Unterleib, der sofort reagiert. Und Jurek tut, was sie sagt, folgsam wie ein Hund, dem man ein Leckerli vor die Nase hält.
Jurek parkt den Wagen an der Schotterstraße. Sie steigen aus. In nur wenigen Metern Entfernung ragt der Zug in den Nachthimmel, die einzige Erhebung am Horizont. Jurek räuspert sich, um die beunruhigende Stille zu brechen.
Hannelore legt ihren Finger an die Lippen. »Schschsch!« Sie hat die Augen geschlossen. Jurek fragt sich, was sie vorhat. Ob sie ihre Erzengel anrufen oder mit den Fingernägeln ein Pentagramm in die Erde ritzen wird.
Sie spazieren zum Zug. Er ist unbeleuchtet, nichts rührt sich. Als schlafe er. Jurek drückt auf den Türöffner. Kein

Licht, keine Reaktion. Sie stellen sich auf die Zehenspitzen, spähen gemeinsam in das Innere eines Waggons.
»Hier hat sich etwas bewegt«, flüstert Hannelore. »Glaubst du, da sind noch Menschen drin?«
»Keine Ahnung«, sagt Jurek und streicht über ihren Rücken. Sexuelles Erwachen im Angesicht des Abenteuers, davon hat Jurek schon gehört, auch wenn die Gefahr in diesem Fall wohl schon eine gebannte ist.
»Was würdest du tun«, flüstert er ihr ins Ohr, »wenn du in diesem Zug eingesperrt wärst?« – »Mit mir«, setzt er vorsorglich hinzu.
Hannelore gurrt.
Er umfasst sie von hinten mit beiden Armen. »Du riechst gut«, flüstert er.
»Was meinst du, sollen wir die Feuerwehr rufen?«, fragt sie. »Polizei? Rettung?«
»Nein«, sagt Jurek, so forsch, wie er nur kann. Er will mit ihr allein sein.
Neben der Straße liegt ein Rad mit verbogenem Rahmen.
»Mein Gott, stell dir vor, dass da noch Menschen drin sind, die nichts zu essen haben und völlig verzweifelt sind«, flüstert Hannelore.
»Schrecklich«, sagt Jurek.
Und, endlich, endlich wird sie weich, entspannt sich, lässt ihren Kopf zurücksinken. Jurek küsst sie auf den Hals, legt seine Hände auf ihre Brüste, alles geht ganz leicht und natürlich, und es fallen ihm sogar wieder die Handgriffe ein, die eine Frau dazu bringen, sich inmitten der niederösterreichischen Steppe auf die Erde zu legen.

Doch als er endlich in Hannelore drinsteckt, muss er an seinen Vater denken. Ausgerechnet. Er bemüht sich nach Kräften, das Bild zu vertreiben, doch Karl Bach lässt sich nicht so einfach abwimmeln.

Jurek muss sechs Jahre alt gewesen sein. Sie standen vor einem Buffet. Sein erstes Buffet. Ganz klein und schmächtig stand er da, drehte den Teller in der Hand, wusste nicht, was er sich aussuchen sollte.

Er spürte, dass der Blick des Vaters auf ihm ruhte.

»Zuerst nachdenken, dann wählen«, hatte der Vater gesagt.

Hinter Jurek bildete sich eine Schlange. Jurek spazierte von Tisch zu Tisch, inspizierte das kunstvoll aufgeschichtete Gemüse, das in Falten gelegte Roastbeef, die Berge an Röstkartoffeln und gebackene Hühnerhaxen, den in kleinen Schälchen angerichteten Kartoffelsalat. Er wusste, er sollte nachdenken, hatte aber keine Ahnung, worüber. Wenn er eines wählte, musste er dann auf das andere verzichten?

»Was man aussucht, das muss man aufessen«, sagte der Vater.

Eine Drohung, die Jurek auf den Magen schlug.

Er ging ein zweites Mal um die Tische herum, und ein drittes Mal. Mittlerweile hatten die anderen Gäste bereits gut die Hälfte des Buffets abgegrast. Was aus dem Meer kam, war als erstes weg: Lachs, Scampi, Thunfisch. Nur die Makrelen lagen nach wie vor unberührt auf ihrem Kopfsalat-Bett. Sie taten ihm leid. Jurek legte eine Makrele auf seinen Teller. Sie schmeckte ihm nicht. Er entsorgte sie in einem Blumentopf, als sein Vater nicht hinsah.

Sie wohnten im ersten Familienhotel an der Adria. Ein riesiger Betonklotz direkt am Strand. Ein als Krabbe verkleideter Animateur versuchte, die Kinder ins BOBO KINDERLAND zu locken. Um ihn herum schrie und weinte und jammerte es, jeder hatte Angst vor der Krabbe, und Jurek weinte im Chor mit, um sich nicht so allein zu fühlen.

»Was hast du, was ist los?«
Besorgnis in Hannelores Augen. Sie hält seinen Kopf fest.
»Ach nichts, nichts«, sagt Jurek.
Der Boden ist weich vom Regen, seine Knie sinken in die Erde ein. Hannelore scheint das nicht zu kümmern, sie ist wie von Sinnen und flüstert »Ja, ja, ja« in sein Ohr. Ja, ja, ja.
Der Zug ragt schwarz über ihnen auf. Ein eisernes Gebirge.
»Du verhütest?«, fragt Jurek und hofft, wieder ein »ja, ja, ja« zu hören.
»Keine Sorge«, sagt Hannelore. »Alles weg.«
»Weg?«
»Ausgeräumt. Eierstöcke, Gebärmutter, nichts mehr da.«
Das flüstert sie ihm ins Ohr wie eine Liebeserklärung.
Er stößt ins Leere, ins Nichts, denkt Jurek. Seine Lust erlischt augenblicklich. Hannelore aber gibt nicht auf, sie windet sich unter ihm wie unter Krämpfen, schlingt ihr Bein um seine Hüfte, tritt ihn mit der Ferse in den Hintern.
Er löst sich von ihr mit einem Ächzen.
»Was ist los?«

»Es … tut mir leid«, sagt Jurek. Sein Rücken, seine Knie. Ein einziger pochender Schmerz. »Ich fürchte, dafür sind wir zwanzig Jahre zu alt.«
Er setzt sich neben Hannelore auf den Boden, zieht seine Zigaretten hervor, bietet ihr eine an. Das einzige, was er ihr in diesem Moment geben kann. Was man sich aussucht, das muss man aufessen. Er hatte schon als Kind versagt.
»Ich hätte dir nicht davon erzählen dürfen, es ist meine Schuld«, murmelt Hannelore.
»Ach was«, sagt Jurek.
Sie rauchen stumm. Dann steht Jurek auf, klopft sich Erdkrümel aus der Hose.
»Ich bringe dich nach Hause.«
Hannelore hängt sich an seinen Arm, krault ihm den Kopf, fasst ihn um die Hüfte. Er fühlt sich wie eine belagerte Stadt, kein Weg nach draußen.
In Jureks Vorstellung ist Sex immer noch ein elementares Ereignis voll ungezügelter Kraft und Leidenschaft. Weshalb seine eigenen Abenteuer nicht im Ansatz an diese Vorstellung heranreichen, ist ihm ein Rätsel.
»Treffen wir uns morgen?«, fragt Hannelore, ihr Mund dicht an seinem Ohr.
»Mal sehen«, sagt Jurek. Er will nach Hause, nichts mehr hören, nichts mehr sehen.
Sie sitzen bereits wieder im Wagen, als Hannelore ihn umarmt.
»Danke«, sagt sie. »Für alles.«
Im ersten Moment will Jurek »wofür denn« sagen, dann aber hält er den Mund.
Soll sie sich nur bedanken.

»Da ist einer«, flüstert Hannelore und löst sich von seinem Hals.
»Wo?«
Aus der Dunkelheit löst sich eine Silhouette, dann eine zweite.
Eine Frau stolpert im Licht der Scheinwerfer auf das Auto zu. Eine groteske Gestalt in einem hellen Kostüm und blutroten Knien. Sie hält Schuhe in der Hand.
»Was ist da los«, flüstert Hannelore.
Jurek öffnet das Fenster einen Spalt.
Schon ist die Frau beim Wagen. Sie lugt hinein, beugt sich zu ihnen herunter. An ihren Wangen Spuren von Wimperntusche, das Kinn rotverschmiert.
»Nehmen Sie mich mit?«
»Was ist passiert?« Hannelore ist entsetzt.
Misch dich nicht ein, will Jurek sagen. Bleib mir vom Leib mit deiner Menschenfreundlichkeit.
Die Frau sagt: »Da kommen noch mehr. Wir sind aus dem Zug gesprungen.«
Hannelore schlägt die Hand vor den Mund. »Steigen Sie ein, schnell«, sagt sie.
Im nächsten Augenblick sitzt sie auch schon auf der Rückbank, Jurek kann ihr süßliches Parfum riechen. Vanille, Pistazie und noch irgendwas. Normalerweise turnt ihn das an, er mag es, wenn eine Frau nach einer dieser klebrigen türkischen Süßigkeiten riecht, weil der Geruch eine weiche und klebrige Frau verspricht. Aber das grenzt an einen Überfall.
»Weg hier«, sagt die Frau. »Bitte.«
Jurek startet den Motor. Und kaum haben sie den Schotterweg, der zur Bahntrasse führt, verlassen – Jurek kann

im Rückspiegel noch die Umrisse des Zugs erkennen, der auf den Schienen liegt wie eine fette Raupe – beugt sich die Frau vor, umklammert die Verstrebungen der Kopfstützen und sagt: »Zum Flughafen. So schnell Sie können.«

2

PENSION BERGRUH

1

Was Greta sieht, als sie die Augen öffnet: Holzvertäfelung. Ein Fensterrahmen, von dem die Farbe absplittert. Ein Kissen mit eingestickter Schrift: *Let's spend the night together.* Ein Lampenschirm aus den biedersten Fünfzigern. Das hier ist nicht das Farinelli, das ist definitiv nicht das Farinelli, doch was ist es dann? Greta lugt unter ihre dünne Federdecke. Sie trägt immer noch ihr Kostüm und liegt in der Kuhle einer viel zu weichen Matratze.

Das letzte Mal, als sie aufwachte und nicht wusste, wo sie sich befand, war sie fünfzehn. Eine Party bei Robert Pawlik, der vorhatte, Rockmusiker, Bankmanager und Minister zu werden, und zwar in genau dieser Reihenfolge. Zuvor aber stand Greta auf seiner To-do-Liste. Er spielte ihr so lange düstere Balladen auf dem Keyboard vor, bis sie weich wurde und sich von ihm küssen ließ. Er hatte Lippen wie Jim Morrison, weitere Argumente brauchte sie nicht.

Robert Pawlik würzte seine selbstgedrehten Zigaretten mit Haschischkrümeln. Greta lernte schnell, wie man das rauchte: Joint einklemmen, mit den Händen eine Muschel formen, Rauch aus dem Muschelloch ansaugen und, so lange es ging, in den Lungen halten.

Sie tranken Tequila. Mit Zitrone und Salz, ein vollendetes Ritual. Als Robert einen Akkord anschlug, der sich schlingernd in die Unendlichkeit zerdehnte, glaubte Greta, den Klang der Erde zu vernehmen. Wenn das hieß, erwachsen zu sein, dann war sie jetzt schon verrückt danach.

Am nächsten Morgen fand sie sich allein auf einer versifften Matratze wieder, voll bekleidet. Jemand hämmerte gegen die Wand. Ihr Herz polterte gegen den Brustkorb. Viel zu spät begriff sie, dass es der Nachbar war, der auf seiner Seite der Wand einen Nagel einschlug. Dann wusste sie auch wieder, wo sie war. Und dass sie verdammt verliebt war. Sie hörte Robert in der Küche hantieren und schloss die Augen. Es war, als würde sie in einen Bottich mit warmem Wasser getaucht.

Das hier ist anders. Greta schlägt die Decke zurück, setzt sich auf. Federn quietschen. Die Erinnerung setzt ein, als sie ihre blutverkrusteten Knie betastet. Sie ist aus dem Zug gesprungen und tiefer gefallen als gedacht. Keiner hat ihr geholfen. Jan war wie von der Nacht verschluckt, hat sie im Stich gelassen, alle haben sie im Stich gelassen. Und dann? Sie saß doch in einem Taxi. Weshalb hat es sie nicht zum Flughafen gebracht?

Sie pustet auf ihre geröteten Handflächen, die sich noch immer anfühlen, als stünden sie in Flammen. Die Zug-Eskapade wird Konsequenzen haben, vor allem für Naomi. Sie hatte sich nicht die Mühe gemacht, Alternativen herauszusuchen, sie ist den Weg des geringsten Widerstands gegangen. Keine gute Entscheidung, wenn man bei einem Unternehmen wie MEDICALUX anheuert, das sich Perfektion und Zuverlässigkeit auf die Fahnen geschrieben hat.

Im Geiste formuliert Greta bereits die Beschwerdemail an Vittorio Fras. UNENTSCHULDBAR würde darin vorkommen, ebenso wie ÜBERFORDERT sowie die Formulierung WENIG KREATIV. Selbst eine Sekretärin musste heute eine gewisse Kreativität an den Tag legen, es konnte nicht angehen, dass man ihr die nächstbeste Lösung servierte, ganz nach dem Motto: Friss oder stirb.

Naomi wird die Konsequenzen zu spüren bekommen, denkt Greta, und humpelt ins Bad, das moosgrün verfliest ist, wie sollte es auch anders sein. Greta hält sich am Waschbecken fest und stellt den Fuß auf den Klodeckel, um ihren Knöchel zu inspizieren.

Ihr ist schwindelig. Gehirnerschütterung, denkt sie, und sofort ist ihr schlecht vor Angst. Ihr Gehirn hat ein Leck seit dem Sturz, so scheint es ihr, eine Flüssigkeit ist ausgetreten wie Milch aus einer undichten Verpackung, deshalb ist auch die Erinnerung an den gestrigen Abend ausgelöscht. Vorbote für weit Schlimmeres. Zu Beginn ist es nur ein Abend, dann wird es sich wiederholen, chronifizieren, bis sie sich nur noch an die letzten fünf Minuten erinnern wird. Verurteilt dazu, in der Gegenwart zu leben. Dann würde sie sich wenigstens dutzende Wochenendseminare auf sogenannten Seminar-Schlössern ersparen, in denen genau das geprobt wird: *Die Gefäße von Erinnerung und Erwartung ausschütten, lediglich aus der Schale der Gegenwart trinken.*

Und sofort ist da eine zweite Stimme, die sagt: Du bist hysterisch. Erinnere dich, was ist passiert? Und sie sieht ein Bier vor sich, ein Glas Wein, ihre Finger, die den kalten Stiel des Weinglases umfangen – *Bier auf Wein, das lass sein, Wein auf Bier, das rat ich dir.* Und sie hört

Gelächter, Kaskaden hellen Lachens wie von fern, dabei ist es immer nur ihre Stimme, ihr Lachen.
Gretas Knöchel ist stark angeschwollen und schimmert blaugrau im kalten Licht der Badezimmerleuchte. Sie taucht einen Streifen Toilettenpapier in kaltes Wasser, bedeckt damit ihren Knöchel und wickelt trockenes Toilettenpapier darum.
Dann humpelt sie durch die Dachkammer, die kaum größer ist als der Flur in ihrer Wohnung. Wenn sie den Schrank öffnete, würde die Tür an den Bettrahmen stoßen, doch das hat sie ohnehin nicht vor, denn es gibt nichts, das sie hineinhängen könnte.
Man wird sie bereits vermissen, so wie sie vermisst, was bis gestern zu ihr gehörte. Auf einem gelben Nierentisch liegt ihre Handtasche mit weit aufgerissenem Maul. Sie kramt in der Tasche, das Handy ist nicht da, sie legt alles auf das Tischchen: die Prospekte für starre Endoskope, für flexible Endoskope, die Schlüssel, ihr Kosmetiktäschchen, das Etui mit den Kundenkarten. Kein Handy. Ihre Louboutins ragen unter dem Bett hervor. Sie haben ein paar Kratzer abgekriegt, nichts Dramatisches.
Greta setzt sich auf den einzigen Stuhl, sieht aus dem Fenster. Ein Strommast. Ein Parkplatz, auf dem zwei Autos stehen. Dahinter Felder. Blumentröge als Abgrenzung. Eine schnurgerade Straße, die bis an den Horizont reicht. Alles hier sieht aus, als sei es abgestellt und irgendwann vergessen worden.

Hinter der Bar steht eine zerknautschte Frau in Glitzerleggings mit einem Piercing im Nasenflügel.
»Entschuldigung«, flüstert Greta. »Wo bin ich hier?«

»Guten Morgen«, sagt die Frau, allem Anschein nach die Wirtin, doch Greta kann sich nicht erinnern, sie am Vorabend gesehen zu haben. Die Frau pflückt eine halb gerauchte Zigarette aus einem Marilyn-Monroe-Aschenbecher, zieht daran und legt sie anschließend mit einer zärtlichen Geste zurück in die Vertiefung.
Es riecht nach Rauch und Industrieruine. Nach altem, schwerem Öl.
»Das ist die *Pension Bergruh*«, sagt die Frau. »*Meine* Pension«, so als hätte Greta die Absicht, ihr diese Bruchbude streitig zu machen.
»*Bergruh*«, sagt Greta. »Aber hier sind doch keine Berge.«
»Genau deshalb.« Die Wirtin deutet auf eine Tasse. »Kaffee? Ist in der Übernachtung inbegriffen.«
Die Kaffeemaschine keucht.
»Bei uns haben Sie Ruhe vor den Bergen. Dieses Hinaufklettern und Hinunterfallen ist doch der reine Unfug, finden Sie nicht? Und alles nur, weil den Leuten langweilig ist. Weil sie nicht mehr wissen, was sie mit ihrer Zeit anfangen sollen. Langeweile.« Sie hustet. »Der schlimmste Fluch.« Dann sagt sie: »Setzen Sie sich, ich bringe Ihnen den Kaffee zum Tisch.«
»Darf ich telefonieren?«
Die Wirtin zeigt auf einen froschgrünen Apparat in der Ecke der Gaststube. Der Apparat steht auf einem gehäkelten Lappen. Wählscheibe. So etwas hat Greta das letzte Mal in ihrer Kindheit gesehen. Sie steckt ihren Zeigefinger in das Loch mit der Null.
Sie versucht es zunächst bei Björn, seine Nummer kann sie auswendig. Freizeichen. Heb ab, Björn, na los, heb

ab, mein Junge! Sie sieht auf ihre Uhr, knapp nach neun. Die ersten Besucher sind bestimmt schon am Messestand aufgetaucht, ein paar Kunden haben es sich auf den Sofas bequem gemacht. Martina würde darauf achten, dass die Prospektständer immer prall gefüllt sind. Vielleicht würde jemand nach ihr fragen. Wo ist eigentlich Frau Kaminsky, ich vermisse Frau Greta, wo ist Ihre Marketing-Spezialistin, die Blonde, Sie wissen schon, und Björn würde irgendeine Lüge auftischen: wichtiger Kundentermin, Besprechung beim italienischen Mutterkonzern, kommt bestimmt bald, setzen Sie sich doch schon mal, bei Fragen können Sie mich jederzeit kontaktieren, darf ich Ihnen Orangesaft bringen.

Nach dem zehnten Läuten legt Greta den Hörer zurück auf die Gabel. Bei Martinas Nummer ist sie sich unsicher, sie versucht drei Varianten, doch alle enden in der Fehlermelodie. Kein Anschluss unter dieser Nummer.

Sie probiert es bei MEDICALUX.

Guten Tag, Sie rufen außerhalb unserer Bürozeiten –

Natürlich. Es ist Samstag.

Was Greta jetzt braucht, ist eine Stimme, die ihr sagt: Es ist alles in Ordnung, atme ein und aus, keine Panik. Alles wird gut, alles, alles, alles wird gut.

Sie wählt Georgs Nummer, zu ihrer Überraschung hebt er sofort ab.

»Ich bin's«, sagt sie. »Greta.«

»Was ist das für eine Nummer?« Er keucht, als würde er verfolgt.

Sie kann seine Schritte hören, sieht ihn über den Gang laufen, die Stirn gerunzelt wie immer während des Telefonierens, die rechte Hand steckt in der Tasche seines

Anästhesistenmantels, er trägt seine gelben Crocs, die im Rhythmus seiner Schritte quietschen.
»Hast du einen Moment?«
»Schlecht, gerade ganz schlecht«, sagt er. Stimmengewirr im Hintergrund. Das nervöse Piepsen eines Apparats. »Wie läuft die Messe?«
»Ich bin nicht auf der Messe. Wir hatten –«
»Muss weiter. Melde mich.« Schon hat er aufgelegt.
Melde mich. Das sagt er immer.
Greta sieht sich um. Der Gastraum ist rechteckig und düster. Regale mit verstaubten Pokalen. An den Wänden Schwarz-Weiß-Fotos in klobigen Holzrahmen, auf denen ein Windrad abgebildet ist. Sonst nichts. Nur ein Windrad, aus immer neuen Perspektiven.
Georg hat das Beflissenheits-Gen von seinem Vater geerbt. Ein Staatsanwalt, dem es eine große Lust war, Strafanträge zu stellen, und der auch seine Familie permanent anklagte. Die Schuld war ein großes Thema in der Familie Lanzendorf. Über Gerechtigkeit sprach niemand.
Greta hatte Familienfotos gesehen. Der Vater trat immer im Gehrock und mit Fliege auf, eine Figur aus dem neunzehnten Jahrhundert. Insgeheim wünsche er sich die Monarchie zurück, sagte Georg.
Georg hatte drei richtige und drei Halbgeschwister – bevor er Georgs Mutter ehelichte, war der Vater schon einmal mit einer Burgtheater-Schauspielerin verheiratet gewesen – und der Jüngste gehorchte den elterlichen Vorstellungen aufs Wort. Sie wünschten sich, er möge Arzt werden. Und er wurde Arzt. Eine minimale Enttäuschung produzierte er dennoch: Sie hätten ihn lieber als Chirurgen gesehen, als Helden im OP, der mit dem Skal-

pell in der Hand gegen die Armee der maroden Körper zu Felde zieht.
Die Anästhesie hingegen wurde im Hause Lanzendorf unterschwellig als minderwertige, weil dienende Arbeit betrachtet, als weibische Kunst des Schlaf-Hütens.
Georgs Frau Vera hatte selbstverständlich ihren läppischen Beruf an den Nagel gehängt, als sie dazu auserkoren wurde, dem Herrn Oberarzt eine Handvoll Thronfolger zu bescheren. Wenn er von ihr spricht, sagt Georg nur: die Frau. *Die Frau hat beschlossen, die Küche neu streichen zu lassen. Die Frau hat schon wieder angerufen.* So als gehörte sie einer besonders lästigen Spezies an, die aber nun einmal da war und die man nicht ungestraft loswerden konnte.

Greta glaubt, am Vorabend hinter einer Säule gesessen zu haben. Sicher ist sie sich nicht. Die Erinnerung entwischt ihr, sobald sie sie genauer zu betrachten versucht.
Sie setzt sich an einen Tisch in die Nähe der Bar. Resopalplatte, noch klebrig vom Vorabend. Zwei Tische weiter redet ein dickes Mädchen in einem hohen Staccato auf einen dünnen Mann ein.
Die Wirtin serviert den Kaffee. Kein Milchschaum, Greta kann den Boden der Tasse sehen. Drei Stück Sternzeichenzucker hat die Wirtin dazugelegt. Widder, Fische, Steinbock. Georg ist Steinbock.

Positiv: ehrgeizig, diszipliniert, geduldig
Negativ: geizig, ängstlich, gehemmt

Greta überlegt, wie Ehrgeiz und Geiz zusammenhängen, ob sich denn auch Georgs Karrierewille mit finanzieller Verklemmtheit paart. Auffällig großzügig war er noch nie. Greta ist immer bereit, ihren Anteil zu zahlen, und das ist in Ordnung so.
Doch wenn sie ganz ehrlich ist, dann wünscht sie sich einen Mann, der zumindest *versucht*, sie hin und wieder zu überraschen. Dem es ein Anliegen ist, ihr, wenn schon nicht alle, zumindest einen Wunsch von den Lippen abzulesen. Das einzige Geschenk, das Georg ihr jemals gemacht hat, abgesehen von den Pflichtgeschenken zu Geburtstag und Weihnachten, war ein scheußliches Parfum, das sie als WC-Beduftung einsetzt, wenn er nicht da ist. Wenn er seinen Besuch ankündigt, stellt sie das Flakon zu den anderen Flakons auf die Etagère im Bad. Einmal hatte sie das Parfum auf der Toilette vergessen, und Georg hielt es in der Hand, als er aus dem Klo kam. Sie wusste, dass sie sich nicht würde herausreden können und versuchte es auch nicht. Er wirkte zerknirscht und sagte: »Ich kenne dich nicht, Greta.« Das war bei aller Enttäuschung auch ein versöhnlicher Satz. »Wenn ein Typ behauptet, dich durch und durch zu kennen, ist es an der Zeit, ihn zu verlassen«, pflegt Diana zu sagen. »Er darf deine Reaktion niemals vorauskalkulieren können, sonst verliert er das Interesse. Und du auch.«
Auf einmal ist da eine Sehnsucht, die sich anfühlt wie Durst. Am liebsten würde sie Georg noch einmal anrufen, seiner Stimme lauschen, und wenn es nur der Operationsbericht ist, den er ihr vorliest. Und wenn sie ihm alles erzählte, auch die Sache mit dem Sprung aus dem Zug und dass sie sich an den gestrigen Abend nicht

mehr erinnern könne, würde er sie beruhigen. Alles in Ordnung, würde er sagen, du hast zu viel um die Ohren, nimm dir eine Auszeit, sei froh über die Abwechslung, sei ganz ruhig, schschsch.

»Hast du gut geschlafen?«
Greta erschrickt. Eine Frau beugt sich über sie. Schwarzes, glattes Haar, überschminkte Akne-Narben, eine geschmacklose Ethno-Kette um den Hals. Sie muss sich von hinten angepirscht haben.
»Du warst so – bleich. Wir haben uns Sorgen gemacht.«
Weshalb duzt diese Frau sie? Und wovon spricht sie? Niemand muss sich um sie sorgen. Und schon gar nicht –
Die Frau weicht zurück. »Störe ich dich? Wenn du allein sein willst, brauchst du es nur zu sagen.«
»Schon in Ordnung«, sagt Greta. Und in diesem Moment fällt ihr auch der Name wieder ein. Hannelore. Sie saßen gemeinsam in dem Taxi, das sie in diese Pension gebracht hat.
Greta bedeckt die Augen mit ihren Händen. Dies ist ein Albtraum und wenn ich das nächste Mal die Augen öffne, sitze ich mit Björn und Martina im Frühstücksraum des Farinelli unter einem venezianischen Lüster, vor einem Teller mit Alaska-Seelachs und Zitronen-Remoulade.
»Aspirin«, sagt Greta mit geschlossenen Augen. »Ich brauche dringend Aspirin.«
»Lass mich mal«, sagt Hannelore und legt Greta ohne Ankündigung die Hände an die Schläfen. Greta erträgt es nicht, wenn eine Fremde sie berührt, doch sie ist zu schwach, um sich zu wehren. Hannelores Hände riechen nach einer Handcreme, die Gretas Mutter verwen-

dete. Wenn sie den Duft beschreiben müsste, würde sie sagen: trockene Kamille.
»Ganz tief einatmen«, sagt Hannelore. »Und jetzt atme den Schmerz in meine Hand.«
Hannelore atmet laut mit, gibt den Rhythmus vor.
Wie im Geburtsvorbereitungskurs, denkt Greta. Sie bedauert, dass Georg es nicht sehen kann, wie sie sich an Hannelores Hände schmiegt und brav das tut, was diese Hippie-Gestalt ihr befiehlt.
»Bist du verheiratet?«
Was für eine unverschämte Frage.
»Versteh mich nicht falsch«, sagt Hannelore. »Ich habe auch keinen Mann. Also keinen, an den ich gekettet bin. Keine dieser Schreckensverbindungen, die nur dazu da sind, um die Lebensangst abzufedern.«
Ich verstehe dich nicht falsch, denkt Greta. Vor mir aus kannst du mit drei Großbauern zugleich verheiratet sein, außerdem ist mir vollkommen egal, was du denkst. Egal, egal, egal.
»Ich habe einen Job«, sagt Greta. »Ich brauche keinen Mann.«
Der Schmerz fühlt sich an, als fresse er sich durch ihre Gehirnwindungen, die schon ganz porös sind vom rhythmischen Hämmern des Eisenklöppels.
»Schau mich an«, sagt Hannelore. Sie legt sich die rechte Hand auf die Brust und plustert sich auf. »Einatmen, kurze Pause, ausatmen.«
Greta atmet tief ein, atmet aus, das Blut tuckert in den Schläfen, als wolle es demnächst mit großem Druck aus den Ohren spritzen. Dann wäre alles hier mit ihrem Blut getränkt, das fadenscheinige Tischtuch, die Bodenplatten

aus PVC, die noch in einer Million Jahren das Meer verpesten werden.

»Du hast dich in Rage geredet«, sagt Hannelore, »über die Bahn geschimpft und über eine gewisse Naomi, du warst vollkommen eingekapselt in deinen Zorn. Wir haben gerätselt, wer diese Naomi ist. Ob sie bei der Bahn arbeitet.«

Noch nicht, denkt Greta. Aber möglicherweise bald.

»Ehrlich gesagt haben wir uns gewundert«, sagt Hannelore. »Was du alles verträgst. Beim Bier haben wir uns nicht eingemischt. Auch der Wein war in Ordnung. Aber der Schnaps.«

»Schnaps?«

»Ich habe dich gewarnt. Greta, habe ich gesagt. Die Bauern im Oeder Umland produzieren nur Fusel. Die haben einfach kein Gespür für den Vorlauf. Ihr Gebräu ist das reinste Gift.«

»Ich habe mein Handy verloren«, sagt Greta jetzt. Es klingt verzweifelt, so als habe sie gesagt: Ich habe meine Hoffnung verloren.

Hannelore tätschelt ihre Hand. »Bei uns geht nichts verloren.«

Was für ein seltsamer Satz, denkt Greta. *Bei uns geht nichts verloren.*

Bestimmt habe Jurek ihr Telefon bereits gefunden und verwahre es gut, sagt Hannelore. Er gehe sorgsam um mit allem, das ihn umgibt.

Greta fragt sich, woher sie das weiß. Sie kann sich dunkel daran erinnern, dass sie seine Kinnpartie sexy fand. Ein Kinn wie Bruce Willis, dachte sie. Wäre sie besser drauf gewesen, hätte sie versucht, ein Gespräch unter

vier Augen mit ihm zu führen. Sie hat nicht mal auf seinen Ringfinger gesehen, vermutlich ebenfalls eine Nebenwirkung der Williamsbirne.
»Ist er dein Freund?«
Hannelore lacht. »Jurek? Den kenne ich nicht viel länger als dich.«
Greta ist erstaunt. »Ich dachte, in einem Dorf kennt man sich.«
Das dachte sie anfangs auch, sagt Hannelore. Ein klassischer Fehlschluss. Als Stadtflüchtling sei sie aufs Dorf gezogen mit der Vorstellung, dass es dort keine Anonymität gebe. Sondern Nachbarschaftshilfe und Gemeinschaft. Als sich herausstellte, dass es in Oed weder das eine noch das andere gab, hatte sie bereits den Job im Sozialmedizinischen Betreuungsring angenommen. In Wahrheit kenne hier kaum einer den anderen. Es sei anonymer als in der Stadt. Im Gegenzug gebe es kaum Infrastruktur. Keine Kultur. Oed vereine das Schlechte von der Stadt und das Schlechte vom Land. Ein österreichischer Wechselbalg.
Oed. Was für ein Name. Greta muss lachen. Wer freiwillig hierherzieht, ist doch selbst schuld.
»Aber die Ruhe«, sagt Hannelore. »Die Ruhe, die ist sensationell.«
Hier könne sich ihr Geist entfalten. Sie brauche keine Menschen.
Greta hofft, dass sie sich nicht mit Eigenbrötlerei infiziert. Scheintot in Oed. Sie muss schleunigst nach Wien und eine Party geben. Ein paar Freunde, Cocktails auf der Terrasse, Fingerfood mit Blick auf den Fluss. Wissen, was man aneinander hat. In letzter Zeit hat sie ihre

Freundschaften vernachlässigt. Die Abteilungsfusion kostet sie ihre letzten Zeitreserven. Wenn sie ehrlich ist, ist das kein Opfer. Sie mag Terminkalender nur, wenn nicht der kleinste Slot frei ist.
»Warte mal«, sagt Hannelore. Sie tippt eine Nummer in ihr Telefon.
»Hast du ein Handy gefunden? – Im Auto, ja. Greta hat –«
Sie nimmt das Telefon vom Ohr.
»Farbe?«
»Weiß«, sagt Greta.
»Weiß«, wiederholt Hannelore. Sie nickt, sagt mehrmals »Hmm«.
Hannelore hat quadratische Fingernägel mit Tigermuster. Regalbetreuerinnenkrallen.
Der Kaffee schmeckt scheußlich. Greta trinkt schnell aus.
»Noch einen«, ruft sie.

2

Jurek denkt daran, sich zu verkleinern. Er schlägt die Niederösterreichischen Nachrichten auf. Das Haus, in dem er wohnt, scheint jeden Tag größer zu werden, die Räume höher und weiter, er muss an Hannelores unheimliche Geschichte denken, vielleicht ist es ja wirklich eine Art Winchester-Haus, und je früher er sich davon trennt, umso besser.
Und wenn er irgendwann mit einer Frau zusammenziehen sollte, dann ist dieses Haus erst recht nicht die richtige Kulisse für Beziehungsglück.

Tatsächlich ist Glück etwas, das dieses Haus nicht kennt, denkt Jurek. Seine Mutter und sein Vater – das Wort »Eltern« vermeidet er, denn als Einheit sind sie ihm nie erschienen – haben hier all ihre Ängste materialisiert. Drei riesige Tiefkühltruhen gegen die Angst vor dem Verhungern, kalte Gräber für Hühnerfilets und Putenbrüste, die niemals mehr aufgetaut werden. Vier Sicherheitsschlösser und eine Türkette, die Jurek nie benutzt. Ein Safe, dessen Nummerncode vergessen wurde, die Herstellerfirma existiert schon seit Jahren nicht mehr.
Er möchte nicht, dass Alice hierherkommt, in dieses Haus, das immer noch die Nachkriegszeit atmet und sich niemals entscheiden konnte, ob es fertig gebaut werden will oder nicht. Dieses Haus aufgeben, denkt Jurek, das wäre die beste Lösung. Ein paar Erinnerungsstücke einpacken, mit leichtem Gepäck weiterziehen.
Er blättert zum Immobilienteil vor. In Oed am Tiefen Graben sind zwei Etagenwohnungen frei, ein »Familien-Hit« in der Zwölften Straße, die andere in der Fünften Straße oberhalb der *Gemischtwarenhandlung Wasserfaller.* Zweieinhalb Zimmer, hofseitig.
»Lichtvoll« steht in der Anzeige. Das hat Jurek noch nie gelesen. Er überlegt, ob lichtvoll etwas anderes ist als hell. Dann denkt er über das halbe Zimmer nach. Ist es ein Raum ohne Fenster, ohne Tür, besonders klein, mit abgehängter Decke?
Es ist ein Geheimnis, dass er immer noch in seinem alten Kinderzimmer schläft. Und dass die Tür zum Elternschlafzimmer versiegelt ist. Keine offizielle Versiegelung wie nach einem Mord, sondern eine private. Er hatte das stärkste Klebeband im Baumarkt gekauft und die Tür

mit dem Türstock verklebt, um zu verhindern, dass er in einem Anflug von Sentimentalität das Zimmer betritt. Und dass alles wieder vor ihm steht. Als sei kein Tag vergangen.

Das Schlafzimmer der Eltern war der einzige Raum, der nie geheizt wurde, auch nicht bei strengem Frost, es herrschten konstante fünfzehn Grad.

Seine Mutter hatte immer auf den Teil des Bettes gezeigt, in dem sie schlief, es war die dem Fenster zugewandte Seite, und hatte zu Jurek gesagt: »Hier hast du deinen ersten Atemzug getan«, denn Jureks Geburt war eine Sturzgeburt gewesen. Sie hatte sich auf tagelange Wehen gefasst gemacht, auf schreckliche Schmerzen, so wie es bei ihrer Mutter und ihre Großmutter der Fall gewesen war, und dann hatte es drei Wochen vor dem Geburtstermin *platsch* gemacht, wie sie sagte, und er sei auf die Welt *gefallen*.

»Fast wie im Traum«, sagte die Mutter, die es gerade noch ins kalte Schlafzimmer geschafft hatte. Der Arzt war erst mit einer Stunde Verspätung aufgetaucht, da habe er, Jurek, bereits selig geschlafen.

Als er die Geschichte das erste Mal hörte, dachte er darüber nach, ob ein Baby die Geschwindigkeit des Geburtsvorgangs mitbestimmen konnte. Er war dreizehn oder vierzehn und hatte niemanden, mit dem er darüber reden konnte. Als Miriam schwanger wurde, fiel ihm die Geschichte wieder ein. Sie war gerührt. Jurek sei in die Welt gefallen, so wie er in ihr Leben gestürzt war, unvermutet und früh, sagte sie, und in diesem Moment war er davon überzeugt, dass das ein gutes Omen war, ein Zeichen dafür, die richtige Entscheidung getroffen

zu haben. Miriam, das Baby und er, das konnte nur gutgehen.
Im Wohnzimmer legt Jurek eine Leonard Cohen-Platte auf. *Famous blue raincoat.* Samstagvormittagsmusik. Die Platte ist zerkratzt, aber das ist in Ordnung so, schließlich ist auch Leonhard Cohen nicht mehr der Jüngste. Jurek macht einige Tanzschritte auf dem Teppich, der auf dem Wohnzimmerboden liegt wie eine Insel. Er tritt im Takt der Musik von einem Fuß auf den anderen, er lässt sich Zeit, muss erst warm werden, irgendwann wird seine Hüfte die Schwingung aufnehmen, und dann wird er die Augen schließen und den Fahrtwind auf der Stirn spüren, während in der Ferne das tiefe Horn eines Frachtzugs ertönt und er den staubigwürzigen Geruch der Route 66 inhaliert, ein Männerduft.
Seit Miriam ihn als hüftsteif bezeichnet hat, tanzt er nur noch, wenn er allein ist. Ein unangenehmer Ton mischt sich in die Musik. Ein Fehler in der Aufnahme, denkt er zunächst, dann erst wird ihm bewusst, dass sein Handy klingelt.
Alice, denkt er im ersten Augenblick, das ist Alice, sein Herz stolpert, doch sofort ist er unsicher. Weshalb sollte sie ihn anrufen?
Es ist nicht Alice, es ist Hannelore.
»Hast du ein Handy gefunden? Das Handy der Wienerin, du weißt schon. Die Frau, die wir ins *Bergruh* gebracht haben.«
»Nein«, sagt Jurek, obwohl er nicht nachgesehen hat. Er bereut es, abgehoben zu haben.
»Bist du sicher? Sie ist verzweifelt. Vielleicht ist es zwischen die Sitze gerutscht.«

»Sicher nicht«, sagt er.
Als er der Frau gestern versuchte hatte zu erklären, dass es in der Nähe keinen Flughafen gab, hatte sie ihn aufgefordert, zum Bahnhof nach Mundschuh zu fahren. Als er sich weigerte, fing sie an zu toben. Sie schlug gegen die Fensterscheibe und begann zu flennen, ein unerträgliches Schauspiel. Erst als Hannelore sie davon überzeugte, dass an diesem Abend kein Zug mehr nach Wien fuhr, gab sie auf.
Jurek fand sie affektiert und selbstverliebt, sie war eine jener Frauen, um die er stets einen Bogen gemacht hatte. Frauen, die sich kraft ihrer Großstadtherkunft für hochwohlgeboren hielten und die Natur lediglich als Kulisse für ihre Jogging-Routen betrachteten. Wäre er allein im Wagen gesessen, hätte er sie niemals mitgenommen. Hannelores butterweichem Herz hatte diese Frau es zu verdanken, dass sie die Nacht in einem Bett verbringen konnte.
Im *Bergruh* trank sie ein Glas nach dem anderen. Schluckte Schnaps wie Wasser. Um die Schmerzen auszuhalten, sagte sie. Am Ende konnte sie nicht mehr laufen, und er schleppte sie gemeinsam mit Hannelore hinauf ins Dachzimmer. Dafür, dass sie so schlank aussah, war sie sehr schwer.
Jurek will schon auflegen, aber Hannelore sagt: »Warte.«
Jurek wartet.
»Wann sehen wir uns wieder?«
Wäre er ehrlich wäre, müsste er sagen: Ich will dich nicht mehr sehen, es war ein Versehen. Ich hätte mich an meine Don't-Do-Liste halten sollen. Es war ein Fehler. Er wünscht sich, dass sie es selbst merkt. Er schließt die

Augen, wechselt das Handy von einem Ohr zum anderen.
»Ich weiß nicht. Viel zu tun.«
Das wäre der Moment, in dem sie verstehen könnte.
»Du Armer, ich werde für dich kochen.«
Sie versteht nicht.
»Nicht nötig«, sagt er.
»Keine Widerrede.«

Als Jurek später an der *Gemischtwarenhandlung Wasserfaller* vorbeifährt, beugt er sich über das Lenkrad und blinzelt hinauf in den ersten Stock. Tatsächlich, im Fenster hängt ein »Zu mieten«-Schild. Er beschließt spontan, das Haus zu begutachten und parkt den Wagen auf der gegenüberliegenden Straßenseite.
Der Hauseingang befindet sich an der Rückseite der Gemischtwarenhandlung. Das Stiegenhaus ist feucht und kühl. Ein schnörkelloses Geländer, das ihn an seine Studentenwohnung in Wien erinnert. Die einzige Tür im ersten Stock ist aus weißem Kunststoff. *Valentin Kreuzacker* steht auf einem Schild neben der Klingel.
Jurek klopft, die Tür springt von alleine auf. Umzugskartons im Flur.
»Herr Kreuzacker?«
Stille. Staub, der in den Lichtsäulen tanzt. Heller Boden, Laminat. Rauputz. Ein Deckenfluter. Jurek tritt auf die Schwelle, die Hand an der Türklinke.
»Komme!«, ruft eine Stimme. Schritte.
Jurek überlegt sich seinen ersten Satz.
Entschuldigen Sie, dass ich ohne Ankündigung hereinplatze, aber ich habe eine Annonce in der Zeitung gelesen, bin

ich hier richtig? Natürlich ist er richtig, was für eine unsinnige Frage, das hier ist die einzige Wohnung über der Gemischtwarenhandlung. Oder: *Der Begriff »lichtvoll« hat mich neugierig gemacht, dürfte ich die Wohnung besichtigen?*

Und dann steht dieser Mann vor ihm und Jurek sagt nur: »Oh.«

Das ist der Mann, der den Stein nach ihm geworfen hat, kein Zweifel. Jurek hatte sich sein Gesicht genau eingeprägt – das Mondgesicht, die schrägen, beinahe asiatisch wirkenden Augen, der perfekte Bogen der Augenbrauen. Er trägt dasselbe wie am Tag des Zwischenfalls, weißes Hemd, graue Hose.

Jurek hält vor Schreck die Luft an, doch der Mann scheint ihn nicht zu erkennen, wie ist das möglich?

»Ich nehme an, Sie kommen wegen der Wohnung«, sagt er, lächelt, hält ihm die rechte Hand hin.

»Ja … Wohnung«, stammelt Jurek.

Der Typ hält seine Hand einen Augenblick zu lange und Jurek denkt: Jetzt ist es so weit, er hat mich erkannt und fordert mich zum Duell heraus. Doch er sagt bloß: »Sie sind der erste Interessent heute«, und »Kommen Sie nur weiter«, und andere Sätze, die man im Rahmen einer Wohnungsbesichtigung sagt.

Zwei gleich große Zimmer, eine Küche, ein Bad, eine größere Abstellkammer ohne Fenster, die sich als halbes Zimmer entpuppt – mehr hat die Wohnung nicht zu bieten. Das Wohnzimmer geht auf die Fünfte Straße, das Schlafzimmer hat Hofblick.

»Gemischtwarenhandlung im Haus«, sagt Kreuzacker, »aber das ist Ihnen vermutlich bereits aufgefallen.«

»Ich bin aus der Gegend«, sagt Jurek. »Ich kenne mich aus.«
Er sucht in Kreuzackers Gesicht nach einem Zeichen des Wiedererkennens, doch da ist nichts als das freundliche Lächeln, das er von Beginn an aufgesetzt hatte.
»Die Wohnung gehört übrigens nicht mir. Ich suche nur einen Nachmieter. Muss ich tun, steht im Vertrag«, sagt Kreuzacker.
Er sei bereits auf dem Sprung, wie er sehen könne, sagt er und deutet auf die Umzugskartons. »Ich hoffe, dass ich die bald los bin.«
Viel besitze er ohnehin nicht, er nutze jeden Umzug, um sich vom Ballast seiner vier Jahrzehnte zu befreien.
»Übrigens ziehe ich nicht weit weg, nur nach Niederoed«, sagt Kreuzacker, und Jurek denkt: Bei mir ist es umgekehrt, von Niederoed nach Oed, im Grunde kann man das gar nicht als Umzug bezeichnen, es ist nur ein Wechseln der Türen, die Umgebung bleibt dieselbe.
»Trinken Sie ein Bier mit mir«, sagt Kreuzacker.
Eine Aufforderung, keine Frage.
Er führt Jurek in die kleine Küche am Ende des Flurs. Rote Hochglanzfronten. Ganz schick, wenn man rot mag.
»Was machen Sie beruflich?« Er drückt Jurek eine Bierflasche in die Hand.
Jurek nimmt einen Schluck, ehe er antwortet. »Psychologie«, sagt er. »Krisenintervention.« Nicht einmal gelogen.
Kreuzacker schürzt die Lippen und nickt, als zolle er ihm Respekt. »Muss auch wer machen.«
»So ist es«, pflichtet Jurek ihm bei. Er ist immer noch

misstrauisch. Und wenn das eine Falle ist? Er bleibt wachsam. Hält die Augen offen. Beobachtet Kreuzackers Hände. Wird noch nach seiner Adresse fragen. Falls die Versicherung den Schaden an der Rückscheibe nicht übernimmt, weiß er, wo Kreuzacker zu finden ist.

»Und Sie? Was machen Sie beruflich?«, fragt Jurek.

»Handelsvertreter«, antwortet Kreuzacker. »Haushaltsgeräte.«

»Aha«, sagt Jurek. Er sieht aus dem Küchenfenster in den schmucklosen Innenhof. Eine Altpapiertonne, zwei Reststofftonnen. Beinahe so etwas wie Stadtfeeling.

Kreuzacker nennt Jurek einen Preis, der ihm angemessen scheint für Größe und Lage der Wohnung. Wenn er die Betriebskosten durchrechnet, die er derzeit für das Haus bezahlt, kommt er bei dieser Wohnung noch günstig weg.

»Ich überlege es mir«, sagt Jurek.

Der Mann überreicht ihm eine Visitenkarte. Hochglanz, Goldprägung.

Valentin Kreuzacker
Handelsvertreter für Haushaltsroboter
OTG, Mundschuh, St. Kunigund

»Roboter!« Jurek muss lachen.

»Zukunftsmarkt«, sagt Kreuzacker.

Den hab ich verpasst, denkt Jurek.

»Sie würden zu zweit einziehen?«

Jurek glaubt, sich verhört zu haben. »Wie bitte?«

»Mit Partnerin?«

Was geht ihn das an?

»Ja. Also – nein, natürlich nicht«, sagt Jurek. »Ich – ich bin allein. Also nicht ganz allein. Nur ohne Familie. Ich habe mich anders orientiert.«
»Aha, verstehe«, sagt der andere. Bedeutungsvolle Pause. »Ist völlig in Ordnung.«
Er glaubt, dass ich schwul bin, denkt Jurek. Ein warmer Bruder. Vom anderen Ufer. Jurek versucht zu retten, was zu retten ist. »Es ist nicht leicht, jemanden zu finden … eine Frau … in Oed, meine ich«, stottert er. Er manövriert sich da in etwas hinein, warum hält er nicht einfach die Klappe.
»Mir geht's ähnlich«, sagt der Typ, nickt bedeutungsvoll und dreht die Bierflasche in der Hand. »Vor zwei Monaten ist sie gegangen. Nach vierzehn Jahren. Zettel auf dem Tisch. *Das war's, du Arsch.* Hat sie tatsächlich geschrieben. Und dann stand da noch: *Alle Orgasmen waren vorgetäuscht, alle.* Vierzehn Jahre lang! Können Sie sich das vorstellen?«
»Das ist ja – unglaublich«, sagt Jurek nach einer Schrecksekunde.
»Stöhnen ist Stöhnen, finden Sie nicht? Wie soll man sich da auskennen! Manchmal hat sie sogar *Oh, mein Gott* gerufen. Außerdem hatte sie sämtliche Haushaltsroboter, die man sich nur wünschen kann. Sogar einen, der die Fenster geputzt hat. Der hat sich an der Fensterscheibe angesaugt wie ein Krake. Das hörte sich so an.«
Kreuzacker schmatzt einige Male.
Jurek hofft, dieses Gespräch so schnell wie möglich zu vergessen. Doch Kreuzacker ist noch nicht fertig.
»Haben Sie je auf die Zehen geachtet?«
»Die Zehen?«

»Ob sich der große Zeh abspreizt. Wenn Frauen wirklich kommen, also richtig, dann spreizen sie den großen Zeh ab. Physiologisches Faktum.«
Er zeigt es mit Daumen und Hand vor. »Das Problem ist, dass ich die Füße nicht im Auge behalten kann, ehrlich, ich hab's probiert. Ich weiß gar nicht, wie das gehen soll.«
»Ich muss los«, sagt Jurek und stellt die Bierflasche auf die Arbeitsplatte. »Danke, dass Sie mir die Wohnung gezeigt haben.«
Kreuzacker seufzt. »Reden tut gut«, sagt er. »Mit einem Schicksalsgenossen.« Er lacht hell auf.
Du bist nicht mein Schicksalsgenosse, denkt Jurek und fragt sich, ob er ihn zum Abschied auf den Zwischenfall ansprechen soll. Auf die Kerbe in der Heckscheibe. Auf seine Versicherungsnummer. Dann aber lässt er es bleiben. Er möchte sich die Option mit der Wohnung offen halten. Und wenn er sie bekäme, würde er Kreuzacker ohnehin nicht mehr über den Weg laufen. Der Typ hat nicht alle Tassen im Schrank. Soll er doch mit seinen Robotern reden.
Als Jurek bereits an der Tür steht, sagt Kreuzacker: »Kennen Sie das Gefühl, dass man vor dem Nichts steht? Ich meine: emotional. Vierzig Jahre auf dieser Welt und mit einem Schlag kommen einem die Bezugspersonen abhanden. Richtig scheiße.«
Kenn ich, könnte Jurek antworten, aber er beschränkt sich auf ein Nicken, und schlüpft durch die Tür. Er nimmt zwei Stufen auf einmal.
Als Miriam ihm die Liebe aufkündigte, fühlte es sich an, als drehe jemand den Hauptversorgungshahn zu. Das

Atmen fiel ihm schwer, er bildete sich ein, schlechter zu sehen, seine Haut wurde rau und schuppte. Alles erinnerte ihn an das gemeinsame Leben, sogar der Spülschwamm, den sie aus unerfindlichen Gründen »Max« genannt hatte. Das war der Grund, weshalb er in sein Elternhaus flüchtete. Ein ausgewachsener Vogel, der sich zurück ins Nest setzt, das ihm nicht mehr passt, das an allen Ecken zwickt.
Als er im Auto sitzt, kommt er langsam zur Ruhe. Die Wohnung über der Gemischtwarenhandlung gefällt ihm. Eine neue Umgebung würde ihm guttun. Er ist beinahe schon bereit, den Stein-Zwischenfall als positives Omen zu deuten.
Sein Handy vibriert in der Jackentasche.
»Papa, wo bist du?«
»Lynn?«
»Du bist nicht zu Hause. Wir wollten dich besuchen.«
»Wir?« Ist Miriam mitgekommen? Auf Überraschungsbesuche ist er nicht eingestellt. Er hat generell ein Problem mit Besuchen.
»Alfred und ich«, sagt sie. Atemlos, als sei etwas vorgefallen. Das hat sie von ihrer Mutter. »Wir sind im *Bergruh*. Wir müssen mit dir reden.«
Von einem Alfred hat Jurek bislang noch nichts gehört.
»Wer ist Alfred?«
»Bitte komm«, sagt Lynn.
»Und dieser Alfred hat ein Auto?«
»Tanita hat uns hergebracht.«
So war das also. Jurek seufzt. Er wird zu ihr fahren, natürlich wird er das, obwohl das *Bergruh* der letzte Ort ist, an den es ihn jetzt zieht.

Eigentlich wollte er nach der Besichtigung wieder nach Hause fahren, die B-Seite der Leonard Cohen-LP anhören. Oder nochmal auf die Website des Laufhauses *Paradies* in Mundschuh klicken und die Fotos der Mädchen ansehen. Eine gefällt ihm besonders gut. Cindy. Auf dem Foto trägt sie rote Strapse und ein rotes Korsett. Neuerdings haben sie im *Paradies* eine Flatrate eingeführt, das weiß er von Joe. Durch Cindys Galerie klicken und sich vorstellen, was er mit ihr anstellen würde – das war die perfekte Samstagsnachmittagsbeschäftigung.
Er fragt sich, weshalb er sich immer nach den anderen richtet, weshalb es nie umgekehrt ist. Hat das mit seinem Job zu tun? Wird man als hauptberuflicher Dienstleister automatisch auch privat zum Dienstleister? Jurek hat nicht den Eindruck, dass Rosenstein auf diese Weise herumkommandiert wird, wahrscheinlich traut man sich das nicht bei jemandem, der einmal *Manager des Jahres* war.
Die Lücke zwischen Erwartung und Wirklichkeit kann ozeantief sein, denkt Jurek, deshalb besser reinen Tisch machen. Ehrlich sein. Als erstes fällt ihm ein, dass er Hannelores Einladung zum Essen absagen muss. Kein Grund, aufeinander böse zu sein. Er wird ihr nicht anbieten, befreundet zu bleiben, weil sie es vorher schließlich auch nicht waren.
Er kann sich nicht erinnern, wann er das letzte Mal einer Frau einen Korb gegeben hat. Als er jung war, nahm er, was er kriegen konnte. Jetzt, so scheint es ihm, kriegt er nur noch, was er unmöglich nehmen kann.
Er ist ein ungeübter Schlussmacher. Er hat es meistens den Frauen überlassen, ihn zu verlassen. Sie waren es,

die ihren Mut sammeln mussten, wobei er stets das Gefühl hatte, dass es ihnen nicht wirklich viel abverlangte. Ein Mann, denkt Jurek, ist verantwortlich für das, was er sich vertraut gemacht hat. Das hat er irgendwo gelesen. In der Bibel. Oder im Kleinen Prinzen.
Als Jurek am Parkplatz des *Bergruh* aussteigt, legt er seine Lederjacke in den Fond. Sofort meldet sich das schlechte Gewissen, er hat das Paket von Doktor Schrittesser noch nicht ausgeliefert. Doch dafür ist später noch Zeit. Zunächst muss er mit Lynn sprechen.
Zwischen Paket und Rückenlehne funkelt es. Jurek greift in den Spalt, zieht ein Handy heraus. Das iPhone der Wiener Zicke. Tatsächlich.
Er betrachtet einen Moment lang die weiße Hülle mit den Glitzersteinchen, das Display mit der Schutzfolie, und schleudert das Gerät dann in hohem Bogen über die Blumentröge in den Maisacker.

3

Greta hat das Wort weiß Gott wie oft wiederholt. Die Wirtin sagt immer noch: Indoskope.
»Endo«, sagt Hannelore.
»Wir haben hier kein Krankenhaus«, sagt die Wirtin – als sei dies die Erklärung für alles, was schief geht. Sie hat sich wieder eine Zigarette angezündet und bläst den Rauch zur Decke. Es sieht aus, als bitte sie um himmlischen Beistand.
Greta legt die Prospekte auf den Tisch. »Das sind sie, unsere Babys«, sagt sie.

»Oh«, sagt Hannelore nach einer Schrecksekunde. »Die sehen aus wie Waffen. Wie war nochmal der Name des Typen, der sich das ausgedacht hat? Kussmund?«

»Kußmaul«, sagt Greta.

Hannelore war es, die damit angefangen hat, sie über ihren Job auszufragen. Anfangs hatte Gretas Abwehrreflex eingesetzt – wie immer, wenn sie das Gefühl hat, dass das Gegenüber nicht über den nötigen Grips verfügt, um ihre Arbeit auch nur annähernd zu begreifen. Doch Hannelore ließ nicht locker. Und Greta muss ihr zugutehalten, dass ihre Kopfschmerzen tatsächlich abgeklungen sind.

Für andere Gelegenheiten hat Greta immer ein paar Anekdoten zur Hand. Das Notprogramm, wenn sie während den Präsentationen das erste verstohlene Gähnen wahrnimmt. Information ist wichtig. Fast so wichtig wie Unterhaltung, pflegt Fras zu sagen.

Die Endoskope aller Marken ähneln einander. Qualitativ ist der Unterschied gering. Bei den Wartungsverträgen lässt sich hingegen noch Geld verdienen. Die Geschäftsführer der Krankenhäuser, die meistens von Medizin nicht allzu viel Ahnung haben, wollen allerdings mit Charme und Sympathie überzeugt werden. Das ist Gretas Kernkompetenz.

Eine dieser Storys rankt sich um die historische Entwicklung der Endoskope. Die erste Magenspiegelung hat der Arzt Adolf Kußmaul 1868 an einem Schwertschlucker versucht.

»Was glaubt ihr, warum musste es ein Schwertschlucker sein?«, fragt Greta.

Mit der Kußmaul-Geschichte erntet sie regelmäßig Gelächter. Ein spektakulärer Schnittpunkt zweier Disziplinen: Zirkus und Medizin. Niemand anderer als ein Schwertschlucker hätte die Prozedur der Magenspiegelung mit einem starren Rohr ertragen. Kußmaul war ein Ausbund an Kreativität, ein Genie, ein Schlitzohr. Heute würde man sagen: ein innovativer Geist. Er beschäftigte sich mit Sprachstörungen ebenso wie mit Epilepsie oder Gebärmutter-Anomalien. Er war Lyriker, Feuilletonist und Miturheber des Begriffs Biedermeier.

Greta hat sich vorgenommen, einen Konferenzsaal im MEDICALUX-Firmengebäude in *Kußmaul-Saal* umzubenennen. Das wird eine ihrer ersten Taten im neuen Job sein. Im *Kußmaul-Saal* wird sie die tägliche Morgenbesprechung mit dem Vertrieb abhalten. Sie wird für die passende Deko sorgen: ein Schwert an der Wand, eine Urkunde von der *Sword Swallowers Association International,* ein Portrait von Kußmaul. Eine kleine Würdigung jenes Gelehrten, ohne den es MEDICALUX nicht gäbe.

Das ist es auch, was sie Vittorio Fras am Abend zu servieren gedenkt. Am besten zum Dessert. Das Dessert ist ein guter Zeitpunkt, um Ideen durchzusetzen. Der Magen ist bereits angenehm gefüllt, das Blut sammelt sich in den unteren Regionen, der Zucker auf der Zunge verleitet zu freundlichem Feedback.

Sie wird Fras fragen: »Was hältst du von einem Kußmaul-Konferenzraum«, und es so darstellen, als habe er sie auf die Idee gebracht, selbst wenn er in seinem Leben noch nie von Adolf Kußmaul gehört haben sollte. Vittorio Fras ist der eitelste Mann, den Greta kennt. Ein Pfau unter Pfauen.

Der Konferenzraum ist jedoch nur ein Baustein, ein Symbol. Für Februar nächsten Jahres plant Greta eine MEDICALUX-Soirée, bei der die Geschäftsführer und Wirtschaftsleiter der großen Krankenhausverbünde aus Österreich, Deutschland und der Schweiz geladen werden. Natürlich mit einem Abendprogramm, das keine Wünsche offen lässt. Vielleicht nicht gleich die Wiener Philharmoniker, aber ein Streichquartett mit internationalem Renommee muss es schon sein. Inklusive atemberaubender Location mit Blick auf den Stephansdom.

Das Interesse an ihren Ausführungen erstirbt augenblicklich, als Jurek das *Bergruh* betritt. Breitbeinig wie ein Cowboy, der soeben sein Vollblut vor der Tür angetaut hat, durchquert er den Gastraum und steuert auf das dicke Mädchen und den dünnen Jungen zu.

Hannelore will ihn rufen, sie steht bereits, doch als Jurek das Mädchen umarmt, lässt sie ihren Arm in Zeitlupe sinken.

»Die verlorene Tochter«, sagt die Wirtin trocken. »Ist sie nicht entzückend?«

»Sehr gut geerdet«, sagt Hannelore.

»Du meinst wohl fett«, sagt die Wirtin. »Scheidungswaise. Kommt nur alle heiligen Zeiten zu Besuch.«

Greta erhebt sich. Wenn es schon am Vortag nicht geklappt hat, so muss Jurek sie heute von hier wegbringen.

»Was hast du vor?«, fragt Hannelore.

»Ich brauche ein Taxi«, sagt Greta.

»Jurek hat zu viel zu tun«, sagt Hannelore leise.

»Was soll das heißen? Ist er nun Taxifahrer oder nicht?« Greta steckt die Prospekte zurück in ihre Tasche.

Als sie an Jureks Tisch tritt, erntet sie von dem dicken

Mädchen einen Was-will-diese-Frau-hier-Blick. Sie trägt einen schwarzen Schlabberpulli, ihre Augen sind schwarz umrandet.

»Papa«, sagt das Mädchen. »Da ist jemand.«

Jurek dreht sich um. Kein Zeichen des Wiedererkennens. Kein Gruß.

»Guten Morgen«, sagt Greta. Sie lächelt so freundlich es ihr möglich ist.

»Ich spreche gerade«, sagt Jurek.

»Wie unhöflich von mir«, sagt Greta, ohne sich von der Stelle zu rühren. »Es ist nur – ich möchte Sie bitten, mich mitzunehmen, wenn Sie von hier wegfahren. Das ist alles. Ich sitze dort drüben«. Sie deutet auf den Tisch in der Nähe der Bar, an dem Hannelore selbstvergessen in ihrem Yogi-Tee rührt. Die Wirtin ist hinter die Bar zurückgekehrt. Greta weiß nicht mehr, ob sie sich am Vorabend geduzt haben. Sicherheitshalber wählt sie die höflichere Anrede.

Jurek verzieht keine Miene. Das Mädchen nickt stellverstretend für ihren Vater. Offenbar hat das Familiengespräch keinen allzu erfreulichen Verlauf genommen. Das verrät der irritierte Blick des schmalen Jungen, der sein Ärmchen um die kräftigen Schultern seiner Freundin gelegt hat. Jureks Lippen sind schmal wie ein Strich. Greta legt die Handflächen aneinander und verbeugt sich.

»Sayonara«, sagt das Mädchen.

»Übrigens: hübscher Pulli«, sagt Greta. Sie deutet auf den Stoff, der den Körper des Mädchens bedeckt wie ein Zelt. Der Blick des Mädchens springt vom Vater zu Greta zurück.

»Danke«, sagt sie.
Ihre Stimme ist einen Tick zu hoch. Als würde sie sich kleiner machen wollen.

Vor ungefähr zwei Monaten ist Greta in der Innenstadt zufällig Georg begegnet. Er war in Begleitung seiner ältesten Tochter. Noch Minuten zuvor hatte er sich bei Greta telefonisch über den langen Dienst beklagt, den er im Krankenhaus zu absolvieren hätte.
Das Mädchen war vielleicht sechzehn, affektiert und verwöhnt. Greta konnte sich lebhaft vorstellen, wie Vera ihre Kinder erzog: antiautoritäres Laissez-faire, gepaart mit überdurchschnittlichem Markenbewusstsein.
»Ich bin eine Arbeitskollegin deines Vaters«, sagte Greta, nachdem sie dem fassungslosen Georg die Hand geschüttelt hat. »Neurochirurgin.« Sie tippte sich aufs Hirn. »Gefährlicher Job, aber manchmal schaffen wir es, jemanden zu retten, wenn im Oberstübchen etwas verkehrt läuft.«
Sie musterte das Kind, das einen Fuß schräg vor den anderen gestellt hatte, als posierte es an der Ballettstange.
Greta lobte ihre Schuhe und ihre Tasche, obwohl sie beides abscheulich fand. Die Kleine strahlte. Dann sagte sie: »Dein Vater hat eine Wette verloren. Weißt du, im Krankenhaus wetten wir auf alles. Patient überlebt, Patient überlebt nicht, Chef in der Morgenbesprechung gut gelaunt, Chef macht Kollegen zur Schnecke. Nun: Ich habe gewonnen. Jetzt muss er uns zu *Mister Gong* einladen.«
Sie zwinkerte Georg zu, der sie mit offenem Mund anglotzte, erblasst, während sie innerlich triumphierte. Es war diese Art Instant-Glück, das ihr viel zu selten be-

schieden war. Das Wissen: Du hast es in der Hand. Du bist nicht nur Hauptdarstellerin, du bist auch Regisseurin deines Lebensfilms. Rempelt dich einer an, schlägst du erbarmungslos zurück. Nichts bleibt ungesühnt.

Mister Gong war ein überteuerter Chinese in der Kärntnerstraße, eine Touristenfalle erster Güte. Nie hatten ihr die *Acht Schätze* besser geschmeckt als an jenem Tag.

Georgs Tochter hieß Francesca, genannt Franzi. Sie saßen an einem runden Tisch unter einem chinesischen Lampion, und Greta dachte: Jeder, der uns hier sieht, ist davon überzeugt, dass er eine Familie vor sich hat. Vater, Mutter, Kind. Die profane Dreifaltigkeit.

Georg hatte sich nach diesem Zwischenfall eine Woche nicht gemeldet. Sie rechnete damit, dass er sich von ihr trennen würde, sie hatte den Bogen überspannt. Nach einer Woche rief er an und tat so, als sei nichts vorgefallen. Im Vergessen war Georg unschlagbar. Er vergaß ihren Jahrestag, Gretas Geburtstag, sämtliche Versprechen, die er je gemacht hatte. Wenn sie sich fragte, was ihn dennoch so unwiderstehlich für sie machte, dann war es genau das: Er war ein physikalisches Phänomen, mal gasförmig, mal fest. Es kam vor, dass er sich verflüchtigte, noch während sie ihn umarmte.

Die meiste Zeit existierte er ohnehin nur in vitro – als körperlose Stimme, als Wort-Almosen auf der Sprachbox, als kurzer Dialog zwischen Tür und Angel. Und wenn sie ihn leibhaftig sah, dann erschien er ihr, als sei er aus Teilen zusammengesetzt, die nicht zueinander passten. Die Beine zu lang für den Oberkörper, der Kopf von einem anderen Körper geliehen.

Und trotzdem vermisst Greta ihn, als sie die Stiege zu ihrer Dachkammer hinaufhumpelt. Ein dringliches Bedürfnis, das in ihrer Brust wächst. Ein fester Klumpen, der ihr das Atmen erschwert. Im Bad erneuert Greta ihren improvisierten Verband, sie zupft an ihren Haaren, spritzt sich kaltes Wasser ins Gesicht. Erst an der Tür fällt ihr auf, dass es keine Möglichkeit gibt, das Zimmer abzuschließen. Vielleicht ist das charakteristisch für Landpensionen: dass man die Nacht ungeschützt in seinem Bett verbringt. Man hätte sie überfallen können. Vergewaltigen. Erwürgen. Es ist höchste Zeit, dass sie in die Zivilisation zurückkehrt.

Später steht Greta mit Hannelore und Vroni vor der Tür des *Bergruh*. Der Himmel ist von einem geradezu chemischen Blau. Als die Wirtin ihr das Zigarettenpäckchen entgegenhält, greift Greta zu. Das hier ist eine Notlage, und in der Notlage darf man nach jedem Strohhalm greifen, selbst wenn er Tabak enthält.
Vroni gibt ihr Feuer. Der erste Zug nach acht Jahren Abstinenz. Nikotinflash. »Wow«, sagt Greta.
Teufelszeug.
Jurek ist vorausgegangen, um auf der Rückbank des Taxis Platz zu schaffen.
»Er nimmt dich mit?«, fragt Hannelore.
»Sieht ganz danach aus.«
Der dünne junge Mann wickelt sich um Jureks Tochter wie eine Schmarotzerpflanze um ihren Wirt.
Greta hat das Bedürfnis, etwas Freundliches zu sagen.
»Schön habt ihr's hier, so ganz ohne Berge«, sagt sie.
»Gruß an den Herrn Kußmund«, sagt Vroni.

»Maul«, sagt Greta.
»Vielleicht überlegst du's dir noch. Und bleibst.«, sagt Vroni. »Ein paar Tage Urlaub. Am Wochenende feiern wir das Fest des Windrads, so etwas hast du noch nicht gesehen.«
Ich hab genug gesehen, denkt Greta. Sie schnippt die Zigarette auf den Asphalt.

4

Es hat sich alles so gut angelassen, denkt Jurek. Lynn ist schlanker geworden. Wirkt erwachsener. Hat die Piercings aus Lippe und Nase entfernt. Sie erinnert ihn das erste Mal an Miriam. Er kann nicht aufhören, sie anzusehen. Seine erwachsene Tochter. Ein gutes Zeichen, denkt Jurek. Sie hat sich gefunden. Und dann das.
»Alfred und ich, wir werden heiraten«, sagt Lynn. Sie sitzt mit Alfred auf der Rückbank, auf dem Vordersitz hat sich diese Greta breit gemacht.
Jurek denkt: ein Witz. Sie macht einen Witz. Er lacht versuchsweise.
»Schön, dass du dich freust«, sagt Lynn. »Ich dachte schon ... Naja, man weiß nie, wie Eltern reagieren.«
»Moment«, sagt er. Er ist verwirrt. Das kann sie doch nicht ernst meinen. Der Typ, der an ihr klebt wie fauler Spargel an der Gemüsekiste, sieht aus wie sechzehn. Dürr, fahl, pickelig, Brille auf der Stupsnase. Jurek hat Lust, ihn heim zu seiner Mama zu schicken, der soll noch ein wenig an der Mutterbrust nuckeln.

Der Junge hebt kurz die Hand, er sieht ihm nicht in die Augen. Was soll er jetzt tun? Ihm die Hand hinstrecken und sagen: Gratuliere, mein Junge, du kannst sie haben, mach sie glücklich?
Jurek räuspert sich.
»Wir dachten, wir ziehen nach Oed«, sagt Lynn.
Jurek glaubt, sich verhört zu haben. »Wohin zieht ihr?«
»Papa, wir haben ein Projekt.«
»Du studierst doch noch«, sagt Jurek und denkt an die dreihundertfünfzig Euro, die er ihr monatlich überweist.
»Das habe ich aufgegeben. Ich dachte, Mama hätte es dir erzählt.«
Kein Funken eines schlechten Gewissens.
»Aufgegeben!«, ruft Jurek, während er doch in Wahrheit etwas ganz anderes rufen will: *Bist du jetzt völlig übergeschnappt?* Oder: *Such dir verdammt noch mal einen Job!* Oder: *Hast du dir diesen Typen mal angeschaut? Was für ein Projekt soll der denn stemmen?*
Er schaut in den Rückspiegel, den Lynn beinahe zur Gänze ausfüllt, und dann wird ihm plötzlich ganz warm ums Herz. Seine Lynn, sein Baby, sein einziges Kind, hat ein eigenes Leben, trifft ihre eigenen Entscheidungen, und seine Aufgabe ist es verdammt noch einmal, sie dabei zu unterstützen.
Er wird einen Schwiegersohn bekommen, der Alfred heißt. Vielleicht mausert er sich noch zu einem ansehnlichen Kerl, denkt Jurek. Vielleicht strömt ja das Gewicht, das Lynn in Zukunft noch verlieren wird, direkt in Alfreds Körper, und am Ende sehen beide akzeptabel aus. Vielleicht ist es das Höchste, was man mit Liebe erreichen kann: einen relativen Ausgleich.

»Was sagt Miriam zu deinen Plänen?«, fragt Jurek und verbessert sich sofort: »Zu euren Plänen.«
Jurek beobachtet im Rückspiegel, wie Lynn überlegt. Sie hält den Kopf schief, streicht eine schwarze Haarsträhne aus dem Gesicht, hat sich ein wenig vorgebeugt und auf diese Weise von Alfreds Umklammerung gelöst.
»Mama hat so viel zu tun«, sagt Lynn.
Sie hat also noch nicht mit ihr gesprochen, das hätte er sich denken können. Flüchtet stattdessen gleich zum Vater aufs Land.
»Was arbeitest du, Alfred?«, will Jurek wissen. Jetzt und hier im Auto müssen die Fragen beantwortet werden.
»Versicherungsmakler«, sagt Lynn.
»Welche Art Versicherungen?«
Endlich macht Alfred den Mund auf. »Alles«, sagt er.
Jurek seufzt. Auch das noch.
»Er ist unabhängig«, sagt Lynn. »Unabhängiger Berater. Sucht dir immer die günstigste Versicherung heraus. Für Wohnung, Auto, Betriebsausfall und so.«
»Mit Königsprodukt«, sagt Alfred.
»Etwas Einzigartiges«, sagt Lynn. »Du wirst Augen machen.«
Lynn wechselt binnen Sekundenbruchteilen in den Verkaufsgesprächsmodus.
»Oed ist ein denkbar schlechtes Pflaster für so eine Art Job«, sagt Jurek. »Hier ist jeder gegen alles versichert. Es ist besser, wenn ihr in Wien bleibt.«
»Wir haben die Wohnung aber schon gekündigt«, sagt Lynn. »Wir dachten, wir könnten bei dir wohnen.«
Jurek bremst vor Schreck. Ein dumpfes *Bong*, der Kopf der schlafenden Greta knallt gegen die Seitenscheibe.

»Hoppla«, sagt Alfred.
»Was ist passiert?«, kreischt Lynn.
»Eine Katze«, sagt Jurek. Notlüge. Er fährt rechts ran, dreht sich um.
»Noch einmal von vorn: Wo wollt ihr wohnen?«
»Bei dir im Haus«, sagt Lynn. Schmollmund. »Nur übergangsweise.«
»Da ist kein Platz«, sagt Jurek. Vom versiegelten Elternschlafzimmer erzählt er nichts.
»Aber das Haus hat sieben Zimmer!«
»Rumpelkammern.«
»Egal, wir schlafen auch in einer Rumpelkammer, nicht wahr, Alfred?«
Alfred grunzt.
»Ich blute!«, jammert Greta, die panisch ihren Kopf abtastet, doch als sie Jurek ihre Handflächen hinhält, ist kein einziger Blutstropfen zu sehen, nur der dunkle Nachwuchs. Sie ist nicht einmal eine echte Blondine. Ein Kunstprodukt durch und durch. Das hätte er sich denken können. Pro forma wirft er einen Blick auf ihre Kopfhaut.
»Alles in Ordnung«, sagt er, bevor er sich wieder Lynn zuwendet. »Aber das mit euch ist nicht in Ordnung. Ihr könnt nicht bei mir wohnen, so leid es mir tut.«
Wenn sich die beiden bei ihm einquartierten, könnte er sowohl den Umzug, als auch sein neues Leben vergessen. Er wird mit Miriam sprechen müssen, das hier wächst ihm über den Kopf. Er ist ja nicht die Caritas. Jetzt, wo Lynn einen Ehemann bekommt, soll der auch für sie sorgen. Versicherungen! Jurek spuckt aus dem Fenster.

Er verkündet eine Pause. Steigt aus, zündet sich eine Marlboro an. Hat Lust, quer über das Feld auf den Horizont zuzulaufen. Da draußen geht Oed irgendwo in die Gemeinde Mundschuh über. Er fährt schon so lange Taxi und weiß immer noch nicht, wo die Grenze verläuft.
Das Rauchen stimmt ihn milde. Ein, zwei Nächte können die beiden auf dem Sofa im Wohnzimmer schlafen, denkt er, dann wird man weitersehen. Das Handy in seiner Hosentasche vibriert. Er fummelt es heraus, blickt auf das Display. Eine Oeder Nummer, Festnetz.
»Ja?«
»Hier ist die APOTHEKE ZUR FROMMEN HELENE.«
Trommelwirbel in der Brust. Das ist Alices Apotheke. Er wirft sofort die Zigarette auf den Boden, so als ob die Apothekerin ihn bei seiner Gesundheitsverfehlung beobachten könne.
»Alice?«
»Hier ist Irene. Herr Bach, Sie haben Ihre Kreditkarte bei uns vergessen.«
Kreditkarte? Die kann unmöglich ihm gehören. Aufgrund seines unregelmäßigen Einkommens gewährt ihm die Bank keine Kreditkarte.
Egal, das muss jetzt nicht geklärt werden.
»Ich komme vorbei«, sagt Jurek, mehr zu sich selbst als zur Apothekerin. Er würde Alice sehen, ein paar Worte mit ihr wechseln, ihren Überbiss bewundern. Er würde ihr nahe sein. Eine schöne Aussicht, mehr nicht. Aber immerhin etwas.
Natürlich steht der Zug nicht mehr auf dem Gleis. In Gretas Gesicht spiegelt sich blankes Entsetzen. Aber was hat die denn erwartet, mindestens fünf Mal hat er ihr

erklärt, dass das Gepäck sicher längst für sie im Bahnhof Mundschuh bereitgestellt sei. Es ist schließlich nicht der erste Zug, der in Oed gestrandet ist. Kein Grund zur Panik.

Greta nickt, als hätte sie die Botschaft aufgenommen, doch im nächsten Moment beginnt sie sich wieder zu beklagen, »Mein Koffer, ich brauche meinen Koffer!«

Jurek hatte Greta gar nicht mitnehmen wollen, zumal die Fahrt vom Vorabend noch nicht beglichen war. Seine Tochter hatte für Greta Partei ergriffen. An dieser Frau sei doch nichts auszusetzen, sagte sie. Und dass man ihr helfen müsse, schnellstens »aus diesem Loch« herauszukommen. Jurek fragte sich, weshalb Lynn so abschätzig von einem Ort sprach, den sie offensichtlich attraktiv genug fand, um ihn gegen Wien einzutauschen, aber er hielt den Mund, um keine weiteren Fronten zu eröffnen.

Lynn und Alfred fotografieren sich gegenseitig vor dem Bahndamm und äffen Greta nach, als sie weit genug von ihr entfernt sind.

»Mein Koffer, mein Koffer!«, macht Lynn und verzieht ihr Gesicht zu einer Grimasse. Jurek hört Alfred lachen. Ein Lachen, das so klingt, als würde er es zum ersten Mal ausprobieren.

Jurek denkt an Alices leises Lächeln, als er Joes Plättchen holte. An ihre freundliche Professionalität. Wahrscheinlich hat er sich wie ein Idiot benommen. Er zündet sich eine Zigarette an, summt *Suzanne*.

Wenn es so etwas gibt wie ein Niemandsland zwischen Oed und Mundschuh, dann ist das Niederoed. Bei Licht betrachtet, hat dieser Landschaftsstreifen nicht den geringsten Reiz. Im einzigen Touristenfaltblatt der Region wird Niederoed als »steppenartige Ebene, fünf Kilometer bis zur nächsten Tankstelle« beschrieben, und dennoch ist es einer von Jureks Lieblingsplätzen.

»In Niederoed möchte ich nicht begraben sein«, sagen die Oeder, und das ist Jurek nur recht. In Sommernächten ist Jurek oft hier, ganz allein, die letzte Seele auf Erden, wie ihm scheint, manchmal nimmt er ein paar Flaschen Bier und eine Cohen-CD mit. *Dance Me to the End of Love*. Er bleibt meist im Taxi sitzen, öffnet nur die Tür, und der Wind trägt Partikel dieser Landschaft herein, die zu nichts nutze ist, weder für die Land-, noch für die Bauwirtschaft. Vielleicht geht es genau darum im Leben, denkt Jurek: einfach zu sein, ohne Zweck, ohne Ziel. Atmen um des Atmens willen. Nichts schaffen. Nichts hinterlassen. Keinen Baum pflanzen. Die Welt wird mit dir geboren und stirbt mit dir. Alles, was darüber hinausgeht, ist Spekulation.

Greta sagt: »Ich bin gleich wieder da« und marschiert zum Bahndamm, um die Erde zu untersuchen. Sie tastet den Boden ab, zieht etwas hervor, das aussieht wie ein dicker Wurm.

Ein Freundschaftsband mit bunten Kugeln. Jurek wirft einen Blick darauf. Er glaubt, das Armband am Vorabend an Hannelores Handgelenk gesehen zu haben. Gut möglich, dass sie es verloren hat, während sie –

Er schiebt den Gedanken beiseite.

»Ein Zeichen«, sagt Greta.

Er geht gar nicht erst darauf ein. »Fahren wir«, sagt er.

Hannelore. Vor dem *Bergruh* hat sie ihm vor aller Augen einen Zettel zugesteckt. »Nicht vergessen«, hat sie gesagt und ihm das Papier mit großer Geste überreicht, als handelte es sich um eine Einkaufsliste. Er hat den Zettel rasch in die Hosentasche gleiten lassen. Jetzt zieht er ihn hervor, faltet ihn auf.

Morgen, 20 Uhr,
13. Straße, Block C.
Es gibt Schnitzel und Bratkartoffeln.

»Es gibt«, schreibt sie. Als ob sie mit der Zubereitung des Essens nichts zu schaffen hätte. Jurek mag Schnitzel, doch es kommt nicht in Frage, dass er auf den ältesten Trick der Welt hereinfällt. Er knüllt den Zettel zusammen und wirft ihn in hohem Bogen auf die Gleise.

Er fühlt sich erleichtert.

Als sie wieder im Wagen sitzen, bemüht er sich um ein Gespräch.

»Du wirst bestimmt schon vermisst«, sagt er mit einem Seitenblick auf Greta.

Sie zuckt mit den Schultern. »Die kommen auch ohne mich zurecht.«

»Hast du Kinder?«

»Zum Glück nicht.«

Lynn mischt sich ein. »Wieso? Kinder sind doch was Schönes!«

Jurek ist alarmiert. Womöglich ist Lynn auch noch schwanger. Er betrachtet Alfred im Rückspiegel. Wenn der jetzt seine Hand auf Lynns Bauch legt, ist die Sache klar. Aber Alfred sieht nur gelangweilt aus dem Fenster.

»Kinder wirst du ein Leben lang nicht mehr los«, sagt Greta. »Die sind schlimmer als Haustiere.«

»Wir wollen drei Kinder«, sagt Lynn. »Mindestens. Wir bekommen sie ja nicht, um sie wieder loszuwerden. Wir wollen mit ihnen leben.«

»Aber bitte nicht sofort«, sagt Jurek.
Er möchte sie fragen, ob sie verhütet. Er wäre sogar bereit, ihr eine Pillenpackung zu spendieren, zur Apotheke fährt er ja ohnehin. Doch das Thema ist zu persönlich, um es vor einer Fremden abzuhandeln.
»Die Männer, die ich kennenlerne, werden nie erwachsen«, sagt Greta. »Damit ist mein Kinderwunsch erfüllt und abgehakt.«
Zum Thema Kinder hat Jurek wenig beizutragen. Er kannte das nicht, Teil einer großen Familie zu sein, er selbst ist Einzelkind, und auch seine Eltern waren Einzelkinder, eine Krankheit, die offenbar in der Familie lag. Er hat keine Onkel und Tanten, keine Nichten und Neffen, keinerlei Verwandschaftsgespinst, wie er es bei Freunden oft beobachtet und manchmal beneidet hat.
»Da«, ruft Greta. »Auf dem Schild stand doch Burnout-Oase, habt ihr das gesehen?«
»Nein«, sagt Lynn.
»Was ist damit?«, fragt Jurek.
»Könnte sein, dass eine Arbeitskollegin dort liegt«, sagt Greta. »In der Oase, am Teich gelegen.«
»Hier gibt es keinen Teich«, sagt Jurek.
»Könnten wir – ich meine: Könnten Sie für einen Moment anhalten? Ich frage rasch nach.«
»Hier anhalten? An der Straße?« Jurek hat genug von ihren Extravaganzen. Diese Burnout-Klinik liegt drei Kilometer entfernt in einem Wald. Er wird sich nicht von seinem Plan abbringen lassen. Erst kürzlich hat er seiner Don't do-Liste einen weiteren Punkt hinzugefügt: *sich zum Hanswurst machen*.
Als Jurek das nächste Mal in den Rückspiegel blickt,

sieht er, wie Alfred und Lynn sich küssen. Zwei Körper, im Gesicht miteinander verklebt. Alfred gibt Grunzlaute von sich.
Jurek stellt das Radio an und beschließt, Kreuzackers Wohnung zu mieten.

5

Eine junge Frau mit blauen Blumen im Haar. Sie steht unter einem Glitzerbogen, auf dem sich Vögel niedergelassen haben, den Zeigefinger an ihren roten Lippen, ein schulterfreies Kleid. Das Fresko ist in einem Orangeton gehalten und zieht sich über die gesamte Südseite.
Greta hatte einen mickrigen Provinzbahnhof erwartet, eine Bretterbude, einen Verschlag mit zwei Bahnsteigen, was kann man schon erwarten von einem Ort, der *Mundschuh* heißt?
Und dann das: ein Jahrhundertwenderelikt, im Stile des Pariser Gare d'Orsay, wenn auch in Miniaturmaßstab.
»Wahnsinn«, sagt sie.
»Albert Prüggler«, sagt Jurek und zeigt auf das Fresko. »Klimt-Epigone.«
Der Bahnhof, der nur mit viel Glück den Krieg überstanden hatte, wäre in den Sechzigerjahren beinahe Opfer modernisierungswütiger Architekten geworden. »Das hier wollten sie daraus machen.« Jurek zeigt auf einen Plan, auf dem eine Schuhschachtel zu sehen ist. Wurde nie realisiert, weil die Gemeinde pleite war.
»Das ist der Vorteil an der Armut«, sagt Jurek.

Er führt Greta durch den Bahnhof wie durch ein Museum mit historischen Ausgrabungen.
»Woher wissen Sie das alles?«
»Ich bin Taxifahrer«, sagt er. »Ich muss das wissen.«
Jurek zieht ihren Koffer hinterher, der tatsächlich im Lost & Found auf sie gewartet hat. Es fühlt sich alles harmonisch und wohlgestaltet an. Sie bemüht sich, mit Jurek Schritt zu halten, obwohl ihr bandagierter Knöchel es ihr nicht leicht macht. Jeder, der sie sieht, würde meinen, sie seien ein Paar, denkt Greta. *Da gehen zwei, die gut zueinander passen.* Sie hatte sogar ein Minimum an Einsatzbereitschaft registriert, als sie im Reklamationsbüro nach dem Verbleib des Zuges gefragt hatten.
Der Zug sei in der Nacht noch wegen Betriebsunfähigkeit abgeschleppt worden, sagte die Dame am Schalter, und sie sagte es ohne Bedauern und mit der größten Selbstverständlichkeit, so als sei dieser Vorfall ebenso branchenüblich wie eine Verspätung.
Unerhört, hatte Jurek gesagt. Dass es nicht angehe, Passagiere zu gefährden, indem man sie ohne Information in einem abgeschlossenen Zug schmoren lasse. Daraufhin hatte Greta erwähnt, dass sie in Panik aus dem Zug gesprungen sei. Gesprungen. Tatsächlich. Sie zeigte der Frau ihren Verband, denn sie wollte mitansehen, wie die gefasste Miene der Bahn-Bediensteten entgleiste. Doch die Frau im himbeerroten Kostüm zeigte sich unbeeindruckt. »Wir wurden darüber unterrichtet«, sagte sie und fuhr mahnend fort: »Sie wissen hoffentlich, wie gefährlich das ist, der Zug hätte unter Strom stehen können.« Sie redete mit ihr wie mit einem ungezogenen Schulkind, und Greta überlegte, ob sie sofort einen

Anwalt kontaktieren sollte, entschied sich aber dagegen. Sie hatte ihren Koffer wieder. Das war das einzige, was zählte. Schon in zwei Stunden würde sie im Zug nach Wien sitzen und abends würde sie mit Fras darüber lachen.

Vittorio Fras genoss es, wenn sie Anekdoten aus ihrem Leben zum Besten gab, das war immer schon so gewesen, und in diesem Fall würde es eine besonders gute Anekdote sein. Sie wird behaupten, dass Oed so abgelegen sei, dass es erst seit der Mitte der Neunziger Jahre Strom gebe. Dass die Bewohner immer noch Petroleumlampen in ihren Hütten horteten. Sie wird behaupten, dass jeder Fremde, der auf Oeds Straßen gesehen wird, prinzipiell unter Spitzelverdacht gerate, und falls Fras nachfragt, wird sie sagen: Die Oeder haben Angst, dass man hinter ihr Geheimnis kommt.

»Welches Geheimnis?«, wird Vittorio fragen und sich vorbeugen, wie er es immer tut, wenn er Interesse heuchelt, und sie wird flüstern: Nach jeder Vollmondnacht liegt ein Dorfbewohner tot unter den Flügeln des Windrads – was zwar nicht wahr ist, doch so klingt, als ob es wahr sein könnte.

Abschiedskaffee in der Bar Augusta. Nun ist alles gut. Greta ist erleichtert, beinahe wehmütig. Sie bietet Jurek das Du an. Jurek bietet ihr an, Kaffee am Tresen zu bestellen. Ein junges Mädchen mit langen Haaren trägt die Tassen an ihren Tisch. Ihre Augen sind ebenso dunkel geschminkt wie jene von Lynn. Es scheint Greta, als hätte sie einen Trend versäumt. Irgendwann in ferner Zukunft wird sie mit einem leisen *plopp* aus der Zeit fallen und nicht mehr verstehen, was um sie herum vorgeht.

»Danke für alles«, sagt Greta. Eine Szene wie aus einem schlechten Film. Fehlt nur der Visagist, der ihr eine Kunstträne aufs Jochbein klebt.
Unter normalen Umständen würde sie mit Jurek flirten, zumindest seine Hand berühren. Doch von ihm kommt nicht die kleinste Ermunterung, Greta vermutet, dass er sich nicht traut. Das ist ihr schon öfter passiert. Vor allem bei Männern, die in puncto sozialer Status nicht mit ihr mithalten können. Denen lässt sie aus Mitleid besonders viel durchgehen. Wer wie sie in der obersten Liga spielt, der bedient sich schließlich aus dem gesamten Sortiment.
»Wenn ich wieder einmal nach Oed kommen sollte –« Greta lässt den Satz zwischen ihnen schweben, damit Jurek ihn vervollständigen kann. *Dann melde dich bitte, es wird mir eine Freude sein.* Doch er bleibt stumm, fährt bloß mit der flachen Hand über die Stoppelglatze.
Greta löffelt den Milchschaum aus ihren Cappuccino.
Eine Stimme sagt: »Vorsicht auf Gleis zwei. Bitte zurücktreten. Zug fährt durch.«
»Ich muss los«, sagt Jurek. »Die Kinder warten.« Als ob es sich um Fünfjährige handelt, die neben der Straße Fußball spielen.
Als er nach seiner Jacke greift, watschelt ein massiger Mann mit einem Blumenstrauß auf den Tisch zu. Greta hebt abwehrend die Hand. Hier will niemand Blumen kaufen. Jurek aber begrüßt den Dicken mit einer Umarmung.
»Juju, mein Bester«, sagt der Mann. »Du verreist?«
»Wo denkst du hin. Ich kann dich doch nicht allein lassen.«

Trotz der Frühlingswärme trägt der Dicke einen Rollkragenpullover. Der Schweiß läuft in dünnen Rinnsalen über seine Schläfen.
Er hält Greta den Blumenstrauß entgegen. »Für Sie«, sagt er, und wendet sich Jurek zu: »Sie ist nicht gekommen. Aber diesmal war es knapp. Sehr knapp.«
Greta reicht Jurek die Blumen weiter. »Nimm du sie. Für deine Tochter.«
Jurek schiebt den Strauß über den Tisch. »Bleib mir vom Leib mit deinem Grünzeug.«
»Dann bleiben sie eben hier«, sagt der Dicke seufzend und legt die Blumen auf den Nebentisch. Aus der Innentasche seiner Jacke holt er einen Stift hervor und hält ihn an seinen Zeigefinger. Er hat erstaunlich kleine und zierliche Hände. Ein Blutstropfen sprießt auf seinem Finger wie eine Miniaturblüte. So ist das also. Ein Diabetiker. Greta möchte wegsehen, doch es gelingt ihr nicht. Der Dicke hält ein Gerät an die Fingerspitze, bis ein heller Pieps ertönt.
»Fünfhundertachtzig«, sagt er. »Ich bin am Ende.«
Jurek legt seinen Arm um den Dicken. »Alles wird gut«, sagt er. Mit einer ganz weichen Stimme.
Greta fühlt sich unbehaglich, bietet ihre Hilfe an. »Ich hole etwas zu trinken, brauchen Sie Wasser?«
»Du«, sagt der Mann. »Du musst mich duzen. Das Sie bringt mich noch schneller ins Grab. Ich heiße Joe.«
Greta bestellt eine kleine Flasche Mineralwasser an der Theke. Als sie an den Tisch zurückkehrt, ist Jurek dabei, die Sakkotaschen des Dicken abzuklopfen.
»Wir suchen das Insulin«, sagt Jurek, als hätte sie danach gefragt.

Greta nippt am Mineralwasser. Sie ist schläfrig. Blick auf die Bahnhofsuhr. Noch zwei Stunden, dann sitzt sie im Zug.
Sie wundert sich über Jureks empathische Anwandlungen, aber das ist wahrscheinlich das, was man unter Freundschaft versteht.
Sie hat doch auch Freunde, denkt Greta. Diana zum Beispiel. Diana Birkmeier. Die Burnout-Diagnose kam für Greta vollkommen überraschend. Diana hatte nie Ermüdungserscheinungen gezeigt, immer top vorbereitet in den Meetings gesessen, und es war nie eine Falte auf ihrer Stirn zu sehen gewesen. Die Kollegen vermuteten, dass sie in der Mittagspause den Botox-Doktor aufsuchte, doch Diana sagte immer, dass Manfred ihr Beautygeheimnis sei, der »beste Mann auf Erden«.
Aber auch vor Diana hatte Greta Freundinnen gehabt.
Alma Täubler, die sie zu *Bernstein Healthy Products* gebracht hatte. Sie waren ein kleines Team im Vertrieb, drei Vollzeitangestellte, zwei Halbtagskräfte. In den Pausen saßen sie in der Bar Italia und tranken Limoncello. Über die Produkte, die sie vertrieben, sprachen sie nie. Es waren Nahrungsergänzungsmittel, wie es sie tausendfach auf dem Markt gab: wasser- und fettlösliche Vitamine, Spurenelemente, Fischöle. Der Unterschied bestand einzig darin, dass sie vom Geist der Gründerin aufgeladen waren, wie es hieß. Barbara Bernstein stilisierte sich zum Medium hoch, sie segnete die Produkte und gab ihnen »Heilenergie aus der 7. Dimension« mit, wie man in den Produktfoldern nachlesen konnte.
Frau Bernstein hatte lange graue Haare, die sie zu einem seitlichen Zopf flocht, und sie hüllte sich gern in son-

nengelbe Batik-Gewänder. Die Pressebilder, für die Greta unter anderem zuständig war, wurden in einem Studio auf der Mariahilfer Straße aufgenommen. Der Fotograf wusste bereits genau, wie Barbara Bernstein in Erscheinung treten wollte. Er fotografierte sie regelmäßig von unten, legte sich dafür sogar auf den Boden, damit sie tatsächlich als »Erscheinung« wirkte, die eine göttliche Botschaft überbrachte. Barbara Bernstein hatte dabei mit dem Christentum nichts am Hut, sie war nicht gläubig in einem traditionellen Sinne. In ihrer Welt gab es nur sie und ihre Anhänger, die alljährlich einen namhaften Betrag auf das Bernstein-Konto überwiesen.

Greta war alles egal. Es war ihr erster fixer Job nach dem Studium und nach zahlreichen unbezahlten Praktika. Sie hätte sogar von Jesus höchstpersönlich gesegnete Steine verkauft, wenn das zu ihren Aufgaben gezählt hätte.

Sie fand, dass sie der Firma gegenüber sehr loyal war, nie verlor sie ein böses Wort über die Machenschaften von Barbara Bernstein. Umso überraschter war sie, als sie die ersten Briefe bekam, in denen sie verleumdet wurde. Zuerst stand nur ein Wort drin: LÜGNERIN.

Mit der Zeit kamen weitere Beschimpfungen hinzu: SCHLAMPE. NUTTE. DRECKIGE FOTZE. EINE SCHANDE FÜR BERNSTEIN.

Eine Schande für Bernstein? Sie wusste nicht, was sie verbrochen hatte, das erste Mal in ihrem Leben fühlte sie sich nicht mehr sicher. Sie schlief nur noch bei Licht und untersuchte die Eingangstür auf Spuren, wenn sie abends nach Hause kam. Mehrmals hatte sie das Gefühl, dass sie von einem Auto aus beobachtet wurde.

Wenig später begann es mit den Anrufen in der Nacht.

Damals war Alma für sie da. Sie kümmerte sich um Greta wie eine gute Mutter. Nicht, dass Greta keine Mutter gehabt hätte, nur eben keine gute. Die Eltern hatten sich gewünscht, dass sie Lehrerin werde; regelmäßiges Einkommen, sozial verträglicher Job, notfalls auch mit Familie vereinbar. Und den Sommer frei!

Greta hatte keinen einzigen Gedanken an diese Option verschwendet. Niemals mehr würde sie einen Fuß in eine Schule setzen. Was leicht zu bewerkstelligen war für jemanden, der keine Kinder in die Welt zu setzen trachtete. Die Wirtschaft war ihr natürlicher Lebensraum, hier bewegte sie sich mit maximaler Eleganz und Selbstverständlichkeit.

Was wohl aus Alma geworden war? Greta rechnete nach. Sie hatten bereits mehr als drei Jahre keinen Kontakt mehr, Alma war aus ihrem Leben verschwunden, als hätte eine große Hand sie ausgelöscht. Greta tröstete sich damit, dass ihre Leben nicht kompatibel waren. Alma heiratete, sie bekam drei Mädchen in Folge, wurde noch runder und beschränkte sich darauf, ihrem Gottfried einen saftigen Schweinsbraten zuzubereiten.

Mary habe geschrieben, dass sie dieses Mal sicher komme, sagt Joe zu Jurek. Dass sie schon ihren Koffer gepackt habe, den Koffer, den er ihr zum zwanzigsten Geburtstag geschenkt hatte. Mit Tigermuster. Ob er sich noch erinnere, dass er sie immer »meine kleine Tigerlady« genannt hatte. Sie klang traurig am Telefon, sagt er, aber es sei auch so etwas wie Hoffnung mitgeschwungen. Ein zweiter gemeinsamer Versuch, darauf wollte sie es ankommen lassen. Er ohnehin.

Plötzlich wendet er sich an Greta. »Hast du je geliebt?« Greta möchte laut lachen. Sie entscheidet, dass es sich um eine rhetorische Frage handelt. Er will gar keine Antwort hören, er versucht nur, die Größe seines Leids in Worte fassen.
»Natürlich«, murmelt sie.
Sie spürt Jureks Blick und hebt den Kopf. Er sieht sie an mit einem kalten Lächeln. Er glaubt ihr kein Wort.
»Liegt schon etwas zurück«, sagt Greta.
»Komm, trink ein Glas«, sagt Joe. »Mir ist übel.«
Jurek zieht einen Pen aus der Innentasche von Joes Sakkos und hält ihn hoch wie eine Fackel. Das Insulin.
»Dann kann ich ja jetzt gehen«, sagt Jurek.
Nachdem er den Dicken umarmt hat, streckt Jurek Greta seine Hand entgegen, sie will sie schon ergreifen, da dreht er die Handfläche nach oben.
»Neunundzwanzig Euro«, sagt er. »Die gestrige Fahrt elf und heute noch einmal achtzehn.«
»Ach. Natürlich.« Damit hat sie nicht gerechnet. Jämmerlich, denkt sie. Eine jämmerliche Existenz. Sie zählt ihm genau neunundzwanzig Euro und vierzig Cent in die Hand. Kein Trinkgeld.
»Schon in Ordnung so«, sagt sie. Sie hat Lust, ihn zu beschämen.
Jurek steckt das Geld in die Hosentasche, ohne sich zu bedanken. Das war's dann wohl. Er klopft Joe noch einmal auf die Schulter. Dann ist er fort.
»Ich muss auch aufbrechen«, sagt Greta.
Sie hat zwar noch Zeit, doch keine Lust, sie mit einem liebeskranken Diabetiker zu verbringen.
Joe hält den Pen gegen das Deckenlicht.

»Nicht schön, das Alter«, sagt er. »Irgendwann willst du nur noch im Bett liegen. Aber nicht, um das zu tun, was du meinst. Es hat mit früher Vergreisung zu tun.«
»Ich meine gar nichts«, sagt Greta.
»Irgendwann gibst du das Zepter ab. Dann sollen die anderen regieren. Das interessiert mich alles nicht mehr, Entscheidungen treffen, wichtig sein, Recht behalten. Auch in einer Beziehung interessiert es mich nicht mehr. Mary kann immer Recht behalten, sooft sie darauf Lust hat, meine liebe – wie war noch gleich dein Name?«
»Greta.«
»Dein goldenes Haar, Margarete, dein aschenes Haar, Sulamith. Magst du Celan?«
»Ich muss zum Bahnsteig«, sagt Greta.
»Ich lese Celan, wenn es mir nicht gut geht. Also immer«, sagt er. »Ich lese also immer Celan und denke, dass er in meinem Alter schon längst tot war. Dann denke ich daran, was das bedeutet: tot sein. Sterben interessiert mich nicht, das ist schnell vorbei. Aber ganz und gar tot? Du bist Wüste und Meer – das habe ich Mary in einer SMS geschrieben. Sie muss es nicht verstehen, es ist eine Sache, die sich hier abspielt.« Er legt seine Hand auf die Brust. »Ich habe eine Kerbe im Herzen. Nichts Medizinisches, aber solange Mary nicht zurückkommt, kann ich nicht gesund werden. Verstehst du das, Margarete?«
Greta hat nicht zugehört. Es ist unhöflich, wenn du gehst, sagt sie sich. Du kannst ihn nicht so einfach unterbrechen, du musst ihn ausreden lassen. Er ist ein kranker Mann. Krank und alt, so alt wie deine Eltern. Liebeskummer steht einem nicht in diesem Alter.

Mit einem Mal beginnt Joe zu fluchen, er sagt: »Gottverdammter Mist« und mehrmals »Scheiße, verdammte Scheiße, in diesem Pen ist nichts mehr drin. Leer, leer, ich habe den falschen mitgenommen, ich Idiot, der andere liegt im Kühlschrank, zwischen den Eiern und der Milch!«

Greta versucht erneut, sich zu verabschieden, doch dieser Mann hält sie fest, hält sie tatsächlich am Saum ihres Sakkos fest. Dann sinkt er in einen Plastikstuhl, fahl im Gesicht.

»Mir ist übel«, sagt er. »Ich brauche eine Apotheke.« Er schwitzt.

Lass mich in Ruhe, denkt sie. Lass mich mit deinem Mist in Ruhe.

»Sollen wir Jurek anrufen?«

Joe reicht Greta sein Handy. Der Gedanke, dass sie Jurek Unannehmlichkeiten bereitet, gefällt ihr.

Sie scrollt sich durch seine Kontakte. »Da ist kein Jurek«, sagt sie.

»Juju«, sagt Joe. »Bei mir heißt er Juju. Mit Jott.«

»Juju«, sagt Greta. Klingt wie ein Kinderspielzeug. Da, sie hat ihn gefunden. Er hebt nicht ab.

»Versuch's noch einmal«, sagt Joe. »Juju muss man mehrmals anrufen. Wenn es um sein Handy geht, ist er faul. Er wittert Arbeit fünf Kilometer gegen den Wind.« Seine rechte Hand ruht immer noch auf seiner Brust, als habe er einen Herzanfall erlitten.

»Rettung«, sagt Greta. »Wir rufen die Rettung.«

»Mundschuh hat keinen Rettungswagen«, sagt Joe. »Die brauchen zwei Stunden, bis sie hier sind.«

Greta seufzt. Sie hat irgendwann einmal von einem diabetischen Koma gelesen, was ist, wenn dieser Typ von ihren Augen umfällt?«

»Ich werde Hilfe suchen«, sagt sie.

Joe erhebt sich ächzend. »Ich komme mit«, sagt er. »Lass mich nicht allein.«

Greta bietet Joe ihren Trolley an, damit er ihn vor sich herschiebt. Ein improvisierter Rollator. Joe macht noch kleinere Schritte als Greta. Für Außenstehende sieht es aus, als begleitete ein von Siechtum gezeichneter Vater seine Tochter das letzte Mal zum Bahnsteig, eine schaurige Vorstellung.

So schnell kann sich alles ändern, denkt Greta. Gerade noch wirst du mit einem vitalen Mann gesichtet, im nächsten Augenblick bist du schon die Krankenschwester für einen anderen. Sie verflucht Jurek dafür, dass er sich einfach davongemacht hat.

Im Reklamationsbüro überreicht man ihnen einen Flyer.

MEDIZINISCHE VERSORGUNG IN OED, MUNDSCHUH UND ST. KUNIGUND

Der erste auf der Liste ist ein praktischer Arzt: Dr. Erwin Schrittesser in Oed, Sechsundzwanzigste Straße. Samstagnachmittag geschlossen.

Der zweite Eintrag: Notfall-Ambulanz in der Wellness-Oase.

»Zehn Minuten zu Fuß«, sagt die Reklamationsdame.

»Ich schaffe das allein«, sagt Joe. »Geh du zu deinem Zug.«

Greta atmet auf.

»Das kann ich nicht zulassen«, sagt die Bahnbedienstete streng. »Ich bitte Sie, den Herrn zu begleiten. Er benötigt dringend ärztliche Hilfe.«

Dann begleiten Sie ihn doch, möchte Greta sagen. Wenn hier einer Grund zur Beanstandung hatte, dann war das sie, Greta. Die dreiste Bevormundung hat sie kalt erwischt, die Sekunden, in denen sie etwas Angemessenes hätte erwidern können, sind verstrichen.
Sie verlassen das Reklamationsbüro so, wie sie es betreten haben – mit einem Fluch auf den Lippen.

Vor dem Haupteingang steht ein Minivan mit der Aufschrift:
*Burnout-Oase am TG **** Shuttle*
Ein Männlein im dunklen Anzug hält ein Schild hoch:
FAMILIE KRONAWETTER
Greta hat eine spontane Eingebung. »Das sind wir!«, ruft sie.
Das Männlein, es sieht keinen Tag älter aus als sechzehn, öffnet dienstbeflissen die Schiebetüren, bevor es Gretas Rollkoffer im Kofferraum verstaut. Zehn Minuten zu Fuß, das waren doch maximal drei Minuten mit dem Auto. Das Risiko konnte sie eingehen.
»Meinem Gatten geht es nicht gut«, sagt Greta. »Wir müssen in die Ambulanz. So schnell wie möglich.«
Gatte. Geht ihm nicht gut. Ein Satz, den sie noch nie ausgesprochen hat in ihrem Leben. Den sie nie wieder aussprechen wird.
Ein Blick auf die Uhr. Noch neunzig Minuten bis zur Abfahrt ihres Zuges. Klassische Filmspiellänge. Der Chauffeur hilft Joe dabei, ins Auto zu steigen. Es sieht aus, als wollte man einen Luftballon in ein zu enges Rohr stopfen. Als Joe endlich sitzt, rinnt ihm in Strömen der Schweiß übers Gesicht. Er lehnt er seinen Kopf zurück.

»Schon besser«, sagt er.
Er riecht unangenehm. Greta klopft dem Chauffeur auf die Schulter. »Machen Sie schnell«, sagt sie. »Wir haben es eilig.« Sie atmet tief durch. Bald sitzt sie wieder im Zug. Mit dem Wissen, einem Menschen das Leben gerettet zu haben. Sie kann stolz sein auf sich.
»Das wollen sie alle«, sagt der Junge. »Dass es schnell geht. Ich sage zu den Herrschaften immer: Wir fahren in eine Burnout-Oase. Dort gewöhnt man Ihnen die Geschwindigkeit ab.«
»Es ist schön –«, ächzt Joe.
»Wie?«
»Es ist schön, wenn man stirbt. Wunderbar. Endlich Schluss mit dem Theater.«
Greta muss schlucken. »Niemand stirbt«, sagt sie. Ihre Stimme klingt hoch und krächzend.
Joe legt seine Hand, die kaum größer ist als die eines Kindes, auf Gretas Hand. Sie widersteht der Versuchung, sie wegzuziehen.
Der Junge blickt über die Schulter. »Alles in Ordnung?«
»Die Schmerzen sind mir egal«, sagt er. »Die hören irgendwann auf. Ich fürchte mich vor dem, was danach kommt. Die Endgültigkeit macht mir Angst«, sagt er. »Dir nicht, Margarete? Denkst du nicht darüber nach?«
Greta sieht aus dem Fenster, betrachtet die Einkaufsstraße von Mundschuh mit ihren geschmacklosen Geschäften, fahndet in den Gesichtern der Passanten nach Anzeichen von Weltüberdruss und Verachtung und findet sie erst, als sie im Rückspiegel in ihre eigenen Augen blickt.

6

Jurek wippt auf den Zehenspitzen. Er steht in einem Hauseingang, nur wenige Meter von der Apotheke entfernt, und konzentriert sich. Die Zigarette hilft ihm dabei. Nächstes Jahr um diese Zeit würde er bereits aufgehört haben zu rauchen. Aus diesem Grund raucht er ganz bewusst. Jeder Atemzug ein kleines Innehalten. Er hat sich ein Ritual angewöhnt: Er betrachtet jede Zigarette, die er aus dem Päckchen holt, rollt sie zwischen seinen Fingern, riecht an ihr, manchmal hält er sie an die Wange. Je mehr Rituale er mit dem Rauchen verknüpft, desto peinvoller der spätere Verzicht. Die einzige Form der Selbstbestrafung, die ihm angemessen scheint.

Da fällt ihm ein, dass es schon immer so war: Dass er die Dinge immer dann besonders schätzte, wenn er um ihr Verfallsdatum wusste. Bei Frauen zum Beispiel. Erst wenn er ahnte, dass die Beziehung gescheitert war, konnte er bedingungslos lieben. Auf diese Weise gelang es ihm, den Schmerz zu vervielfachen. Von Sterbenden wird oft berichtet, dass sie kurz vor ihrem Tod ganz besonders munter wirkten, unangetastet von allem Leid.

Die letzten Stunden mit Miriam waren von einer makellosen, gläsernen Schönheit. Als er ihr dabei half, die Umzugskartons auf die Straße zu tragen und in den Transporter zu schlichten, alberten sie herum wie Teenager. Eine zerbrechliche Freude, die sofort auf Lynn übersprang. Im Augenblick der Trennung waren sie endlich eine glückliche Familie.

Jurek zieht den Rauch in seine Lungen. Er denkt an Alice. Er hat sich vorgenommen, die Apotheke nicht ohne

Verabredung zu verlassen. Alices Stimme ist tief für eine Frau, denkt er. Er mag das. Sie spricht langsam und mit Bedacht. Er mag es sogar, wenn sie nach ihrer Tochter ruft.

Mathilda!

Es ist ein freundliches Rufen, niemals ungeduldig, und Mathilda reagiert ohne Verzögerung, so als hinge sie mit Marionettenfäden an ihrer Mutter. Da war nichts Widerspenstiges an diesem Kind, zumindest bemerkte er nichts. Anders als bei Lynn, die schon als Kleinkind ihren eigenen Kopf hatte. Jurek fragt sich, wo seine Tochter geblieben war, das Mädchen, das Pferdehefte sammelte und Freundschaftsbänder knüpfte, die sie um die Beine des altersschwachen Windrads band.

Und dann fällt es ihm ein: Sie liegt mit Alfred auf seinem Sofa. Er möchte nicht wissen, was sie dort veranstalten. Je energischer er diese Vorstellung von sich wegschiebt, umso plastischer wird sie. Obwohl er Lynn schon seit vielen Jahren nicht mehr nackt gesehen hat, taucht ihr Körper unvermittelt auf, er kann jede Speckfalte sehen, die großen Brüste, die auf dem Oberkörper liegen wie zwei fette Säuglinge. Und dann Alfred. Dieser Alfred, der ihr seine Zunge ins Ohr steckt und raunt, wie sehr er sie begehrt. Jurek verabscheut sich für diese Gedanken, und je mehr er sich vor sich selbst ekelt, umso detailreicher wird die Szenerie. Er tritt die Zigarette aus.

Die Apotheke ist geschlossen. Natürlich, es ist Samstagnachmittag, er hätte sich die ganze Aufregung sparen können. Unter einem Klingelknopf ist ein Schild angebracht: NOTDIENST.

Wenn das kein Notfall ist, was dann.
Er läutet. Irene späht aus einem Fensterchen auf die Straße, dann hört er, wie sie die Tür aufsperrt.
Drinnen ist es kühl und dunkel.
»Ich habe Ihre Kreditkarte gut verwahrt«, sagt Irene.
»Ist Alice vielleicht –«
»Alice ist nicht mehr da. Am Samstag hat sie Frühdienst. Heißer Tipp: Kinderspielplatz.«
»Nicht so wichtig«, murmelt Jurek.
Neben der Kasse liegt ein Stapel Werbeflyer, er beugt sich darüber, liest.
DAS FEST DES WINDRADS
GROSSER GLÜCKSHAFEN!
KINDERMALEN.
MUSIKALISCHE UMRAHMUNG DURCH DIE MUSIKKAPELLE MUNDSCHUH.
ENTZÜNDUNG DES WINDRADS BEI EINBRUCH DER DUNKELHEIT.
»Können Sie mitnehmen«, sagt Irene, die auf eine Leiter klettert, um die oberste Lade des Schrankes zu öffnen. »Das wird ein Spektakel.«
»Sind Sie auch dort?«, fragt Jurek.
»Die Apotheke hat einen eigenen Stand. Mit Verbandszeug und Creme, falls sich jemand verbrennt. Traubenzucker für die Kinder. Luftballons.«
Irene steigt wieder hinunter, hält dabei die Leiter so fest umklammert, dass ihre Knöchel weiß hervortreten. Sie atmet laut.
»Nicht schwindelfrei«, sagt sie, als sie Jureks Blick auffängt. »Das ist jedes Mal ein Abenteuer.«
Weshalb sie die Karte dann so weit oben deponiert habe,

möchte er sie fragen, aber eigentlich geht ihn das nichts an. Irene legt eine rote Karte auf den Tresen:
ÖLB VORTEILKARTE SENIOREN
KARL BACH
Er muss zwei Mal hinsehen. Fährt mit dem Finger über den Schriftzug. KARL BACH.
Sein Vater. Seit elf Jahren tot.
Dass es sich bei der Karte nicht um eine Kreditkarte, sondern um den Ermäßigungsausweis der Österreichischen Landesbahnen handelt, ist beinahe nebensächlich. Wer weiß, wie lange diese Karte schon hier liegt.
»Ich heiße Jurek«, sagt Jurek. »Karl war mein Vater.«
»Natürlich«, antwortet Irene, so als sei das ohnehin klar gewesen. »Brauchen Sie sonst noch was?«

Jurek spaziert durch das Dorf wie durch ein überdimensionales Vivarium. Die Menschen, die ihm entgegenkommen, wirken, als gehörten sie einer fremden Spezies an. Dabei tragen sie nur ihre Wochenendkleidung: Hosen mit scharfen Bundfalten, Hemden mit steifen Kragen. Hüte. Die Frauen zwängen sich bei den ersten Sonnenstrahlen in ihre Sommerkleider, die ihnen schon im Sommer zuvor zu eng waren. Sie spazieren vor der Apotheke und der Gemischtwarenhandlung auf und ab, als ob es etwas zu sehen gäbe. Doch es gibt nur immer wieder dieselbe Kulisse zu betrachten. Je länger Jurek in Oed lebt, umso weniger Leute scheint er zu kennen, so als würden die Bewohner nachts heimlich ausgetauscht. Der Leitspruch seines Vaters lautete: »Oed verspricht dir nichts, also kann es dich auch nicht enttäuschen.« Jurek wollte ihn immer fragen, weshalb er nicht weggezogen

ist, wollte erfahren, was es war, das ihn festgehalten hatte. Doch er fragte nie. Und heute geht es ihm ähnlich. Oed hat ihn vollständig absorbiert.
Beinahe wäre Jurek in Polen geboren worden. Anfang der Sechzigerjahre war sein Vater mit einigen Arbeitskollegen nach Breslau aufgebrochen, um bei der Verschönerung der Stadt zu helfen, die im Krieg zu zwei Dritteln zerstört worden war. Damals herrschte in Breslau die Mode, jedes Haus nach westlichem Vorbild in Pastellfarbe zu streichen, und Karl Bach, der in Mundschuh Maler und Anstreicher gelernt hatte, fuhr mit einer Gruppe Gewerkschafter in eine Stadt, von der er zuvor noch nicht einmal gehört hatte.
Es sollte ein unvergessliches Abenteuer werden, von dem er bis zu seinem Tod immer wieder erzählte. Mit den Jahren wurde die Geschichte zu einem Heldenmythos, in dem er selbst die Hauptrolle spielte: Karl Bach, Verschönerer von Breslau, der für seine Verdienste sogar mit einer Goldmedaille ausgezeichnet wurde. Jurek kannte die Geschichte schon in jungen Jahren auswendig, die Medaille aber hatte er nie gesehen.
Bei der Ehrung hatte Franz Bach seine spätere Frau und Jureks Mutter kennengelernt, Annette, die zu Besuch war bei ihrer polnischen Tante. Die Tante war die private Reinigungsfrau von Staatschef Gomulka und verfügte über beste Verbindungen in Regierungskreise. Zufällig saßen die beiden in der ersten Reihe, während Karl die Medaille verliehen wurde – so zumindest lautet die Version, auf die sie sich geeinigt hatten – und Annette war sofort hingerissen gewesen von dem adretten und wohlgestalteten jungen Mann, der wie sie aus Österreich stammte.

In Erinnerung an diese denkwürdige Episode verliehen sie ihrem Erstgeborenen, der auch das einzige Kind bleiben sollte, einen polnischen Namen. Dass das Haus des »Verschönerers von Breslau« daheim in Oed ewig unverputzt bleiben sollte, erscheint Jurek heute als besonders krummer Winkelzug des Schicksals.

Tatsächlich schien es so, als hätte sein Vater das Wohlergehen von Fremden immer über das seiner eigenen Familie gestellt. Das Minimum war gerade gut genug für seine Frau und seinen Sohn: der günstigste Urlaub, das kleinste Auto, das billigste Sonntagsmenü in der »Bärenhöhle« in Mundschuh, während er anderen gegenüber stets großzügig, ja verschwenderisch auftrat. Als Lynn, die Enkelin, auf die Welt kam, war er bereits in seine Vergangenheit verkapselt wie ein Astronaut, der beschlossen hatte, bis zum Lebensende in seinem Raumanzug zu leben.

Breslau blieb für ihn stets der Sehnsuchtsplanet, den er einmal betreten hatte und im Augenblick des größten Glücks gegen einen Planeten mit geringerer Anziehungskraft eintauschen musste.

Jurek lenkt seine Schritte wie automatisch zum Kinderspielplatz. Er zieht das Handy aus der Hosentasche. Drei Anrufe in Abwesenheit. Schon wieder Joe. Jetzt nicht, denkt er. Jetzt nicht.

Er sieht sie schon von weitem: Alice sitzt auf einer grünen Bank unter einem grünen Baum, zu allem Überfluss trägt sie auch noch eine grüne Bluse. Ein vollkommenes Bild. Die Sonne steht am Himmel wie ein überdimensionaler Scheinwerfer. Mathilda spielt mit anderen Kindern in der Sandkiste. Jurek ist stolz, als er sie auf den ersten Blick erkennt: ein für ihr Alter großes Mädchen mit einer weißen Schirmkappe. Obwohl noch beinahe ein Kleinkind, hat sie bereits etwas Elegantes an sich. Jurek weiß nicht, wie er es besser ausdrücken soll. Eine Attitüde.

Alice sieht von ihrem Buch auf. »Jurek!«, ruft sie aus.

»So ein Zufall«, sagt Jurek. Dann nichts mehr. Seine Lügen waren immer schon erbärmlich.

Sie rückt zur Seite. »Möchtest du dich setzen?«

Wenn er sich setzt, zerstört er das schöne grüne Bild, denkt er. Er trägt ein blauweiß kariertes Hemd und Jeans. Er lächelt. »Wenn ich dich nicht störe.«

Alice klappt das Buch zu. Jurek fühlt sich verpflichtet, sie zu ihrer Lektüre zu befragen, auch wenn er sofort sieht, dass es sich um einen Roman handelt und er sich nicht für Romane interessiert.

»Spannend?«

Alice wiegt den Kopf. »Wahrscheinlich nicht das, was du darunter verstehst.«

»Nicht wie ein Krimi, nehme ich an«, sagt er.

Alice lacht und schüttelt den Kopf. »Nein, kein Krimi. Es geht um eine neuseeländische Schriftstellerin, die mit einer falschen Schizophrenie-Diagnose leben musste. In Wahrheit war sie nicht krank. Unvorstellbar, was man ihr angetan hat. Acht Jahre Psychiatrie, Elektroschocks. Wenige Tage vor der Lobotomie erhielt sie einen Literaturpreis. Das war ihre Rettung.« Lobotomie. Das war doch die Durchtrennung von Gehirnnerven. Kein sehr erbauliches Thema für einen Flirtversuch auf dem Spielplatz.

»Wahnsinn«, sagt Jurek, um überhaupt etwas zu sagen.

»Literatur rettet Leben«, sagt Alice.

Sie lächelt. Dieser entzückende Vorbiss. Wie die Schauspielerin, deren Namen er vergessen hat.
»Du liest viel?«
»Jede freie Minute«, sagt sie. »Das ist mein Rettungsboot.«
Jurek überlegt, was er tut, wenn er flüchten will. Er setzt sich in den Wagen und fährt nach Niederoed. Der Ort hat seit dem Vorfall mit Hannelore zwar ein wenig von seinem Geheimnis eingebüßt; doch wenn es ihm gelänge, einen Abend mit Alice dort zu verbringen, könnte alles wieder gut werden.
»Und was liest du so?«, fragt Alice.
Er überlegt. Sollte er sich intellektuell geben? Dann würde er einen der Denker nennen, die in seinem Bücherregal verstauben, Ernst von Glasersfeld oder Heinz von Foerster. Der radikale Konstruktivismus ist alles, was von seinem Philosophiestudium übrig geblieben ist. Eine Theorie, die ihm bis heute noch am plausibelsten erscheint: Dass es keine Realität außerhalb des Bewusstseins gibt. Und weil Realität immer nur als persönliches Konstrukt existiert, gibt es auch keinen objektiven Standpunkt und keine objektive Wahrheit. Der Trost der Philosophie scheint ihm gewichtiger zu sein als der Trost der Religionen.
Bevor er antworten kann, stürzt Mathilda zur Bank. Sie heult und schwingt wütend ihre Schaufel.
»Die Kathi –«, schreit sie. »Die Kathi hat –«
Tränen schießen aus den Augen, tropfen von der Nase und kullern in die Mundwinkel. Wie auf Knopfdruck verwandelt sich Alice in ein treusorgendes Muttertier. Das Buch hat sie vor Schreck ins Gras geworfen. Nichts zählt

mehr, nur das Unglück ihres Kindes, und Jurek beobachtet die beiden in ihrer Zweisamkeit. Er fühlt sich fehl am Platz. Sollte er gehen?

Mathilda hört erst auf zu weinen, als Alice sie an die Hand nimmt und mit ihr zum Sandkasten marschiert, um die universelle Ordnung wiederherzustellen.

Es ist so lange her, dass Lynn klein war. Als hätte es sich in einem vorigen Leben zugetragen. Die Erinnerung daran ist ihm abhandengekommen, so wie man einen Schlüssel verliert und den Verlust erst viel später bemerkt.

Miriam hatte mit ihrer Spiegelreflexkamera unzählige Fotos gemacht, die Jurek im Elektrofachgeschäft in Mundschuh entwickeln ließ. Sie klebte die Fotos in Alben, ein Album für jedes von Lynns Lebensjahren. Eine Dokumentation, die erst mit dem Siegeszug der Digitalfotografie ein Ende nahm.

Miriam hatte die Alben nach Wien mitgenommen, wie auch alle anderen gemeinsamen Erinnerungen. Zu Beginn fiel es ihm nicht auf. Später hätte er gern hin und wieder einen Blick in die Alben geworfen, doch er bat sie nicht darum, um nicht als sentimentaler Trottel dazustehen.

»Es tut mir leid«, sagt Alice, als sie wieder zur Bank zurückkehrt.

Er hatte das Buch mittlerweile vom Boden aufgehoben.

Ein Engel an meiner Tafel. Ein geheimnisvoller Titel, wie er findet. Vielleicht ein wenig salbungsvoll.

»Ist doch kein Problem«, sagt er. »Dafür habe ich vollstes Verständnis.« Als ob es sich bei dem Kind um eine Krankheit handelt, die einen dazu zwingt, sich öffentlich an unmöglicher Stelle zu kratzen.

»Mathilda ist so leicht reizbar in letzter Zeit«, sagt Alice und seufzt. »Ich mache mir Sorgen. Vielleicht ist es, weil sie ohne Vater aufwächst. Weil ich ihr keine richtige Familie bieten kann. Wenn du allein bist mit einem Kind, setzt du dich immer mit dem Versagen auseinander. Jeden Tag. Manchmal stündlich. Du fragst, wer versagt hat in dem Spiel – und es ist völlig egal, was dabei herauskommt: Jede Antwort macht dich traurig, weil sie nichts an der Situation ändert.«
Würden ihn ihre Worte nicht bedrücken, wäre Jurek direkt ein wenig stolz darauf, dass sie ihn ins Vertrauen zieht. Dass Mathilda nicht das pflegeleichte Kind ist, wie er es sich eingebildet hatte, beunruhigt ihn nicht. Aus der Nähe sieht immer alles anders aus.
Er fragt sich, wie er und Lynn wohl auf andere wirken mögen. Ob es an ihnen sichtbare Zeichen gibt, die auf Zerrüttung schließen lassen.
Soll er Alice fragen, ob sie Lust hat, mit ihm ins Kino zu gehen? Was, wenn sie keinen Babysitter hat? Wenn sie sich keinen leisten kann?
Lieber gleich einen Ort vorschlagen, an den sie das Kind notfalls mitnehmen kann.
»Geht ihr zum Fest des Windrads?«
»Natürlich«, antwortete Alice.
»Darf ich euch abholen?«
Alice schließt die Augen, lehnt sich zurück, das Blätterdach wölbt sich über sie wie ein grüner, zitternder Himmel, und für einen Moment fürchtet Jurek, dass sie nicht antworten wird.

7

Wenn Greta in diesem Moment etwas positiv auffällt, dann ist es die Regeltreue des Chauffeurs. Obwohl kein Auto auf der Straße unterwegs ist, blinkt er, wenn er in einen Kreisverkehr einfährt und wenn er ihn wieder verlässt.

Greta hat ein Faible für Genauigkeit. Weniger im Sinne von Präzision, eher im Sinne von Vollständigkeit. Selbst wenn die neununddreißigste Unterseite der MEDICALUX-Homepage kein einziges Mal gelesen werden sollte, so muss sie dennoch mit der augengleichen Sorgfalt designt und formuliert werden wie die Startseite. Dort, wo kaum jemand hinsieht, dort offenbart sich der Arbeitsethos eines Unternehmens am deutlichsten. Man darf nicht nachlassen, auch wenn die Umstände dazu einladen. Schon aus Prinzip. Wenn du dich lange genug abhärtest, dann wirst du unnachgiebig wie ein starres Endoskop, denkt sie. Du schaust durch die Linse in die Welt, und du siehst nicht weit, aber das, was du siehst, ist von einer beinahe unerträglichen Schärfe.

»Geht es dir gut?«, fragt Joe.

»Natürlich«, sagt Greta. Sie ist schließlich die Gesunde, er ist der Kranke.

Wie selbstverständlich hat er wieder nach ihrer Hand gegriffen, so als sei sie diejenige, die getröstet werden müsse. Während sein Daumen leise über ihren Handrücken streicht, sieht sie aus dem Fenster. Doch draußen gibt es nichts zu sehen. Ein zerrupfter Wald, nachlässig geforstet wie eine schlecht geschnittene Frisur.

Das ist ein Krankenwagen, denkt sie, alles, was hier drin geschieht, ist dem Notfall geschuldet. Der Chauffeur hat das Radio aufgedreht, summt eine Ballade mit.

»Bald geht es mir wieder gut«, flüstert Joe. »Gehst du heute Abend mit mir essen?«
Greta entzieht ihm reflexartig ihre Hand. Vor drei Minuten noch befand er sich am Rande des Komas und jetzt ist er bereits wieder fähig zu flirten? Seine Stimme ist ölig, nicht die leiseste Spur einer Schwäche. So war das nicht gedacht. Sie ist seine Lebensretterin, und er hat sich gefälligst siech zu verhalten.
»Ich bin schon verabredet«, sagt sie. »In San Marino.«
San Marino. Süß wie Lokum klebt das Wort auf ihrer Zunge.
»San Marino«, sagt Joe und lässt seinen Kopf schwer in die Rückbank fallen. »Das Europa, das Rotonda, das Medusa.«
»Medusa? Du kennst das Medusa?«
»Wunderbare Ochsenschwanzsuppe, delikates schwarzes Risotto. Die Serviermädchen tragen diese ... Filzzöpfe.«
»Dreadlocks.«
»Genau« sagt Joe. »Das ist Vorschrift. Und weißt du warum? Damit es aussieht, als hätten sie Schlangenköpfe. Hat mir eine im Vertrauen erzählt. Ein Mädchen, das sich extra eine Perücke zugelegt hat, um ihre eigenen Haare nicht zu ruinieren, schlaues Ding. Außerdem werden sie angewiesen, dem Gast nicht direkt in die Augen zu sehen.«
Ein verrückter Laden. Das passte doch gar nicht zu Vittorio Fras, dem es nicht distinguiert genug zugehen konnte. Die Restaurants, die er bevorzugt, sind jene, in denen sich die Kellner mit Namen vorstellen und sich den ganzen Abend in Rufweite aufhalten.

»Die Muscheln im Medusa sind köstlich«, sagt Joe. »Aber bitte kein Steak, Margarete, die sind unfähig, ein Steak zu braten. Im Medusa arbeiten Steakvernichter, das ist überall bekannt.«

»Es ist ein Geschäftsessen«, sagt Greta. »Da ist das Essen Nebensache.«

»Essen ist niemals Nebensache«, sagt Joe.

Greta hat keine Lust, ihm zu widersprechen. Dieser Mann wird ohnehin nie wieder zu einem Geschäftsessen eingeladen werden, er wird den Rest seines Lebens mit Schonkost gefüttert werden, mit Krankenkost, Astronautennahrung, Trennkost. Für Greta ist jedes Geschäftsessen eine Prüfung. Ihr fällt es schwer, anderen beim Kauen zuzusehen. Wenn sie die Fassung behält, hat sie bestanden. Einmal nur ist alles aus dem Ruder gelaufen. Es geschah während der Medizintechnikmesse in Neapel. Abends fuhr sie mit Vittorio Fras in der klapprigen Circumvesuviana nach Sorrent. Sie aßen in einem Restaurant auf einer Terrasse an der Steilküste, während die Sonne ins Meer rutschte und eine blutende Wunde am Himmel zurückließ. Vittorio goss Greta ohne Unterlass schweren Rotwein nach, bis sie das Gefühl hatte, mit den Felsen rund um sie zu verschmelzen.

Sie ertrug das Essen mit Würde, und auch Vittorios Hand auf ihrem Arm, eine flinke Hand, die er auf Reisen sandte, denn wenn sie gerade noch auf ihrem Handgelenk lag, so berührte sie im nächsten Augenblick schon ihren Ellenbogen, ihren Oberarm oder die Innenseite des Arms, jene delikate Stelle, an der man das Blut abzapft.

In diesem Sommer hatte sich Fras einen schmalen Oberlippenbart wachsen lassen und seine Haare straff zurückgekämmt. Er sah aus wie ein Komparse in einer Mafia-Parodie, Don Vittorio, ein Klischee auf zwei Beinen. Trotz der erfreulichen geschäftlichen Entwicklung wirkte Fras zurückhaltend, die gute Laune, die er sonst versprühte, war wie mit einem Tuch aus dem Gesicht gewischt.

Greta erfuhr, dass seine Ex-Frau einen Sorgerechtsstreit um die zwei Kinder angezettelt hatte, der ihn an seine finanziellen Grenzen brachte. Dem Pfau wurden die Federn gerupft.

Es ehrte sie, dass Fras sie ins Vertrauen zog, andererseits fürchtete sie sich vor hervorgewürgten Bekenntnissen, die noch größeren Ekel hervorriefen als hinuntergewürgte Pasta.

Zum Dessert bestellte er »Variazioni«: allerlei Süßkram, angerichtet auf einem Bett aus Erdbeersauce und Puddingcreme. Der Zucker machte ihn weinerlich. Greta betete, dass er nicht anfing zu heulen. Wenn sie jemals auch nur das kleinste Interesse an einer Affäre mit ihm gehabt hatte, so war es hiermit für immer erloschen.

Er werde von Alpträumen heimgesucht, sagte Fras und verrührte den Inhalt dreier Zuckerbriefchen in seiner Espressotasse. Er träume, sagte Fras, von einem riesigen Seepferdchen, das ihn verfolge und zu verschlingen drohe.

Sie saßen ganz außen an der Terrasse, von der Steilküste trennte sie nur eine Abdeckung aus Plexiglas, ein hochdramatisches Setting, vor dem Liebe eröffnet oder zumindest beendet wird. Und dann das. Ein mörderisches Seepferdchen.

Gleich passiert es, dachte Greta. Gleich, gleich, gleich.
Etwa eine halbe Minute hatte sie sich im Griff. Sie nahm einen Schluck aus dem Glas. Es gelang ihr, an etwas anderes zu denken. Und gerade als Fras ein düsteres Detail aus dem Gerichtsakt Fras contra Fras ausbreitete, schob sich das Seepferdchen bildschirmfüllend vor ihr inneres Auge. Sie spie den Rotwein über den gesamten Tisch und gegen die Plexiglaswand. Vor den Augen der anderen Gäste, die entsetzt ihr Besteck zur Seite legten, krümmte sie sich vor Lachen, und je mehr sie sich zu beruhigen versuchte, umso hysterischer wurde sie.
Vittorio Fras tupfte sich mit der Stoffserviette die Hand trocken.
»Es ... es tut mir leid!«, stammelte sie und hielt seinen Unterarm fest. »Der Wein, es ist der Wein.«
Greta war für anderer Leute Elend nicht empfänglich. Die mieseste Klagemauer, die man sich denken konnte. Ihr Mitleid produzierendes Organ war funktionsuntüchtig wie Joes Bauchspeicheldrüse.
»Geht es dir gut?«, fragt sie ihn, weil sie sich wieder erinnert, dass da ein Kranker an ihrer Rechten sitzt, er ist nicht zu übersehen in seiner Masse, und doch war er für einen Augenblick hinter dem schmalen Vittorio verschwunden wie ein Wildschwein hinter einem Birkenstamm.
»Mary ist nicht gekommen«, ächzt Joe, so als müsse er sich die unfassbare Tatsache noch einmal laut vorsagen, um sie zu begreifen.
Er löst seine Hand von Gretas Hand. Streift den Ehering vom Finger. Hält ihn ihr nah vors Gesicht.
Mary + Joe forever.

Greta fühlt sich bemüßigt, etwas zu sagen. »Sie kommt bestimmt mit dem nächsten Zug. So einen wie dich lässt man nicht sitzen«, sagt sie.

Ein abgeschmackter Trost. Natürlich lässt man so einen wie ihn sitzen. So einen sucht man sich gar nicht erst aus. »Bestimmt ist ihr etwas dazwischengekommen«, sagt Greta.

»Das Leben«, sagt Joe und führt seine Hand zur Brust, und Greta denkt: Bitte keine Beichte. Und bitte nicht sterben, nicht hier, in diesem Shuttlebus der Wellness-Oase, Lichtjahre vom nächsten wahren Wohlfühlort entfernt, denn dann wäre sie es, die seine letzten Worte gehört hätte und sie müsste seinen Angehörigen Rede und Antwort stehen und könnte dieses Oed niemals mehr aus ihrem Gedächtnis löschen.

Der Fahrer biegt in einen Kreisverkehr, der vollkommen überdimensioniert wirkt angesichts des mageren Verkehrsaufkommens.

»Ich vermisse sie so«, jammert Joe. »Weißt du, wann ich sie am meisten vermisse, Margarete? Wenn ich vor dem Wäscheschrank mit den Handtüchern stehe. Ich achte darauf, dass die Handtücher exakt übereinander liegen, das ist wichtig. Ich bestelle regelmäßig neue Handtücher. Im Fernsehen, weißt du. Ich rufe an, und sie werden mir bis vor die Haustür geliefert. Velours-Frottee in Luxushotelqualität. Ich kontrolliere mit der Wasserwaage, ob die Handtücher präzise gefaltet sind. Wenn ich aufgeregt bin, öffne ich den Schrank und sehe mich an den Handtüchern satt. Wie ordentlich alles ist.« Joe hustet ein paar Mal in seine Faust, bevor er fortfährt. »Wenn Mary badet, und das tut sie jeden Abend, nehme ich das oberste Handtuch aus dem Schrank und lege es auf den Heizkörper. Ich lasse Mary eine halbe Stunde allein im Wasser, genau dreißig Minuten. Sie sagt, dass sie das so gewohnt ist. Ich respektiere das. Nach dreißig Minuten stehe ich mit dem Handtuch empfangsbereit vor der Wanne. Fliesen und Spiegel sind blind vom Dampf. Ich warte auf meine Prinzessin. Jeden Abend. Ich breite das vorgewärmte Handtuch aus und warte darauf, dass sie sich im Wasser aufrichtet und aus der Wanne steigt. Manchmal traue ich mich kaum hinzusehen, weil sie so dünn ist. Stell dir eine kleine, zarte Frau vor, Margarete, und dann zieh noch einmal fünfzig Prozent ab. Du kannst ihre Rippen zählen und die Blutgefäße, die durch die Haut leuchten. Manchmal habe ich das Gefühl – und das sage ich nur dir, Margarete – ich habe das Gefühl, dass Mary die oberste Hautschicht fehlt, dass sie noch nicht fertig modelliert ist, oder dass jemand dabei ist, sie zu schälen, wie diese traurigen Gestalten, die nach dem Tod plastifiziert und in Ausstellungen rund um die Welt geschickt werden, um das Geheimnis des Lebens zu illustrieren und in Wahrheit doch das genaue Gegenteil erreichen: Sie lüften das Grauen und töten das Geheimnis.«

»Wie weit ist es noch?«, fragt Greta den Fahrer. Dieser Joe hat nicht nur ein Problem mit der Bauchspeicheldrüse.

»In meiner Vorstellung«, sagt er, »stehe ich immer noch vor der Wanne mit meinem vorgewärmten Handtuch und sehe auf die Waschanleitung, die am Handtuch befestigt ist, um Mary nicht mit meinen Blicken zu irritieren. Ein durchgestrichener Waschtrog, eine durchgestrichene Welle, der Vermerk: sechzig Grad, Made in Bangladesch. Es ist so, Margarete, auch wenn du mir nicht glaubst: Ich

warte auf Mary, meine Frau, jeden Abend, um sie neu zu empfangen. Als ob sie jeden Abend neu geboren wird, und ich, ein in die Jahre gekommener Geburtshelfer, begrüße sie täglich aufs Neue auf dieser Welt, wickle sie in ein Handtuch und lege sie ins Bett. Ein nacktes Vögelchen. ›Dass du mir bloß nicht fortfliegst, Vögelchen‹, sage ich und schimpfe. Ich schimpfe natürlich nur ein wenig, denn ich habe Angst, dass ihr das Leben bei mir nicht gefallen könnte, dass sie es gedanklich bereits durchstreicht, so wie die Dinge auf der Waschanleitung, dass sie mich gedanklich bereits durchgestrichen hat, und die Wohnung, und das Bett, dieses ganze Leben.
Wenn ich sie trage, dann schmiegt sie sich an meinen Bauch. In ihrer Familie verehrt man dicke Männer, weil der Bauch Sinnbild ist für Reichtum und Großzügigkeit. Sie mag die Masse, das Üppige, den Überfluss, sie mag Geld, Margarete, ja, das mag sie.«
Joe lehnt sich zurück und hält endlich den Mund. Der Fahrer biegt in eine dunkel asphaltierte Allee ein, die an einem imposanten Landsitz endet, ein Schlösschen mit Türmchen, Erker, Balustraden. Ein Gebäude, das Greta hier niemals erwartet hätte, doch was heißt das schon.
»Das Jagdschloss von Erzherzog Ferdinand Maximilian«, sagt der Chauffeur.
Sie fahren an einem Schild vorbei.

BURNOUT-OASE AM TIEFEN GRABEN
Ein Unternehmen der GAMED-GRUPPE

»Am TG« bedeutet also »am Tiefen Graben«, und nicht »am Teich gelegen«. Jetzt ist alles klar.

Der Fahrer hält am weiß gekiesten Rondeau vor dem Eingang.
Es war knapp, so unheimlich knapp, wird sie Vittorio Fras später berichten. Der Mann rang mit dem Tode, im Grunde stand er bereits mit einem Bein im Grab, eine bemitleidenswerte Kreatur, die ein abscheuliches Ende genommen hätte, wäre sie nicht zur rechten Zeit eingeschritten, hätte sie sich nicht ein Herz genommen, *cuore, Vittorio, mio cuore.*
Und gerade als sie ihre Hand auf den Griff der Schiebetür legt, beginnt Joe zu röcheln, und es ist kein menschlicher Laut, sondern ein tierisches Schnaufen und Fauchen, und er führt seine Hände zu seinem Hals, die Augen aufgerissen, bevor er zur Seite kippt und keinen Ton mehr von sich gibt.

8

Jurek glaubt nicht an Omen, an Vorzeichen, an Botschaften aus einer anderen Welt, er hat genug zu tun mit den Botschaften aus dieser Welt. Als er die tote Taube in seinem Vorgarten entdeckt, fragt er sich dennoch für einen Moment, ob das etwas zu bedeuten hat.
Die Taube hockt im Gras, als sei sie im Begriff, etwas vom Boden aufzupicken. Vollkommen reglos. Erst auf dem zweiten Blick bemerkt er, dass ihr Kopf abgetrennt ist. Nicht mit einem sauberen Schnitt, sondern abgequetscht. Als habe ein Auto sie überfahren.
Als Jurek die Haustür öffnet, hört er Stimmen aus der

Küche. Er wird Alfred bitten, den Vogel fortzuschaffen. Wenn sie schon hier wohnen, dann sollen sie sich gefälligst nützlich machen.
Er hängt die Lederjacke an den Haken, schlüpft aus den Schuhen.
»Alfred!«, ruft er.
Keine Antwort.
Eine Frau lacht. Lynn ist es nicht. Als er die Küche betritt, ist Danielle Rosenstein dabei, Wein einzuschenken.
»Störe ich?«
»Du kommst gerade rechtzeitig«, sagt Lynn.
Der Tisch, auf dem er üblicherweise sein Frühstück einnimmt, ist festlich gedeckt. Woher haben sie dieses Tischtuch? Klatschmohn auf weißem Grund. Das englische Geschirr. Silberbesteck aus dem Speisezimmer. Er fühlt sich unwohl, sie haben in seinen Schränken nachgegraben.
Danielle zieht an seinem Hemd. Er solle sich zu ihnen setzen. Ihre Wangen sind gerötet, sie trägt denselben Overall wie zu ihrer Geburtstagsfeier. Sie hätten es sich ein wenig gemütlich gemacht. Er allein fehle noch zu ihrem Glück.
Jurek kann den Sarkasmus deutlich heraushören. Er fragt sich, wie lange die schon hier sitzen. Ob er je wieder seine Ruhe haben werde bei sich zu Hause.
»Danielle hat Quiche Lorrine mitgebracht!«
»Lorraine«, sagt Danielle. »Ich hoffe, du magst Schafskäse und Porree.«
Lynn wirkt ungewöhnlich aufgeweckt, direkt euphorisch.
»Danielle hat uns beinahe erschlagen«, sagt Lynn. »Aber erzähl du.«

Danielle legt Jurek die Hand auf die Schulter und drückt ihn auf den Stuhl. »Entspann dich. Und schau nicht so entsetzt, es ist ja nichts passiert. Ich habe einen Schatten ums Haus huschen gesehen, und man weiß ja nie heutzutage. Bei den Tramontanas wurde letzte Woche eingebrochen. Am helllichten Tag. Ich habe mich also vorsichtig angeschlichen –«
»Erzähl von der Waffe!«, fällt Lynn ihr ins Wort.
»Ich hatte diesen Wein mitgenommen« – sie zeigt auf die Flasche – »um ihn im Ernstfall dem Einbrecher an den Kopf zu werfen. Und dann sah ich, dass es deine Tochter und ihr attraktiver Verlobter sind.«
Attraktiv? Die hat doch einen Knick in der Optik. Und das trotz eines Ehemannes, der Brillen herstellt.
»Meine kleine Lynn«, ruft Danielle aus. »Bald eine Braut in Weiß!« Sie wendet sich an Jurek: »Ein Stück Quiche? Frisch aus dem Ofen.«
»Danke«, sagt Jurek und hebt abwehrend die Hand. »Aber lasst euch nicht stören. Ich werde noch ein wenig lesen.«
Er steht auf. Wenn er auf etwas definitiv keine Lust hat, dann auf ein Damenkränzchen mit Vollwertauflauf. Alfred, der in einer Ecke lehnt und an seinem Handy herumspielt, scheidet als Gesprächspartner ebenfalls aus. Jurek wird im Internet recherchieren, was man derzeit so liest. Vielleicht schenkt er Alice ein Buch. Einfach so, als Überraschung. Um ihr zu zeigen, dass er sich Gedanken macht.
Danielles Anblick in seiner Küche befremdet ihn. Er kann sich nicht erinnern, wann die Rosensteins das letzte Mal in seinem Haus waren. Es muss zu der Zeit gewe-

sen sein, als die Eltern noch lebten, und er mit Miriam und Lynn lediglich zu Besuch kam.
Die Rosensteins waren immer die »netten und kultivierten Nachbarn« gewesen, wie Jureks Mutter sie zu bezeichnen pflegte. »Der Unternehmer und seine junge Frau, die ihm den Rücken freihält«, sagte sie.
Schon als sie fast sechzig war, überlegte sich seine Mutter, im Laden der Rosensteins Brillen zu verkaufen, obwohl sie kein Auto hatte, um nach Mundschuh zu fahren. Sie hatte Sehnsucht nach Menschen, nach ein wenig Ansprache. Sein Vater verstand das nicht. »Du hast das Haus«, sagte er. »Kümmere dich um das Haus. Und du hast mich.« *Kümmere dich um mich* – diesen Satz sprach er nicht aus, doch schwang er stets mit, sobald sie sich um außerhäusliche Aktivitäten bemühte.
»Papa, ich hab dich was gefragt!« Lynns schwarze Augenbalken schieben sich in sein Sichtfeld. Ein harter Griff am Ellenbogen. »Hörst du mir überhaupt zu?«
»Klar«, sagt Jurek.
»Also wo?«
»Wo«, wiederholt er wie ein Papagei. Er hat keine Ahnung, wovon sie redet.
»Im Großelternzimmer oder im Gästezimmer? Wo sollen wir schlafen?«
Ohne eine Antwort abzuwarten, springt sie auf. »Danielle, kommst du mit? Wir suchen uns einen Nistplatz.«
Früher war sie so still gewesen. Kaum zu hören. Es ist, als hätte jemand an ihrem Lautstärkenregler gedreht.
»Was ist mit dir?« Sie stupst Alfred an.
Alfred blickt kurz von seinem Display auf. »Ich warte hier«, sagt er.

Jurek ist es ein Rätsel, wie dieser Junge in der Lage sein soll, auch nur eine einzige müde Versicherung zu verkaufen.
Die Frauen haben sich bereits aufgemacht, Danielle hat sich bei Lynn untergehakt, die Freude über das Wiedersehen scheint groß zu sein. Jurek hat keine Lust, die beiden durchs Haus zu führen, doch er kann sie unmöglich alleine lassen. Er muss verhindern, dass sie in die Nähe des versiegelten Elternschlafzimmers gelangen. Ehe er sich versieht, sind Danielle und Lynn die Treppe in den ersten Stock hinauf, ihre Schritte hallen im Haus wieder. Er hat Mühe ihnen nachzukommen, nimmt zwei Stufen auf einmal.
»Nein«, ruft er, als sich die beiden bereits auf der Höhe des Badezimmers befinden. »Nicht hier!«
»Wieso?« Lynn dreht sich um. »Ich möchte das Zimmer von Oma und Opa sehen.«
In drei Sprüngen ist er bei ihnen. Er keucht, fasst Lynn am Handgelenk. »Baustelle«, sagt er. »Eine einzige Baustelle, fürchterlich. Ihr könnt im Gästezimmer schlafen.«
Jurek benutzt das Gästezimmer als Büro, doch den Laptop kann er auch in seinem Schlafzimmer aufstellen.
»Ich habe das Zimmer geliebt«, sagt Lynn zu Danielle. »Es war kalt, es wurde nie geheizt, nie. Aber Oma hat mich unter die Decke schlüpfen lassen.« Sie bedenkt Jurek mit einem strafenden Blick. »Das habe ich bei euch nicht dürfen.«
»Was ist denn da los?« Danielle hat sich von Lynns Arm gelöst und steht bereits vor dem Türrahmen. »Hast du eine Leiche versteckt? Gib's zu.« Kehliges Lachen. Mit

den Fingern berührt sie die das Band, das die Tür mit dem Türrahmen verklebt.
»Mein Gott, Papa, die Tür ist ja versiegelt. Wieso?«
Wohl zu viel Tatort geschaut.
»Nicht versiegelt. Einfach nur verschlossen.«
»Wieso hast du sie nicht einfach nur abgesperrt?«
»Ach ... was wisst ihr schon.«
Jetzt ist er verärgert. Das geht sie nichts an. Geht sie einfach nichts an. Er stochert auch nicht in ihrem Leben herum.
»Los, hinunter mit euch«, sagt er. Lässt ihnen den Vortritt, damit sie auch tatsächlich gehen.
»Ich erinnere mich gut an deine Mutter«, sagt Danielle und legt Jurek ihre Hand auf die Hüfte. »Sie hat alles notiert. Jede einzelne Ausgabe. Sie war so ein ordentlicher Mensch.«
Ordentlich. Das ist es, was übrig bleibt. Sie war ordentlich. Was wohl von ihm übrig bleibt? Die Tatsache, dass er unordentlich war und die Tür des Elternschlafzimmers verklebt hat? Ein kauziger Eremit, der alle verstoßen hat, selbst seine engsten Angehörigen?
Das Gästezimmer befindet sich im Erdgeschoss. Ein Multifunktionszimmer mit einem alten, schweren Schreibtisch, einem Schrank, in dem Jurek Sportausrüstung lagert (einmal getragene Inline-Skates, ein alter Tennisschläger, ein Federball-Set). Die Bettcouch ist schon lange nicht mehr ausgezogen worden, Jurek muss eine Zeitlang herumprobieren, bis er den Mechanismus herausgefunden hat, der die Lehne flach legt. Das Quietschen der Couch klingt so, als sei sie erstaunt, dass jemand an ihr herumfummelt.

Dass die Frauen ihn bei seinen ungeschickten Verrichtungen beobachten, macht ihn nervös. Irgendwo muss es noch Decken und Polster geben.

»Ihr könnt natürlich auch bei uns schlafen«, sagt Danielle. »Chiaras Zimmer ist immer frei.«

»Gute Idee«, will Jurek einwerfen, doch Lynn sagt postwendend: »Das ist lieb von dir, aber wir möchten bei Papa bleiben.«

»Natürlich, du siehst die Kinder ja so selten«, sagt Danielle zu Jurek, so als sei er es gewesen, der Einspruch erhoben hat.

»Wir werden bald schlafen gehen«, sagt Lynn. »Alfred hat für morgen früh einen Termin mit einem Makler vereinbart. Für unser Büro«, fügt sie schnell hinzu – wohl, damit Jurek nicht auf die Idee kommt, sie könnten einen Makler beauftragen, der ihnen eine Wohnung sucht.

Jurek hofft, dass die beiden in der Nacht keine Geräusche absondern, die man von seiner eigenen Tochter nicht hören will.

Sein Schlafzimmer befindet sich direkt gegenüber, es ist schmaler als das Gästezimmer, eine größere Kammer mit einem Schrank und einem Bett und einem Fauteuil. Hierher, in die Gefängniszelle seiner Kindheit, hat er sich geflüchtet, nachdem Miriam nach Wien aufgebrochen war und ihn mit den Bruchstücken ihrer Ehe zurückgelassen hatte. Die Beengtheit seines Kinderzimmers tat ihm gut, es fühlte sich an, als sei er in den gemauerten Mutterschoß zurückgekehrt.

Die erste Zeit hatte er erwartet, dass seine Mutter oder sein Vater an die Tür anklopfen und ihn zur Mitarbeit auffordern würden. Er musste sich immer wieder vorsagen, dass sie tot waren, alle beide, eine Tatsache, die er zu vergessen schien, da sich in dem Haus nichts verändert hatte.

Doch niemand klopfte, kein einziges Mal, und da gewöhnte er sich an, selbst anzuklopfen, bevor er eine Tür öffnete. Ein irrwitziges Ritual, das er nicht hinterfragt. Er ahnt, dass sich dahinter ein Abgrund befindet.

Von den Eltern wurde er, das einzige Kind, früh in die Hausarbeit miteinbezogen. Irgendetwas war immer zu tun. Rasenmähen, Auto waschen, der Mutter die Einkäufe aus dem Auto in die Küche tragen – so lange er sich erinnern konnte, litt sie unter Rückenschmerzen. Im Küchenschrank befindet sich noch heute eine Armada an Wärmflaschen in allen Größen und Farben.

Abends saßen sie zu dritt um den Esstisch in der Küche, jeder an einer Seite, und Jurek hatte das unbestimmte Gefühl, dass einer fehlte. *Wir sind nicht komplett.*

Vater war der einzige, der während des Essens sprach. Er erzählte von den Familienkatastrophen, die er während seiner Malerarbeiten in fremden Häusern aufgeschnappt hatte. Üblicherweise vergaßen die Auftraggeber nach kurzer Zeit, dass ein Fremder in der Wohnung arbeitete und verhielten sich so, als sei er nicht vorhanden. »Du trägst die Farbe auf, machst alles schön, und nebenan wird alles tiefgreifend ruiniert.«

Eines Abends erzählte er während des Essens, dass die Frau eines Auftraggebers, eine »Braune mit dünnen Lippen«, ihren Liebhaber empfing, kurz nachdem ihr Mann das Haus verlassen hatte. Der eine sei zur Haustür raus und praktisch im selben Moment sei der andere zur Hintertür hereingekommen. Er hörte es rumpeln,

sagte der Vater. Bald darauf habe er nur noch das Quieken und Röcheln der Frau gehört, es klang nach einer Sau, die abgestochen wurde und »der das Blut im Hals köchelt«.
»Karl, ich bitte dich, der Bub«, sagte die Mutter.
Die Sau, der das Blut im Hals köchelt.

Auf der Stiege begegnet er Alfred, der eine große Reisetasche trägt, die er wie einen Zementsack über die Schulter geworfen hat.
»Bevor ich's vergesse«, sagt Jurek. »Vor der Tür liegt etwas. Etwas Totes. Ich hatte keine Zeit, es zu entsorgen. Bring es weg, ich möchte nicht, dass Lynn es sieht.«
Ein geschickter Schachzug, findet Jurek.
Alfred sieht ihn mit stumpfsinnigem Blick an, dann nickt er.
»Gute Nacht«, sagt Jurek.

Danielle nestelt vor dem Vorzimmerspiegel an ihren Haaren herum. »Ich werde dann mal«, sagt sie.
»Der Wein«, sagt Jurek. »Nimm den Wein mit.«
»Aber nein, trink ihn aus, das ist ein Geschenk.«
»Ich trinke nicht gern allein«, sagt Jurek, obwohl das nicht stimmt. Er trinkt am liebsten allein.
Vielleicht gibt es tatsächlich eine Chance, Lynn und Alfred zu den Rosensteins umzusiedeln. Auf diese Weise wäre allen geholfen.
Lynn war immer gern bei den Rosensteins, natürlich hauptsächlich wegen Chiara. Doch Chiara studiert bereits seit einigen Jahren in Marseille und zeigt keinerlei Ambitionen, je wieder nach Oed zurückzukehren. Auch

mit Besuchen in der alten Heimat ist sie geizig. Danielle ist traurig, dass ihr Augenstern in weiter Ferne funkelt.
»Komm, setz dich zu mir«, sagt Jurek. »Was gibt es Neues?«
Sein Instinkt sagt ihm: Nicht mit der Tür ins Haus fallen. Auf der Party hatte er keine Gelegenheit, ein privates Wort mit ihr zu wechseln.
Danielle hält sich nicht mit Präliminarien auf.
»Ich muss dich warnen«, sagt sie, sobald sie ihr Hinterteil auf der Holzbank geparkt hat.
»Warnen? Wovor?«
Sie beugt sich vor. Murmelt: »Vor Hannelore.«
»Hannelore?«
»Pass mir auf mit der«, sagt sie. »Das mein ich ernst.«
Jurek zuckt mit den Schultern. »Da läuft nichts.«
»Sie isst getrocknete Kuhscheiße.«
Jurek ruft sich den Moment in Erinnerung, als er sie küsste. Beim Bahndamm. Seine Zunge in ihrem Mund. Kuhscheiße.
»Getrocknete Kuhfladen«, sagt Danielle. »Hab ich mit eigenen Ohren gehört. Sie stand in unserem Flur, bei der Vase. Der chinesischen Vase mit diesen Hirschen. Hat sich mit der Freundin von Ostrowsky unterhalten. Die ist auch ein wenig – angehaucht, wenn du weißt, was ich meine. Ist ein indisches Ritual, hat Hannelore zu ihr gesagt. Du trocknest Kuhfladen, dann zündest du sie an und isst die Asche.«
»Aha«, sagt Jurek.
»Von mir aus kann sie Pferdeäpfel panieren«, sagt Danielle. »Ist nicht mein Problem. Sieh zu, dass es nicht zu deinem wird.«

»Oh nein«, sagt Jurek. »Das wird es nicht.«
Er nimmt einen kräftigen Schluck Weißwein.
»Wachauer Riesling«, sagt Danielle. »Mehrfach ausgezeichnet.«
»Und sonst?«, fragt Jurek. Er muss dringend das Thema wechseln. »Mit den Brillen alles in Ordnung? Geschäft läuft?«
Danielle sieht ihn mit großen Augen an. »Sag bloß, dass du es noch nicht weißt.«
»Was denn?«
»Ralf hat Probleme.«
Der also auch. Was kommt jetzt? Krankheit? Affäre? Kuhfladen?
Danielle beugt sich vor. Jurek sieht auf ihren Truthahnhals mit den feinen, vertikalen Falten. Sie ist immer noch ganz gut in Schuss. Als er sie kennenlernte, war sie eine der schönsten Frauen in Oed, wenn nicht die schönste. Schon allein der Name. Danielle. Das klang nach französischer Eleganz mit einem Schuss Verruchtheit. Mit einer Danielle konnte man sich alles vorstellen.
»Er hat fix mit dem Kredit gerechnet«, sagt Danielle leise. »Du weißt ja, dass er den Kohlsprosser gut kennt, den Chef von der Bank für Niederösterreich. Trotz seiner Verbindungen hat es nicht geklappt.«
Sie klemmt sich eine blonde Strähne hinters Ohr, sagt ein paar Mal das Wort »Schicksal«, dann sagt sie »Bankengrößenwahn« und »Unternehmerirrsinn«.
Jurek schenkt Wein nach. Eine Tür knarrt. Schritte. Lynn steckt ihren Kopf durch den Türrahmen. »Papa, was liegt da vor dem Haus, das ich nicht sehen darf?«
»Geh schlafen«, sagt Jurek. »Unwichtig.«

Neugierig war sie immer schon gewesen. Er schwenkt sein Glas, sieht dem Wein zu, wie er sich wieder setzt.

»Die Zeit, in der Ralf Angestellter war bei OPTIK PÖRK in Mundschuh, da hatten wir keine Sorgen«, sagt Danielle. »Aber nein, der feine Herr muss sich selbständig machen. Nicht dass ich ihn nicht gewarnt hätte. Ein Irrsinn, das habe ich gleich zu Beginn gesagt. Tu das nicht, du stürzt die Familie noch ins Unglück.«

Der feine Herr.

Jurek erinnert sich an das Jahr, in dem Rosenstein Unternehmer des Jahres war, und dass diese Auszeichnung nicht selten der Anfang vom Ende ist. Bist du Unternehmer des Jahres, ist es um dich geschehen. Bist du zum Unternehmer des Jahres gewählt, kannst du dich genauso gut von der Wiltener Brücke stürzen, die die höchste im Bezirk ist.

Jurek trinkt sein Glas leer. Er hat Ralf nicht selten beneidet. Ralf war der Held der Sechzehnten Straße. Niemandem sonst war es gelungen, ein Unternehmen dieser Größenordnung aufzubauen. Das Label NOW I SEE ist überall bekannt, sogar in Deutschland. Ralf hat etwas geschaffen, das größer ist als er. Und ohne im Gegenzug das Leid auf dieser Welt zu vermehren. Er macht die Welt sogar ein Stückchen besser, indem er dafür sorgt, dass die Menschen besser sehen. Eine Erfolgsgeschichte, die er mit dieser schönen Frau teilte.

»Komisch«, sagt Danielle. »Du wachst auf, und plötzlich ist die Hälfte deines Lebens um. Und dir ist bewusst, dir ist vollkommen bewusst, dass irgendwann der Punkt erreicht ist, an dem es bergab geht. Du fragst dich, wann es soweit ist.«

Danielle muss knapp über vierzig sein, schätzt Jurek. Sie hält ihr Weinglas in beiden Händen und sieht ihn an.

»Manchmal fühlst du dich wie auf der Flucht«, sagt sie. »Aber wohin kannst du schon flüchten?« Sie lacht bitter.

Eine seltsame Angewohnheit, denkt Jurek: *du* zu sagen und *ich* zu meinen.

Jurek schenkt Wein nach. Er öffnet ein Päckchen mit gesalzenen Erdnüssen und leert den Inhalt auf einen Untersetzer.

Er wirft sich eine Handvoll Erdnüsse in den Mund. Das Küchenlicht fällt ungünstig auf Danielles Gesicht. Sie hat Teigtaschen unter ihren Augen. Ihr Gesicht wirkt auch insgesamt breiter, wie ausgewalzt. Jurek hat Lust, die Teigtaschen zu befühlen, um zu erkunden, was sich darunter verbirgt. Ihre Wangen sind kaum eine Armlänge entfernt.

»Früher habe ich nicht drüber nachgedacht, über das alles«, sagt sie und pickt mit dem Zeigefinger Salzkrümel vom Tischtuch. »Es war selbstverständlich, dass es immer aufwärts ging.«

Sie greift zu ihrem Glas. »Heute Morgen wollte ich zum Friseur, Haare färben. Muss auch einmal sein. Ralf hat gesagt: nein. Geht nicht, hat er gesagt. Wir müssen sparen. Kannst du dir das vorstellen? Er hat einen Fünfeuroschein auf den Tisch gelegt. Für die Drogerie, hat er gesagt. Das ist ein Zeichen, Jurek. Ich habe ein mulmiges Gefühl.«

»So geht's jedem im Moment. Das kommt wieder in Ordnung, wirst sehen.«

»In Ordnung«, wiederholt Danielle tonlos.
Jurek hatte sich lang gefragt, ob Danielle die treue Ehefrau ist, als die sie sich darstellt. Geht ihn nichts an.
»Das ist nicht alles. Ralf hat körperliche – Probleme«, sagt Danielle. »Keine Krankheit. Eher ein Versagen in einer bestimmten Situation, wenn du verstehst, was ich meine.«
Ralf ist impotent. Ralf! Jurek staunt. Greift zu den Erdnüssen. Das sind ja Neuigkeiten.
»Es tut mir leid, dass ich dich da mit hineinziehe, aber ich hätte eine Bitte. Jetzt, wo wir hier so gemütlich zusammensitzen. Ich kann unmöglich in die Apotheke gehen und nach – nun ja, nach einem Mittel fragen. Ralf schon gar nicht. Weder in Oed, noch in Mundschuh. Du kennst doch eine Apothekerin –«
»Was? Oh nein«, sagt Jurek, »tut mir leid, das geht auf keinen Fall.«
Das fehlte ihm noch. Dass er Alice nach einem Potenzmittel fragt. Da kann er sich gleich auf dem Oeder Hauptplatz nackt ausziehen und vor aller Augen eine Ziege besteigen.
Danielle kramt in ihrer Tasche und zieht ein klein gefaltetes Prospekt heraus, das sie sorgfältig mit der Hand glättet.
»Meinst du, dass das hilft? Ich könnte das Mittel im Internet bestellen.«
Auf dem Prospekt ist eine komische Alte im Nachthemd und mit einer Art Heiligenschein abgebildet, die einen Tiegel in der Hand hält.
Jurek liest:

MANN ULTRA
von Bernstein Healthy Products
Für echte Männer in der Krise.
Wir holen Sie da raus. Mit der Kraft des Ginseng.
Bei Wirkungslosigkeit Geld zurück.
Von glücklichen Frauen empfohlen.

»Keine Ahnung«, sagt Jurek. »Tut mir leid.«

»Bei Ralf ist es psychosomatisch«, sagt Danielle. »Wenn es mit der Firma aufwärts geht, da … – ach, du weißt schon.«

Jurek hat einen Einfall. »Wir könnten Alfred in die Apotheke schicken«, sagt er. »Den kennt hier keiner. An den erinnert man sich auch nicht. Vollkommen unverdächtig. Wir könnten ihm sagen: zu Recherchezwecken.«

Danielle lacht.

»Ich bin froh«, sagt sie. Dann nichts mehr.

»Ja?«

»Dass du unser Nachbar bist.«

Was erwartet sie jetzt? Hoffentlich kein *Und ich bin froh, dass ihr meine Nachbarn seid.*

»Sag mal, hast du die tote Taube im Vorgarten gesehen?«, fragt er.

»Taube? Welche Taube?«

»Vergiss es«, sagt Jurek.

9

Als Greta die Eingangshalle der Burnout-Oase betritt, ist es, als träte sie in ein vergangenes Jahrhundert. Knarzender Dielenboden, Kassettendecken, Rauputz, Kristalllüster. Aus den Wänden sprießen Hirschgeweihe. Wer zu nah an der Wand entlanggeht, riskiert sein Augenlicht.

Die Eingangshalle ist menschenleer. Greta bleibt nichts, als laut zu rufen:

»Insulin, wir brauchen Insulin!«

Sie erwartet, dass sich auf ihren Ruf hin Türen öffnen, Krankenschwestern und Ärzte herausstürmen, so wie man es aus Krankenhausserien kennt. Patient wird aus dem Wagen gehoben, auf einer Liege ins Krankenhaus geschoben, während das Ärzteteam bereits daneben herläuft.

Doch hier ist es anders. Keine Menschenseele zeigt sich.

»Insulin!«, ruft Greta von neuem. »Wir brauchen dringend einen Arzt!«

»Was schreien Sie denn so«, sagt eine Frau, die wie eine Erscheinung mit einem Mal hinter einem Sechsender hervortritt, gekrümmter Rücken, graues, fleckiges Hemd, Jogginghose. Eine Patientin, denkt Greta. Bloß nicht provozieren.

»Wo finde ich hier einen Arzt?«.

»Ich bin die Oberschwester«, sagt die Frau. »Sie werden mit mir vorlieb nehmen müssen.«

Wo ist sie hier hineingeraten. Ein Irrenhaus, ein Narrenschloss. Die Alte tritt an einen improvisierten Schreibtisch unter einem Elchgeweih, pflückt zwei Formulare von einem Papierstapel, die sie Greta reicht.

»Hier Patientendaten eintragen«, sagt sie.

»Was soll das?«, ruft Greta. Sie schwitzt. »In diesem Wagen da draußen liegt ein Bewusstloser. Wenn Sie ihm nicht sofort helfen, rufe ich meinen Anwalt an. Und die Zeitung.«
Jetzt richtet sich die Alte auf, plötzlich ist sie ebenso groß wie Greta.
»Name«, sagt sie und fixiert sie finster.
»Name? Was für ein Name? Joe heißt er. Keine Ahnung wie noch.«
»Ihr Name«, sagt die Krankenschwester.
»Das spielt überhaupt keine – ach, Mist, Kaminsky. Mit Ypsilon.«
»Und woran leidet der Mann?«
»Unterzucker, Überzucker? Irgendwas mit Zucker, keine Ahnung.«
Die Krankenschwester betätigt eine Hotelklingel, sofort schießen zwei junge Pfleger mit einer Liege auf den Gang.
»Holt mir den Mann rein«, befielt die Alte im Feldwebelton.
Gleich kannst du gehen, gleich ist es vorbei, in Kürze sitzt du im Zug, du fährst in den Süden, in die Sonne, nach San Marino. Alles wird gut.
Sie wendet sich zum Gehen, da fällt ihr Diana ein. Diana, die doch hier in der Oase liegen muss.
»Ich suche eine Patientin, Frau Birkmeier. Diana Birkmeier.«
»Sind Sie eine Verwandte?«
»Ja – also nein. Beinahe.«
»Was denn nun? Ja oder nein?«
»Ja.«

Wenn sie den Verwandtschaftsgrad wissen will, klopfe ich auf die Klingel, dass alle aus den Betten fallen, denkt Greta.
»Ich muss sie sprechen. Nur einen Augenblick.«
Die Oberschwester blättert eine handgeschriebene Liste durch.
»Keine Birkmeier«, sagt sie. »Wir haben einen Herrn Maier und eine Frau Lerche.« Ungeduldig klopft sie mit ihren Stift auf ihre Handfläche. Oberlehrerinnengehabe.
»Sind Sie sicher? Wurde sie vielleicht bereits entlassen?«
Die Alte zuckt mit den Schultern. »Wenn sie nicht mehr hier ist, dann ist sie nicht mehr hier. Punkt.«
»Können Sie nicht nachsehen?«
»Das geht nicht.«
»Ein Notfall«, sagt Greta.
»Das sagen hier alle. Notfall, Notfall.« Sie äfft Gretas Stimme nach. »Glauben Sie, wir haben es hier mit Bagatellkrankheiten zu tun? Mit Wehwehchen, die sich mit Essigsocken kurieren lassen? Glauben Sie das? Nur weil wir ›Wellness‹ im Namen tragen? Das war die Idee von Direktor Wagenknecht. Wir waren immer dagegen. Aber die Belegschaft wird ja nicht gefragt. Dabei sind wir die einzige Ambulanz auf weiter Flur. Wir nehmen alles auf, was der Arzt uns weiterschickt. In der Oase wird es wieder repariert, heißt es dann.«
Was hat Greta damit zu schaffen? Die Frau soll ihren Job machen. Mehr verlangt sie nicht. In ihrem Inneren macht sich eine kalte Wut breit. »Ich hab mein Handy verloren, als ich aus dem Zug – es war ein Unfall, ein Unfall, hören Sie. Rufen Sie doch am Bahnhof Mundschuh an, wenn Sie mir nicht glauben! Na los, machen Sie schon!«

Sie tritt einen Schritt vor, von der lässt sie sich nicht einschüchtern. Von der nicht.
Die Krankenschwester weicht zurück. »Ich rufe nirgendwo an.«
Die beiden Pfleger sind zurück und erstatten gehorsam Mitteilung.
»Patient versorgt«, sagt der eine. Auf seinem Schildchen steht: Pfleger Pavel. Greta spürt den starken Wunsch, sich anzulehnen, es muss kein Mensch sein, es kann eine Theke sein, eine Wand, irgendetwas, das sie hält.
Drei Augenpaare sind forschend auf sie gerichtet.
»Was ist los, warum weinen Sie«, sagt die Alte.
»Keine Sorge, er wird überleben«, sagt Pfleger Pavel. Er hat erschreckend blaue Augen. »Hängt bereits am Zapfhahn.«
Er hält ihren Arm so fest, als sei sie nicht mehr in der Lage, aus eigener Kraft aufrecht zu stehen.
»Geht schon«, murmelt Greta.
Sie hat immer gedacht, dass man sich nach einer Lebensrettung erfüllt und glücklich fühlen musste. Bis obenhin mit Freude erfüllt. Stattdessen fühlt sie sich schal und ausgedörrt, so als hätte sie über Stunden in einem übersteuerten Solarium gelegen. Sie gibt eine klägliche Heldin ab.
»Lass das Unglück dort, wo es hingehört«, pflegt ihre Mutter zu sagen.
Selbstverständlich kann die Mutter auf Zuruf eine Unzahl an Geschichten abrufen, die ihre These untermauern. Es sind allesamt Geschichten des Scheiterns, die sie sammelt wie andere Porzellanteller aus griechischen Inselmanufakturen. Und wie die Porzellanteller in anderer

Leute Küche präsentiert die Mutter ihre Geschichten öffentlich und mit dem Stolz des Gerechten, der stets auf der richtigen Seite kämpft.
Ihre Lippen wurden schmäler mit den Jahren, zwei Hartgummischläuche, die den Körpereingang bewachten. Es herrschten strenge Einfuhrbestimmungen: In ihren Körper ließ die Mutter nur ausreichend stabilisierte und konservierte Nahrung, sie war gewissermaßen das radikale Gegenteil einer Rohköstlerin. Die Nähe zur Natur war ihr suspekt, erst nach einem komplexen chemischen Umwandlungsprozess schien ihr ein Lebensmittel zum Verzehr geeignet. Zuvor aber musste der auf die Gabel gespießte oder gehäufte Bissen mit der Zunge befühlt werden. Ihre spitze Zunge schnellte wie ein rosa Reptil aus dem Mund, um Konsistenz oder Wärmegrad zu prüfen. Greta hatte sich immer davor geekelt.

Greta tritt aus dem dunklen Schloss hinaus ins Licht. Kies knirscht unter ihren Schuhen. Der Junge hat den Van auf dem Parkplatz für Einsatzfahrzeuge abgestellt. Im Wagen riecht es nach Joes pikantem Schweiß. Greta öffnet das Fenster. Der Junge dreht sich zu ihr um. Jetzt erst bemerkt sie die lange Narbe, die sein Auge mit dem Mundwinkel verbindet.
»Wir nehmen noch einen Herrn mit«, sagt er. »Wird gleich da sein.«
»Ich muss dringend zum Bahnhof«, sagt Greta, damit er nicht vergisst, dass sie es eilig hat.
Der Mann, der schließlich zum Van schlurft, trägt eine Schaffner-Uniform. Weißer Schnurrbart, schlohweiße, längere Haare, Typ gealterter Hippie.

»Herr Schliefer«, sagt der Junge. »Schön, dass Sie da sind.« Er wuchtet den Trolley des Fahrgastes in den Kofferraum.
»Otto Schliefer«, sagt der Mann, der neben Greta Platz nimmt. Er streckt ihr seine Pranke entgegen. Sein Mundwinkel zuckt nach jedem Satz.
Der Fahrer aktiviert die Klimaanlage.
»Und, Herr Schliefer? Diesmal viele Beanstandungen?«
»Sie wissen ja: Amtsgeheimnis«, sagt der Mann.
Der Junge lacht.
»Bitte halten Sie kurz«, befiehlt Schliefer dem Fahrer.
Der Fahrer hält, Schliefer öffnet die Tür. Sie sind gerade einmal bis ans Ende der Allee gekommen.
Greta sieht, wie sich der Mann übers Gras beugt, als habe er dort etwas verloren.
Dann steigt er wieder ein. »Es geht weiter«, sagt er.
»Wissen Sie« – Schliefer wendet sich an Greta – »ich war beruflich in dieser Oase, wie man sie nennt.« Die Österreichischen Landesbahnen, sagt Schliefer, hätten eine ganze Etage reserviert. Er sei als Kontrolleur für das Burnout-Wesen bei den Österreichischen Landesbahnen beschäftigt, sagt er. Eine Kontrolltätigkeit, die im Übrigen nicht annähernd so gut bezahlt sei, wie sie, Greta, jetzt wohl vermuten möchte.
Was es da zu kontrollieren gebe, fragt Greta, und Herr Schliefer lacht und sagt: »Eine Menge!« Viele Bahnmitarbeiter bezeichneten sich als burnoutgefährdet oder gar bereits von Burnout betroffen, obwohl sie doch nichts als müde seien. Müdigkeit aber sei eine normale Begleiterscheinung des Lebens, insofern könne man sie nicht bekämpfen, ohne das Leben selbst in Frage zu stellen.

Daher sei davon auszugehen, dass viele Mitarbeiter, die sich im Burnout wähnen, in Wahrheit ganz und gar nicht krank seien, maximal ein wenig müde – hier räuspert sich Schliefer –, so wie wir doch alle erschöpft seien von den Zumutungen, die der Alltag für uns bereithalte. Selbstverständlich seien die Plätze in der reservierten Abteilung den wirklich schweren Fällen vorbehalten, den behandlungsresistenten Fällen, die nicht selten Monate, in Einzelfällen sogar Jahre auf der Station verbrächten.
Erst kürzlich, sagt Schliefer, habe sich ein ältlicher Schaffner selbst eingeliefert, mit Herzflattern, Alpdrücken und gemeingefährlichen Blähungen, so gab er es zumindest dem Chefarzt bekannt. Doch bei der Kontrolle durch seine Wenigkeit habe sich herausgestellt, dass dieser Schaffner lediglich an der Monotonie der Streckenführung leide, ein Syndrom, für das noch kein Name gefunden wurde, das nichtsdestotrotz bei manch sensiblem Gemüt zu einer Affektstörung führe, die jedoch nicht im Mindesten behandlungswürdig sei.
»Unter uns«, sagt Schliefer und beugt sich so nahe zu Greta, dass sie seinen Knoblauchatem riechen kann, »viele Schaffner sind Waschweiber. Wenn sie sich nicht beklagen, kommt ihr Stoffwechsel nicht in Schwung. Durch ihre Adern fließt die Tinte, mit der sie die Beschwerdebriefe ans Bahnmanagement unterschreiben. Die armen Manager, die sich damit herumplagen müssen!«, ruft Schliefer aus.
Jedenfalls habe sich dieser Schaffner darüber beschwert, dass er seit Jahrzehnten auf derselben Strecke eingesetzt sei, dass man, falls man ihm die Augen verbinde, auf freier Strecke aus dem Zug rollen könne und er genau

angeben könne, wie weit der Zug von der nächsten Station entfernt sei.
»Ragossnig«, platzt es aus Greta heraus. »Heißt er Ragossnig?«
»Ja, ist denn das die Möglichkeit!«, ruft Schliefer aus, klopft dem Fahrer auf die Schulter: »Wenn Sie kurz mal halten.«
Wieder steigt der Mann aus.
Der Fahrer dreht sich um. »Spuckzwang«, flüstert er. »Immer, wenn er sich aufregt. Tut mir leid.«
Spuckzwang? Sie war von Wahnsinnigen umgeben. »Geht das so weiter bis zum Bahnhof?«
»Normalerweise erholt er sich zwischendurch. Bitte seien Sie nicht böse.«
Schiefer steigt wieder ein. Er wischt sich mit dem Taschentuch über den Mund.
»Verzeihen Sie, aber Sie kennen diesen – diesen Ragossnig? Ein Simulant der Sonderklasse.«
»Er war der Schaffner in meinem Zug«, sagt Greta. »Bevor dieser Zug eine Panne hatte.«
»Das ist ja seltsam«, sagt Schliefer und knüllt das Taschentuch in seiner Pranke zusammen. »Von einer Panne erzählte er nichts. Nur von Fahrgästen, die ihn auf das Unangenehmste traktierten.« Dieser Ragossnig, sagt Schliefer, brachte fünf verschiedene Beschwerdezettel in die Oase mit, alle penibel ausgefüllt, dabei lese kein Mensch die Beschwerden der BS, wie man sie intern nenne, Burnout-Schaffner oder PBS, Pseudo-Burnout-Schaffner, das waren jene, die simulierten.
Er lacht und streicht mehrmals über seinen Bart als wollte er sich vergewissern, dass er noch da war. Wie lange

sie denn vorhabe, im Maritim zu bleiben, will er wissen, und Greta sagt: »Gar nicht. Ich fahre heute noch zurück.« Der Zusatz »mit dem Zug« bleibt ihr im Hals stecken. Diesen Mann bloß nicht provozieren, keine weitere Spuckpause heraufbeschwören. Am besten nichts mehr sagen, nicht mehr zuhören, jeden Kontakt verweigern.
Die Burnout-Oase habe in letzter Zeit an Schwung gewonnen, das müsse er den Betreibern der Anstalt schon zugestehen, sagt Schliefer. Vor allem, seit das neue Management in Amt und Würde sei. Man habe dem Haus zudem eine Marketing-Expertin in den Pelz gesetzt, das sei eine fantastische Entscheidung gewesen. Seither werde das Haus regelmäßig von Journalistengruppen besucht, ja – regelrecht überfallen, und in ganz Europa berichteten die Zeitung über diese Burnout-Klinik, die sich endlich nicht mehr zu verstecken brauche. Ein Durchbruch, sagt Schliefer. Ja, wenn diese Frau Birkmeier nicht wäre, wer weiß, wer weiß, vielleicht hätte man das Haus bereits schließen müssen.
Greta schreckt hoch. Birkmeier? Hat er gerade Birkmeier gesagt?
»Diana Birkmeier?«
»Das weiß ich nicht, das müssen Sie sich selbst fragen«, sagt Schliefer, ungehalten über die Unterbrechung.
»Haben Sie eine Nummer?«
Das war des Rätsels Lösung. Die Oberschwester konnte sie im Patientenkatalog nicht finden, weil Diana keine Patientin war. Sondern Marketing-Leiterin. Die Kollegen bei MEDICALUX hatten sich geirrt, aber das war nichts Neues.
Schliefer holt sein Handy aus seinem Schaffner-Sakko

und betrachtet das Display, während er durch das Namensverzeichnis scrollt.
»Ach«, sagt er dann, »ich habe sie nicht unter B eingespeichert, jetzt fällt es mir wieder ein, sondern unter P. P wie Perfekt.«
Er reicht Greta das Telefon. Miss Perfect, so war das also.
Es tutet zwei Mal, dann meldet sich Diana.
»Kaminsky mit fremdem I«, sagt Greta, ein Scherz unter Freunden, und Diana ist ganz von den Socken.
»Greta?«, fragt sie, und dann noch einmal: »Greta, wirklich?«, als könne sie es nicht fassen.
Und Greta sagt, dass sie sich freue, sie endlich zu erreichen, schließlich habe sie es schon so oft probiert, was strenggenommen eine Lüge war, doch unter den gegebenen Umständen kann es als Ausdehnung der Wahrheit durchgehen.
»Komisch«, sagt Diana. »Nie in meinem Leben war ich so gut erreichbar wie jetzt.«
»Warst du mit den Rehen meditieren? Oder mit den Maulwürfen beim Yoga?«
Sie befinde sich in ihrem Büro, sagt Diana, wo sie sich den ganzen Tag aufgehalten habe, zweieinsnull, zweiter Stock, ihr privater Kerker. Sie lacht.
»Schön, dass du lachst«, sagt Greta. »Du glaubst nicht, was man sich in der Firma erzählt. Dass du aufgehört hast zu sprechen.«
»Ich habe doch noch nie so viel in meinem Leben gesprochen wie jetzt. Das geht mir ab, ja, auch wenn man es nicht glaubt: Der MEDICALUX-Wahnsinn fehlt mir.«
»Du bist gegangen, ohne ein Wort zu sagen. Zu niemandem.«

»Ich hasse Abschiede.«
»Und was ist mit Wiedertreffen? Ich bin ganz in der Nähe. Wir fahren zum Bahnhof nach Mundschuh. Wenn du gleich aufbrichst, könnten wir noch einen Cappuccino –«
»Wie gerne ich das würde!«, ruft Diana aus. »Aber ich komm hier nicht weg.« Sie sei gefesselt an ihren Schreibtisch, gefesselt von der Geschäftsführung und den Patienten, jeder verlange etwas von ihr, jeden Moment könne eine Sitzung einberufen werden. So leid es ihr tue.
Schliefer tippt Greta auf den Arm, bedeutet ihr, sie möge sein Handy herausrücken.
»Gleich«, zischt Greta und hält die Hand übers Mikro. »Ist wichtig!«
»Ich fahre heute noch nach San Marino. Die Messe.«
»Ach«, sagt Diana trocken. »Hat Fras dich nicht kontaktiert?«
»Ich sehe ihn heute Abend.«
»Der lässt dich einfach ins Messer laufen.«
Dianas Stimme klingt kalt und weit weg. Sie hat sie bestimmt nur falsch verstanden.
»Wir besprechen die Details meiner neuen Abteilung. Ich hatte gehofft, dich dort zu treffen.«
»Du weißt es tatsächlich nicht.«
Stille.
»Mein Telefon«, nölt Schliefer.
»Was weiß ich nicht?« Gretas Magen flattert. Irgendetwas stimmt nicht.
»Es tut mir so leid für dich.«
»Die Sache mit der Panne? Nicht so schlimm. Ich nehme den Flieger von Wien.«

»Das meinte ich nicht. Ich fürchte«, sagt Diana und legt eine Pause ein, »du wirst die Abteilung nicht übernehmen. Hast du das schriftlich?«

»Es ist alles unter Dach und Fach. Ich meine ... In San Marino wird es mir mitgeteilt. Ich treffe Fras im Medusa und –«

»In San Marino, meine liebe Greta, werden heuer Sozialpläne besprochen. Das ist alles. Fras wollte es dir persönlich sagen. Ich dachte, du wusstest, was dort passiert. Es hat sich doch längst herumgesprochen.«

Herumgesprochen? Gretas Hand krampft sich um das Handy.

»Ich glaube nicht ... dass es mich betrifft«, sagt sie. »Die Maßnahmen. Die meinen doch nicht mich damit. Mich nicht. Das wüsste ich doch.«

»Es gibt einen Trick«, sagt Diana. »Schnell noch eine Kur beantragen, das können sie euch nicht verbieten, dafür gibt's eine Sonderregelung. In Ruhe nachdenken, wie's weiter gehen soll. Hufnagl habe ich bei mir im Haus untergebracht. Burnout-Kur. Versteht jeder. Engl und Prochaska fahren nächste Woche nach Tirol. Es tut mir leid, dass du es durch mich erfährst. Ich dachte, das ist alles längst besprochen. Fusion mit der Mutterfirma, stufenweiser Abbau der Wiener Gesellschaft. Liegt doch längst auf dem Tisch.«

Greta lässt das Handy sinken.

»Bleiben Sie stehen«, sagt sie zum Fahrer. »Bitte.«

Der Chauffeur fährt rechts ran.

Greta öffnet die Schiebtür des Vans. In acht Minuten fährt ihr Zug.

»Müssen Sie auch spucken?«, fragt Schliefer. »Tun Sie

sich keinen Zwang an. Aber geben Sie mir vorher mein Telefon zurück.«
Sie springt aus dem Van, stapft hinein in das grässliche gelbe Feld als wär's ein Meer. Ein Knicken und Knirschen, immer tiefer.
Sie hört die Stimme Schliefers: »Kommen Sie zurück!« Und der Junge, der sagt: »Was soll ich denn machen, bitte regen Sie sich nicht auf.«
Die Pflanzen schlingen sich um Gretas Waden, reißen sie zu Boden. Und dann liegt sie da, keuchend, mit verdrehten Gliedern, als hätte sie einer abgestochen. Die zerklüftete Erde ist noch warm von der Nachmittagssonne, eine stachelige Hand, die sie hält, und Greta ist zu ihrer Überraschung ganz ruhig.
Sie stimmt einen Ton an, dann noch einen. Ein Gesang ist es nicht. Höchstens eine Stimmbildungsübung.
Sie erinnert sich an die Männer, in die sie verliebt gewesen war und die sie verließen, weil sie doch bereits gefunden hatten, wonach sie suchten und keine weitere Frau benötigten, und vielleicht ist es ja der Sinn des Lebens, dass sich andere von dir abwenden, die ganz große Prüfung, und wenn du sie überstehst, bist du unverwundbar. Es ist ganz einfach: Man trennt sich von dir, mit sauberem Schnitt, oder man reißt die Verbindung heraus wie ein Telefonkabel aus der Wand, und ehe du dich versiehst, bist du allein und nackt wie am Tag deiner Geburt, denkt Greta, und nur dein Ton kann dich retten, weil er dir gehört, dir ganz allein, in dir ist er entstanden, in dir geht er zugrunde. Dafür hast du niemanden gebraucht, keine Menschenseele, das ist das Geheimnis, nicht mehr und nicht weniger.

3

DAS FEST DES WINDRADS

1 Jurek zündet sich eine Zigarette an. Er sitzt auf den Stufen vor dem Haus und sieht auf eine Kastanie, deren mächtige Krone ein Muster in den Morgenhimmel stanzt. Der Frühling hat sich im Land festgebissen.

Jurek sind die Jahreszeiten egal, er verschwendet keinen Gedanken an Dinge, die er nicht beeinflussen kann. Was ihn nervt, ist das Schwitzen. Im Sommer bekommt er kreisrunde Flecken unter den Armen, die ihn aus einer Entfernung von drei Kilometern als das identifizieren, was er ist: ein Schwitzer.

Er riecht an seinem Shirt. Es stinkt nach Rauch.

Die deutlich sichtbare Fleischrolle an den Hüften bereitet ihm beinahe ebenso große Sorgen. Er könnte wieder anfangen, Tennis zu spielen, allerdings hegt er die Befürchtung, dass der Sport seine Schweißdrüsen vollständig entfesselt. Er hat schon daran gedacht, einen Arzt aufzusuchen, aber welchen? Gibt es einen Arzt, der für Schweißdrüsen zuständig ist? Einen Schwitzologen?

»Papa, Telefon.« Lynn steht im Nachthemd in der Tür, hält ihm den Hörer des Schnurlostelefons entgegen. »Schrittmesser oder so«, sagt sie.

Es ist Ramona. Paket abholen und in die achtzehnte Straße liefern.

»Asap«, sagt sie.
»Wie bitte?«
»*As soon as possible.*«
»Asap«, wiederholt Jurek. »Natürlich.«
Das hätte er sich nicht gedacht. Dass er einmal Aufträge von Neunzehnjährigen entgegennehmen und dabei Männchen machen wird wie ein dressierter Cockerspaniel. Er braucht einen Assistenten. Einer, der ihm die Drecksarbeit abnimmt. Ein Assistent wäre in der Tat eine große Hilfe.
Lynn wartet an der Tür, um das Telefon wieder mit hinein zu nehmen. Sie ist barfuß. Ihr Nachthemd gibt zu viel preis.
»Was hat Alfred heute vor?«
Sie zuckt mit den Schultern.
»Sag ihm, ich erwarte ihn in zehn Minuten beim Carport.«
»Jetzt gleich? Er schläft noch.«
»Dann weck ihn auf. Das ist kein betreutes Wohnen hier.«
Jurek hat keine Ahnung, wann die beiden abzuhauen gedenken. Nach dem ersten Abend hat er das Thema nicht mehr angesprochen. Lynn hilft wenigstens im Haushalt. Sie hat eine Tarte Tatin gebacken, ein französischer Apfelkuchen, der kopfüber gebacken wird. Geradezu artistisch.
Er muss zugeben, dass ihn das beeindruckt. Er hat in seinem Leben noch keinen Kuchen gebacken und selten selbstgebackenen Kuchen gegessen. Das zweite Mal gab es sogar Vanillecreme dazu. Jurek fragt sich, von wem sie diesen Ehrgeiz geerbt hat. Miriam war das Gegenteil

einer Bäckerin, was damit zusammenhing, dass sie Kohlenhydrate als natürlichen Feinde betrachtete.
Fünfzehn Minuten später ist Alfred immer noch nicht da. Die geköpfte Taube hat er offenbar fortgeschafft, jedenfalls ist nichts mehr von ihr zu sehen. Jurek macht es sich im Wagen bequem.
Das Handy leuchtet, Joes Kopf auf dem Display.
Verdammt, denkt Jurek. Er wollte sich bei ihm melden, als er von dem Vorfall erfahren hatte, dringend hat er das vorgehabt. Und dann vergessen. Verdrängt. Wie alles, was nach Problem klingt.
Jurek nimmt das Gespräch dennoch an, ein alter Automatismus. Muss mit seinem übereifrigen Gewissen zusammenhängen.
»Joe, was machst du denn für Sachen! Bist du wieder zu Hause?«
»Mary kommt morgen!«, hört er Joe rufen. »Na, was sagst du jetzt?«
Jurek bewundert Joe für seine Naivität.
»Schön«, sagt er.
»Schön? Das ist alles?«
Ralf Rosenstein hastet zu seinem Auto. Jurek wird Ralf Rosenstein nie wieder ansehen können, ohne daran erinnert zu werden, dass er impotent ist. Der Manager des Jahres, ein Schlaffi, der zitternd einen Whisky hinunterstürzt und zu Danielle sagt: *Das ist nur ... weil du so eine umwerfende Frau bist ... da bin ich plötzlich ... so klein ... so unscheinbar.*
»Hörst du mir zu?«
»Klar«, sagt Jurek.
»Mary hat einen Artikel über Diabetes kopiert und mir

in einem rosafarbenen Kuvert zugeschickt. Rosa! Eine wunderbare Überraschung.«
»Finde ich auch«, sagt Jurek.
»Da steht alles drin über die Zukunft der Diabetes-Therapie. Das Wort muss man sich merken, Jurek. Gliptine.«
Alfred klopft an die Seitescheibe.
Jurek bedeutet ihm, auf dem Beifahrersitz Platz zu nehmen.
»Ich muss los, Joe. Ich komm dich besuchen.«
»Gliptine«, sagt Joe. »Bitte merk dir das.« Dann legt er auf.
Jurek sieht zu Alfred hinüber. Ganz wach scheint er noch nicht zu sein.
»Gliptine«, sagt Jurek.
»Was?«
»Merk dir das.«
Er startet den Motor. Es ist das erste Mal, dass er mit seinem künftigen Schwiegersohn allein ist.
Schwiegersohn, was für ein Wort. Klingt nach Schwierigkeiten. Nach Schwielen, Schweiß und Schweigen.
»Schwitzt du viel?«, fragt Jurek. »Im Sommer, meine ich. Ist das ein Problem bei dir?«
»Nö«, sagt Alfred.
»Verwendest du ein Deo? Oder einen Schweißhemmer?«
»Stinke ich?«
Jurek lacht auf. »Nein, natürlich nicht. Tut mir leid. Ich habe nur laut gedacht.«
Alfred kramt in seiner Umhängetasche aus Lastwagenplanen, die man offenbar haben muss, wenn man Anfang zwanzig ist. Jurek vermutet, dass er sein Handy herausziehen und darauf herumklimpern wird – doch

nichts dergleichen. Er fragt nicht einmal, wohin sie fahren und was er in diesem Auto soll.
»Schon erste Kontakte geknüpft? Versicherungstechnisch, meine ich.«
»Geht so«, sagt Alfred.
Was war das für eine Antwort? Wollte er mit »geht so« seine Frau ernähren?
»Wie legst du es an? Ich will mich ja nicht einmischen, aber in Oed ist jeder gegen alles versichert.«
»Wir haben ein neues Produkt«, sagt Alfred. »Das ist maximal.«
»Wer ist *wir*? Bist du angestellt?«
»Freelancer«, sagt Alfred. »Angestellt sein ist too much zwanzigstes Jahrhundert.«
»Ach so«, sagt Jurek. »Dann wird's aber nichts werden mit schickem Büro und Sekretärin.«
»Das interessiert uns nicht«, sagt Alfred. »Wer braucht noch ein eigenes Büro. In Wien waren wir ein halbes Jahr im Flox, das ist ein Coworking Space mit maximaler Flexibilität.«
Jurek beginnt zu verstehen. Maximales Produkt mit maximaler Flexibilität – eine Luftnummer, dafür könnte es in Oed tatsächlich einen Markt geben.
»Hast du Lynn dort kennengelernt – in diesem Co-Ding?«
»Lynn?« Er lacht. »Oh nein, nein. Wir kennen uns über Rosi.«
Jurek hat noch nie von einer Rosi gehört, doch es ist ein ungünstiger Zeitpunkt, die Sache zu vertiefen. Sie stehen bereits vor Schrittessers rotem Bungalow.
»Da drin ist der Doktor«, sagt Jurek zu Alfred. »Wir sol-

len ein Paket abholen. Wenn du hineinsprintest, kann ich im Halteverbot warten.«

»Klar doch.« Er schultert seine Tasche.

»Die kannst du hierlassen, die stiehlt keiner.«

»Ich habe sie immer dabei.« Alfred drückt die Tasche an seinen Bauch. Sie sieht aus wie ein ausgelagertes Organ. Schon ist er aus dem Blickfeld verschwunden.

Jurek öffnet die Tür und zündet sich eine Zigarette an, während er zusieht, wie sich eine alte Frau mit Rollator die Straße hinaufkämpft. Der Rollator quietscht. Bungalows aus den sechziger Jahren, bewehrt mit schmiedeeisernen Zäunen. Früher hat es geheißen: Wer am Gottesberg wohnt, hat es geschafft. Heute sagt man: Wer hier wohnt, ist geschafft. Und mindestens siebzig. Könnte ein fruchtbares Biotop sein für einen Landarzt. Die Klientel wächst ihm buchstäblich ins Wartezimmer hinein mit all ihren Überbeinen, Raumforderungen und Beulen. Doch Schrittesser hat es in Oed nie zu großer Popularität gebracht. Dazu fehlt ihm das Gespür, wie man mit Landbewohnern umgeht, wie man ihr Herz gewinnt – eine Vorausetzung dafür, im Anschluss auch über ihre weiteren Organe verfügen zu dürfen.

Am Horizont steht das Windrad, unbeweglich, aus der Zeit gefallen. Mit Lynn ist er immer wieder auf den Gottesberg gefahren, weil es der ideale Platz ist, um das Windrad in seiner Gesamtheit zu betrachten.

»Warum bewegt es sich nicht?«, wollte Lynn wissen.

Ein Windrad, das sich nicht bewegte, war in ihren Augen kein Windrad, sondern etwas, für das erst eine Beziehung gefunden werden musste.

Sie probierten Namen aus. Windfad. Windhart. Wundrad.

»Nino soll es reparieren«, sagte Lynn.
Nino war Jureks Kollege, als es noch zwei Taxis in Oed gab. Er hatte zwei rechte Hände, konnte alles reparieren, inklusive Lynns sprechender Puppe, was Lynn nachhaltig beeindruckte.
»Man muss nicht alles reparieren, was kaputt ist«, sagte Jurek. »Manchmal ist es besser, wenn etwas kaputt bleibt.«
Leichtfüßig springt Alfred die Stufen hinunter, ein mittelgroßes Paket unterm Arm.
»Das ging ja flott«, sagt Jurek.
Alfred deponiert das Paket auf dem Rücksitz.
»Ganz schöne –« Er hält seine zu Schalen geformten Hände an den Brustkorb.
»Du hast Ramona getroffen«, sagt Jurek.
»Da sitzen nur Frauen drin. Ich dachte schon, das ist ein Frauenarzt. Und dann wollten die mich unbedingt untersuchen. Ich hab gesagt: Ich hole nur das Paket. Die Assistentin hat schon die Spritze in der Hand gehabt. Dafür habe ich was im Wartezimmer gelassen«, sagt Alfred und zieht einen Stapel Zettel aus seiner Lastwagenplanen-Tasche.
Jurek wirft einen Blick darauf. Es sind die Flyer der Versicherung. Ein schlauer Bursche, das muss man ihm lassen. Das Ganze sieht aus wie die Werbung für einen Film über die biblischen Plagen. Schlamm, Regen, daneben ausgedörrte Erde, die aufspringt wie ein Kuchen, der zu lange im Backofen war.
Über die ganze Breite der Seite prangt in großspurigen Lettern:
TYCHOON

»Was ist das?«, fragt Jurek.
»Unser Königsprodukt«, sagt Alfred und ist plötzlich ganz munter.
»So wie Tycoon. Nur mit ›ch‹. Da steckt Tyche drin, die Schicksalsgöttin. Der Name ist leider nicht von mir.«
»Und wogegen kann man sich da versichern lassen? Doch wohl nicht gegen das Schicksal?«
»Gegen schicksalshafte Verläufe«, sagt Alfred und lehnt sich zurück. »Das ist ein feiner Unterschied.«
Eine Versicherung gegen das Schicksal. Egal, ob Verlauf oder nicht. Der hat doch nicht mehr alle Nadeln am Baum.
»Mit hundertvierzig im Monat bist du fix dabei«, sagt Alfred. »In drei Monaten ist das teurer, unter Garantie. Das ist unser Einstiegsangebot, Hand drauf und Deal, na?«
Lynns Zukunft liegt in den Händen eines windigen Versicherungsmaklers, der Luft verkauft. Einem Betrüger. Jurek fixiert ihn von der Seite. Das Wort liegt ihm auf der Zunge. Betrüger.
»Und wer entscheidet, was das ist, ein schicksalshafter Verlauf?«
»Die Polizze ist bombensicher, Jurek, da mach dir mal keine Sorgen.«
Es ist das erste Mal, dass Alfred ihn beim Namen nennt. Aus seinem Mund klingt auch »Jurek« nach einer Lüge, wie ein versicherungstechnisches Konstrukt, etwas, das man besser nicht unterschreibt.
»Was wir anbieten, hat keine andere Versicherung im Portfolio. Da traut sich keiner ran. Zum Beispiel das E-Paket. Emotion. Wir versichern gegen Heimweh, Sehnsucht und Liebeskummer. Oder das F-Paket. Fehl-

entscheidungen. Eigene und fremde, da wird natürlich unterschieden.«
Der macht Witze, denkt Jurek. Er will mich testen.
»Heimweh? Ihr versichert gegen Heimweh? Und was zahlt ihr mir, wenn ich euch einen Heimweh-Schadensfall melde?«
»Du glaubst mir nicht. Das ist normal, viele glauben uns nicht, bis sie die Verträge gesehen haben. Wir legen niemanden herein, Jurek. Ehrenwort. Das können wir uns gar nicht leisten. Was glaubst du, wie schnell man wieder in der Versenkung verschwindet. Wenn jemand unser E-Paket abgeschlossen hat und einen Schadensfall meldet, dann wird er erst einmal von unseren Psychologen angerufen. Die kannst du nicht hinters Licht führen. Sie testen dich. Knallhart. TYCHOON kann man nicht täuschen. Und wenn du die Wahrheit sagst« – hier beugt sich Alfred über den Schaltknüppel und nähert sich Jureks Gesicht –, »dann zahlen wir alles, was du brauchst. Rückflug in die Heimat, Auslandsgespräche, Psychotherapie. Wir haben schon einmal einen Hund in die USA einfliegen lassen. Maximal, was?« Er lacht.
So viele Sätze, die aus Alfreds Mund fallen, einer nach dem anderen. Man merkt: Da ist einer in seinem Element. Da lebt einer seine Leidenschaft. Immerhin. Jurek lacht aus Solidarität mit. Sein Schwiegersohn. Sein schwieriger Sohn.
»Ich weiß, dass das verrückt klingt. Eine Versicherung gegen Liebeskummer. Wir können keinen neuen Partner finden, aber wir können den Arbeitsausfall zahlen, falls du kurzfristig nicht arbeitsfähig bist. Psychotherapie, was weiß ich.«

Klar, was weißt du schon, denkt Jurek. Was weißt du schon vom Leben, du Grünschnabel.
»Und bei Scheidung«, sagt Jurek, »was zahlt ihr da?«
Alfred grinst. »Scheidung ist ein eigenes Paket«, sagt er.
»Lass mich raten«, sagt Jurek. »Das S-Paket. Oder zählt das zu den Fehlentscheidungen?«
»Jurek«, sagt Alfred, und es klingt fast ein wenig herablassend. »Du machst dich über uns lustig.«
Uns. Er ist bereits vollkommen aufgegangen in dieser Versicherung, mit ihr verschmolzen. Sein Chef hat einen Glücksgriff getan.
»Nächstes Jahr sind wir Marktführer, das steht fest. Nächstes Jahr lachen wir über die, die heuer über uns lachen.«
»Ich lache nicht«, sagt Jurek und seufzt.
»Wir haben das Schicksal im Griff«, sagt Alfred. »Wir brauchen keine Angst mehr zu haben, es ist uns untergeordnet. Das Schicksal gehorcht den Gesetzen der Versicherung.«
Die Gesetze der Versicherung.
»Das ist doch verrückt«, sagt Jurek. Er kann das so nicht stehen lassen. »So etwas kann nicht funktionieren! Da gibt es doch Prinzipien. Was ist mit den Prinzipien?«
»Ich hab dir doch gesagt, dass wir einzigartig sind. Unique.«
Er spricht das Wort mit einem amerikanischen Akzent aus. Dann beugt er sich vor, legt den Finger an die Lippen. »Du darfst dir das nicht wie eine Haushaltsversicherung vorstellen. TYCHOON ist innovativ. Bei uns zahlen nicht nur die Versicherten eine Prämie. Wir haben Sponsoren. Die zahlen freiwillig in den Topf ein.«

»Warum sollte das jemand tun?«
»Das sind Menschen, die vom Schicksal – sagen wir: bevorzugt behandelt wurden. Und die zahlen eine Prämie, um sich zu bedanken.«
»Beim Schicksal.«
»Wenn du so willst.«
»Ablasshandel. Die kaufen sich einen Platz im Himmel.«
Alfred kurbelt das Fenster hinunter und spuckt seinen Kaugummi auf die Straße. »Quatsch. Himmel gibt's keinen. Die wollen eben teilen. Lassen wir sie doch. Die fühlen sich gut dabei. Bekommen von uns auch eine TYCHOON-Urkunde, die können sie sich aufs Klo hängen. Goldschnitt. TYCHOON bedankt sich bei Herrn – und so weiter.«
Jurek parkt an einem Holzzaun, hinter dem sich ein beinahe unerträglich gepflegter Garten verbirgt. Er war schon öfter hier. Das Haus der Frau Woltron. Ein riesiges Blumenbeet, das in den Farben der österreichischen Flagge bepflanzt ist. Rotweißrot.
Das Paket, das sie abliefern müssen, ist klein und leicht wie eine Feder. Ein paar Blumensamen, vermutet Jurek. Was braucht man denn schon, wenn man über achtzig ist. Da isst man kaum noch was, schläft nur wenig. Eine erschreckende Vorstellung: so viel wache Zeit, in der man nur noch zuschauen kann, wie der Vorhang sich senkt. Auf der Bühne spielen längst andere. Vielleicht muss man zum Ausgleich Blumen pflanzen, damit es wenigstens etwas gibt im Leben, das noch prall ist und bunt.
Er wird jedenfalls mit achtzig alles ausprobieren, für das er sein Leben lang zu feig war: Kokain, LSD, Uppers und

Downers, die ganze Palette. Er könnte mit *Sex on the Beach* beginnen. In jedem Fall wird er keinen einzigen Baum pflanzen, nicht eine mickrige Blume.
Alfred zieht ein paar Versicherungs-Flyer aus seiner Tasche und verschwindet im Haus. Nach zwei Minuten ist er wieder da.
»Hat sie dich was gefragt? Ob ich krank bin?«
»Nö.«
»Überhaupt nichts?«
»Danke, hat sie gesagt.«
»Sonst nichts?«
Alfred überlegt. »Nein.«
Auch gut, denkt Jurek. Da glaubt man, unersetzlich zu sein, und im nächsten Moment ist man schon ersetzt. Frau Woltron hat ihm immer einen Schnaps angeboten, den sie aus einer zugemüllten Abstellkammer holte. Überhaupt widerspricht das Chaos im Inneren des Hauses auf erschreckende Weise der peniblen Ordnung im Garten. Als ob zwei vollkommen unterschiedliche Menschen hier wohnten.
»Und die Flyer?«
»Ich sollte sie ihr dalassen.«
»Alle?«
»Alle. Sie wird sie in der Siedlung verteilen.«
Er bringt die alte Woltron dazu, für ihn zu arbeiten. Nicht ungeschickt, der Bursche, denkt Jurek. Gar nicht ungeschickt.
Als Jurek das nächste Mal auf die Uhr sieht, ist der Vormittag vorüber. Alfred ist ein angenehmer Kompagnon. Redet nur, wenn er gefragt wird. Die restliche Zeit kaut er auf seinen Kaugummis herum. Im Wagen riecht es

nach künstlicher Erdbeere. Schlimmer als jeder Duftbaum, aber immerhin besser als Schweiß.
Sie liefern Pakete ab, kaufen in der Gemischtwarenhandlung für ein Rentnerehepaar ein. Dinge, nach denen Jurek erst suchen muss. Buttermilch, abgepackte Berner Würstchen, billiger Wein im Tetrapack. Sie transportieren eine antike Pendeluhr, die sie auf der Rückbank anschnallen wie einen arthritischen Fahrgast. Sie nehmen Abkürzungen über Feldwege und durch den Morast. Am Abend wird der Toyota Crown aussehen wie ein Bergarbeiter, der soeben aus dem Schacht gestiegen ist.
Jede halbe Stunde fährt Jurek rechts ran. Zigarettenpause. Alfred nutzt die Zeit, um auf seinem Handy herumzuhacken. Einmal telefoniert er mit Lynn. Dabei dreht er sich vom Wagen weg und lässt mehrmals die Worte »dein Vater« fallen. Jurek fragt sich, was er ihr an diesem Abend wohl erzählen wird.
Die nächste Kundschaft wartet. Sie fahren deutlich schneller als die erlaubten fünfzig Stundenkilometer. Die gelben Einfamilienhäuser mit ihren ockerbraunen Vordächern salutieren ordnungsgemäß. Jurek hat die Landschaft im Griff. Und er hat Alfred im Griff. Es läuft ganz nach seinem Geschmack, genau so hat er sich seinen Mitarbeiter vorgestellt.
»Unser Bürgermeister lässt alles durchgehen, siehst du das?« Jurek deutet auf die Häuschen an beiden Seiten der Straßen. Altersschwache Bungalows neben dreistöckigen Fertigteil-Villen ohne den geringsten architektonischen Anspruch. Ein Industriellenehepaar, das etliche Grundstücke geerbt hat, auf denen bislang Mais angebaut wurde, lässt eines nach dem anderen zu Bauland umwid-

men. Junge Familien, denen es sowohl an Geschmack, als auch an Geld mangelt, verschulden sich auf zwei Generationen, um ihren Traum vom Biedermeier-Idyll zu leben. Der Oeder Bürgermeister sieht bei der Verschandelung zu, ohne mit der Wimper zu zucken. Es wird von mysteriösen Umschlägen berichtet, die unter der Tür des Bürgermeisterbüros durchgeschoben werden. Man fragt sich, wie es möglich ist, dass er sich eine Gegenstromanlage für seinen mickrigen Pool leisten kann.
Jurek hat das Bedürfnis, Alfred die Oeder Eigenheiten näherzubringen. Immerhin ist Lynn hier aufgewachsen, auf Oeder Erde hat sie ihre ersten Schritte getan, hier hat sie die ersten Worte gesprochen. In Oed wurde der Grundstein für das gelegt, was sie heute ist.
Jurek erzählt, dass es keinen Hauptplatz gibt, keine wirkliche Hauptstraße. Dass der Platz, auf dem das Windrad steht – eigentlich nicht viel mehr als ein Plätzchen, auf dem die Familie des Windradwärters residiert – von den Oedern »Windplatz« genannt wird. Der ursprüngliche Name ist längst vergessen. Dass die Nummerierung der Straßen nicht mehr ist als ein Provisorium, das sich während der amerikanischen Besatzung etabliert hat und über die Jahre zu einem Dauerzustand geworden ist. Dass OTG eine amerikanische Enklave in der russischen Besatzungszone war. Dass das hölzerne Windrad eine Hinterlassenschaft der Amerikaner ist, die überall *Westernmills* bauten.
Sobald Jurek zu sprechen beginnt, verlangsamen sich die Mahlbewegungen von Alfreds Kiefer deutlich – ein Zeichen dafür, dass er zuhört. Da ist eine positive Spannung zwischen ihnen, die beinahe mit den Händen zu greifen

ist. Der Bursche will doch nur, dass du ihn akzeptierst, denkt Jurek. Gib deinem Herzen einen Stoß, los, sag, dass er tolle Versicherungen verkauft. Gib ihm das, was er will. Los. Aber etwas sperrt sich dagegen. Eine Mauer zwischen Gedanken und Zunge, zu hoch, da kommt kein Laut drüber.

»Kann man sich bei euch auch gegen Hässlichkeit versichern lassen?«, fragt Jurek. Der präpotente Unterton ist absichtlich gewählt. Es soll so klingen, als ob er es nicht nötig hätte, hier zu leben.

»Nö«, sagt Alfred. Er nimmt die Frage ernst. Jurek weiß nicht, ob das für oder gegen ihn spricht.

»Warum wird das Windrad eigentlich verbrannt? Das ist doch das Wahrzeichen, oder?«, fragt Alfred.

Jurek trommelt mit den Daumen auf das Lenkrad. Er wird ihm alles erklären. So lange, bis er's kapiert. »Es ist kein richtiges Wahrzeichen«, sagt er. »Zumindest nicht so eines wie der Stephansdom. Eher ein Mahnmal. Vom Krieg, weißt du. Von den Folgen des Krieges. Aber der Krieg ist lange vorbei, und ein Flügel hat vor ein paar Wochen beinahe jemanden erschlagen. Ist einfach runtergefallen wie das Blütenblatt von einem verdammten Gänseblümchen. Das war sein Todesurteil. Wir bekommen dafür ein richtiges Wahrzeichen. Ein richtig schönes Ding, das man auf Postkarten drucken kann. Ganz aus Metall wie der Eiffelturm.«

Ralf Rosenstein hat bereits ein Modell gesehen. Die Gemeinde hatte versucht, ihn als Sponsor zu gewinnen. Es handelt sich um eine Weltkugel, die allerdings nur Oed darstellt. Mit allen Straßen und dem Gottesberg und dem Windplatz, der künftig *Weltplatz* heißen werde. Ralf hat das Sponsoring-Ansuchen abgeschmettert, obwohl das Ding interaktiv ist. Die Kugel hat Noppen auf der Oberfläche. *Pickel* hatte Ralf sie genannt. Wann immer ein Oeder geboren wird, leuchtet ein Pickel auf, wenn einer stirbt oder auswandert, verlöscht ein Pickel. Jurek weiß nicht, was er davon halten soll. Das Windrad war für nichts gut, auch diese Kugel wird für nichts gut sein.

Sie halten an der Tankstelle. Um die Zeit bis zum Mittagessen zu überbrücken, kauft Jurek zwei in Folie eingeschweißte Sandwiches. Am Fenster der Tankstelle klebt eine Todesanzeige: *Peppino hat uns verlassen. Viel zu früh.* Vom Erhängen steht nichts. Ein Engel mit schlaffen Flügeln hält eine Schriftrolle in den Händen. Jurek steht lange davor, kaut auf seinem Sandwich, das tatsächlich nach Sand schmeckt, öd und trocken.

»Peppino«, sagt Jurek leise vor sich hin. Der *Wunderland*-Wirt ist in ein anderes Wunderland abgetaucht. Er wird es Lynn erzählen müssen. Die Nachricht eines Todes zu überbringen, ist ihm immer schon schwer gefallen. Er ist zweifellos einer der miesesten Todesnachrichtenüberbringer, die es gibt. Er würde beginnen mit: »Kannst du dich ans *Wunderland* erinnern?«, da würde Lynn bereits alles wissen und sagen: »Er ist gestorben, Papa, stimmt's?«

Jurek hatte Lynn ein paar Mal ins *Wunderland* mitgenommen, obwohl das kein Ort für Kinder war, doch was war in Oed schon ein Ort für Kinder. Sie tranken Limonade zwischen Fernfahrern, die in Männerzeitschriften blätterten und ihre Bordellerfahrungen austauschten. Lynn war begeistert, denn Peppino hatte eine

Jukebox, die von den Fernfahrern ohne Unterlass gefüttert wurde, und sie durfte die Schlager auswählen, Peter Kraus, Mireille Mathieu oder Karel Gott.
»Komm mit mir ins Wunderland«, sang Peter Kraus wieder und wieder, während die Fernfahrer von *Madame Veronique* erzählten, von ihren Requisiten und ihren langen Fingernägeln mit den goldenen Spitzen, die sie ihnen ins Fleisch grub, und dass sie schon in Rijeka, in Mailand und Prag anfingen, sich auf die *Madame* zu freuen, und Jurek hatte Mühe, zwischen diesen Erzählungen und der Vroni, die er kannte, eine Übereinstimmung herzustellen. Ebenso, wie es ihm schwer fällt, zwischen Alfred, der im Taxi auf sein Sandwich wartet, und Lynns künftigem Ehemann eine Übereinstimmung herzustellen.
Seine Tochter, eine Braut.
Er wird Miriam in der Kirche wiedersehen. Möglicherweise schon vorher. Miriam wird mitreden wollen. Beim Blumenschmuck. Bei allem. Jurek schwitzt. Sie wird das Fest an sich reißen, die Einladungen, die Kirche. Sein Appetit verlöscht augenblicklich. Er wirft den Rest vom Sandwich in einen Mülleimer neben der Zapfsäule.
Als er in den Wagen steigt, blättert Alfred versonnen in seinem TYCHOON-Prospekt.
»Kennst du das nicht schon auswendig?«
»Wir werden einen Tisch haben«, sagt Alfred. »Beim Fest des Windrads. Eine sehr große Ausstellungsfläche. Von der Versicherung aus.«
»Perfekt«, sagt Jurek. »Oder? Ein Windrad wird abgebrannt, daneben wartet der Versicherungsmakler mit der Feuerversicherung. Ich weiß, ich weiß. Schicksals-

haft muss der Brand sein. Keiner, der's gewesen ist. Der Wind vielleicht. Der Wind, der Wind, das himmlische Kind.« Er reicht Alfred das Sandwich. »Salami, Emmentaler. Was anderes gab's nicht.«
Alfred reißt die Folie auf und hebt das Sandwich behutsam aus der Verpackung. »Dir wird das Lachen noch vergehen«, sagt er.
»Du irrst dich«, sagt Jurek. »Es *ist* mir bereits vergangen.« Er sieht dabei zu, wie Alfred das Brot mit drei Bissen verschlingt.
Jurek überlegt, ob er Alfred von der Wohnung erzählen soll, in die er bald einziehen wird. Er verkauft den beiden das Haus unterm Arsch weg. Geht nicht anders. Sie werden es noch früh genug erfahren.
Er hält vor der APOTHEKE ZUR FROMMEN HELENE.
»Verlang nach Alice und gib ihr das.«
Er fischt ein kleines Paket aus dem Heck, ungeschickt in Geschenkpapier eingewickelt, mit einer Schnur mehrfach umwickelt. Er sollte selbst gehen, dann könnte er auch endlich auf die Toilette gehen, aber Geschenk und Toilette ist eine erbärmliche Kombination.
»Persönlich, hast du verstanden? Alice heißt sie, merk dir das.«
»Gliptine«, sagt Alfred.
»Was?«
»Gliptine. Habe ich mir doch auch gemerkt.«
Alfred fischt einen Packen Flyer aus der Tasche.
Jurek hält ihn am Ärmel fest. »Du musst noch was besorgen. Eine XL-Packung *Mann Ultra*. Aber erwähne meinen Namen bloß nicht. Ist für den Nachbarn. Keine Namen, hörst du?«

Alfred grinst. »Alles klar, Mann. Für den Nachbarn.«
»Sag das nicht da drin. Sag nicht: Es ist für Jureks Nachbarn. Sag einfach –«
»Ich hab's kapiert.«
»Ich brauch sowas nicht.«
»Klar.«
»Lach nicht so dämlich, ich brauch –«
»Schon klar.«

2

Die Ziege hat zwei Köpfe.
»Such dir einen aus«, sagt der Mann im Nadelstreif. »Den anderen musst du abtrennen.« Er reicht ihr eine Motorsäge.
Sie schluchzt. Das kann man nicht von ihr verlangen.
Die Motorsäge heult auf.
»Jetzt«, sagt der Mann. »Die Ziege ist unglücklich, schau nur, wie sie weint. Du musst sie erlösen, dazu hast du dich verpflichtet.« Er hält einen Vertrag in die Höhe.
»Dieser Vertrag gilt nicht, das ist nicht meine Unterschrift«, will sie brüllen, doch es ist nur ein heiseres Stimmchen, das aus ihrem Hals dringt. Die Ziege meckert aus zwei Mündern.
Greta reißt die Augen auf und riecht Blut. Sie liegt in einem Blutsee, auf dem Rücken ausgestreckt, die Arme eng neben dem Körper. Ihr Hinterkopf ist nassgeschwitzt. Rotes Leintuch auf einer ausgezogenen Couch. Sie trägt einen Overall, den sie noch nie gesehen hat. Das ist nicht ihr Bett, und es ist nicht ihre Kleidung, es ist auch nicht

ihr Körper, es ist nur ihr Herz, das in der Brust schlägt, ein viel zu schnelles Hämmern, wie ein falsch eingestelltes Metronom.

Ein großes Gesicht beugt sich über sie, schwere goldene Kreolen, glänzendes, schwarzes Haar. Ein Name. Hannelore.

»Schsch«, sagt die Frau. »Es tut mir leid. Dieser Krach. Das war der Mixer. Habe ich dich geweckt?« Am Abend erwarte sie Gäste und bereite das Abendessen jetzt vor, damit sie es später nur noch aufzuwärmen brauche. »Dann bin ich auf der sicheren Seite«, sagt Hannelore.

Die sichere Seite – welche ist das?

Die Erinnerung sickert langsam ein. Greta befindet sich immer noch in Oed. Der Anruf. Diana. Das Feld. Die Straße. Sie wollte heim. Hannelores Wagen. Dann diese Hitze. Eine unerträgliche Hitze. In Hannelores Wagen hat sie versucht, sich die Kleider vom Leib zu reißen, und als sie nackt war, wollte sie sich die Haut von den Muskeln reißen, nichts durfte sie mehr bedecken, die Fasern ihres Kostüms brannten.

Hannelore hält ihren Handrücken an Gretas Stirn. »Kein Fieber mehr«, sagt sie. Und: »Ich habe mir Sorgen gemacht.«

Sorgen. Ein fürchterliches Wort. Tonnenschwer. Zermalmend.

Greta muss aufstehen, jetzt sofort, sich den lächerlichen blauen Overall vom Leib schälen und diesen Ort verlassen. Doch kaum ist der Satz zu Ende gedacht, setzt eine allesumfassende Schlaffheit ein, die ihren Kopf ins Kissen drückt, ihre Glieder lähmt.

»Ruh dich aus«, sagt Hannelore, zupft die Decke zu-

recht, unter der sich Gretas widerspenstiger Körper verbirgt. Dann ist sie fort.
Greta starrt auf die Decke, auf einen fahlen Lampenschirm aus Pappmaché, auf die dunkle Ecke einer Zimmerdecke.
Wie kommt es, dass sich in den Ecken, ganz hoch oben, Schmutz ansammelt? Was ist das für ein Dreck? Spinnenmüll, denkt Greta. Sie versucht, sich aufzusetzen, sich auf den Ellenbogen zu stützen, doch jemand hat in ihrer Abwesenheit die Leitung zwischen Hirn und Muskeln durchtrennt.
Sie kann sich nicht bewegen.
Der Mixer heult auf.
»Hannelore.«
Das Sprechen funktioniert. Wenigstens das.
Nichts passiert. Greta wartet, bis es still geworden ist in der Wohnung, dann bündelt sie ihre Kraft und ruft ein zweites Mal. Ihre Stimme klingt verzerrt, gepresst.

Als sich Hannelore über sie beugt wie eine Mutter, die sich um ihre kranke Tochter sorgt und vorsichtig Hals, Arme und Beine betastet, bricht es aus Greta heraus. »Ich kann mich nicht bewegen«, sagt sie und schluchzt. »Ich bin gelähmt. Gelähmt.«
»Du bist nicht gelähmt«, sagt Hannelore, »du bist müde, das ist alles, ruh dich aus, du kannst so lange hier liegen, wie du möchtest.«
»Nein, ich muss sofort los, man wartet auf mich, alle warten auf mich.« Sie spürt, dass ihr Gesicht rot und geschwollen ist von der sinnlosen Anstrengung.
Hannelore schlingt Gretas Arme um ihren Hals und ver-

sucht, sie aufzurichten, doch sobald sie Gretas Rücken umfasst, rutschen die Arme wie tot von den Schultern auf die Bettdecke.
»Es ist aus«, flüstert Greta in Hannelores Ohr, »was passiert mit mir?«
»Gar nichts ist aus«, sagt Hannelore und lehnt den schlaffen Gretakörper gegen zwei dicke Kissen. Sie schüttelt die Decke auf. Öffnet das Fenster. Kehrt mit einer Tasse aus der Küche zurück. Flößt ihr heißen Kaffee ein.
Greta verfolgt mit Staunen jede ihrer Bewegungen, die ihr so bestimmt und ruhig von der Hand gehen, als hätte sie nie etwas anderes getan.
»Das ist mein Job«, sagt Hannelore. »Sozialmedizinischer Betreuungsring. Was glaubst du, was mir da unterkommt.«
»Ich habe keine Kraft«, flüstert Greta. Ihre Arme und Beine sind immer noch tonnenschwer, doch es ist eine seltsame Klarheit dazugekommen, so als hätten sich in ihrem Kopf alle Knoten mit einem Mal gelöst.
Hannelore setzt sich zur ihr auf die Couch, berührt mit ihren Fingern Gretas Augenlider. »Du musst dich ausruhen«, sagt sie. »Augen zu, dann ist es gut. Alles kommt wieder in Ordnung.«
Greta hört Hannelore murmeln, es klingt wie ein Gebet in einer fremden Sprache. Jemand legt ein Tuch über ihr Gesicht, Seide, eine kühle Hautschicht, die ihr die Welt vom Leib hält.
Sie erwacht durch ein Klopfen in ihrem Inneren. Ein regelmäßiges Schlagen, das in ihrem Brustkorb widerhallt und ihren Körper bis in die Fingerspitzen erzittern lässt. Sie hört Hannelore in der Küche singen. Versucht

den Kopf zu drehen. Es scheint Nachmittag zu sein, die Sonne wirft gleißende Lichtsäulen an die Wand.
Es fühlt sich warm an, so als habe sich ein schützender Kokon über ihr geschlossen. Sie hört Schritte in der Wohnung darüber. Möbel werden gerückt, ein Mann lacht kurz auf. Ein triumphierendes Lachen. So lacht jemand, der Recht behalten hat.

An den Wänden des Zimmers hängen erschreckend hässliche Malereien. Zentimeterdick aufgetragene, orangefarbene Ölfarbe. Kreisrunde Gebilde, in der Mitte ein gelber Klecks, immer das gleiche Motiv.
Greta fragt sich, welche Krankheit sich in ihr breit gemacht hat? Wie lange sie hier liegen wird? Ob sie eine Frist versäumt hat? Je länger sie darüber nachdenkt, umso plausibler erscheint ihr die These mit der versäumten Frist. Sie muss es verabsäumt haben, ein Formular auszufüllen und abzuschicken, nun wurde sie von oberster Stelle ruhiggestellt. Wie lässt sich das rückgängig machen?
Bestimmt waren alle über ihr Versäumnis unterrichtet – Georg, der sie so seltsam angesehen hatte während ihres letzten Treffens. Auch Naomi hat natürlich alles gewusst, Björn und Martina ebenfalls. Bei MEDICALUX ist eine Intrige gesponnen worden, um sie rückstandslos aus dem Firmengewebe zu entfernen. Naomi buchte absichtlich eine Fahrkarte auf einer Strecke, auf der nachweislich immer wieder Züge hängenblieben. Auftraggeber ist mit Sicherheit Vittorio Fras, er hält alle Fäden in der Hand und sie war so naiv gewesen zu glauben, er würde sie befördern, während er doch nichts anderes vorbereitet

hatte als ihre Ruhigstellung. Unter dem Eindruck von Dianas Enthüllung erscheinen ihr die letzten Wochen in einem neuen Licht, der spöttische Blick der Putzfrau, die Tatsache, dass sie Björn und Martin nicht erreichen konnte, die Verabschiedung vom Architekten, der nicht geantwortet hatte, als sie »Also dann, bis zum nächsten Mal« gesagt hatte.
Greta ist erstaunt über die Perfidie, mit der alles eingefädelt worden ist. Wenn aber alle Bescheid wussten, nur sie nicht, musste die Mitteilung über ihre Ruhigstellung an anderer Stelle eingegangen sein. Wahrscheinlich bei ihren Eltern.

Als Hannelore das Zimmer betritt, ist es Greta bereits gelungen, sich aus eigener Kraft in eine sitzende Position zu hieven.
»Ich möchte mit meiner Mutter sprechen«, sagt Greta. Sie diktiert Hannelore die Nummer. Hannelore hält ihr das Handy ans Ohr. Greta ekelt sich vor ihrer eigenen Hilflosigkeit. Sie hört das Freizeichen, sieht ihre Mutter zum Festnetztelefon eilen, das auf einem schmiedeeisernen Podest im Flur steht. Der Telefon-Altar. Die Mutter hinkt. Seit einer Hüftoperation sind ihre Beine ungleich lang, doch der Operateur, in ihren Augen eine Koryphäe, trage keinerlei Schuld, sagt ihre Mutter. Es seien die modernen Schuhe aus den Schuhfabriken, die ihr Hinken erzeugten. Weil sie so schlecht verarbeitet seien und sie zwängen, falsch aufzutreten.
»Mutti, ich bin's.« Sie bemüht sich um einen aufgeräumten Ton.
»Hermann, Margarete ist am Apparat!«

Ihr Vater ruft etwas, das sie nicht verstehen kann.
»Dein Vater lässt fragen, ob du noch in Liechtenstein bist.«
»San Marino.«
Sie fragt nach dem Wetter und den Annehmlichkeiten des Hotels und ob es zum Frühstück Lachs gebe, in ihren Augen der Gipfel der Dekadenz.
»Ja, natürlich.«
»Gebeizt oder geräuchert?«
»Was du willst. Ist ein Brief für mich gekommen?«
»Hermann, ist ein Brief für Margarete gekommen?«
»Ein offizieller«, sagt Greta.
Es fällt ihr schwer, den jovialen Ton zu halten, das Sprechen erschöpft sie. Hannelore, die ihr den Hörer an das Ohr presst, hat den Pflegerinnen-Blick aufgesetzt, eine Mischung aus Mitleid und Arroganz.
Vielleicht wird es ab jetzt immer so sein, denkt Greta. Für jeden Handgriff wird sie die Hilfe einer Assistentin benötigen, wie ein Kleinkind wird man sie herumführen und wickeln und anziehen, über jeden Erfolg wird man in Jubel ausbrechen, jeder selbst getätigte Bissen, jedes verständlich ausgesprochene Wort wird Anlass sein, ihre Eltern anzurufen, die einzigen, die sich für ihre Fortschritte interessieren werden, und weil ihr diese Vorstellung so unerträglich ist, beginnt sie lautlos zu weinen.
Hannelore lässt das Handy sinken und legt ihre Hand an Gretas heißes Ohr, doch anstatt sie zu trösten, sagt sie: »Jetzt ist es genug. Wir haben heute Abend Gäste.«
Wir sagt Hannelore, obwohl Greta ganz bestimmt niemanden eingeladen hat. Hannelore umfängt ihren Ober-

körper mit den Armen, schließt die Hände hinter Gretas Rücken.
»Du musst mir helfen, du musst mir helfen«, wiederholt sie, und Greta weiß nicht, ob sie das Aufstehen meint oder die Vorbereitungen für den Besuch. Wie soll sie anderen helfen, wo sie doch selbst Hilfe benötigt?
Geduldig zerrt Hannelore an Gretas Körper, und Greta sieht teilnahmslos zu, so als hätten die Bemühungen ihrer Gastgeberin nicht das Geringste mit ihr zu tun.

Sie erinnert sich an das unrühmliche Ende bei *Bernstein Healthy Products*, als ihr am Höhepunkt der Intrige buchstäblich die Luft wegblieb. Zwei Wochen lang litt sie an akuter Luftnot, es fühlte sich an, als hätte ihr Körper verlernt, spontan zu atmen. Jedes Einatmen war eine bewusste Entscheidung, zu jedem Ausatmen musste sie sich zwingen. Die Untersuchungen förderten nichts zutage, im Gegenteil – je ausführlicher sie untersucht wurde, umso mehr Tests wurden angeordnet, jede Untersuchung schien zwei weitere zu gebären.
Wenn es sich bei dieser neuen Störung, von der sie annahm, dass es sich um eine vorübergehende Muskellähmung handelte, ähnlich verhalten sollte, musste sie ein Szenario für die Flucht entwerfen, denn zwei weitere Wochen an diesem Ort würden nicht nur ihren Körper, sondern auch ihren Geist vernichten. Sie würde Helfer benötigen, Menschen, die sie von hier wegbrächten, alles andere würde sich fügen.

Aber vielleicht hat Hannelore Recht, und die Krankheit befindet sich nur in ihrem Kopf und vielleicht muss sie nur ein Machtwort sprechen, und alles kommt wieder in Ordnung. Reiß dich zusammen, denkt Greta, du hast über deinen Körper zu verfügen und nicht umgekehrt. Und als Hannelore das nächste Mal an Gretas Armen zieht, setzt Greta ihren Beinen ein Ultimatum. Und tatsächlich scheint das verborgene Kraftreserven zu mobilisieren, denn im nächsten Moment steht sie.

»Na, was habe ich gesagt«, sagt Hannelore stolz. »Du kommst jetzt mit in die Küche und wirst mir helfen.«

Sofort knickt Greta ein.

»Ich kann nicht, es geht nicht«, sagt sie.

Sie hat einen bitteren Geschmack im Mund und muss ein paar Mal schlucken.

Schließlich gelingt es Hannelore, sie in den Schaukelstuhl zu setzen und diesen hinter sich herzuziehen wie einen Schlitten. Greta weiß nicht, ob sie weinen oder lachen soll, so absurd erscheint ihr diese Fahrt durch das Wohnzimmer der Hannelore, eine ruckelige Fahrt, vorbei am Esstisch und seinen Stühlen, vorbei an den Traum- und Staubfängern, an Masken, Gemälden mit gelben Tupfern und Wand-Tattoos.

Hannelore stellt Greta im Eingangsbereich der Küche ab, einer kleinen, quadratischen Kammer ohne Fenster, mehr Schrank als Raum. So klein, dass Hannelore, die in der Mitte steht, jeden Ober- oder Unterschrank der U-förmigen Küchenzeile öffnen und schließen kann, ohne sich vom Fleck zu rühren.

»Wir schälen jetzt Kartoffeln«, kündigt Hannelore an, in einem Tonfall, in dem man mit Dreijährigen spricht.

Greta schaukelt ein wenig vor und zurück. Und vor und zurück.

Hannelore steht vor einem Kartoffelberg, die Schalen lässt sie einfach auf den Boden fallen. Die nackten Kartoffeln, von einem giftigen Gelb, legt sie in eine Glasschüssel zu ihrer Linken. Ihre Bewegungen sind anmutig und rhythmisch zugleich, ein Kartoffelschälballett, in das sie vollkommen versunken ist, als gäbe es auf der Welt nichts Wichtigeres. Ein Vorgang, den Greta fasziniert beobachtet. Sie ist immun für diese Form der Selbstvergessenheit.
Sie erinnert sich daran, dass sie ihrer Mutter nie beim Kochen zuschauen durfte. Als sei es ein heiliger Akt, der Eingeweihten vorbehalten war. Neugierige Blicke ließen Saucen gerinnen und Milchprodukte binnen Sekunden schlecht werden, sagte die Mutter immer. Dass abends ein Essen auf dem Tisch stand, hatte für Greta den Charakter eines übernatürlichen Vorgangs, ähnlich wie die Tatsache, dass eine Frau, die immer dicker wurde, am Ende einen Säugling in den Armen hielt.
»Wieso hast du keine Kinder?«, fragt Greta.
Hannelore deutet mit dem Kartoffelschäler auf ihren Bauch.
»Da passt kein Kind hinein«, sagt sie.
Greta fragt sich, was sich anstelle des Kindes in Hannelores Bauch befindet. Vielleicht eine dieser Engelsfiguren aus dem Bücherregal? Nicaraguanische Töpferarbeit, handbemalt.
»Und du, was ist mit dir? Hast du Kinder?«
»Nein«, sagt Greta. »Und ich werde auch keine bekommen.«
»Meine Mutter hat auch gesagt, dass sie kein Kind bekommen wird, niemals«, sagt Hannelore. »Trotzdem

steh ich hier. Sie hat mit dem Mond verhütet, zumindest hat sie es versucht. Du weißt schon, Mondphasen. Damals gab's noch keine Pille. Sie war ein Hippie-Mädchen, hat wohl viel Gras geraucht. Als ich kam, hat sie dem Mond Vorwürfe gemacht, weil er versagt hat. Ich war ihr immer eine Last. Sie hat Mond-Krüppel zu mir gesagt. So ist das Leben.« Sie legt eine klobige nackte Kartoffel in die Schüssel.

Es klingelt an der Tür, und Greta fragt sich, ob das bereits die ersten Gäste sind, und was sie wohl sagen werden angesichts ihres Aufzugs und Zustandes.

»Die Petit-fours!«, ruft Hannelore aus. »Sie sind da.«

Sie eilt hinaus, nicht ohne den Schaukelstuhl zuvor noch umzudrehen, damit Greta nicht gezwungen ist, in die leere Küche zu schauen.

Greta hört, wie Hannelore mit einem Mann spricht und ihn hereinbittet. Sie müsse bloß ihre Börse holen, sagt sie, die Börse sei im Schlafzimmer.

Und dann sieht Greta den dürren, jungen Mann, der ratlos im Flur steht und auf seine Schuhspitzen starrt, eine riesige Lastwagenplanentasche um den Oberkörper geschlungen, so groß, dass man im ersten Moment nicht weiß, ob er die Tasche oder ob die Tasche ihn trägt. Das Gesicht kommt ihr bekannt vor. Als hätte sie ihn zuvor schon gesehen. Er balanciert ein Paket auf den Armen, das er vorsichtig auf der Kommode abstellt.

Greta schaukelt ein wenig vor und zurück.

»Oh, hallo«, sagt der junge Mann, als er sie entdeckt. Er greift in seine Tasche und zieht einen Prospekt hervor.

»Eine nützliche Information«, sagt er. »Speziell für Sie.«

»Oh nein, ich wohne nicht hier«, sagt Greta.

»Dann erst recht«, sagt der Junge und hält ihr das Blatt entgegen. »Ich bin auch nicht von hier.«
Selbst wenn sie wollte, könnte sie das Blatt nicht entgegennehmen. Es fühlt sich an, als würden ihre Arme von einer fremden Macht in Richtung Erdmittelpunkt gezogen.
»Legen Sie's irgendwo hin«, sagt sie.
»Denken Sie manchmal über Ihre Versicherungen nach?«, will der Junge jetzt wissen. Er erinnert sie an Björn. Die langen, dünnen Beine und Arme mit den wuchtigen Knien und Ellenbogen. Als stamme er von einer anderen Spezies ab.
»Nie«, sagt Greta. »Es sei denn, man könnte sich gegen Ungerechtigkeit versichern lassen.«
»Das müssen wir uns anschauen.«
»Mein Gott, das war ein Witz.«
Er fischt ein Prospekt aus seiner Tasche. »Ich mein es ernst. Hier unten steht meine Telefonnummer. Für Sie bin ich rund um die Uhr erreichbar.«
»Sie gefallen mir«, sagt Hannelore und händigt ihm das Geld aus.
»Das sagt meine Freundin auch«, sagt der Junge. »Wir werden heiraten.«
Bevor er geht, deponiert er einen Stapel Prospekte auf der Kommode.
»TYCHOON«, sagt er. »Merken Sie sich das.«

3 Alfred klopft an die Seitenscheibe und bedeutet Jurek, auszusteigen. Jurek öffnet die Tür.
»Es gibt Probleme«, sagt Alfred.
Jurek wollte sich gerade eine Zigarette anzünden. Er hat das Auto in einem Feldweg am Rand der autofreien Haflinger-Siedlung in Niederoed geparkt.
»Probleme? Wieso?«
»Der Typ sagt, er nimmt das nicht an. Muss ein Irrtum sein.«
»Lass mal sehen.«
Alfred reicht Jurek einen Rucksack.
Heinrich Petermann steht auf einem Post-it, das auf der Vorderseite klebt.
»Wo hast du geläutet?«
»Bei Petermann, was glaubst du denn?«
Jurek wirft die Zigarette, die er bereits aus dem Päckchen gepflückt hat, in die CD-Ablage. Er steigt ächzend aus dem Wagen.
Sie gehen durch die Siedlung, die mit dem Oeder Umland zu fremdeln scheint. Alles hier sieht künstlich aus. Aus den Vorgärten wachsen kniehohe Solarleuchten. In der Nacht verbreiten sie ein dumpfes Glimmen, das die Bezeichnung Licht nicht verdient.
Die Wege sind allesamt verweist. Auch sonst kaum ein Zeichen menschlichen Lebens. Aber Alfred hat ganze Arbeit geleistet: Aus jedem Postschlitz ragt der Zipfel eines TYCHOON-Flyers. Eine Hand wäscht die andere, denkt Jurek. So lange er damit nicht in Verbindung gebracht wird, ist es ihm egal. Trotzdem: Irgendwie fühlt er sich beobachtet und seine Blase schmerzt bei jedem Schritt. Er hat Lust, sich zu einem der Holzzäune zu stel-

len und zu pinkeln wie ein Hund. Die gesamte Siedlung markieren. *Jurek was here.*
Doch sie sind schon am Ziel. Petermann. Anthrazitfarbene Doppelhaushälfte. Schmuckloser Vorgarten.
Alfred läutet. Der Mann öffnet sofort, er muss hinter der Tür gelauert haben.
»Was ist denn schon wieder?«
»Sie sind Heinrich Petermann?«
»Was geht Sie das an?«
»Nichts«, sagt Jurek. Er hat Erfahrung mit dieser Art Kunden. Nur nicht provozieren.
»Wir müssen das Paket ordnungsgemäß abliefern«, sagt Jurek und wirft einen Blick in den Flur, wie er es immer tut. Unzählige Augen glotzen ihn an. Dieser Mann hat die Hälfte der Oeder Vogelpopulation ausgestopft und in seinen Flur gehängt.
»Vielleicht ist es etwas Wichtiges«, sagt Jurek.
»Das ist von meiner Ex«, sagt der Mann. »Von ihr ist noch nie etwas Wichtiges gekommen. Werfen Sie's weg, graben Sie's ein, ist mir egal. Ich mach mir die Hände nicht schmutzig.«
»Wollen Sie nicht wenigstens hineinschauen?«
»Nein«, sagt der Mann. »Will ich nicht.«
»Vielleicht ist ein Vogel drin«, sagt Alfred.
Jurek verkneift sich ein Schmunzeln. Stille.
Der Mann, um die sechzig, steht verloren inmitten seines Vogelmuseums. Es scheint, als ob die Vögel die tatsächlichen Bewohner des Hauses seien und der Mann nur geduldet würde, wie ein Wanderer, von dem alle Tiere wissen, dass er bald wieder draußen ist. Ein Störfaktor mit Ablaufdatum.

Jurek drückt Alfred den Rucksack in die Hand.
»Darf ich kurz Ihr Bad benutzen?«
Der Mann zeigt nach einem Moment des Zögerns auf eine Tür am Ende des Ganges.
Das Bad ist orange gefliest. Sogar hier sitzen Vögel über der Badewanne und auf dem Spiegelschrank, sie breiten ihr Gefieder aus, als ob sie gleich zum Transatlantikflug aufbrächen. Es riecht nach Folianten, nach der Verbindung von Staub und Leim.
Jurek öffnet den Reißverschluss seiner Jeans, lässt sich auf der Klobrille nieder. Und dann verkrampft sich etwas in seinem Inneren.
Er hebt den Blick. Ein Greifvogel mit gelbem Schnabel, wahrscheinlich ein Bussard, starrt ihn an. Ein hämischer Blick, arrogant, überheblich. Als habe er ihn durchschaut.
Jurek kann nicht pinkeln, nicht einen Tropfen.
Entspann dich, denkt er. Lass dich nicht irritieren. Die Vögel sind tot, so tot, wie man's nur sein kann.
Er stützt seine Unterarme auf den Oberschenkeln auf.
In sich gemusterte Bodenfliesen. Blumenornament aus den Siebzigern. Am Badewannenrand ein billiges Männerduschgel, das er aus der Werbung kennt. Die Handtücher sind grau-schwarz gestreift und schlampig gefaltet. Jurek beugt sich vor zum Waschbecken, dreht das Wasser auf, hofft, dass ihn das Plätschern animiert. Visualisiert einen Wasserfall. Den Pazifik. Rauschende Bäche. Bewegte Flüsse. Wellen, die ihn forttragen.
Er schließt die Augen.
Der Röntgenblick der Vögel durchdringt seine Lider.
Sie wollen leben, denkt Jurek. Sie wollen leben, und

deswegen quälen sie dich. Ich habe euch nicht getötet, möchte er rufen, ich habe damit nichts zu tun. Von mir aus wärt ihr noch am Leben.
Er hat sich nichts zu Schulden kommen lassen. Niemals.
Seine Harnröhre brennt, sein Unterleib verkrampft sich. Er fragt sich, ob die Zeit, da er ohne Probleme pinkeln konnte, für immer vorbei ist. Und was wohl danach kommt. Operation, Katheter, Windeln?
Der Schmerz breitet sich aus wie ein Brand, erfasst Oberschenkel, Rücken, Magen. Seine Blase wird platzen, und er wird von seiner eigenen Pisse vergiftet. Eine jämmerliche Art zu sterben.
Ruhig, ganz ruhig, sagt er sich. Du bist ein Idiot. Ganz ruhig. Einatmen durch die Nase. Ausatmen durch den Mund.
Er steht auf, zieht unter Schmerzen die Jeans hoch. Greift zur Klopapierrolle, versucht, eine Augenbinde zu falten, doch das Papier reißt unter seinen zitternden Händen.
Er setzt ein Bein auf den Rand der Wanne, hält sich an der Armatur fest. Vorsichtig richtet er sich auf, stützt sich mit der Linken an der bis zur Decke gefliesten Wand ab, ein abweisender Ozean in grün-orange.
Er mag keine Vögel. Hat sie noch nie gemocht. Egal, ob sie singen oder nicht.
Du bist sinnlos, sagt er zu dem Bussard und zwingt sich, ihm nicht in die Augen zu sehen, sondern auf die Brust, dorthin, wo einmal ein Herz geschlagen hat und wo jetzt alles kalt ist und unbewohnt.
Und dann streckt er den Arm aus, macht sich lang und schlingt dem Vogel das Klopapier um den Hals und hört

nicht auf damit, ehe der ganze Kopf einbandagiert ist. Der Vogel hält still, stiller geht's nicht.
Jurek steigt vom Wannenrand. Sein Shirt ist nassgeschwitzt. Der zweite Vogel ist keine Herausforderung. Es genügt, die Arme auszustrecken. Das Gefieder ist klebrig, widernatürlich, ansteckend. Die Vermummung gelingt reibungslos.
Als Jurek sich die Hose von den Hüften streift, wirft er einen letzten Blick auf die Vögel, deren Köpfe vollkommen unter den Papierhauben verschwunden sind. Wie Opfer eines Verkehrsunfalls. Jedenfalls können sie ihm nichts mehr anhaben.
Er setzt sich auf die Klobrille und spürt, wie sich der Griff um seine Blase lockert.
Er pinkelt.
Die Erleichterung ist so groß, dass er laut auflachen möchte.
Sachte klopft es an der Tür. »Alles in Ordnung?«
Alfred.
»Alles bestens!«, ruft Jurek, während es unter ihm plätschert. Ein menschlicher Wasserrohrbruch.
Als er aufsteht, fühlt er sich um zehn Jahre jünger und um zehn Kilo leichter.
Er wäscht sich ausführlich die Hände. Jede seiner Bewegungen erscheint ihm schwerelos und elegant. Wie er nach dem Handtuch greift. Wie er seine Finger einzeln abtrocknet, auch die empfindliche Stelle zwischen den Fingern.
Er denkt an Alice. Dass er ihr niemals davon erzählen darf. Bestimmt hat sie sein Päckchen bereits geöffnet. Bald wird sie anrufen, um sich für das Buch zu bedan-

ken. Es handelt sich um einen historischen Roman, der im Mittelalter spielt. Er hofft, dass er das Richtige ausgesucht hat. Im Mittelpunkt steht eine selbstbewusste Frau, die bei der Erbauung einer Basilika mitwirkte, deren Namen er vergessen hat. Irgendwo in Frankreich. *Abenteuer, Amour und Aufopferung* versprach der Klappentext. Spiegel-Bestseller, damit kann man doch nichts falsch machen.

Schwungvoll öffnet er die Badezimmertür. Alfred, Heinrich Petermann und die Leichenformation an den Wänden bilden das Spalier, durch das Jurek hoch erhobenen Hauptes marschiert. Heute kann ihn nichts mehr aus der Bahn werfen.

»Wir nehmen den Rucksack wieder mit«, sagt er zu Petermann. »Das geht schon in Ordnung.«

Wenn ihm das Schicksal gnädig ist, dann hat er die Pflicht, der Welt etwas zurückzugeben.

Petermann bedankt sich mit keinem Wort, findet es nicht einmal der Mühe wert, sich zu verabschieden, doch als Jurek durch den Flur zur Haustür geht, kommt es ihm so vor, als sähen ihn die Vögel verständnisvoll an. Beinah milde.

»Los, machen wir den Rucksack auf«, sagt Alfred, als sie wieder draußen sind. Jurek öffnet den Reißverschluss und zieht zwei dicke Fotoalben heraus. Er schlägt ein Album auf. Kinderfotos, schwarz-weiß. Ein fremdes Leben, eine andere Zeit. Ein kleiner Junge rückt immer wieder ins Bild, er trägt Lederhosen und ein kariertes Hemd. Jurek blättert weiter, der Junge ist nun größer und schlanker. Auf einer Aufnahme sieht man, wie er sich auf Krücken stützt, im Hintergrund ein Bergkamm. So stellt Jurek sich die Schweiz vor. Der Junge blickt mit einem schiefen Lächeln in die Kamera. Einige Seiten weiter ist er noch größer, noch schlanker, beinahe dürr. Dass es sich dabei um Petermann handelt, ist ohne Zweifel. Die Krücken bleiben ihm erhalten, auch auf den weiteren Fotos, wie zwei zusätzliche Extremitäten, die ihm über die Jahre angewachsen sind. Die letzten Fotos sind in Farbe. Der junge Mann sitzt in einem Rollstuhl, der von einer Frau in einem eleganten, dunklen Kostüm geschoben wird. Die Frau schirmt ihre Augen mit der Hand gegen die Sonne ab.

Jurek klappt das Album zu.

Auch das kann passieren. Dass man invalide ist und später wieder gehen kann. Dass es besser wird im Leben. Dass man im Alter etwas kann, was man als Junge nicht konnte. Nur das Fliegen ist allein den Vögeln vorbehalten. Solange sie nicht ausgestopft sind.

Jurek hält das Album hoch. »Was sollen wir damit machen?«

Alfred zuckt mit den Schultern.

Sobald sich das Gespräch nicht um Versicherungen dreht, ist von ihm nicht viel zu erwarten.

»Wegschmeißen«, sagt er.

Jurek fragt sich, wer das Recht hat, Erinnerung zu vernichten. Wo hat seine Mutter die Familienfotos aufbewahrt? Bevor er umzieht, muss er nach den Alben suchen.

Als sie zurückfahren nach Oed, hat Jurek das Gefühl, dass sie nicht alleine im Auto sitzen. Dieser Junge aus dem Fotoalbum fährt mit. Er hat die Krücken quer über die Oberschenkel gelegt und sieht aus dem Fenster. Wo kann ich Sie absetzen, möchte Jurek fragen. Ich fahre Sie überall hin, ein Wort genügt. Jurek sieht immer wieder in den Rückspiegel, um sich davon zu überzeugen, dass die Rückbank leer ist.

Als sie über die Wiltener Brücke fahren, sagt Alfred: »Werfen wir den Rucksack doch einfach ins Wasser.«

Jurek hält an. Alfred löst den Gurt löst, und Jurek sagt schnell: »Lass nur, ich mach das schon.«

Er öffnet den Kofferraum, zögert. Dann zippt er den Rucksack auf, nimmt die Fotoalben heraus und versteckt sie im Seitenfach hinter dem Verbandskasten. Den leeren Rucksack wirft er über die Brüstung in die schlammige Wulch.

Er zündet sich eine Zigarette an. Der Rucksack ist ein dunkler, toter Fisch, der von den Wellen fortgetragen wird.

»Übrigens«, sagt Alfred, als Jurek wieder im Auto sitzt, »er hat sie abgeschlossen.«

»Wer? Wen?«

»Petermann. Die Versicherung. Während du auf der Toilette warst.«

Jurek pfeift. Alfred ist rot im Gesicht, gleich platzt er vor Stolz.

»Er hat's mir aus den Händen gerissen«, sagt Alfred und sieht auf seine Hände. »Die Leute wollen das. Sie warten darauf. Das ist maximal.« Er kostet seinen Triumph aus, jede einzelne Sekunde.

Jurek könnte jetzt nach dem Paket fragen: Was war es denn? E, F? Oder S?

Und erst, als sie sich bereits auf dem Weg ins *Bergruh*

befinden, wo Jurek seinen künftigen Schwiegersohn auf ein Bier einladen wird, erst als der Tag gerettet scheint und sich zwischen ihm und Alfred eine zarte Komplizenschaft anbahnt, fällt Jurek ein, dass er vergessen hat, die Klopapierbandagen von den Vogelköpfen zu entfernen.

4

»Sie schläft. Jaja, ja, natürlich. Nein, Voltadon –«

Voltadon? Hat sie das wirklich gesagt? Oder Voltaren? Greta liegt da, mit offenen Augen und flackerndem Atem, bemüht, Hannelores Worten zu folgen.

»Für das alles muss es einen Grund geben«, sagt Hannelore, als sie später ins Zimmer tritt. »Also. Was ist passiert?«

Greta kann unmöglich sagen: Ich wurde von der Liste gestrichen, gefeuert. Allein bei der Vorstellung verengt sich ihre Kehle. Vielleicht ist es gar nicht wahr, wenn sie es nicht ausspricht. Womöglich ist das Vorkommnis durch Schweigen rückgängig zu machen.

»Nichts«, sagt Greta. »Nichts ist passiert.«

Hannelores Blick sagt: Ich glaube dir kein Wort.

»Außerdem geht es schon besser«, sagt Greta. »Viel besser. Siehst du. Ich kann meine Hände bewegen.«

»Wie du willst.«

Dann ist Hannelore wieder verschwunden, und Greta hört in der Küche das Fett zischen.

Auf Gretas Knien ruht Hannelores klobiger Laptop. Sie scrollt durch ihren Posteingang. Ihr ist flau im Magen,

ein Miniatur-Aufzug fährt zwischen Gurgel und Gedärmen auf und ab.
143 ungelesene Nachrichten.
»Funktioniert es?«, ruft Hannelore aus der Küche.
»Ich bin drin«, murmelt Greta.
Greta fahndet nach einer Nachricht von Georg. Wenn er sie auf dem Handy nicht erreicht, würde er ihr doch eine Mail schreiben.
Kein Georg.
Um sicherzugehen, kontrolliert sie den Spam-Ordner. Lotterielose und Geschäftsangebote aus Westafrika.
Sie öffnet die Website des Kreuz-Jesu-Spitals, in dem Georg arbeitet. Es steht noch. Kein Bombenanschlag, keine exotische Virusepidemie, die das gesamte Ärzteteam hinweggerafft hätte.
Eine Mitteilung ihrer Bank bezüglich der Zinsenanpassung.
Nachricht Nummer 63 stammt von Vittorio Fras. Greta überfliegt den Text, schweift bloß über die Worte hinweg, damit sie ihr nicht gefährlich werden.
Greta, ma dove sei?
Eine Stunde habe er im Medusa gewartet, habe einen Aperitif nach dem anderen getrunken, bis der Appetit versickert und in leichte Übelkeit übergegangen sei. Gegen die Übelkeit habe er Grappa trinken müssen, jenen Grappa, der auch Greta so schmecke, wenn er sich richtig erinnere. Danach sei er zu Averna gewechselt. Es folgt eine endlose Litanei, in der er die Getränke des Abends detailliert auflistet und die mit dem Satz »Ich hoffe, es ist dir nichts zugestoßen« endet.
Greta klickt auf Antworten.

Zwei Worte nur, in Großbuchstaben: FUCK YOU.
Sie entscheidet sich bewusst gegen ein Ausrufezeichen. Kein Satzzeichen mehr, als unbedingt notwendig. Sie klickt auf Senden.
Greta gibt MEDICALUX ins Google-Suchfenster ein und durchforstet die News.
Sie loggt sich ins MEDICALUX-Intranet ein. Passwort: greta99.
Sie öffnet den Ordner *Neue Dokumente.*
Da ist es.
Mitteilung der Geschäftsführung zur Auflösung der Abteilungen 3 bis 7.
Sie zittert.
Gießt Likör in das Glas, das Hannelore neben der Couch bereitgestellt hat. Trinkt in kleinen Schlucken. So ist das also. Gleich fünf Abteilungen. Sie öffnet das PDF.
Globalisierung … Marktbedingungen … Verantwortung … Sozialplan …
Rechtfertigungsmüll.
Auf Seite fünf dann die Liste der Geschassten, veröffentlicht im Intranet »im Sinne der Firmentransparenz«. Wer Geräte herstellt, die Verborgenes sichtbar machen, dem sind Gerüchte und Geheimnisse ein Gräuel.
Sie überfliegt die Namen. Von Alistair, der erst im Vorjahr aus Neuseeland geholt wurde, bis zu Anton Wildbacher, der zwanzig Jahre dem Unternehmen gedient hat, ein Urgestein, ein Dinosaurier. Weg, weg, weg. Einige werden in andere Abteilungen übernommen, andere nicht. Es ist nicht klar, nach welchem System sie herausgepickt wurden.
Sie selbst hatte beileibe nicht vor, alle ins Powerteam zu

übernehmen. Bei den flexiblen Endoskopen gab's seit einiger Zeit flexible Arbeitszeiten – die Mitarbeiter kamen, wann sie wollten und verrechneten alles, was nach sechzehn Uhr stattfand, als Überstunden. Das war knallharter Betrug. Dem hätte sie schleunigst einen Riegel vorgeschoben.

Sie fragt sich, ob ihr Firmencomputer gehackt worden ist, ob nicht vielleicht schon seit Monaten die Geschäftsführer mitlesen? Ob ihre Mails an Georg Gegenstand öffentlicher Debatten waren?

Ihr Name blinkt auf.

Greta Kamin –

Sie klickt die Liste weg als sei sie kontaminiert. Ihre Finger zittern auf dem Mousepad.

Ein Fenster poppt auf. Naomi.

»WO SIND SIE??? WIR HABEN ÜBERALL –«

Die Großbuchstaben stürzen sich auf sie. Ihr Herz scheint plötzlich in unterschiedlichen Lautstärken zu klopfen, einmal laut, dreimal leise, einmal laut, ein Geheimcode, den sie noch nicht zu deuten weiß.

Sie sieht Naomi vor sich: ihre dicken Lippen, mit Lipliner nachgezogen, dieser bombastische Mund, der von allem anderen ablenkt. Von der Höckernase, den gefärbten blonden Haaren. Sie klickt sie weg, öffnet ein neues Maildokument.

Betreff: *Krieg*

Wir lassen uns nicht eliminieren, schreibt sie. Löscht den Satz wieder, kein guter Anfang.

Sie adressiert die Mail an alle, die in der Liste der Geschassten aufscheinen. Es sind siebenunddreißig.

Wer sich mit uns anlegt, der hat schon verloren, schreibt sie.

Unfug. Löschen.

Wir lassen uns das nicht gefallen, schreibt sie.

Fügt noch ein Modalverb ein. *Wir dürfen uns das nicht gefallen lassen.*

Gut. Und weiter? Wie vorgehen? Wo ist das Unternehmen angreifbar?

Greta überlegt. Sie wird Diana kontaktieren und um Rat fragen. Sie wird Diana als Verbündete ins Boot holen. Diana ist gerettet, hat nichts zu verlieren. Und sie hat sich immer ausgezeichnet mit Fras verstanden. Wenn jemand über interne Informationen verfügt, dann sie.

Sie öffnet eine Mail-Maske.

Empfänger: diana.birkmaier@gamed.at

Wir brauchen deine Unterstützung, schreibt sie.

Was sie meint, ist: Wir brauchen dein Wissen. Versorge uns mit Informationen, rüste uns auf mit Interna.

Wir wollen keine Rache, schreibt Greta, *sondern Gerechtigkeit.*

Sie schreibt »wir«. Spricht für alle. In aller Namen. Dabei hat sie sich noch mit niemandem verständigt. Doch einer muss vorangehen. Dann werden die anderen folgen. Das ist ein universelles Gesetz. Und Greta ist daran gewöhnt, mit gutem Beispiel voranzugehen. Der Kopf ist wieder klar, nun muss die Kraft zurückkehren. Seit dem Morgen ist sie im Training. Fahrradfahren im Liegen. Armdrücken mit großen Kissen. Nicht zu viel vornehmen. Kleine Schritte im Zimmer, rund um den Tisch. Stützt sich dabei nur noch mit einer Hand an den Sessellehnen ab. Bewegt sich durch diese Wohnung wie in einem fremden Kosmos. Greta Kaminsky, arbeitssuchend. Was sie jetzt dringend benötigt, ist Bestätigung, positive

Verstärkung, ein Erlebnis, auf das sie später gerne zurückblicken wird.

Greta googelt Jans Chipsfabrik und wird sofort fündig.

Jan Kranebitter, Teamleiter Vertrieb.

Sie tippt die Nummer in Hannelores Handy. Er meldet sich nach dem ersten Läuten.

»Eine Tüte Chips, bitte«, sagt Greta. »Shrimps-Aroma.«

Stille.

Er hat ihre Stimme nicht erkannt. Wie sollte er auch?

»Ich bin's, Greta. Aus dem Zug.«

»Wie kann ich dir behilflich sein?« Förmlich ist er. Ungeduldig.

»Ich bin noch in der Gegend«, sagt Greta. »Ich dachte, dass wir uns treffen. Könnten.« Den Konjunktiv schmuggelt sie dazu, als sie merkt, dass er sich reserviert gibt. Natürlich strebt sie kein Treffen an, schon gar nicht in ihrem Zustand, doch die theoretische Aussicht auf eine Begegnung könnte ihre Selbstheilungskräfte entfachen.

»Du bist mit dem Taxi einfach auf und davon«, sagt Jan. »Ganz ehrlich: Wir dachten, du wartest auf uns. Wir waren etwas erstaunt.«

Er betont dieses *etwas* so nachdrücklich, dass kein Zweifel besteht, was er wirklich meint. Er ist beleidigt. Gekränktes Ego.

»Ich habe etwas gut zu machen. Vorschlag: Du bringst eine Tüte Chips mit, die neueste Sorte. Ich könnte sie verkosten. Lass mich deine Vorkosterin sein.« Sie lacht. Es ist noch kein hundertprozentig überzeugendes Lachen.

Stille.

»Bist du nicht in Liechtenstein? Du musstest doch unbedingt weiter«, sagt er.

»San Marino«, sagt Greta.
»Die Frau mit den Schläuchen. Ich habe Katharina von dir erzählt. Dieselbe Ausbildung, habe ich gesagt. Dasselbe gelernt. Und Managerin in einem internationalen Konzern. Wow, sage ich da nur. Wow. Auch Katharina hat *wow* gesagt.«
Da ist ein aggressiver Unterton. Greta schluckt. Sie denkt an seine Hände, den Ehering, sein Knie, das an ihrem rieb, die Ampeln, die alle grün anzeigten. Freie Fahrt.
»Es gab Komplikationen. Ich bin immer noch hier. Also in Oed.«
»In Oed?« Er lacht. »Was machst du da?«
»Ich bin krank geworden. Es ist immer so. Wenn du zu einem dringenden Termin musst, wirst du garantiert krank.«
Mehr fällt ihr dazu nicht ein.
»Gute Besserung«, sagt Jan.
Er fragt nicht nach. Ob sie etwas brauche. Ob er sie besuchen könne. Nichts.
»Gut«, sagt er. Ein »gut«, wie man es sagt, bevor man auflegt.
Dabei wollte sie ihn doch fragen, ob er Lust hätte, sie zu vögeln, wenn es ihr besser ginge. Sie hätte ihn nicht direkt gefragt, für das Direkte war der Mann zuständig. Sie konnte nur die Bereitschaft signalisieren, die Tür öffnen, durchgehen musste er selbst.
Ihr ganzer Mut hat sich binnen einer halben Minute atomisiert. Im Zug hat er sie noch gewollt. Das ist erst wenige Stunden her.
»Hör mal, die Unterhaltung mit dir hat Spaß gemacht«, sagt Jan.

Seine Stimme ist warm. Greta schöpft Hoffnung. »Ich fahre mit dem Mittagszug nach Wien. Wir könnten doch am Bahnhof Mundschuh –«

»Nein«, sagt Jan.

Einfach nein. Er sucht nicht einmal nach einer Ausrede. Sie hält die Luft an. Das Nein hallt im Vakuum zwischen ihm und ihr, verhakt sich in ihrem Trommelfell.

Greta nimmt das Handy vom Ohr, sieht es verwundert an. Dann wischt sie mit einer leichten Geste über das Display, wischt Jan aus ihrem Leben, löscht das Nein aus. Sie hat einen Kloß im Hals. Horcht in sich hinein, ob sie weinen kann. Los, heul. Zerfließe. Lass es raus. Du hast keinen Job mehr. Du kannst dich kaum bewegen. Du schaffst es nicht, dir einen mittelmäßigen Typen mit Schmerbauch zu angeln.

Sie beschließt, eine weitere Runde um den Esstisch zu gehen. Ein martialisches Vorhaben, für das sie alle verbliebenen Körperstreitkräfte bündelt.

Aus der Küche dringt regelmäßiges, schweres Hämmern. Bommm. Bommm. Bommm. Hannelore schlägt unbarmherzig auf die Schnitzel ein, als wolle sie sie ein für alle Mal vernichten.

Sie muss sich aufrichten, denkt Greta. Und wenn die Wahrheit dafür nicht taugt, muss es eben eine Lüge sein. Schließlich geht es um das Selbstbild.

Als Hannelore ins Zimmer tritt, sagt Greta deshalb: »Ich wurde befördert. Wenn der Zug keine Panne gehabt hätte, wäre die Unterschrift schon trocken.«

»Das ist ja wunderbar, ich freue mich für dich, was für ein Glück!«

Und dann ist sie schon an die Hannelorebrust gedrückt, die tiefer hängt als ihre, doch da Hannelore einen halben Kopf größer ist, liegen die Brüste exakt aufeinander. Eine Brustkonferenz, die keiner einberufen hat.
Hannelore streicht über ihren Rücken und küsst sie aufs Ohr, ein lautes, unerträgliches Schmatzen, dem Greta zu entfliehen versucht, indem sie ihren Kopf zur Seite dreht. Sie bemüht sich, sich aus der allzu festen Umarmung herauszuschrauben, doch sie hat nicht genug Kraft.
»Deine Eltern sind bestimmt stolz auf dich. Auf das, was du aus deinem Leben machst«, sagt Hannelore. Sie greift ihr ins Haar, zieht eine Strähne glatt wie eine Friseurin, die nach Spliss fahndet.
»So eine Freundin wie dich wollte ich immer haben«, sagt Hannelore. »So erfolgreich und schön.«
Und Greta, die spürt, dass alles, was sie jetzt sagen könnte, falsch ist, bringt nur ein schwaches »ach« hervor.
Nach einer Weile lockert Hannelore ihren Griff und sagt: »Die Kartoffeln brauchen mich.«

5

Ein Barbie-Prinzessinnenschloss in grellem Pink. Zwei Puppen, ineinander verhakt. Sie sind nackt. Jurek hat noch nie eine nackte Barbie gesehen. Lynn weigerte sich, mit Puppen zu spielen, die wie erwachsene Frauen aussahen.
Diese Barbies hier haben Brüste, aber keine Nippel. Jurek lugt zwischen ihre Beine. Nichts, nicht einmal ein angedeutetes Geschlechtsorgan.

»Setz dich«, sagt Alice. »Wo du Platz findest. Es tut mir leid, wir haben die Barbie-Phase.«
Wir. Als sei sie ebenfalls von der Diagnose betroffen.
Jurek erinnert sich, dass Lynn eine Puppe besaß, die pinkeln konnte, wenn man Wasser in den Mund laufen ließ. Für diese Puppe gab es Windeln, die teurer waren als Babywindeln.
»Ich bin froh, dass Mathilda im Moment noch mit einem Barbie-Pferd zufrieden ist. Ein Richtiges könnten wir höchstens auf dem Balkon unterbringen.«
Jurek lacht. Er fühlt sich leicht und beschwingt. Hat für alles Verständnis. Ein Verständnis-Terrorist. Joe hat ihn einmal so genannt.
»Sehr gern«, sagt er, als Alice ihm einen Kaffee anbietet. Er möchte zu allem Ja sagen. So ist es wahrscheinlich, wenn man verliebt ist. Ja, ja, ja, immerzu.
Das Wohnzimmer ist bescheiden möbliert. Eine Couch, die nicht mehr die neueste ist, ein Poster hinter Glas (Landschaft, Abendstimmung). Ein Couchtisch mit Lavalampe. Kein Bücherregal. Nichts Persönliches. Alice lebt in einem Wohnblock für junge Familien mit Blick auf einen weiteren Wohnblock für junge Familien. Zwischen den beiden Blöcken gibt es einen Kinderspielplatz. Alle Balkone sind auf den Spielplatz ausgerichtet, damit die Mütter alles jederzeit überwachen können wie Wärter den Gefängnishof.
»Etwas Größeres kann ich mir nicht leisten«, sagt Alice. Sie steigt mit der Kaffeetasse in der Hand über das Barbie-Haus.
Das Buch, das er ihr geschenkt hat, liegt am anderen Ende der Couch. Ein Lesezeichen ragt heraus. Hat sie in

der kurzen Zeit schon so viel gelesen? Oder hat sie es nur hineingesteckt, um ihm eine Freude zu machen?
»Ich hoffe, ich habe deinen Geschmack getroffen«, sagt Jurek und deutet auf das Buch. Er nimmt die Tasse entgegen.
»Es rührt mich zu Tränen. Es ist zum Lachen und zum Weinen.«
Lachen und Weinen, war das jetzt gut oder schlecht?
Sie lächelt.
Es ist gut, denkt er. Alles gut.
Jurek entspannt sich. Alice hat sich hübsch gemacht. Sie hat ihre roten Haare zu einem Pferdeschwanz zusammengebunden. Sie trägt ein kurzes, blau-rotes Sommerkleid, obwohl noch nicht richtig Sommer ist.
Die nackten Barbies ziehen seinen Blick magisch an. Diese Verrenkungen. Als ob sie sich ungeschickt umarmten. Alice muss es bemerkt haben. »Gefallen sie dir?« Sie lacht.
Ihm wird heiß. Jetzt nur nicht schwitzen, bitte nicht.
»Ich dachte nur ... Ob ihnen nicht kalt ist? Ich meine, weil sie so ganz ohne ...« Er nippt an seiner Tasse. Alice hat Zucker in den Kaffee getan, mindestens drei Würfel. Eine eklige Brühe. Er lässt sich nichts anmerken.
»Wir können sie anziehen, wenn du möchtest«, sagt Alice und kniet sich auf den Teppich. Sie holt aus dem Barbie-Haus einen Hippie-Fummel hervor und stülpt ihn über den Kopf der Puppe.
War das eine Aufforderung? Erwartet sie, dass er sich zu ihr auf den Boden setzt? Er versucht, unauffällig an seinem Shirt zu riechen.
»Komisch«, sagt sie. »Dass die nichts zwischen den Bei-

nen haben, findest du nicht?« Sie hält ihm die Puppe entgegen.

»Ach ja«, sagt er, als fiele es ihm erst jetzt auf. »Das ist wohl nicht das, was man unter anatomisch korrekt versteht.«

»Ich durfte als Kind nicht mit Barbies spielen«, sagt Alice. »Es ist, als hätte ich die Chance bekommen, meine Kindheit noch einmal zu erleben. Du weißt schon, inneres Kind und so.« Sie lächelt.

Jurek weißt nicht, was sie mit »und so« genau meint, aber er lächelt dennoch.

»Ich beneide dich«, sagt er.

Er rutscht vor, bis zum Rand der Sitzfläche, um ihr so nahe wie möglich zu sein.

»Ich würde mich nicht beneiden. An deiner Stelle«, sagt sie. »Ich bin nicht wohlbehütet aufgewachsen, wenn du das meinst. Eher das Gegenteil.«

»Dabei hofft man doch immer, dass die eigenen Kinder so etwas einmal nicht sagen werden.« Er knetet seine rechte Hand.

»Wie alt ist deine Tochter?«

»Lynn? Ach, die ist schon –« Er hält inne. Wie alt war sie? Dreiundzwanzig? Vierundzwanzig? Wieso wusste er das nicht? »Anfang zwanzig«, sagt er und kommt sich furchtbar alt vor. Konnte er mit einem kleinen Kind wie Mathilda überhaupt umgehen?

Alice setzt die Hippie-Puppe ins Cabrio. »Abba-Edition, weißt du. Siebzigerjahre-Mode. Das musste sein.«

»Und das Auto? Ein Taxi? Vielleicht mein Taxi?«

Sie lächelt. Der richtige Moment, um zu ihr auf den Boden zu wechseln. Er legt seine Hand auf die Karosserie

und lässt das Auto vor- und zurückfahren. Er kommt sich albern dabei vor.
»Wo ist Mathilda?«
»Bei einer Freundin.« Alice deutet auf den Wohnblock gegenüber. »Sie schläft heute dort. Weil ich ja nicht weiß, wie lange wir unterwegs sein werden.«
Sie hatte sich den ganzen Abend für ihn freigenommen? Was sollte er noch mit ihr unternehmen? Ins Restaurant gehen, ins Kino? Die Wulch entlangspazieren? Er ist aufgeregt, verbirgt seine zitternden Hände zwischen den Oberschenkeln.
»Heute ist doch dieses Essen«, sagt sie und macht sich an der zweiten Puppe zu schaffen. »Du bist auch eingeladen, habe ich gehört.«
»Davon weiß ich nichts«, sagt er.
»Bei Hannelore«, sagt Alice.
Jurek erschrickt. »Du kennst sie?«
Die Apotheke arbeite eng mit dem sozialmedizinischen Betreuungsring zusammen, sagt Alice. »Ich dachte, du wusstest das. Von Joe.«
Nein. Wusste er nicht. Er hatte Hannelores Einladung zum Essen auf die Gleise geworfen. War davon ausgegangen, dass sie ihn nur einlud, um ihn zu verführen. Dass es sich um ein Privatissimum handelte, auf das er nicht die geringste Lust hatte.
»Natürlich«, sagte er. »Das Essen. Beinahe hätte ich das verschwitzt. Meine Tochter und ihr Freund sind da. Sie haben vor zu heiraten, weißt du. Ich habe viel um die Ohren.«
Jeder einzelne Satz ein Fehler. Wenn seine Tochter heiratete, hieße das, dass er bald Großvater sein könnte.

Welche junge Frau verliebt sich in einen Greis, dessen verheiratete Tochter sich in seinem baufälligen Haus eingenistet hatte?
»Schön«, sagt sie. »Eine Hochzeit in der Familie. Das ist doch ein freudiges Ereignis.«
Jurek nimmt allen Mut zusammen. Fragt sie, ob sie schon verheiratet war.
Alice bürstet hingebungsvoll das platinblonde Haar der Barbie. »Genaugenommen«, sagt sie, »bin ich es immer noch. Zumindest haben wir uns nicht freiwillig getrennt.«
Ruhig bleiben, denkt er, ganz ruhig. Die Neugier zurückschrauben. Nur so ganz nebenbei fragen, als falle es nicht ins Gewicht.
»Nicht freiwillig?«
»Er ist tot«, sagt sie. »Der Tod hat uns geschieden.« Sie lacht. »Bis dass der Tod – du weißt schon. In unserem Fall ist das wahr geworden. Ich bin Witwe. Wie das klingt. Witwe. Witwe. Manchmal sage ich es zwanzig Mal vor mich hin. Und dann ist es mir wieder bewusst. Dass ich Witwe bin. Dass eine Witwe so aussieht. Ich habe das Gefühl, ich darf das nicht vergessen.«
Sie steht auf. Zieht ihr Kleid über die Oberschenkel.
»Wir sollten gehen«, sagt sie.

6

»Sechs Meter hohe Räume wünscht sie sich«, sagt der Mann, der sich als Bernhard Hohl vorgestellt hat. »Prinzessinnenwahn, wenn Sie mich fragen.« Seit Monaten sei er auf der Suche nach einer passenden Immobilie für sich und seine Frau, fährt Hohl fort, doch scheitere das Vorhaben stets an den Ansprüchen der Dame. »Überall diese offenen Küchen. Diese Kochinseln. Meine Freundin ist schüchtern, wenn sie kocht! Sie möchte nicht dabei beobachtet werden. Kochen ist eine intime Verrichtung. Wir hassen Kochinseln. Wir wünschen uns eine Festlandküche.«

Er tupft seinen Mund umständlich mit der Serviette ab, bevor er mit der Gabel ein weiteres Stück Fleisch aufspießt und zum Mund führt.

Eine Hand packt Greta am Oberarm. Sie schreckt auf.

»Schläfst du?« Hannelore deutet auf die Schüssel mit den Kartoffeln.

Greta winkt ab. Noch ist sie wach. Und satt, an der Grenze zur Übelkeit.

Seit Stunden sitzen sie an diesem Tisch fest. Greta ist hungrig nach dem Alleinsein. Drei Schnitzel hat dieser Hohl bereits verdrückt. Während die anderen am Tisch bereits zum Spätburgunder übergegangen sind, isst dieser Mann immer noch, und er spricht zugleich, so als funktioniere das eine nicht ohne das andere.

Aber vielleicht macht man das hier so, denkt sie jetzt, vielleicht ist das Usus auf dem Land, dass einer der Wortführer ist und die anderen zuhören bis zum bitteren Ende, zumindest bis zum Süßen, dem Dessert. Jedenfalls wirken sie nicht irritiert, weder Vroni, noch Hannelore, noch Jurek mit dieser Alice, Hohl selbst schon gar nicht, auch nicht Toni oder Tobi aus dem Nebenhaus und seine Frau genauso wenig. Greta kann sich keine Namen merken, doch die Frau von diesem Toni-Tobi wird sie nicht so schnell vergessen. Ihre Lippen sind aufgeplustert, zum Zerreißen gespannt. Ein Mund kurz vor der Explosion. Daneben sitzt Bernhard Hohl, der ununterbrochen Worte ausstößt und Fleischbrocken aufnimmt. Gretas Blick geht zwischen beiden Lippenpaaren hin und her, jeder Mund ist auf seine Weise abstoßend.

»Kochen Sie eigentlich auch? Oder ist dafür nur Ihre Frau zuständig?«, fragt Vroni.

Hohl sieht entrüstet von seinem Teller auf. »Was heißt *nur*? Sie fragen mich tatsächlich, ob *nur* meine Frau zuständig ist? Da muss ich Ihnen antworten: Zum Glück! Zu ihrem und zu meinem Glück!« Er hustet, greift zum Glas, trinkt gierig. Vor Schreck scheint ihm ein Bissen in die falsche Röhre gerutscht zu sein. Dann tupft er seinen Mund ab, ganz vorsichtig, als handle es sich um etwas Zerbrechliches.

»Erzählen Sie uns von Ihrer Frau, Herr Hohl«, sagt Hannelore. Sie sorgt sich sichtlich um die Stimmung.

»Bernhard, bitte Bernhard«, sagt er, verbeugt sich und sieht in die Runde. »Für euch bin ich Bernhard.«

»Bernhard«, sagt Hannelore zu den anderen, »ist erst vor wenigen Wochen in dieses Haus gezogen, und jetzt will er uns schon wieder verlassen.«

Es klingt, als würde sie einen Vierjährigen ausschimpfen, der seine Bauklötze zum Fenster hinauswirft.

»Ja, wissen Sie«, sagt Hohl, »diese Wohnung hier war von Anfang an nur als Übergangslösung gedacht. Eine

Singlewohnung, die für ein Paar zu klein ist. Das müssen Sie doch zugeben, Hannelore. Allein lässt es sich hier aushalten, zu zweit nur vegetieren.«
»Ach, was reden Sie denn«, sagt Hannelore und zeigt auf Greta: »Wir wohnen im Moment gemeinsam in dieser Wohnung. Greta und ich. Sie durchlebt im Moment eine kleine gesundheitliche Krise.«
Was für eine Schmach. Greta hatte gehofft, das Abendessen unbeschadet zu überstehen, und jetzt war sie als Invalide präsentiert worden, als jemand, der unfähig ist, seine Probleme alleine zu lösen. Greta hofft inständig, dass keiner das Wort »Schicksal« ausspuckt. Und schon gar nicht das Wort »Chance«. Sie braucht keinen Trost, weder qualifizierten, noch unqualifizierten. Es bereitet ihr höchstes Unbehagen, wenn andere in ihrem Leben nach Enttäuschungsquellen forschen, um sich daran aufzurichten.
Hannelore hat Gretas Schaukelstuhl so nahe wie möglich an den Tisch gerückt. Weil die Sitzfläche des Schaukelstuhls niedriger ist als die der anderen Stühle, muss sie auf die anderen wirken wie ein Kind, das zu klein ist, um am Familientisch Platz zu nehmen. Ein Kind, das den Mund zu halten hat, wenn die Erwachsenen reden.
»Greta hat eine Muskelverstimmung«, sagt Hannelore. »Nichts Ernstes, bloß eine momentane Blockierung des Bewegungsapparats.«
Das also ist aus ihr geworden: ein Fallbeispiel. Der Taxifahrer und seine fahle Begleitung nicken einmütig. Unappetitlich, wie Jurek sein Liebesglück zur Schau stellt. Greta schaukelt ein wenig vor und zurück, das ist

ihr Beitrag zu diesem Thema. Sie muss niemandem etwas beweisen.

»Wie bekommt man das?«, fragt Vroni.

Greta zuckt mit den Schultern. Gut möglich, dass sie sich ihre Krankheit in der Burnout-Oase zugezogen hat. Dort dürfte es wenig hygienisch zugehen, schon angesichts der Hirschgeweihe, der Dielenbretter, der Kassettendecken. Kein Ort eignet sich vermutlich weniger für die Behandlung von Patienten als ein ausrangiertes Jagdschloss mit Kadavern an den Wänden.

»Meine Frau«, setzt Hohl an, »hat manchmal auch solche ...« Er wedelt mit der Hand. »... Muskelschmerzen. Psychisch, natürlich. Um nicht zu sagen: psychotisch.« Hohl lacht. »Die Frauen und ihre Phantomkrankheiten. Ein langes Kapitel, nicht wahr?« Er wirft einen Beifall heischenden Blick in die Runde. »Eine unendliche Geschichte, gepflastert mit Tabletten und Arztbesuchen. Mit unserem Geld, versteht sich. Frauen werden auf Kosten der Männer krank, und wir Männer dürfen sie auch wieder gesund machen.« Er legt sein Besteck zur Seite und blickt sinnierend an die Zimmerdecke, glücklich über seine letzten Worte.

Greta findet: Es reicht. Für das, was sie tun muss, benötigt sie nicht viel Kraft, eine einzige gezielte Bewegung, ein Stupsen mit dem kleinen Finger, und schon kippt das Weinglas, und der Spätburgunder ergießt sich über das Tischtuch. Das kann schon mal passieren, wenn man an einer fiebrigen Muskelverstimmung leidet, da hat man seine Bewegungen nicht mehr unter Kontrolle.

Hohl springt auf, als habe er sich auf Feuer gesetzt. Eine blitzschnelle Reaktion, die Greta ihm gar nicht zugetraut

hätte. Dennoch nicht schnell genug. Er blickt auf sein rot gesprenkeltes Hemd.
»Das tut mir aber leid«, sagt Greta.
Schon ist Hannelore auf dem Posten, eine patente Frau, die immer weiß, was zu tun ist. Sie streut Salz auf die Flecken, viel Salz, es sieht aus, als wolle sie den Mann pökeln.
Hohl steht da, als gehe ihn das alles nichts an.
»Ich ertrage keinen Spätburgunder«, sagt er, »Spätburgunder ist ein Damenwein, schrecklich.«, sagt er. Nicht einmal seine Frau, die gern einen Schluck trinke, sei jemals mit einem Spätburgunder nach Hause gekommen, das würde sie nicht wagen, schließlich kaufe sie mit seinem Geld ein.
Doch kaum einer hört seine Klage, das Interesse am Weinunfall ist bereits erlahmt. Greta ist zufrieden. Es braucht nicht viel, um das Gleichgewicht der Kräfte wiederherzustellen.
Hohl hat offenbar genug für heute. Er werde wieder in seine Kemenate hochsteigen, sagt er. Das Salz klebt an seinem Oberkörper wie an einem frisch gefischten Krustentier. Er verabschiedet sich kollektiv, indem er die Hand hebt.
»Adieu«, sagt Greta. Sie hat Sehnsucht nach ihrem Bett, nicht nach Hannelores Schlafzimmer, sondern nach ihrem Bett in ihrem Mini-Penthouse, dem verglasten Adlerhorst hoch über der Stadt. Das englische Boxspring-Bett hatte sie sich geleistet, als sie von *Bernstein Healthy Products* zu MEDICALUX gewechselt war. Übergangszeiten sind gut für Anschaffungen, die mit dem Vergessen zu tun haben. Der Schlaf ist eine Maschine, die Vergessen

auswirft. Auf der dicken, handgenähten Matratze fühlt sich Greta wie die Prinzessin auf der Erbse. Manchmal spürt sie, wie die Erbse sie drückt, ein Stupsen, wie eine Erinnerung. Jede Nacht verwunschen, niemals erlöst.

Jurek, der seinen Arm auf die Sessellehne der fahlen Rothaarigen gelegt hat, ein hölzerner Schulterersatz, beugt sich vor und sagt: »Joe geht es bereits besser, ich soll Grüße ausrichten«, und Greta nimmt die Grüße entgegen wie eine Königin die Reverenz: mit einem feinen Kopfnicken.

»Oed schrumpft«, sagt Vroni und zündet sich eine Zigarette an. »Demnächst kommt wieder eine Villa auf den Markt, das weiß ich aus sicherer Quelle.«

Die Apothekerin fuchtelt mit der Hand in der Luft, um den Rauch zu vertreiben.

»Stört es Sie?«, fragt Vroni, raucht aber weiter. »Es handelt sich übrigens um deine Nachbarn«, sagt sie zu Jurek. »Die Rosenstein-Villa.«

Diese Mitteilung scheint Jurek zu überraschen. Er stutzt, schüttelt den Kopf, fährt mit der flachen Hand über seinen Schädel. »Jetzt brauche ich auch eine.« Er deutet auf Vronis Zigaretten.

»Ich habe immer gesagt: OTG hat keine Zukunft«, sagt Vroni, während sie ihm das Päckchen reicht. »Die Jungen gehen weg und kommen nicht mehr zurück, das ist der Lauf der Welt.«

»Das stimmt nicht. Meine Tochter, die –«, doch Vroni lässt Jurek nicht ausreden. »Wenn nun auch die Alten das Schiff verlassen –«

»Veto«, sagt Jurek. »Jetzt hör mir einmal zu.«

Die fahle Rothaarige wendet sich Greta zu. Ob sie etwas aus der Apotheke brauche. Für ihre Muskelsache. Jurek könne ihr jederzeit Medikamente vorbeibringen, nicht wahr, Jurek, sagt sie und sieht ihn an. Jurek nickt.
Da ist etwas Hündisches in seinem Blick, denkt Greta. Der hat sich bereits aufgegeben. Der folgt ihr aufs Wort, macht Männchen, gibt Pfote.
»Ich brauche nichts«, sagt Greta.
Die Apothekerin richtet sich auf und streckt sich. »Ich hätte gern einen Espresso«, sagt sie zu Hannelore. Diese registriert den Wunsch, leicht pikiert, wie Greta findet. Bestimmt säße sie lieber an Jureks Seite, geht dann aber doch zügig in die Küche und kommt mit einem Turm Kaffeetassen und einem Tablett von der Größe eines Backblechs zurück. Die Petit-fours glitzern und funkeln.
»Ooh«, rufen alle in einem nicht ganz synchronen Chor.
»Zeit für ein Spiel«, sagt Hannelore. »Es heißt: FURCHTBAR GLÜCKLICH.«
Vroni lacht ihr Raucherlachen, dunkel und kratzig.
»Die Spielregeln sind einfach: Jeder erzählt, wann er das letzte Mal furchtbar glücklich gewesen ist. Ich bin die Jury und entscheide, wie viele Petit-fours eine Geschichte wert ist. Das ist alles. Wer hat Lust, zu beginnen?«
Stille.
»Also gut, dann fange ich an«, sagt Vroni. Sie stützt die Stirn auf ihre Handfläche, die Augen geschlossen.
»Gestern war das Begräbnis von Peppino«, sagt sie.
»Haarscharf am Thema vorbei«, sagt Jurek.
Vroni stößt den Rauch geräuschvoll aus. »Halt den Mund, ok? Halte einfach mal den Mund.« Sie langt nach

dem Aschenbecher und streift mit einer kapriziösen Handbewegung die Asche hab.
»Das hat mich nicht glücklich gemacht, natürlich nicht. Aber als ich da in der Kirchenbank gesessen bin, habe ich mich an ein Gespräch erinnert. Ihr wisst ja, wie er war, der Peppino. Ein Herz von einem Menschen, wollte es immer allen recht machen. Ein paar Wochen vor – also bevor er *das* getan hat –, ist er zu mir ins *Bergruh* gekommen. Peppino, habe ich gesagt, komm, trink mit mir einen Calypso. Der Calypso war sein Lieblings-Cocktail, *Apocalypso* hat er ihn genannt, mit viel Rum und Kokos, eine Sünde, für die man zumindest für einige Stunden ins Fegefeuer muss. Ich mixe ihm also einen Calypso und denke, wie bedrückt er aussieht. Also sage ich: Sprich mit mir, Peppino, du weißt, du kannst mir alles anvertrauen. Und er hat gesagt: Ich leide so, Veronika. Ich leide unter meiner Unordentlichkeit. Alles an mir ist unordentlich, sogar mein Schlaf. Ich beginne oft erst zu träumen, wenn ich bereits aufgestanden bin, so als hätten sich die Träume in der Tür geirrt. Meine Erinnerung ist unordentlich, ich erinnere mich nur an die unbedeutendsten Momente, an Szenen, in denen nichts passiert, in denen ich am Bahnhof warte oder an der Ampel oder bei der *Wasserfaller* eine Stange Zigaretten kaufe. Ich erinnere mich an keinen einzigen besonderen Moment, nicht einen. Unter uns: Vielleicht gab es einfach keinen.«
Vroni blickt in die Runde. Sie zündet sich eine neue Zigarette an der alten an. »Also. Ich bin immer neben der Spur, hat Peppino gesagt«, sagt Vroni. »Zu Hause war's natürlich am Schlimmsten. Chaos pur. Also habe

ich ihm angeboten, mit ihm nach Hause zu fahren und seine Wohnung aufzuräumen. Er hat, wie ihr wisst, in einem Hinterzimmer der Tankstelle gewohnt, es war nur ein Raum, aber er war beinahe bis an die Decke mit Dingen vollgestellt. Ich quatsche nicht lang herum, also ziehe ich Gummihandschuhe über und beginne, Ordnung zu machen. Beim Bett habe ich angefangen und dann ging's in konzentrischen Kreisen weiter. Peppino ist während der ganzen Zeit im Schneidersitz auf dem Boden gesessen, hat mir zugesehen und jeden Handgriff kommentiert. Ich habe ihn nicht gezwungen, mir zu helfen, ich wusste, dass es sich um eine Krankheit handelte. Wozu brauchst du fünf Radiowecker?, habe ich ihn gefragt und er hat gesagt: Mit dem einen höre ich Musik, mit dem anderen die Nachrichten, den dritten schalte ich ein, wenn ich ein Hintergrundrauschen hören will, der dritte ist nämlich kaputt. Das Rauschen beruhigt mich, es klingt nach Meer, und ich stelle mir vor, dass die Wellen gegen die Tankstellenhütte schlagen. Was soll man dagegen sagen? Also habe ich nur eine Schneise gegraben, damit er von der Tür zum Bett gehen konnte, ohne zu stolpern. Und die Dinge, die zusammengehören, habe ich aufeinander gestapelt. Im dem Haufen lagen auch seine Dokumente, Meldezettel, Geburtsurkunde, und er sagte: Ich kann das Prinzip der Ordnung nicht verstehen. Ich habe das von meiner Mutter geerbt, die kann das auch nicht. Aber sie kann den Schein wahren. Sie hat ihre Blumen, und die sind stellvertretend für sie ordentlich. Da wächst jede so, wie sie soll. Ein Beet hat sie, das ist in den Farben der österreichischen Fahne bepflanzt. Dann brauchst du auch so etwas, Peppino, habe ich zu ihm gesagt. Was könnte dein Beet sein? Und er hat gesagt – «

Hier macht Vroni eine Zigarettenanzünde- und Weintrinkpause.

»Er hat jedenfalls gesagt: Mein Beet, das wird mein Grab sein. Immer schön ordentlich, von A bis Z. Alles an seinem Platz. Und ich habe gelacht. Was habe ich gelacht! Aber Peppino, habe ich gesagt, du stirbst doch frühestens in fünfzig Jahren! Er hat noch fünfzig Tage gelebt. Als ich hörte, was passiert ist, habe ich mich sofort auf die Suche gemacht nach dem besten Steinmetz. Ich wünsche mir, dass Sie die perfekte Ordnung in den Grabstein hineinmeißeln, habe ich zu dem Steinmetz gesagt. Aber wie sieht die denn aus, die perfekte Ordnung, hat er gefragt. So wie ein Alphabet, habe ich gesagt. Von A bis Z in kleinen Kästchen. Schön ordentlich, wie in einem Setzkasten. Das war natürlich nur ein Beispiel. Aber er hat genau das gemacht. Das ganze Alphabet hat er hineingemeißelt in den Grabstein, vom A links oben bis zum Z rechts unten. Sonst nichts, nur das Alphabet.«

Sie lacht und hustet zugleich. »So etwas habt ihr noch nicht gesehen. Gut, habe ich mir gedacht. Vielleicht ist das ja die Ordnung, die Peppino braucht. Schließlich kann er damit alles erschaffen, was er sich vorstellt. Und alles in Ordnung bringen. Wo auch immer er jetzt ist. Das war mein Geschenk an ihn. Da war ich für einen Moment furchtbar glücklich.«

Keiner spricht ein Wort. Alice reibt ihre Unterarme, als sei ihr kalt. Jurek knetet seine Serviette. Vroni nippt an ihrem Wein. »Ich hätte jetzt gern ein paar von diesen Dingern«, sagt sie und deutet aufs Tablett.

Diese Geschichte hast du doch gerade erfunden, möchte Greta sagen. Die stimmt doch nicht. Vroni war schon angeheitert, als sie zur Tür hereingekommen ist, trotzdem gießt Hannelore ihr in einem fort Wein nach.
»Magst du weitermachen?«, fragt Hannelore und sieht Greta an.
»Ich? Bei mir wird's kurz«, sagt sie. Dann überlegt sie. Sie könnte jetzt von dem Moment vorhin erzählen, als sie für eine endlose Minute alleine stand. Ohne dass Hannelore sie gestützt hätte. Aufrecht. Das Glück einer Einjährigen.
Natürlich erzählt sie das nicht. Sie erzählt von TYCHOON.
»Ich habe einen wunderbaren Vertrag unterschrieben«, sagt sie. »Ich habe mich versichern lassen. Gegen berufliche Entgleisungen.«
»So etwas gibt's?«, fragt Vroni. »Lass mal sehen.«
Greta lässt einen Prospekt herumgehen.
»Sapperlot«, sagt Jurek. »Das ist mein Schwiegersohn.«
»Und was bedeutet das?«, fragt die Apothekerin. »Was bitte ist eine berufliche Entgleisung?«
»Arbeitslosigkeit, andauernde Enttäuschung, Burnout, Unterforderung«, sagt Greta.
Die Apothekerin lacht laut auf. »Unterforderung? Sie lassen sich gegen Unterforderung versichern? Und wer stellt das fest? Das ist doch ein Witz von deinem Schwiegersohn, oder, Jurek? Sag mir, dass das ein Witz ist.«
»Das ist eine vollkommen neuartige Versicherung«, sagt Jurek. »Alfred kann das erklären, ich kenne mich nicht aus.« Er schüttelt den Kopf. »Ich bin wirklich überrascht.«
»Ein innovatives Produkt«, sagt Greta. »Und Innovation gehört belohnt.«

Sie ist zufrieden. Sie ist nicht mehr Patientin, nicht mehr Parasit. Sie ist diejenige, die auf das richtige Pferd setzt. Eine, die intuitiv das Potential einer Idee erkennt.
Wenn die Versicherung ihre Schadensmeldung anerkenne, fährt sie fort, könne sie zwischen Sach- und Geldleistung wählen. Einen Urlaub an der Nordsee mit Gesichtsbehandlung, einen Fallschirmsprung, es gebe etliche Optionen, mit und ohne Adrenalinausschüttung.
Das ist es, was sie erzählt. Und jedes Wort sitzt.
»Du hast dir fünf Petit-fours verdient«, sagt Hannelore.
»Und das macht dich glücklich?«, fragt Vroni.
»Furchtbar«, sagt Greta.

7

»Unterforderung? Sie lassen sich gegen Unterforderung versichern? Und wer stellt das fest? Das ist doch ein Witz von deinem Schwiegersohn, oder, Jurek? Sag mir, dass das ein Witz ist.«
Alice greift nach seinem Oberarm. Was soll er ihr antworten, natürlich ist es ein Witz. Was denn sonst? Wer würde sich denn mit dieser dubiosen Versicherungssekte einlassen? Orientierungslose Städterinnen einmal ausgenommen.
Als hätte sie seine Gedanken gehört, erhebt sich Greta aus ihrem Schaukelstuhl, was ihr sichtlich schwer fällt. Es scheint ihr ernst zu sein. Sie fixiert ihn mit einem strengen Blick. Wartet auf seine Antwort. *Sag mir, dass es ein Witz ist.* Ist es nicht. Grotesk. Aber er darf sich nicht zu weit aus dem Fenster lehnen. »Das ist eine vollkom-

men neuartige Versicherung«, sagt Jurek. Auf diese Weise bleibt er bei der Wahrheit, ohne irgendwem zu nahe zu treten. »Alfred kann das erklären, ich kenne mich nicht aus. Leider.«

»Ist deine Tochter auch so ... so mutig? Liegt das in der Familie?«, fragt Alice.

Das ist nicht der Ort, um von seinem Vater und Breslau zu erzählen, dem einzigen Abenteuer, das in dieser Familie je stattgefunden hat, bevor es mit dem Mut rapide bergab ging.

Er schüttelt den Kopf. »Ich bin wirklich überrascht, das gebe ich gern zu.«

Alice blättert im TYCHOON-Prospekt, das Greta herumgehen lässt. Sie beugt sich zu seinem Ohr und flüstert: »Man kann sich gegen Sehnsucht versichern lassen.« Sie nimmt seine Hand, legt sie auf ihren Bauch. »Auch gegen diese? Was meinst du?«

Jurek hat Lust, sich auf sie zu stürzen, möchte über ihre Wange, ihren Hals streicheln und immer wieder ihren Namen sagen, Alice, Alice, Alice.

Er hört Greta wie aus der Ferne, vernimmt die Worte »Nordsee«, »Fallschirm«, und »Adrenalin«, doch seine Sinne sind auf seine Hand konzentriert, auf die Wärme, die durch den dünnen Stoff von Alices Kleid dringt, und das Versprechen, das darin liegt. Doch er fühlt sich nicht wohl, mit den Schnitzeln stimmte etwas nicht. Es lag am Fleisch oder am Öl. Auf seiner Zunge ist ein pelziger Belag gewachsen.

»Jetzt hört einmal genau zu«, beginnt Toni Kalbhenn. Er hat sich ein Zigarrillo angezündet und Jurek hofft inständig, dass er den Mund hält. Dass er nicht auf die Idee kommt, von der Party bei den Rosensteins zu erzählen. *Und dann sind Jurek und Hannelore gemeinsam verschwunden* ... Zwei Mal hat er Toni bereits unterbrochen, als er sich zum Verkauf der Rosenstein-Villa zu Wort gemeldet hat. Alice darf keinesfalls von seinem Techtelmechtel mit Hannelore erfahren.

»Es klingt verrückt«, sagt Toni Kalbhenn, »aber ich habe von TYCHOON-Maklern gehört, die sich hier« – er deutet auf sein Handgelenk – »ein T tätowieren ließen, vollkommen gaga, wenn ihr mich fragt.«

Toni hat zu viel getrunken. Er zeichnet mit dem Zigarillo ein Muster in die Luft. »Die zahlen unglaubliche Provisionen an ihre Makler. Ich sag ja immer: Pfoten weg vom Strukturvertrieb, aber dieser Fall ist schon erstaunlich.« Er nickt, als wollte er sich selbst zustimmen.

Hannelore füllt Honiglikör in Schnapsgläser, die sie auf einem Tablett arrangiert. »Lasst uns anstoßen«, sagt sie und reicht das Tablett mit den Gläschen weiter. »Ich freu mich, dass ihr alle hier seid.«

Alice reicht das Tablett weiter. »Für mich nicht«, sagt sie und erhebt sich. »Ich muss hinaus, an die frische Luft.«

Endlich, denkt Jurek. Endlich.

»Ich schließe mich an«, sagt er schnell.

Er erhebt sich so abrupt, dass sein Stuhl nach hinten kippt. Sein Wunsch, mit Alice alleine zu sein, zieht ihn beinahe eigenmächtig aus dem Raum.

Hannelore ist bestürzt. »Ihr braucht frische Luft? Ich kann gern noch das andere Fenster –«

»Bemüh dich nicht«, sagt Alice.

Im Grunde ist es ihnen doch völlig egal, ob wir bleiben oder gehen, denkt Jurek. Sie werden diesen Abend naht-

los fortsetzen, nach drei Minuten werden sie vergessen haben, dass wir da waren.
Und dann stehen sie im Flur, kichernd, einander an den Händen haltend, wie zwei Schüler, die der Aufsicht entkommen sind. Jurek möchte sie küssen, aber nicht hier, nicht in diesem engen Flur mit seinen scheußlichen gelben Malereien.
»Los, raus hier«, sagt er und öffnet die Tür.
Sie stolpern die Treppen hinunter.

Eine Teppichklopfstange, ein abgewirtschafteter Spielplatz mit einem rostigen Kletterturm. Hannelore wohnt in einem Niederoeder Mehrfamilienwohnblock. Der Mond ist immerhin in den Nebenkosten inbegriffen, als scharfe Sichel, die zwischen den Zweigen hervorleuchtet.
»Ich möchte schaukeln«, sagt Alice und läuft los.
Jurek verfolgt ihre Gestalt, die in der Dunkelheit verschwindet. Er hat Mühe, ihr zu folgen, ohne aus der Puste zu geraten.
Und dann hört er ihr Lachen, und als er den Spielplatz erreicht, sitzt sie bereits auf der Schaukel und schwingt sich in die Luft. Ihr Kleid ist hinaufgerutscht, ihre Schuhe hat sie fortgeschleudert.

Später sagt sie: »Das war schön. Schwerelos. Die meiste Zeit bin ich tonnenschwer. Ich trage Gewichte mit mir, die ich nicht ablegen kann, nicht für einen Moment.«
Sie sitzen auf einer Bank unter einem Kirschbaum oder einer Linde oder einer Eiche, Jurek hat keine Ahnung, und es ist ihm auch egal. Was könnte dich erleichtern?, möchte er fragen. Wie kann ich dich unterstützen?

Alice hält einen dünnen Ast in der Hand und zeichnet ein Muster in den sandigen Boden. Einen Stern, eine Tulpe, ein Haus.
Jetzt, denkt Jurek. Wenn es einen perfekten Moment gibt, dann ist es dieser: Er nimmt ihr den Ast aus der Hand, ganz sanft, und legt den Arm um sie. Ihre Schulter ist knochig. Sie dreht den Kopf zu ihm, sieht ihn an. Große Augen. Erstaunt. Das kennt er schon an ihr. Wie sich ihr Gesicht verändert, wenn sie überrascht ist.
Ihr Lächeln ist ausgelöscht. Ihre Lippen leicht geöffnet. Er küsst sie. Auf ihre Wange, die immer noch glüht, dann auf den Mund. Ganz vorsichtig, als handelte es sich dabei um eine filigrane Konstruktion, die bei der kleinsten Erschütterung zusammenfällt.
Alles zittert um ihn herum. In seinen Ohren rauscht es. Sie legt ihre Hand auf seinen Oberarm. Er lächelt. Bitte lass die Hand da liegen, denkt er, lass sie einfach liegen.
Was sagt man, wenn es nichts zu sagen gibt?
»Du bist so schön«, sagt er, bevor ihm einfällt: Wenn es nichts zu sagen gibt, sagt man am besten nichts.
»Ach was«, sagt Alice.
Autos fahren vorbei. Jurek blickt den Rücklichtern nach.
»Lass uns ein paar Schritte gehen«, sagt Alice.
Jurek weiß nicht, ob er ihre Hand ergreifen, ob er ihre Schulter umfassen, ob er sie überhaupt berühren darf. Sie ist Witwe, Witwe, Witwe. Denkt sie im Moment auch daran? Und wenn ja: Was bedeutet das? Worauf muss er achten? Er hat keinerlei Erfahrung mit Witwen. Gibt es ein Trauerjahr, das einzuhalten ist? Oder sind es fünf Jahre? Zehn?

Er bietet Alice seinen Arm an, und sie hängt sich bei ihm ein. Er hält seinen Arm steif und möglichst reglos. Damit sie ihn nie mehr loslässt.
Sein Mund ist trocken. Er sucht nach einem Gesprächsthema, das möglichst unbelastet ist. Hohl fällt ihm wieder ein. Diese Nervensäge mit kapriziöser Freundin.
»Ich bin übrigens auch grad dabei umzuziehen«, sagt Jurek. »Sachen packen und weg. Das Haus ist nur eine Last. Ein Klotz am Bein. Ich werde froh sein, wenn ich es los bin.«
Sie spazieren die Wulch entlang, das dunkle Wasser schießt durch den Fluss wie Blut durch die Vene.
»Es ist nicht weit von hier, willst du die neue Wohnung sehen?«
Alice bleibt stehen. »Gern«, sagt sie.
Jurek ist sprachlos.
»Was hast du«, fragt Alice.
Aber er steht einfach nur da, starrt ins Wasser wie ein Idiot. Niemand kann das Wesen der Dinge entziffern, unser Leben ist angefüllt mit tausenden von Stunden, die nichts bedeuten und mit wenigen Viertelstunden, die alles bedeuten, denkt Jurek. Und dass er glücklich ist, furchtbar glücklich.
Er fährt mit der flachen Hand über die Stoppelglatze. Nur nichts überstürzen. Irgendwann wird er ihre Macken entdecken und sie die seinen. So ist es immer.
Es kommt ihm so vor, als treibe ein dunkler Rucksack auf der Wasseroberfläche. Der Rucksack, den er von der Brücke ins Wasser geworfen hatte? Er fragt sich, ob er Alice davon erzählen soll.
»Gehen wir«, sagt er.

Als sie das Stiegenhaus betreten, greift Jurek nach Alices Hand. Sie steigen im Gleichschritt die Treppen hinauf. Es fühlt sich an, als gehörten sie bereits zusammen, als gingen sie die Treppe zu ihrer gemeinsamen Wohnung hoch.

Jurek steckt den Schlüssel ins Schloss. Er klopft an, bevor er sie öffnet und fängt ihren irritierten Blick ein. »Tut mir leid«, sagt er. »Alte Gewohnheit«.

Er war noch nie in der Nacht hier.

In der Dunkelheit wirkt die Wohnung fremd, so als seien dem Flur in der Dämmerung unförmige Zimmer angewachsen. Immer noch fühlt sich Jurek wie ein Eindringling, ein Eroberer, der sich die Räume erst aneignen muss, bevor er sie bewohnen kann. Es wird seine Zeit dauern, bis er sich hier zu Hause fühlen wird. So etwas kann man nicht künstlich beschleunigen.

Er führt Alice in die Küche.

»Kein Licht«, sagt sie, als er nach dem Schalter tastet. »Ich mag es so.« Sie spricht leiser als sonst.

Jurek öffnet den Kühlschrank. Kreuzacker hat zwei Bierflaschen hinterlassen. Eine freundliche Geste, findet Jurek. Sie sollten auf ihn anstoßen. Das Kühlschranklicht erhellt den Küchenblock. Jurek entdeckt den unterschriebenen Mietvertrag, abgeschlossen auf drei Jahre. Seit dem letzten Gespräch in dieser Küche hat er Kreuzacker nicht mehr persönlich getroffen. Den Wohnungsschlüssel hatte er in der Gemischtwarenhandlung abgeholt.

Der Vertrag ist acht Seiten lang. Jurek blättert rasch bis zur letzten Seite vor. Kreuzacker hat die zerfahrene Unterschrift eines Jugendlichen, dem alles egal ist. Jurek er-

zählt Alice, was er über seinen Vermieter weiß, auch von seinem Verdacht.
»Ich glaube nicht, dass er den Stein geworfen hat«, sagt Alice. Sie lehnt am Herd, verschränkt die Arme vor ihrer Brust.
»Aber die Ähnlichkeit –«
»Na und? Ähnlichkeit sagt nichts aus. Du siehst auch wie Bruce Willis aus, und dennoch würde ich nie sagen: Ich habe einen Film mit Jurek Bach in der Hauptrolle gesehen.«
Sie lachen.
Jurek reicht Alice eine Bierflasche.
»Darf ich die Wohnung sehen?«, fragt sie.
»Die lange Tour mit allen Denkmälern? Oder die kurze?«
»Die offizielle.«
»Darf ich Sie bitten, sich dem Fremdenführer anzuschließen?« Er hält die Bierflasche hoch. »Wenn Sie bitte dieser Flasche folgen.«
Sie kichert.
Gemeinsam betreten sie den Raum, der rechterhand von der Küche liegt. Ein quadratischer Raum ohne jeden Charme. Zwei Fenster, von deren Rahmen der weiße Lack blättert. Aus der Decke ragen elektrische Leitungen.
»Das Wohnzimmer?«
Jurek weiß nicht, was er antworten soll, darüber hat er sich noch keine Gedanken gemacht. In seinen bisherigen Wohnungen war es stets so, dass die Räume ihm ihre Funktion aufgedrängt hatten.
»Was würdest du daraus machen?«
Alice überlegt. Sie quert den Raum mit langen Schritten, stellt ihre Bierflasche auf dem Fensterbrett ab.

»Vergiss das mit dem Wohnzimmer«, sagt sie. »Du kannst eigene Regeln aufstellen, und sie gelten nur hier. Pass auf« – sie stellt sich unter die Glühbirne und breitet die Arme aus –, »das hier könnte das Tanzzimmer sein. Wann immer du über die Schwelle trittst, musst du zwei Schritte tanzen. Mindestens zwei Schritte und eine Drehung.«

»Für einen Ballsaal ist es aber –«

»Kein Ballsaal. Keiner tanzt hier außer dir. Keiner weiß davon. Es ist ein Geheimnis zwischen dir und diesem Zimmer. Es genügt, wenn du dich daran hältst.«

»Und wenn ich nicht tanzen kann?«

»Das ist kein Wettbewerb«, sagt sie. »Keiner sieht dir zu. Das wird den Raum zu etwas Besonderem machen. In diesem Zimmer wird nie etwas Schlimmes passieren. Weil es immer so ist, wenn man ein Zimmer tanzend betritt.«

Woher hast du das, will er sie fragen. Wie kommst du auf diese Idee, aber er will die Stimmung nicht zerstören. Was für eine jugendliche Energie sie plötzlich entwickelt. Man würde sie nicht für eine Frau halten, deren Mann gestorben ist – er meidet in Gedanken bereits den Begriff »Witwe« – und die ein Kind alleine erzieht, sondern für eine Studentin, die gerade erst die Welt für sich entdeckt, die alles ausprobieren will, auch wenn es nirgendwohin führt.

»Nicht vergessen«, sagt Alice und hält ihn am Oberarm fest, als sie den Raum verlassen. »Walzer.«

Er greift mit der Linken ungeschickt an ihre Hüfte, sie legt ihre Hand in die seine. Seine fehlende Souveränität ärgert ihn, es ist doch so leicht, jeder kennt diese Szene

aus irgendeinem Film, es ist der Moment, wo sich augenblicklich alle Verkrampfungen auflösen, wo die Musik einsetzt, Streicher zumeist, und alles tränenfeucht ist vor Glück.
»Eins-zwei-drei, eins-zwei-drei«, zählt Alice.
Er lässt sie los, tritt einen Schritt zurück.
»Ich kann nicht«, sagt er. »Es tut mir leid«.
Seine Hände zittern, seine Wangen glühen. Er macht sich lächerlich. »Gehen wir weiter«, sagt er. »Bitte.«
Ein Raum wie ein Schuhkarton. Rechteckig, unauffällig. Hier haben Kreuzacker und seine Frau geschlafen. Das Zimmer scheint immer noch Erschöpfung auszustrahlen, das Weiß der Wände ist matt und schlaff.
Als sie ihre gemeinsame Wohnung in Oed bezogen, bestand Miriam darauf, den größten Raum als Schlafzimmer zu nutzen. »Die Träume brauchen Platz«, wiederholte sie mehrmals, obwohl er zuvor keinen Hang zur Esoterik an ihr bemerkt hatte. Er gab nach, weil sie hochschwanger war.
Alice sieht sich um.
»Dieser Raum benötigt Bestätigung«, sagt sie.
»Und was heißt das?«
Jurek fragt sich, weshalb alle Frauen zu wissen glauben, was Menschen, Tieren und Dingen zu ihrem Glück benötigen. Ob sie vielleicht ein eigenes Organ haben, das bei Bedürftigkeit anschlägt.
»Wer auch immer sich in diesem Zimmer aufhält, darf nicht nein sagen«, sagt Alice. »Niemals. Verneinung verboten.«
Jurek lacht. »Das muss ich wohl akzeptieren«, sagt er.
Er berührt sie an der Schulter, es ist nicht mehr als ein

Tippen. »Hast du so einen Raum zu Hause? Einen, in dem man nicht nein sagen darf?«
»Das kann ich dir hier drin nicht beantworten«, sagt Alice.
Und dann stehen sie in diesem schmalen Raum, der nur über ein Fenster zum Treppenhaus verfügt. Das halbe Zimmer. Stockdunkel ist es hier.
»Jetzt bist du dran«, sagt Alice in die Schwärze hinein.
»Ein nutzloser Raum«, sagt Jurek.
Sie sind nur noch Stimme. Geistwesen. Körperlos.
»Keine Funktion?«
»Überhaupt keine.«
»Einrichtung?«
Jurek überlegt. »Leer.«
»Auch ein nutzloser Raum braucht eine Einrichtung«, sagt Alice. »Der perfekte Ort für Dinge, die du niemals benutzen wirst. Lockenwickler zum Beispiel. Einen elektrischen Konservenöffner, obwohl du keine Konserven hast. Oder ein Badewannenthermometer, obwohl du keine Badewanne hast. Du könntest einen Tisch hineinstellen, aber er muss mit der Platte nach unten auf den Boden abgestellt werden.«
Jurek findet Gefallen an diesem Gedanken. Es sollte in jeder Wohnung einen nutzlosen Raum geben. Ohnehin ist alles mit Funktion überfrachtet. Es ist ein Urlaub für den Geist, sich in einem nutzlosen Raum aufzuhalten. Wer immer diesen Raum betritt, denkt Jurek, der wird augenblicklich seiner Funktion enthoben und geht in der Masse der funktionslosen Dinge auf.
Alles hat seine Zeit, denkt Jurek. Und dass er Alice in einem nutzlosen Raum nicht berühren dürfe, weil diese

Berührung eine Funktion hätte. Er hat Lust, mit ihr in den Raum zu gehen, in dem es keine Verneinung gibt. Ein Leben verbringen in dem Haus, in dem es keine Verneinung gibt. Die Hölle der ewigen Zustimmung.
Später sitzen Alice und Jurek wieder auf den Barhockern in der Küche und zählen einander sinnlose Tätigkeiten auf: die Länge der Finger oder den prozentualen Fettanteil im Gewebe messen. Überhaupt alle Tätigkeiten, die mit Selbstvermessung zu tun haben: abwiegen, Bauchumfang prüfen, Schrittlänge erheben.
»Haare zählen«, sagt Jurek.
»Damit wärst du schnell fertig«, sagt Alice. »Rothaarige haben die wenigsten Haare im Vergleich.«
»Damit wäre ich nie fertig«, sagt Jurek. »Nie.«
Er greift in ihr Haar, ganz behutsam. Wie weich es ist.
»Eins, zwei, hunderttausend«, sagt er.
Dieses Lächeln. Keiner hat ihn gewarnt. Niemand hat ihn darauf vorbereitet. Was es mit einem macht, wenn man einer Frau gegenüber sitzt, die aus sich heraus zu leuchten scheint.
»So«, sagt sie. Es ist ein »so«, wie man es sagt, wenn man beschlossen hat zu gehen.
Sie darf nicht gehen. Er ist doch noch nicht fertig.
Er hat Sehnsucht nach ihr. Sie ist so weit weg. Eine Armlänge entfernt. Seit sie die Wohnung betreten haben, ist alles kompliziert geworden. Er möchte sie fragen, ob sie ihn besuchen, ihm beim Einrichten helfen wird. Er hat dafür kein Talent.
Er möchte sie so viel fragen. Ob sie ihm beim Leben hilft. Er hat doch auch dafür kaum Talent.
Zum Abschied umarmt er sie. Sie legt eine Hand auf

seine Schulter. Ein Hand, die sich ganz leicht anfühlt. Schwebend.
Nur nichts überstürzen. Es ist gut, so wie es ist. Alles, wie es sein muss. Nachdem sie gegangen ist, hört er dem Echo ihrer Stimme nach. Ein Auto fährt an der Gemischtwarenhandlung vorbei, der Lichtkegel eines Scheinwerfers tanzt für einen Moment über die roten Fronten der Küche.

8

Diana hat eine zackige Art. Greta ist das nicht gewohnt. Dass eine in eine fremde Umgebung kommt und sofort alles entscheidet. Bei MEDICALUX gehörte Diana zu den zuverlässigen Arbeitsbienen. Sie war eine, die ohne Zeitverlust ausführte, was Fras sich wünschte. Sie war sein verlängerter Arm, ein sehr langer, ferngesteuerter Arm, der von Milano bis Wien reichte. Sie war definitiv kein Arm, der sich aus eigenem Antrieb bewegte.
Aber hier, in Hannelores Wohnung, übernimmt sie sofort das Kommando. Klopft Kissen aus, stopft sie Greta ins Kreuz, bestellt Ingwertee bei Hannelore, die eilig aufspringt.
Greta beobachtet diesen Vorgang mit Befremden. Sie liegt auf Hannelores Couch, zwei Kissen im Rücken. Sie hört zu, während Diana erzählt. Und Diana ist kaum aufzuhalten. Es ist, als würde sie ein Tonband abspielen.
Sie hat keine Sekunde gezögert, als Greta sie gebeten hat zu kommen. Natürlich sei sie ihr dabei behilflich, einen

Plan auszuarbeiten, hat sie gesagt. Keine hat das Wort »Rache« in den Mund genommen.

MEDICALUX sei auf dem absteigenden Ast, sagt Diana jetzt. Sie habe das ja bereits seit Jahren geahnt. Sie rieche es, wenn es mit einem Unternehmen bergab gehe.

Sie rümpft die Nase, eine spitze Sprungschanzen-Nase. Und Greta könne es ihr glauben: In der Wellness-Oase habe es zu Beginn erbärmlich gestunken. Unerträglich war er, der Geruch des nahenden Untergangs. Die Burnout-Klinik habe sich in der Vergangenheit ja auch erschreckend schlecht verkauft. »Bevor ich sie übernommen habe, war praktisch kein Marketing vorhanden«, sagt sie mehrmals, »die reinste Katastrophe.« Fehlbelegungen sonder Zahl. »Du musst dir vorstellen: Da liegt eine gebrochene Hüfte in unserer Klinik. Was sollen unsere Psychologen mit einer gebrochenen Hüfte anfangen? Sollen sie ihr gut zureden, damit sie rascher zusammenwächst?«

Auch Leistenbrüche, Leberzirrhosen und Wandernieren hätten sie in der Vergangenheit betreut, Kinder seien auf die Welt gebracht worden, obwohl es doch weder einen Kreißsaal gäbe, noch eine Hebamme. Burnout-Berater hätten an Abszessen herumexperimentiert und Schmerzmedikamente ausgegeben. Das alles sei natürlich nur eine Notversorgung gewesen, weil die Klinik in Mundschuh geschlossen war, vom Land geschlossen worden war, Einsparungsmaßnahme, also habe man in den Zeiten, in denen die praktischen Ärzte ihre Praxis geschlossen hatten, eine Art improvisierte Ambulanz betrieben.

Diana hat makellos manikürte Fingernägel, trägt beigen

Nagellack, alles passt perfekt zusammen. Diana ist aus einem Guss modelliert, während bei Greta nichts mehr zusammenpasst, so als sei sie binnen zweier Tage auseinandergefallen, als habe sich eine Stellschraube in ihrem Inneren gelöst und alles in furchtbare Unordnung gestürzt, nicht nur ihre Nervenbahnen und Muskeln, sondern auch ihre Gedanken, ja, vor allem ihre Gedanken.

Diana trägt ihr Haar jetzt noch kürzer. Fransen, ins Gesicht gekämmt. Sie hat ein kleines Gesicht, passend zu ihrem kleinen und harten Schädel. Ein Erdnuss-Schädel. Außerdem ist sie perfekt geschminkt. Schmale Lippen, in einem Rostton bemalt. Die Augen von Natur aus leicht schräg, die Wimpern schwarz getuscht. Zornesfalte angeblich mit Botox behandelt. Greta beobachtet Diana genau, wenn sie spricht, um herauszufinden, ob sich ihre Haut an der Stirn bewegt.

Auf einmal erhebt sich Diana und läuft um den ovalen Esstisch herum, der über Nacht wieder geschrumpft ist. Nichts erinnert mehr an das Essen vom Vorabend, Hannelore muss in der Nacht noch staubgesaugt haben.

Greta hat nichts davon mitbekommen, als der letzte Gast gegangen ist, ist sie augenblicklich in einen traumlosen Schlaf gefallen. Sie erwachte in beinahe sitzender Haltung, den Rücken an die Wand gelehnt.

»Was sind deine Ziele?«, ruft Diana und wirft die Hände in die Luft, so als hätte Gretas Unbeweglichkeit alles erfasst, auch ihren Geist. »Wo bleibt deine persönliche Entwicklung?«

Greta hat keine Lust, mit Diana über ihre Ziele zu dis-

kutieren. Sie wird mit ihr nicht über TYCHOON sprechen. Kein Sterbenswörtchen verraten.
Sie wird den Ball zurückspielen, so wie man es ihr in den Rhetorik-Seminaren eingebläut hatte. »Und was ist mit deinen Zielen?«
Sie habe Eigenständigkeit gewollt und erreicht, sagt Diana. Sie sei die Herrin über ihre Arbeitszeit, und es fühle sich gut an, frisch und frei. Eine Volontärin unterstütze sie bei der Pressearbeit und beim Marketing, der könne sie alles übertragen. Die lästigen Dinge vor allem, das Nachtelefonieren, das Verfassen von Pressemeldungen, die Aktualisierungen der Homepage, das Einberufen der Journalisten zu den Pressekonferenzen. Sie sagt tatsächlich: Einberufen. Im Übrigen habe sie niemandem Rechenschaft abzulegen. Den Eigentümern natürlich schon, aber das sei ein Konsortium, das in Innsbruck sitze und zufrieden sei, wenn die Zahlen stimmten.
»Und? Stimmen die Zahlen?«
»Natürlich. Was denkst du denn!« Mit einer lässigen Geste wischt sich Diana eine Strähne aus der Stirn. »Sie stimmen nicht nur. Sie übertreffen alle Erwartungen.« Der Deal mit den Österreichischen Landesbahnen habe natürlich den Vogel abgeschossen. »Du musst dir vorstellen: Ganzjahresbelegung einer gesamten Etage. Lauter derangierte Schaffner und richtungslose Lokomotivführer.«
Richtungslos fühlt sie sich auch, denkt Greta. Vielleicht sollte sie sich ebenfalls in Dianas Burnout-Schloss einweisen lassen. Eine Falle, die sofort zuschnappt und sie für Wochen von der Bildfläche verschwinden lässt. Sich

einfach herausnehmen aus allem, wie ein Organ, das man kurzfristig vom Körper trennt, um es nach Bearbeitung wieder einzupflanzen – das war nicht die schlechteste aller Lösungen. Vielleicht war es sogar die allerbeste. Die einzig mögliche.
Eines hatte Diana in jedem Fall richtig entschieden: Sie hatte das Schiff rechtzeitig verlassen, und während sie alle noch in der Schockstarre verharrten, hatte sie bereits an einem anderen Hafen angedockt.
Der zweite Stock, fährt Diana fort, sei schon lange für die Bäuerinnen reserviert. Für die *Burnout-Bäuerinnen*, die regelmäßig Prophylaxe-Wochen abhielten. Das sei eine schmählich vernachlässigte Zielgruppe, sagt sie. Überall fielen sie durch. Keiner interessiere sich für schuftende Bäuerinnen, die neben der Arbeit Kinder aufzögen und den Hof verwalteten. Die Pensionskasse der Bauern interessiere sich für seine Bäuerinnen doch auch erst, wenn sie zusammenklappten, und das sei früher oder später immer der Fall. Immer, sagt Diana, klappten diese Bäuerinnen zusammen und nie wolle jemand Anzeichen bemerkt haben, schon gar nicht die Ehemänner. Bei den Prophylaxe-Wochen könnten sich die Bäuerinnen natürlich nicht restlos erholen, dafür sei die Zeit zu kurz. Doch sie lernten, nein zu sagen. Und damit sei den meisten schon geholfen.
»Kannst du das auch? Nein sagen?«, fragt Greta.
Diana lacht. »Was glaubst du denn? Ich bin die beste Nein-Sagerin von Oed bis Houston. Ein Nein-Profi.«
Das muss neu sein. Bei MEDICALUX hat sie zu allem ja gesagt, ja und Amen und vergelt's Gott, vor allem, wenn es aus Milano gekommen ist. »Fras' rechte und linke

Hand«, hatte man sie genannt, weil eine Hand schon nicht mehr ausreichte.

»Vergiss den Brief an die Geschäftsführung«, sagt Diana. »Das nützt euch nun auch nichts mehr. Komm doch einfach zu uns, wir brauchen immer Unterstützung. Ich kann ein gutes Wort für dich beim Konsortium einlegen. Diese Frau hat *beinahe* eine Superabteilung geleitet. Sie war *fast* eine Führungskraft. Sie hätte *um ein Haar* sensationelle Erfolge eingefahren.« Diana lacht hell auf.

Der Spott trifft Greta völlig unvorbereitet. Kein Helm, keine Lederhaut, die sie schützt. Niemals, denkt Greta. Niemals mehr wird sie dieses Jagdschloss betreten.

Ein nervtötendes rhythmisches Summen ertönt und will nicht mehr verstummen. Das muss ein Handy sein. Diana holt seelenruhig den Apparat aus ihrer Handtasche, wirft einen Blick auf das Display, drückt es an ihren Erdnusskopf und marschiert hinaus auf den Flur. Ihre Stöckel hämmern auf dem Steinboden.

Hannelore serviert den Ingwertee. Vorsichtig setzt sie die Kanne auf dem Esstisch ab, gießt Tee in eine geblümte Tasse. Als sie die Tasse auf einem Stuhl neben der Couch abstellt, flüstert sie Greta etwas zu, das wie »manteliert« klingt.

»Wie?«

Diana telefoniere mit einem Mann, zischt Hannelore. Wohl ein Abmahnungsgespräch. Weil ihre Stimme plötzlich dunkel, ihr Lachen gurgelnd geworden sei. Weil sie während des Gesprächs an ihrem Rock herumziehe, an ihren Haaren herumnestele, das habe sie genau beobachtet.

»Abmahnung?« Greta verspürt so etwas wie Genugtuung. Abmahnung bedeutet, dass sie nicht herumfuhrwerken kann, wie es ihr passt. Dass es immer noch eine Instanz über ihr gibt, eine Mahn-Instanz, wahrscheinlich das Konsortium, das prüft und freigibt oder eben abmahnt.

»Anbahnung«, sagt Hannelore. »Nicht Abmahnung, keinesfalls, hab ich tatsächlich Abmahnung gesagt?«

»Oh«, macht Greta. Sie ist enttäuscht. Sie hätte Diana einen Dämpfer gewünscht, einen Rückschlag, eine Zurückweisung, eine Kerbe in ihrem Edelholz.

»Geschlechtsverkehrsanbahnung«, sagt Hannelore. »Sie flirtet. Kein Zweifel. Das erkenne ich auf den ersten Blick.« Sämtliche Mitarbeiterinnen des Sozialmedizinischen Betreuungsrings hätten einen Kursus in Körpersprache besuchen müssen. Dort wurden Flirtsignale ausführlich besprochen, denn es kam nicht selten vor, dass ein Klient eine Mitarbeiterin körperlich bedrängte. Da sei es wichtig, rechtzeitig einzuschreiten und den Mann in die Schranken zu weisen.

Scheißjob, denkt Greta. Arme Sau.

Mit Anbahnungssignalen kenne sie sich also aus, sagt Hannelore, nicht aber damit, was nachher komme. Das sei ihr bis heute ein Rätsel, Männer seien ihr ein Rätsel, dieses Wollen und dieses Zurückstoßen, immer dieses Zurückstoßen. »Ich ertrage das nicht mehr.«

Das kann Greta nicht nachvollziehen. Nichts ist doch so leicht zu dechiffrieren wie männliches Begehren, denkt sie und erinnert sich an ihre erste Begegnung mit Georg, als sie durch die endlosen Gänge des Krankenhauses zur Endoskopie-Einschulung wanderten. Björn war an ihrer Seite, er war das beste Pferd im Endoskopie-Demonstrations-Stall, das MEDICALUX aufzubieten hatte. Dann lief ihr dieser Arzt über den Weg und sie fragte ihn nach dem Weg zum Besprechungszimmer B3, und er beschrieb ihn ihr, und sie behielt nichts von der Beschreibung in Erinnerung, nur das Zittern in der Magengrube, das sein Blick ausgelöst hatte.

Und dann ist Diana wieder da, offenbar hat sie sich vor dem Vorzimmerspiegel nachgeschminkt. Ihre Lippen stechen im Relief ihres Gesichts hervor wie unnötiger Zierrat. Was geht in einer Frau vor, die sich in der Gesellschaft von zwei anderen Frauen nachschminkt, die mehr oder weniger ramponiert sind? Greta hat große Lust, ihr einen Schlag zu versetzen.

»Es gab Gerüchte in der Firma«, sagt sie. »Sie zerreißen sich das Maul.«

»Oh ja, erzähl.« Diana reibt sich die Hände. »Ich bin neugierig.« Setzt sich auf den Stuhl, schlägt ein Bein über das andere. Hannelore, die bereits den Raum verlassen wollte, bleibt abrupt im Türrahmen stehen.

»Es wird gemutmaßt, dass du mit Fras ins Bett gehst. Dass ihr eine Affäre habt.«

Jetzt ist es draußen. Greta fühlt sich sofort erfrischt. Sie hat eine Lüge aufgetischt, ohne zu zögern. Ohne den leisesten Skrupel. Eine Lüge, die immerhin der Gerechtigkeit dient. Die dazu angetan ist, das Gleichgewicht im Universum wieder herzustellen.

Stille.

Diana schüttelt ihren Erdnusskopf.

»Aber natürlich«, sagt sie. »Das ist doch kein Geheimnis. Schau mal, Puppe: Wir schlafen seit zwei Jahren miteinander. Sogar seine Frau weiß davon. Deshalb hat

er mich in alles eingeweiht. Was er mit der Firma vorhat. Und bevor du fragst: Ja, er sitzt im Konsortium der GAMED. Eine Hand wäscht die andere, und am Ende sind alle sauber.« Sie lacht auf. »Ehrlich. Ich hätte es dir nicht erzählt. Aber wenn du danach fragst. Bitte sehr. Er war übrigens grad am Telefon. Ich soll dich schön grüßen lassen. Hiermit erledigt. Das Medusa hätte dir übrigens nicht gefallen. Abscheuliche Steaks.«
Sie seufzt, dann erhebt sie sich. Greta hat keine Worte.
»Noch jemand Ingwertee?«, fragt Hannelore.

9

Sie sind für elf Uhr verabredet. Am Obstplatz in Mundschuh, vor dem Textilkaufhaus Bernauer. Mathilda brauche neue Turnschuhe, sagte Alice am Telefon. Sie wünsche sich, dass Jurek sie begleite. Es schmeichelt ihm, dass sie ihn gefragt hat. Zugleich fühlt er sich auf die Probe gestellt. Als wolle Alice ihn testen. Ob er sich mit Mathilda versteht. Ob er zu ihnen passt, zu diesem eingespielten Duo. Ob er die Geduld aufbringen kann, die so ein Shopping-Ausflug erfordert.
Er parkt das Auto in der Tiefgarage am Bahnhof und spaziert die Obststraße entlang in die Innenstadt. Er schaut in die Auslagen der Boutiquen, in die ausdruckslosen Gesichter der Schaufensterpuppen, die nicht glücklich zu sein scheinen mit dem, was man ihnen angezogen hat.
Er ist selten in Mundschuh. Er kauft nur nach, was kaputt gegangen ist. Das war immer schon so. Bis auf jene Zeit, in der er um Miriams Aufmerksamkeit buhlte. Da-

mals dachte er, er müsse sich von den anderen Philosophiestudenten auch rein äußerlich unterscheiden. Er trug Anzüge, weil er meinte, dass er Miriam damit beeindrucken konnte. In erste Linie beeindruckte er sich selbst, wenn er in den Spiegel schaute und eine Gestalt sah, die ihn nur entfernt an sich selbst erinnerte. Manchmal fragt er sich, ob seine Zeit als Konsument abgelaufen ist. Und ob damit auch sein Lebensrecht verwirkt ist.

Alice steht am Eingang zum Kaufhaus und winkt, als sie ihn entdeckt. Mathilda versteckt sich hinter Alices Beinen. Nein, hervorkommen will sie nicht, auch nicht grüßen.

Normal, alles ganz normal.

Das Kaufhaus hat drei Stockwerke, die Kinderabteilung befindet sich im letzten Obergeschoss. Sie fahren die Rolltreppen hinauf. Der Luftzug aus der Klimaanlage trifft Jurek unvorbereitet. Er hat keine Jacke dabei. Zumindest wird er nicht schwitzen. Sie durchwandern die Mädchenabteilung. T-Shirts mit Comicfiguren, Rüschen- und Spitzenkleider. Die Schuhe sind rund um ein Fernsehgerät angeordnet. Der Sinn wird Jurek schnell klar: Abgelenkte Kinder sind eher bereit, mehrere Schuhanproben über sich ergehen zu lassen.

Mathilda steuert ohne zu zögern auf das Fernsehgerät zu, sie ist offenbar mit dem Prozedere bereits vertraut.

Ein blauer Comic-Geist schlüpft aus einer Lampe und singt ein Lied.

»Aladdin!«, ruft Mathilda. Sie setzt sich auf eine der bunten Bänke, auf denen bereits andere Kinder Platz genommen haben.

Alice durchstreift die Gänge mit den Kinderturnschuhen.
Jurek folgt ihr. Als sie einen rosa Schuh mit Blinkmechanismus in der Hand hält und von allen Seiten betrachtet, sagt er: »Ich dachte … Hast du Lust, heute Abend zu mir zu kommen? Nicht in die Wohnung – ins Haus. In mein Haus. Noch. Also noch ist es mein Haus.«
Sie lächelt. »Ist das ein Flirtversuch?«
Im ersten Moment ist er irritiert. Was sollte es sonst sein? Er möchte sie sehen, allein, abends, dafür muss er doch die Weichen stellen. Er lacht, fährt mit der flachen Hand über seinen Schädel. »Ich stelle mich dumm an, was? Aber weißt du, es ist lange her …«
»Mami!«, ruft Mathilda, die um die Ecke biegt, aufgelöst. Ihre Stimme überschlägt sich. »Der Fernseher! Komm!«
»Was ist damit?«
Mathilda zieht an Alices Hand. Alice lächelt entschuldigend. »Ich glaube, ich muss mit.«
»Natürlich«, sagt Jurek und trottet den beiden nach. Zu mehr als stummer Dienerschaft wird er es heute nicht bringen.
Aladdin hat seine Stimme verloren, da hilft auch keine Zauberlampe. Der Film hat keinen Ton mehr.
Einige Mütter schwärmen aus auf der Suche nach einem Verkäufer, der die Malaise beheben soll. Die Kinder schlagen währenddessen auf Stofftiere ein. Einige weinen bereits.
»Möchtest du in der Zwischenzeit in einen Turnschuh schlüpfen?«, fragt Alice.
Mathilda schüttelt den Kopf und stampft mit dem Fuß auf. Sie möchte Aladdin.

»Aladdin kommt später wieder.«
»Nicht später.«
»Wir sind hier, um für dich Schuhe zu kaufen.«
»Nein!« Jetzt schluchzt sie.
»Aber du wolltest doch Turnschuhe! Rosa Schuhe, schau mal!«
Alice versucht, Mathilda wieder in den Gang mit den Schuhen zu locken. Das Kind bleibt wie angewurzelt stehen.
»Nein!«, brüllt sie. »Scheiß!«
Alice sieht Jurek erschrocken an. »Woher hat sie das?«
»Von mir nicht«, sagt Jurek. Er möchte die Situation entspannen. Lächelt das Kind an. »Danach gehen wir ein Eis essen. Möchtest du ein Eis?«
Mathilda wirft ihm einen vernichtenden Blick zu. »Scheiß, Scheiß!«, brüllt sie.
»Jetzt ist es aber gut«, sagt Alice.
Jurek muss handeln. Er kämpft sich zum Fernsehgerät vor.
»Lasst mich mal«, sagt er zu den Damen, die hilflos auf der Fernbedienung herumdrücken. Eine Chance, sich zu bewähren.
War Lynn auch so gewesen? So dickköpfig und weinerlich?
Als sie ihn sehen, lassen die Frauen sofort vom Gerät ab.
»Also«, sagt Jurek und besieht sich das Gerät. Der Fernseher hat drei Tasten an der Unterseite des Bildschirms. Helligkeit, Lautstärke, Bildqualität. Womöglich hat ein Kind unabsichtlich die Mute-Funktion aktiviert.
Einen Versuch ist es wert. Doch Aladdin bleibt stumm.

Als Jurek den Fernseher aus- und wieder einschaltet, ertönt mit einem Mal ein grelles Pfeifen, das die Verkäufer aller Schuhabteilungen zusammenlaufen lässt. Die Kinder brüllen und pressen ihre Fäuste auf die Ohren.
Jureks Herz rast. Er ist ein Idiot. Was muss er sich auch einmischen? »Tun Sie doch was!«, herrscht ihn eine Mutter an, die ihrem Sohn tröstend über den Kopf streicht.
Möglicherweise hilft ein kompletter Neustart. Dafür müssen zwei Knöpfe zugleich gedrückt werden. Jurek legt Zeige- und Mittelfinger auf die Tasten. Bitte, mach dass es funktioniert. Bitte. Ein Ruck geht durch das Bild. Und dann ist alles tot. Kein Bild, kein Ton, keine Hoffnung. Nun heulen auch jene Kinder, die bisher ruhig auf den Bänken gesessen hatten.
Er hat es verbockt. Er möchte verschwinden. Was tut er überhaupt hier. »Wir sollten gehen«, sagt er zu Alice.
»Mathilda braucht Schuhe«, sagt sie. »Unbedingt. Wir können jetzt nicht gehen.«
»Nein!«, schreit Mathilda, ihr Gesicht ist glühend rot.
Sie lässt sich auf den Boden fallen, vergräbt ihren Kopf zwischen den Armen. Ein Knäuel Kind.
Jurek hat Sehnsucht nach einem ruhigen Platz, an dem er eine Zigarette rauchen kann. In der Kinderschuhabteilung riecht es nach alten Socken und Essensresten. Das Gebrüll schmerzt ihm in den Ohren.
»Aber wenn du gehen willst: bitte«, sagt Alice. »Wenn du ein weinendes Kind nicht zwei Minuten lang ertragen kannst, dann wird es sogar besser sein, du gehst.« Als er sich nicht rührt, sagt sie leise: »Los, verschwinde.«
Er weiß nicht, was er sagen soll. Steht da wie ein Kind, das ausgeschimpft wird. Dann geht er. Geht einfach. Die

Treppen hinunter ins Erdgeschoss. *Verschwinde.* Hat sie das wirklich gesagt? Wie in Trance geht er die Obststraße zurück. Die Tiefgarage am Bahnhof. Er steigt in den Wagen, lässt den Motor an. Fährt hinaus aus der Tiefgarage.
Die Enttäuschung schnürt ihm die Luft ab.
Er fährt rechts ran. Steigt aus. Atmet tief durch. Vielleicht sollte er seine Don't do-Liste ergänzen: keine Verabredungen mit Alleinerziehenden. Kein Patchwork. Vielleicht liegt es auch an ihm, vielleicht muss er allein bleiben, vielleicht ist es das, was er braucht und deshalb immer wieder unbewusst herbeiführt.
Das Telefon vibriert. Unbekannte Nummer. Herzklopfen. Bestimmt ist sie es. Er ist sofort bereit, ihr zu verzeihen. Es ungeschehen, ungesagt zu machen. Seine Hand zittert.
Er hebt ab.
»Ich bin's, Joe.«
»Joe?«
»Neues Handy. Supergünstig. Hör mal, ich brauche Plättchen.«
Nicht jetzt, nicht jetzt, nicht jetzt.
»Ruf den Betreuungsring an. Wieso bringen die dir keine Plättchen vorbei? Warum muss ich fahren? Kannst du mir das erklären? Wie viele Menschen willst du noch beschäftigen? Glaubst du, es gibt nur dich auf der Welt?«
Schwere Laster donnern an Jurek vorbei und bringen ihn zum Schwanken. Er hält sich an der offenen Tür des Wagens fest.
»Wir alle«, sagt Jurek, »wir alle haben ein Leben. Irgendwann ist es vielleicht auch so weit, dass wir nur noch eine

Krankheit haben. Aber bis dahin wünsche ich mir, dass du mich verschonst.«

Jureks Stimme kippt. Er fährt mit dem Handrücken über sein Gesicht. Tränen. Er staunt. Er weint und weiß es nicht einmal.

Idiotisch, sagt er sich. Tritt mit dem Fuß gegen den Reifen. Er ist wütend auf sich, weil er sich etwas vorgemacht hat. Dachte, dass das Beste noch bevorsteht. Dabei erwartet ihn nichts. Nichts.

Zu Hause angekommen, steigt Jurek hinauf in den ersten Stock. Er durchtrennt das Klebeband mit einem Cutter, tritt ins Schlafzimmer der Eltern. Der Atem stockt ihm. Es muss Monate her sein, seit das letzte Mal gelüftet worden ist. An den Rändern der Vorhänge schwappt milchiges Licht in den Raum und verwischt die Konturen. Jurek, der sich zugleich geborgen fühlt und fehl am Platz, fragt sich, weshalb das Vertrauteste immer auch einen Rest Unbehagen bereithält.

Das Doppelbett mit der Tagesdecke, die beige Tapete mit Rautenmuster, der weiße Einbauschrank mit den sechs Türen, die altmodische Kommode mit dem ovalen Spiegel: Es ist ein Raum, der die Erinnerung konserviert hat wie eine Büchse. Die Nachtkästchen aus Holz, die sein Vater gezimmert hat. Das Ölbild über dem Bett, eine Landschaft im Nebel. So hatte er sich auch oft gefühlt in diesem Zimmer: umfangen von der dunstigen Liebe seiner Mutter.

Für einen Moment kommt es ihm so vor, als ob sie noch im Bett läge, als ob ihre Beine noch aus der Decke herausschauten, weil ihr immer zu heiß war. Diese Beine, die gegen Ende hin eine gelbe Farbe annahmen, die

Haut wurde trocken und hart wie Leder, und wie ihre Haut trocknete auch ihre Sprache aus, bis sie völlig verstummte, als hätte sie alle Worte verbraucht.

Doch es sind keine Beine, kein Körper, es ist nur ein Kissen, das sich unter die Decke verirrt hat. Der Bettüberzug ist glatt und kühl wie die Haut eines großen Fisches. Jurek stellt die Umzugskartons vors Bett. Er weiß nicht, womit er anfangen soll. Er hätte Alfred bitten sollen, ihm zu helfen. Er knöpft die Bettwäsche auf, zieht sie von der Federdecke. Er fühlt sich, als ob er etwas Unerlaubtes tue. Da beobachtet ihn doch jemand. Er klopft auf die Vorhänge, öffnet die Schranktüren, sieht unter dem Bett nach. Lächerlich, natürlich ist da niemand.

Er stopft die Decken in die Umzugskartons. Die Bettwäsche würde er entsorgen. Die Leintücher. Keine Spannleintücher, sondern an den Ecken der Matratze verknotete Tücher.

Er hat eine Woche Zeit, das Wichtigste in Kisten zu packen. Für Donnerstag kommender Woche ist der Entrümpelungsdienst bestellt, der die restlichen Möbel entsorgen wird und alles Zeug, das bis dahin nicht in Kisten verpackt ist.

Jurek macht mit dem Schrank weiter. Die Anzüge seines Vater, blau und grau. Die Freizeitkleidung seines Vaters. Die Kostüme und Kleider seiner Mutter. So hat seine Kindheit gerochen. Er befühlt den Stoff ihrer Tücher und Blusen. Zum Schluss trug sie Tag und Nacht einen Trainingsanzug, sie sah aus, als wollte sie gleich eine Joggingrunde starten. Ein Aufzug, der in schmerzhaftem Gegensatz stand zur ihrer körperlichen Verfassung. Unter den Kleidern findet Jurek einige sorgfältig be-

schriftete Kisten. FOTOS. DIAS. TISCHTÜCHER. KRAWATTEN.
Er öffnet die Fotokiste und findet seine Kindheit. Die Bilder sind nach Jahren geordnet. *Jurek Schule. Lignano 1976. Ausflug Großglockner.* Die gestochen scharfe Schrift seiner Mutter auf den Rückseiten der Fotos. Eine Schrift mit Widerhaken, der man unmöglich entkommen konnte. Eine Schrift, die alles widerspiegelte, was ihr wichtig war: Genauigkeit, Vollständigkeit, der unerschütterliche Glaube an den Sieg der Gerechtigkeit und an das Gute im Menschen. Jurek stürzt in die Trauer wie in einen Schacht.
Vielleicht hat auch Petermann seine Bilder nicht mehr ertragen, vielleicht ist es gar nicht wichtig, sie ein Leben lang mit sich herumzuschleppen. Womöglich sind sie in der Wulch besser aufgehoben.

Als es an der Tür läutet, hält Jurek die Luft an. Er hört, wie Lynn die Tür öffnet. Stimmen. Ein Mann und eine Frau.
»Papa!«, ruft Lynn.
Er öffnet leise die Tür. Horcht. Sieht auf die Uhr. Es ist vier. Das wird das Paar sein, das sich angekündigt hat, um das Haus zu besichtigen.
Er wischt seine Handflächen an der Hose ab. Atmet tief durch. Denkt an Alice mit einem Gefühl von Vergeblichkeit. Geht die Treppe hinunter.
Im Flur steht eine Frau um die vierzig in Jeans und Shirt. Ihr Mann trägt Anzug und Krawatte. Sie stellen sich vor. Zimmermann.
»Bach«, sagt Jurek.
»Oh, wie der Komponist«, ruft die Frau aus. »Sind Sie ein Nachkomme?«

»Ich bitte dich, Franka, das hat der Herr sicherlich schon zu oft gehört.«
»Leider völlig unmusikalisch«, sagt Jurek.
»Das hier ist der Eingangsbereich, nehme ich an«, sagt die Frau und sieht sich um. »Sehr groß ist der aber nicht.«
»Zweckmäßig«, sagt Herr Zimmermann.
Jurek braucht seine Ruhe, er hat keine Nerven, um den Fremdenführer in seinem Haus zu spielen. Es ist ihm nur recht, wenn sie rasch wieder abhauen.
»Ich kann Ihnen keinen größeren Flur bieten«, sagt er. »Tut mir leid.«
»Kein Problem«, sagt der Mann. »Schauen wir uns die Küche an.«
Jurek führt sie in die Küche.
»Ich gehe davon aus, dass die Geräte drinbleiben«, sagt die Frau. Sie öffnet die Tür des Geschirrspülers. »Das ist aber auch schon ein antikes Modell. Schau einmal, Norbert.«
Norbert schaut. »Stört es dich, meine Perle?«
Jurek schaut sich seine Perle an, sie ist mindestens zwanzig Jahre jünger als Norbert. Er sieht nach Schrebergartensehnsucht aus, sie nach Prosecco-Abend in der Großraumdisko. Die hautengen Jeans, das Make-up, der hungrige Blick.
»Die Eckbank bleibt«, sagt Jurek.
»Etwas rustikal, das alles hier«, sagt die Frau.
Seine Eltern hätten das Haus eingerichtet, erwidert Jurek, früher sei das üblich gewesen auf dem Land, alles, was sie hier sähen, sei damals modern gewesen.
»Wie viele Räume haben wir im Erdgeschoss?«, fragt der Mann.

»Vier«, sagt Lynn. »Soll ich sie durchführen, Papa?«
»Ja, mach das«, sagt Jurek. »Bitte mach das.«
Er ist erschöpft. Nachdem alle die Küche verlassen haben, wäscht er sich die Hände, spritzt sich Wasser ins Gesicht. Türen werden geöffnet und geschlossen. Die Stimmen werden leiser. Jetzt nur nicht rührselig werden. Das Haus so schnell wie möglich loswerden. Am besten er haut sofort ab und lässt den Räumungsdienst den Rest erledigen.
Er hört sie die Treppen hinaufsteigen. Sie werden ins Elternschlafzimmer hineingehen. Das dürfen sie nicht.
Er springt auf, hastet zur Treppe.
Sie stehen bereits im Flur und die Frau sagt: »Wir lieben Parkettboden, nicht wahr, Fluffi? Nur Parkett ist nett.«
Hat sie tatsächlich *Fluffi* gesagt? »Wenn Sie das Haus kaufen, können Sie verlegen, was Sie wollen«, sagt Jurek. Er keucht, deutet auf das Elternschlafzimmer. »Bitte da nicht hinein. Ich bin am Räumen.«
»Nanu«, sagt der Mann und befühlt die Reste des Klebebands. »Sieht aus, als hätte jemand eine Polizeiversiegelung aufgebrochen.«
Jurek möchte ihm auf die Finger schlagen. Das geht ihn nichts an. Noch ist es sein Haus.
»Lassen Sie uns einen Blick hineinwerfen, nur einen Blick«, sagt die dumme Gans und beugt sich vor.
Jurek kann nicht anders. Mit einem Sprung hechtet er ins Zimmer, schlägt die Tür zu, dreht den Schlüssel im Schloss.
»Papa!«, ruft Lynn. »Mach auf!« Zunächst klopft sie, dann schlägt sie mit der flachen Hand gegen die Tür.
Vom Fenster aus sieht Jurek dabei zu, wie das Paar in

einen schwarzen Mercedes steigt und davonfährt. Er ist erleichtert. Jetzt erst beruhigt sich sein Atem. Er streckt sich auf dem Bett aus. Fragt sich, wo sie jetzt sind. Seine Eltern. Ob das alles ist, was übrig bleibt. Ein kaltes Zimmer und ein unfertiges Haus. Ein unfertiges Leben, denkt Jurek. Mehr kann er nicht vorweisen. Keinen Putz, keine Farbe. Keine Blumen an den Fenstern. Nur zwei Tiefkühltruhen, randvoll mit antikem Fleisch. Tiefgefrorene Sorgen – das ist es, was übrig bleibt.

Er verlässt das Zimmer erst, als es still geworden ist im Haus. Unten wirft er einen Blick auf sein Handy. Eine neue Nachricht.

Ein Foto, das Mathilda mit rosafarbenen Turnschuhen zeigt. Lillifee-Schuhe. Stolz hält sie ihre Errungenschaft in die Kamera.

Da wird Jurek ganz warm. Seine Hand, die das Handy hält, zittert.

10

IHR GLÜCK IST UNSER JOB.

Greta klappt die Broschüre zu und wieder auf. Sie überfliegt die Tortendiagramme, Statistiken und Fieberkurven zum wiederholten Mal. Das Layout, die Farben, die Wortwahl, der Claim: Alles hier hat eine beruhigende innere Ordnung.

Und dieser Name, der sich bereits festgehakt hat in ihrem Kopf: TYCHOON.

Was für eine kraftvolle Ansage. Da traut sich einer, das Versicherungsgeschäft von Grund auf neu zu denken.

Etwas Revolutionäres aus dem Boden zu stampfen. Es fühlt sich an, als hätte man sie zur hippsten Party des Jahrhunderts eingeladen. Gänsehaut.
Alfred Sauerländer ist soeben gegangen und hat ihr so viel Informationsmaterial dagelassen, dass sie alle Wände der Hannelorewohnung damit tapezieren könnte. Ob sie nicht hineinschnuppern möchte in dieses Unternehmen, hat er sie zum Schluss gefragt. Sie seien immer auf der Suche nach guten Leuten. Nach den besten. Und ihr Potential könne man ihr doch förmlich von der Stirn ablesen. Ihr Potential!
Manche von den Jungen haben's drauf, denkt Greta. Die haben kapiert, dass es etwas zu holen gibt, wenn man schnell genug ist. Und raffen alles an sich, ohne Rücksicht auf Verluste.
Wo war ihr Mut zum Risiko? Die vergangenen Jahre ist sie lasch geworden bei MEDICALUX. Der Erfolg hat sie träge gemacht, weil er das immer tut. Und satt. Wird Zeit, dass ein neuer Hunger erwacht.
Sie wird Sauerländer anrufen und zusagen. Was hat sie schon zu verlieren. Noch drei Tage in Oed: Das ist der Preis, den sie zahlen muss. Eine kalkulierbare Nebenwirkung angesichts des möglichen Nutzens. Sie wird es allen zeigen. Diana wird vor ihr knien und um eine Versicherung betteln. Nichts da. Abgeschmettert. Vittorio Fras wird versuchen, ihr das Businessmodell herauszulocken. »Cara Greta«, sagt er in ihrer Vorstellung. »Nur ein Blick. Das ist faszinierend.« Und er wird seine Hand an ihre Hüfte legen, und sie wird ihn fortschubsen, fest, denn das hier ist kein Spiel mehr.

Sie öffnet Hannelores Laptop, surft eine Weile ohne Ziel. Klickt noch einmal auf die TYCHOON-Website. Rot-Schwarz, dynamische Farben. Sauerländer hat ihr ein Passwort aufgeschrieben, mit dem sie sich ins Intranet einloggen kann. Sein Nickname lautet *Alfred_X*. Sie könne ihn bei Fragen jederzeit kontaktieren. Als aktive TYCHOONin erhalte sie die Versicherungen natürlich zu unschlagbaren Sonderkonditionen.

Greta steigt ins interne Forum ein. Als Nickname wählt sie *Greta_Y*. Das Ypsilon passt gut zu ihrer Lebensphase, vor allem auf Englisch. *Why*. Das fragt sie sich doch auch. Weshalb sie in Oed stranden musste. Weshalb sie krank wurde. Weshalb die Sache mit MEDICALUX schief ging.

Sie liest eine Weile im Forum mit, als eine Nachricht aufpoppt.

– *Bist du die Neue?*

Greta zögert.

– *Meinst du mich?*

– *Klar! Alfred hat von dir erzählt. Willkommen zur ultimativen Show. Wir hoffen, dich bald persönlich kennenzulernen. Ich bin Sigrid. Du wirst dem Team HERA zugeteilt. Jedes Team hat einen eigenen Bereich im Forum. Dort kannst du Fragen stellen und die anderen Mitglieder kennenlernen.*

Greta weiß nicht, was sie antworten soll. Als ob sie Gedanken lesen könne, schreibt Sigrid: *Ich will dich nicht überfallen. Wir sehen uns auf der Party.*

Ein wunderbarer Überfall, denkt Greta. Elektrisierend. Sie ist noch gar nicht richtig dabei, und schon lädt man sie zu einer Party ein. Ihr Team hat einen Namen: Hera. Und es gibt Leute, die sich auf sie freuen. Auf sie, Greta Kaminsky, ausgestattet mit einem geschliffenen Mund-

werk und der Bereitschaft, sich für das Unternehmen in jede Bresche zu werfen.
Sigrid trägt eine Kurzhaarfrisur, die man als »frech« bezeichnen würde. Brille mit roter Fassung, Perlen-Ohrgehänge, Nasenpiercing. Mit dieser Frau könnte sie sich verstehen. *Ich freue mich darauf, dich kennenzulernen!*, schreibt Greta.

So fühlte es sich an, als sie Georg das erste Mal begegnet ist. Georg, der in die Tasche seines weißen Mantels griff und darin herumkramte, als sie ihn auf dem Krankenhausgang ansprach und nach dem Weg fragte, und als er seine Hand hervorholte, war sie leer. Sein Gesicht im Türrahmen, als sie den Beamer im Besprechungsraum adjustierte, um den Chefärzten das neue Endoskopie-Wartungsprogramm vorzuführen. Der kleine, harte Mund, der ihr sofort ins Auge fiel. Seine Art, jemanden, der eine Frage stellt, einen Moment lang zu fixieren, bevor er mit der Antwort herausrückt. Diesen Augenblick, den beide aushalten müssen. Der süßsaure Moment der Ambivalenz.
Ab sofort sei ein MEDICALUX-Mitarbeiter bei Untersuchungen und Operationen anwesend, um Beschädigungen an den Endoskopen durch falsche Handhabung zu vermeiden, hat Greta gesagt. Eine ökonomisch sinnvolle Dienstleistung.
»Und wenn uns Ihr Mitarbeiter umkippt?«, hat er gefragt, dieser Mann im Türrahmen, ein spöttisches Lächeln auf den Lippen.
»Der hält es aus, das können Sie uns glauben.«
Sie markierte die starke Frau, dabei war das reine Hypo-

these. Sie *hoffte*, er würde es aushalten. Es handelte sich um ein Experiment.

»Sie glauben nicht, was wir schon erlebt haben. Ein Redakteur, der unbedingt eine Operation filmen wollte. Das Reinigungsteam war den ganzen Nachmittag damit beschäftigt, seine Kotze aufzuwischen.«

Sie sah ihn an. Dieser herausfordernde Blick. Den kleinen Mund zu einem Lächeln verzogen. Dann ging er, nicht ohne ihr eine Karte zu hinterlassen. Dr. Georg Lanzendorf. Erster Oberarzt, Abteilung für Anästhesiologie und Intensivmedizin.

Schon am nächsten Tag rief sie ihn an.

Hannelore sitzt am Esstisch und arbeitet an einem Ding, das Greta nicht identifizieren kann.

»Ein Kranich«, sagt Hannelore und hält einen gefalteten Vogel hoch. »Dekoration für den Stand.«

»Ein, zwei Tage bleibe ich noch«, sagt Greta. »Ich suche mir natürlich eine andere Bleibe. Ich liege dir nicht mehr auf der Tasche.« Keine weitere Nacht auf der Couch. Sie hat Sehnsucht nach Weite und Licht. Nach ihrem Leben, ihrer Haarbürste, ihrem Frotteehandtuch, ihrer Espressotasse.

»Du hilfst uns beim Fest«, sagt Hannelore und strahlt sie an. Keine Frage, eine Feststellung. »Und du bleibt hier. Keine Widerrede.«

Greta sei der Gast, sagt Hannelore, sie solle diese letzte Nacht in Oed in ihrem Bett verbringen, in einem *richtigen* Bett. Sie hingegen werde auf der Couch schlafen. »Ist das in Ordnung?«

Hannelore erwartet offenkundig Begeisterung, ihre

Augen sind weit aufgerissen, alles an ihr strahlt. Greta bringt gerade noch ein »danke, toll« über die Lippen, obwohl in diesem Zimmer nichts in Ordnung ist. Ein winziger quadratischer Raum, eine Schlafzelle, die gerade einmal Platz bietet für ein Doppelbett. Ein schmales Fenster, das auf einen Innenhof zeigt, in dem ein magersüchtiger Baum seine dürren Äste zum Licht streckt. Ein altmodischer Lüster. An der Wand ein Poster mit einem Yogi. Schwarze Punkte auf der Wirbelsäule. Darüber steht *Healthy, happy, holy*. Auf Hannelores Nachtkästchen stapeln sich Röhrchen, Blister, Sprays.
Ärmlich, denkt Greta. Was für eine Existenz. Was für ein kleines, schales Leben. Eineinhalb Zimmer, keine Perspektive. Wie kann man sich damit zufrieden geben? Greta weiß nicht, wie sie es Hannelore sagen soll. Die Couch war doch in Ordnung. Sie kann nicht in einem Zimmer schlafen, das nach Tod riecht und nach dem Scheitern jeder Hoffnung.

Greta hält den Kranich ins Licht. »Schön machst du das«, sagt sie.
Wo lernt man so etwas? An der Vogelfalt-Akademie?
Als Unterlage dient Hannelore der Standplan für das Fest des Windrads. Ihr quadratischer Fingernagel markiert Orte auf diesem Plan: »Siehst du, hier sind wir. Sozialmedizinischer Betreuungsring. Gemeinsam mit der APOTHEKE ZUR FROMMEN HELENE. Dieses Rechteck hier.«
Greta beugt sich über den Plan. Der Stand der Apotheke ist eingezwängt zwischen einem Sportgeschäft und der »Bestattung Heinz Poch«.

»Was bieten die an? Särge zum Probeliegen?«
»Trauerbegleitung«, sagt Hannelore. »Und Texthilfe für Partezettel. Zum Fest kommt aber nur die Frau Poch, ein Mini-Stand, ein Tisch, ein Stuhl, das war's.«
Neben der Bestattung befindet sich der Stand der Gemischtwarenhandlung, daneben die *Pension Bergruh.* Daran schließt eine kleine Bühne an. Der größte Stand ist offenkundig für eine Versicherung reserviert, daneben findet sich der Stand der Raiffeisenbank Mundschuh. Sportpark, Hundesitter, Wellness-Oase. Ein buntes Potpourri.
»Und wer soll an euren Stand kommen? Was sollen die dort tun? Etwas unterschreiben? Eine Mitgliedschaft vielleicht? Du musst dir zuerst deine Kunden anschauen, danach kannst du den Stand konzipieren.«
Hannelore überlegt. »Eine Mitgliedschaft im Sozialmedizinischen Betreuungsring. Oder ein Jahressponsoring. Das wär's.«
»Gut, dann braucht ihr Kundenstopper«, sagt Greta. »Ihr benötigt etwas, damit die Leute bei euch stehenbleiben.«
Wie unbedarft die an die Sache herangehen, denkt sie. Keinen Schimmer von Veranstaltungsorganisation. Stellen einen Tisch auf und sich dahinter. Ein paar Postkarten zum Verteilen. Das war's dann.
»Julia von der Apotheke«, sagt Hannelore. »Bei ihr bleibt jeder Mann stehen.«
Greta fällt in Hannelores Lachen ein.
»Wenn viel Trubel ist, dann wissen die Leute nicht mehr, was sie gesehen haben«, sagt Greta. »Du musst sie ständig erinnern, mit Plakaten, Roll-Ups, Überkopftafeln. Und Giveaways. Was gebt ihr den Leuten mit?«

Hannelore scheint nicht zu verstehen. »Mitgeben?«
»Kleine Geschenke! Irgendwas. Kugelschreiber, Traubenzucker, Tüten, etwas, das sie später noch verwenden können.«
Hannelore überlegt. »Ich könnte Inkontinenz-Windeln verschenken.«
»Tu's nicht«, sagt Greta.

Greta schlüpft in Hannelores Turnschuhe. Ein eigentümliches Gefühl. Ein Mensch zu sein, der auf die Straße geht, wann immer er Lust dazu hat. Der abhauen kann, von welchem Ort auch immer. Sie hat ihrem Körper beinahe das Vertrauen entzogen, hat ihn mit Nichtbeachtung bestraft, ihre Haare nicht gebürstet, sich nachlässig gewaschen, kein Make-up aufgelegt. Jetzt bürstet sie ihre Haare mit Hingabe und trägt Lippenstift auf, den sie in Hannelores Spiegelschrank findet. Sie trägt immer noch den blauen Overall, ihr Kostüm ist schwer beschädigt, seit sie es sich im Fieberwahn vom Körper gerissen hat.
Hannelore hilft ihr die Stiegen hinunter, aber eigentlich braucht sie ihre Hilfe nicht mehr. »Ich kann alleine!«, möchte Greta rufen. Ein Satz, den sie wahrscheinlich als Dreijährige das letzte Mal ausgesprochen hat.
Frische Luft. Vogelgezwitscher, Schäfchenwolken. Alles da. Hannelore hat ihr einen Schirm geliehen, eine unauffällige Stütze, falls ihr schwindelig werden sollte.
Sie fahren die Hauptstraße entlang Richtung Mundschuh, biegen jedoch vor dem Kreisverkehr in einen Feldweg ab. Die Sonne klebt am Himmel wie ein billiger Schmuckstein.
Sie halten an einem Feld aus Verwerfungen, die mit Gras

bewachsen sind. Eine faltige Erdhaut bis an den Horizont. Alles ist schön, denkt Greta. Sogar das hier. Das Nichts.

»Du solltest alle Sehenswürdigkeiten besichtigen«, sagt Hannelore. »Wenn du schon hier bist. Na los, steig aus.«

Greta setzt beide Beine auf den Boden. Sieht sich um.

»Und jetzt?«

»Hier«, sagt Hannelore und deutet auf den Horizont. »Der tiefe Graben.«

»Wo?«

»Hier. Da war zumindest einer. Früher. Jetzt ist er zugeschüttet. In unserer Jugend sind wir hergefahren, um heimlich zu rauchen. Wir legten uns in den Graben, der schon damals nicht sehr tief war, aber dafür groß. Wie ein Baggersee, nur ohne Wasser. Das war unser Platz. Hier haben wir alles gemacht. Geraucht, getrunken.«

»Gefummelt«, sagt Greta.

Hannelore lacht. »Hier habe ich Alexander kennengelernt.«

»Und wo ist er heute?«

»Keine Ahnung. Weg. Mit den anderen.«

Sie gehen ein paar Schritte.

»Warum bist du hier geblieben?«

Sie zuckt mit den Schultern. »Weil es keinen Unterschied macht. Ob du in Oed bist oder woanders. Magst du?«

Sie hält Greta ein Zigarettenpäckchen entgegen. Greta greift zu. Sie sitzen auf einer der schmalen Dünen, kein Laut zu hören, kein Vogel, kein Flugzeug, nichts.

»Ich vermisse Alexander noch heute«, sagt Hannelore. »Nicht den Menschen, an den kann ich mich nicht erinnern. Aber an das Gefühl, das er ausgelöst hat. Hast du von diesen Föten gehört, die im Leib der Mutter versteinern? Das ist so etwas Ähnliches. Es lebt mit dir mit, wird nur hart mit der Zeit.«

Greta hat am Morgen überlegt, ob sie Georg anrufen soll. Ob er mit seinem geländegängigen Audi nach Oed fahren und sie wieder in die Stadt mitnehmen soll. Der Prinz auf seinem SUV-Pferd. Und dann ist ihr die Lust auf *Sieben Schätze* bei *Mister Gong* vergangen. Sie will seine Beschwerden nicht mehr hören, kein Wort mehr über die Kinder, und seine Probleme in der Abteilung sind ihr egal.

Letztlich ist die Übung doch gelungen, denkt Greta. Er hat ihr Interesse narkotisiert. Tropfen für Tropfen ist das Gefühls-Anästhetikum in ihre Vene geflossen und hat tief in ihrem Körper seine Arbeit verrichtet.

Georg. An seine Stimme kann sie sich kaum mehr erinnern. Sein Gesicht: ausgelöscht. Eine amorphe Masse aus Haaren und Haut, Einbuchtungen und Erhebungen.

Als sie fertig geraucht haben, steht Hannelore auf und sagt: »Es ist Zeit.« Sie holt etwas aus ihrer Jackentasche und beugt sich über die Erde.

Ordnet Steine zu einem Kreis, stellt eine Kerze in die Mitte, zündet sie an.

»Das ist für Mutter Erde«, sagt Hannelore.

Sie streckt die Arme zur Seite, ihre Handflächen zeigen zum Himmel, ihre Augen sind geschlossen.

»Liebe Erdenmutter. Bitte nimm meine Gedanken und Gefühle an. Ich will sie dir hier an diesem Ort senden. Nie wird mein Dank an dich enden. Nie wird meine Liebe zu dir versiegen. Ich wünsche dir Frieden.«

Hannelore legt eine Hand auf Gretas Schulter.
»Dir wünsche ich auch Frieden«, sagt sie.
»Danke«, sagt Greta.
Frieden.
Sie atmet ein und aus. Und dann ist die Erkenntnis da. Plötzlich. Als hätte es eine Hannelore und ihr stumpfsinniges Ritual dafür gebraucht.
Sie wird sich von Georg trennen. Es ist aus.
Ein Satz, der sich gut anfühlt.
Es ist aus.
Drei Silben. Wie ökonomisch die deutsche Sprache doch ist, wenn es darauf ankommt.
»Was ist los?«, fragt Hannelore.
»Nichts«, sagt Greta.
Sie fühlt nichts. Sie vermisst Georg nicht mehr, und das ist die eigentliche Verletzung. Sie ist enttäuscht, dass er ihr nicht fehlt. Dass sie nicht das Bedürfnis hat, ihm von all dem hier zu erzählen. Dass er aus dem Spiel ist.
»Wir müssen aufbrechen«, sagt Hannelore.
»Und die Steine?«
»Die sind ein Geschenk. An die Erde.«
Alle verrückt hier, denkt Greta.

11

Jurek hat es sich angewöhnt, nach dem Essen noch ein wenig mit Lynn und Alfred am Tisch zu sitzen und Familie zu spielen.
Lynn hat exotische Pilze gebraten und er hat alles aufgegessen, obwohl es seltsam schmeckte.

Zum Kaffee holt Alfred sein Tablet heraus, um Jurek mit den neuesten TYCHOON-Entwicklungen zu beeindrucken. Während Lynn die Küche sauber macht, wischt Alfred über das Display. Er ruft Videos mit Reden des Firmengründers Ron Irgendwie auf, dem er visionäre Kraft und unglaubliches Charisma bescheinigt. Jurek kann sich dessen Nachnamen nicht merken, dem Klang nach eine Mischung aus Fernöstlich und Französisch, Huanchi-Mondieu oder so ähnlich.

Alfred hält Jurek das Display vor die Nase. Nach jedem Satz, den dieser Ron spricht, ruft Alfred: »Stark! Hast du das gehört?« oder »Maximal, das muss ich mir notieren.« Ron sieht aus wie dieser amerikanische Fernsehpriester, den Jurek im TV gesehen hat, als er mit Miriam in New York war. Ein grauhaariger Mann im weißen Anzug. *Miracle Man.*

Auf der Reise stellte sich heraus, dass Miriam schwanger war. Ihr war pausenlos übel, sodass sie die meiste Zeit im Hotelzimmer verbrachten, in einer Bruchbude in Chinatown. Jurek zappte stundenlang durch die Programme. Der Fernsehpriester hatte etwas Hypnotisches. Er sprach leise und heilte vor laufender Kamera. In dem Saal befanden sich tausende Menschen. Schwerkranke wurden in Betten hereingeschoben. Wer dem Prediger zu nahe kam, dem bedeutete er mit einer herrischen Handbewegung, sich zu entfernen. Dieser Ron macht dieselbe Handbewegung. Als wolle er Fliegen verscheuchen.

»Wie geht's dir dabei?«

»Was?« Jurek kaut an einem Stück Tarte Tatin.

»Wenn er spricht, bekomme ich Gänsehaut. Und du?«

Jurek denkt nach. Was soll er antworten, ohne Alfred zu beleidigen?«

»Ich finde ihn nicht sehr ... sympathisch.«

Alfred lacht. »Sympathisch? Sympathie ist was für Warmduscher. Du musst dich durchsetzen, sonst kannst du dich gleich in deinem Kaff beerdigen lassen.«

»Alles klar«, sagt Jurek.

Im Schlafzimmer knipst Jurek den Laptop an. Er braucht nur ein »p« in die Zeile seines Browsers eingeben, und schon schlägt ihm die Suchmaschine das *Paradies* vor. Die Homepage des *Paradieses* hat er so oft besucht wie keine andere Seite.

Seit einer Woche ist Cindy wie vom Erdboden verschwunden. Dafür gibt es zwei neue Mädchen, Ariana und Belinda. Beide sprechen Ungarisch und strecken alles, was sie haben, in die Kamera. Belinda bietet »Fetisch-Service« an. Fußerotik. Jurek findet das kurios. Er hält Füße für ein notwendiges Übel, erotische Vorstellungen haben sie bei ihm noch nie ausgelöst. Er fragt sich, ob das eine einseitige Vorliebe ist. Oder ob es auch Frauen gibt, die an Männerfüßen lecken wollen. Er versucht sich vorzustellen, dass Belinda seine Zehen küsst. Der Gedanke gewinnt an Kraft, als er seine Socken auszieht. Er betrachtet seine Füße. Die langen, windschiefen Zehennägel, die gelbe Hornhaut an den Fersen.

Sein Handy vibriert in der Hosentasche.

Alice. Er klickt das *Paradies* weg, bevor er abhebt.

Mathilda hat Scharlach. Alice klingt besorgt.

»Sie hat sich doch so auf das Fest gefreut.«

»Ach, ein Feuer gibt es bestimmt bald mal wieder.«

»In Oed?«
»Notfalls verbrennen wir ein paar Äste.«
Jurek kann sich Spektakuläreres vorstellen als das Fest des Windrads. Für ihn ist es nur ein Vorwand, Alice wiederzusehen.
Für den Vorfall im Kaufhaus hatte sie sich schon am Vortag entschuldigt. »Ich glaube, Mathilda hat schon die Krankheit in sich gespürt. Normalerweise ist sie nicht so empfindlich. Aber so ist das mit uns. Von einer Katastrophe in die nächste. Ich frage mich, wie andere Familien damit umgehen. Mit diesen ständigen Rückschlägen.«
Er war so froh, dass er nur sagte: »Vergessen wir's.«
Eine Beziehung kann man ohnehin nur führen, wenn man bereit ist, schnell zu vergessen. In der Ehe mit Miriam hatte er diese Tugend ausgebaut, bis er sie perfekt beherrschte. Er konnte zu jeder beliebigen Zeit den Löschknopf betätigen und ganze Auseinandersetzungen ausradieren. Miriam machte das wahnsinnig. Sie knabberte an einem Streit wie ein Köter an einem ausgelutschten Knochen und zählte ihm noch Monate später seine Verfehlungen auf – mit einer Akribie, die sie an anderer Stelle schmerzlich vermissen ließ.
»Ich will dich sehen«, sagt Jurek zu Alice. In dem Satz steckt die ganze Wahrheit drin: Ich will dich.
Sie zögert. »Ich weiß nicht, ob ich hier wegkomme.«
Jurek denkt an Alices Körper, an ihre spröde Schönheit. Wenn man nur kurz hinsieht, könnte man sie aus der Ferne mit Miriam verwechseln. Eine Erkenntnis, die ihn beschämt. Er fand Männer immer lächerlich, deren Frauen sich glichen wie ein Ei dem anderen.
Mit den Jahren hat er gelernt, zwischen Liebe und Geil-

heit zu unterscheiden. Es dauerte lange, bis er verstand: Körperliche Bedürftigkeit steigert die Bereitschaft, sich mit Haut und Haaren auf jemanden einzulassen. Er musste darauf achten, dass sein Hormonhaushalt im Lot war, dann konnte er sich auf seine Gefühle verlassen.

Die Tage in New York zählten zu den glücklichsten, die er mit Miriam verbracht hatte. In ihrem Körper wuchs etwas heran, das sie beide für immer verbinden würde. Daran muss er denken, wenn er Lynn heute ansieht. Dass sie Miriam und ihn glücklich gemacht hatte, lange bevor sie auf der Welt war.

Als Miriam sich besser fühlte, spazierten sie den Broadway entlang. Miriam blieb vor jedem Straßenkünstler stehen, verfolgte die Darbietungen mit kindlicher Begeisterung. Ihre Euphorie war ansteckend. »Könntest du dir vorstellen, hier zu leben?«, fragte sie ihn am letzten Tag.

Er dachte nicht ernsthaft darüber nach.

Heute fragt er sich, was aus ihnen geworden wäre, hätte er damals ja gesagt. Ob sie noch eine Familie wären? Vielleicht hätten sie sich noch rascher scheiden lassen, und er würde mittlerweile in Long Island leben und einen Laden für Künstlerbedarf betreiben.

Vielleicht aber hätten sie es geschafft.

Miriam hätte noch zwei Kinder bekommen. Er hätte einen Job an einer Uni angenommen. Er hätte regelmäßig die Predigten der Fernsehpriester verfolgt. Er wäre in eine Freikirche eingetreten. Halleluja.

12

Greta ist enttäuscht. Der Windplatz hat nicht den geringsten Charme. Ein betoniertes Viereck, aus dessen Mitte das Windrad herauswächst wie ein Fremdkörper aus einer Hautöffnung.
Der Windplatz ist Fußgängerzone. Kinder dürfen auf dem Windplatz spielen, aber nur, wenn sie von Erwachsenen beaufsichtigt werden. Ballspielen verboten. Hunde dürfen nicht auf den Windplatz mitgebracht werden, weil Hundeurin die Beine des Windrads zersetzt. Plakate kleben strengstens untersagt, ebenso das Anbringen von Freundschaftsbändern.
Greta liest die Verordnungen, die auf einer gelben Tafel am Fuße des Windrads angebracht sind. Sie stützt sich auf Hannelores Schirm. Manchmal schwankt sie noch, ein Rumoren im Kopf, als ob ihr Gleichgewichtssinn beschädigt sei.
Über die Einhaltung der Windplatzregeln wacht der Windradwärter. Ein dürres Männchen, das an die neunzig sein muss. Auch er geht am Stock.
Sie gäben ein schönes Paar ab.
Eine Tafel erinnert an die Geschichte des Bauwerks. Dass es sich um ein amerikanisches Windrad handle, steht da. Um eine *Westernmill*, die früher zur Bewässerung und Entwässerung gebaut wurde, später auch zur Stromerzeugung in Gegenden ohne Netzanbindung. Das Windrad in Oed sei ein Denkmal, das die Amerikaner sich selbst gesetzt hätten. Ein hölzernes Wahrzeichen, das dem gesichtslosen Dorf ein Profil verleihen sollte.

Kräftige Männer schleppen Tische auf den Platz und arrangieren sie zu einem Viereck. Hans probt auf einer improvisierten Bühne französische Lieder.
»Hier ist das *Bergruh*«, sagt Vroni und deutet auf den Tisch im Süden des Platzes. »Und hier« – sie deutet auf die Mitte des Tisches – »legen wir unsere Postkarten aus.«
Die Postkarten sehen aus, als seien sie aus den Fünfzigerjahren herübergerettet worden. *Willkommen in der Pension Bergruh* in Schnörkelschrift. Eine Collage aus fünf Bildern, willkürlich aneinandergefügt. Der Gasthof von außen. Ein Zimmer, definitiv nicht Gretas Dachkammer. Blumen auf dem Tischchen. Die gab es bei ihr auch nicht.
»Schön«, sagt Greta. »Was planst du noch?«
Vroni zuckt mit den Schultern. »Wir könnten eine Übernachtung verlosen.«
»Eine Übernachtung? Zum Fest werden doch vor allem Leute aus der Gegend kommen, oder etwa nicht? Die haben doch alle schon ein Bett hier in der Nähe. Überleg dir was anderes.«
Die Apothekerin ist auch schon vor Ort, es ist nicht Alice, sondern eine andere, noch schmalere. Greta fragt sich, weshalb Apothekerinnen so krank und blutleer aussehen, gerade sie, die doch an der Quelle aller Kräftigungspräparate sitzen. Die Apothekerin dekoriert ihren Stand mit weißen und gelben Tulpen und montiert ein Roll-Up:

APOTHEKE ZUR FROMMEN HELENE
Wir leben für Ihre Gesundheit!

Wir leben für Ihre Gesundheit? Bestimmt haben sie den Slogan selbst erfunden, abends nach Dienstschluss, bei einer Runde Dinkelwurst und Fencheltee.
Greta fühlt sich deutlich besser, seit sie den Windplatz betreten hat. Wenn sie es wohlwollend betrachtet, dann ist dieses Fest wie eine kleine Messe. In jedem Fall wird sie hier gebraucht. Lebenskraft strömt in ihren Körper wie Wasser in einen Pool, ein steigendes Energiereservoir, auf das sie jederzeit zugreifen kann.
Hans stimmt ein Chanson an. Greta kennt die Melodie, doch den Text versteht sie nicht. Auf Französisch, denkt sie, klingt jedes Wort nach unerfüllter Liebe, während im Deutschen immer alles nach Sanostol klingt, nach etwas, das man nicht will, aber dennoch schlucken muss.
Auftritt des Bürgermeisters. Ein untersetzter Sechzigjähriger, dessen geplatzte Äderchen auf der Wange ihm das ramponierte Aussehen eines notorischen Trinkers verleihen. Er bietet ihr seinen Arm an.
»Wenn ich Sie zu Ihrem Platz geleiten darf«, sagt er. »Ich habe vernommen, Sie unterstützen uns mit Ihrer Expertise. Das freut uns.«
Greta fragt sich, was Hannelore dem Bürgermeister berichtet hat. Er führt sie zu einer Art Hochsitz, den man auf Tennisplätzen sieht. Erwartet er, dass sie da hinaufklettert?
»Keine Sorge, der hält bombensicher«, sagt der Bürgermeister und rüttelt am Gestell.
Etwas in Gretas Innerem sagt: Los, rauf mit dir. Ein Schritt nach dem anderen. Mach dich nicht lächerlich. Es kann dir nichts passieren.
Und dann sitzt sie auf diesem Hochstuhl, ihre Hand-

tasche eingeklemmt zwischen Hüfte und Geländer, vor sich den Windplatz in seiner ganzen Erbärmlichkeit. Der Bürgermeister reicht ihr ein Megafon hinauf.
Die Leute hier – er deutet auf die Oeder, die ihre Stände mit allerlei Klimbim aufrüsten – seien angewiesen worden, den Rat von Frau Doktor Kaminsky zu hören, sagt er. »Sie sind der Profi. Wir machen, was Sie uns sagen.«
Frau Doktor. So rasch kann es gehen mit der Promotion. Greta betrachtet das Megafon. Sie dachte, dass sie mitkommen sollte, um Hannelore und den Apothekerinnen beim Standaufbau zu helfen – davon, zu kommandieren und das Fußvolk via Megafon zu befehligen, war nie die Rede.
Ein Fotograf dirigiert den Bürgermeister in die optimale Position unterhalb des Hochsitzes. »Noch einen Schritt nach links, noch einen! Hand auf die Sprosse, so ist's gut.« Greta lächelt und weiß nicht, warum.
Gefangen in ihrem Käfigsitz sieht sie dem Bürgermeister dabei zu, wie er über den Platz marschiert und allen Helfern und Helfershelfern Zeichen gibt, ihm zu folgen. Kurz darauf stehen dreißig Oeder vor Gretas Hochsitz und sehen gebannt zu ihr hinauf. Was erwarten sie jetzt von ihr?
»Guten –«
Der Bürgermeister bedeutet ihr, ins Megafon zu sprechen.
Sie hält das Ding vor ihren Mund. »Guten Tag.«
Ihre Stimme schallt über den Windplatz. Tauben flattern erschreckt auf. Der Windradwächter hebt den Kopf.
Und nun?

»Moment.« Greta klemmt das Megafon zwischen ihre Knie und öffnet ihre Handtasche. Die Reservierung im Farinelli. Sie hätte anrufen und absagen müssen.
AUGENHÖHE
TEAMPLAYER
BALLÜBERGABE
EINSTIMMEN
Sie räuspert sich. »Wenn ihr erfolgreich sein wollt, dann müsst ihr als Team spürbar und sichtbar werden«, sagt sie. »Jeder kocht sein Süppchen, das ist schon in Ordnung, aber –« Sie stockt.
Hat keine Ahnung, wie der Satz weitergeht.
Sieht in offene Gesichter, einige lächeln zu ihr hinauf. Vielleicht ist das Brauch in Oed, dass immer mal einer da oben sitzt und auf die anderen hinunterdoziert wie von der Kanzel, vielleicht brauchen sie das hier.
»Was ihr tut, ist gut und richtig«, sagt sie. »Aber bündelt eure Kräfte. Tretet geschlossen auf. Stellt das Fest unter ein Motto. Ein – karitatives? Alle Erlöse aus dem Glückshafen und den anderen Verkäufen kommen einer Aktion zugute. Wofür, darüber müsst ihr abstimmen. Ihr seid ein Team. Wie beim Fußball. Es kann nur funktionieren, wenn alle mitspielen und auch gewisse Regeln beachten. Spendet das Geld für die Hauskrankenhilfe oder für die die Diabetes-Prävention.«
Nicken. Einzelne Rufe. »Sie hat Recht!«
»Lasst eure Kinder die Lose verkaufen. Und jeder soll wissen, dass es für einen guten Zweck ist. Das muss sichtbar werden. Ihr könnt es den Leuten sagen, aber das vergessen sie wieder. Druckt es aus. Verteilt Flyer, Broschüren. Schwarz auf weiß, das hilft.«

Sie bekommt langsam Vertrauen in diesen elektronisch verstärkten Plastiktrichter. Rustikaler und irgendwie martialischer als ein Mikrofon. »Einer von euch ist der Coach, der alles koordiniert«, sagt sie.

»Das sind natürlich Sie, Verehrteste!«, ruft der Bürgermeister zu ihr hinauf.

Keinesfalls, aber wie kommt sie aus dieser Nummer bloß wieder heraus?

Als sie auf die Menschen blickt, die sich unter dem Hochsitz versammelt haben und zu ihr hinaufsehen, fällt ihr die Fernsehreportage über einen Dirigenten ein, der sich mit einem Trick behilft: Wenn ein Crescendo für alle eingetragen ist, lässt er Blech und Pauken erst später beginnen, damit sie die leisen Instrumente nicht übertönen. Genauso muss es hier sein. Sie wird die stillen Mitglieder der Gemeinde für ihre Idee gewinnen, dann ziehen die Aktiven, die Lauten, automatisch mit.

Greta lässt ihren Blick schweifen. Sie wird auswählen. Im Auswählen ist sie top. Sie deutet auf eine Frau in Sportbekleidung, die auf einem der Tische sitzt. »Sie dort hinten«, ruft sie ins Megafon. »Ja, genau Sie. Die Sie sich gerade erstaunt umdrehen. Könnten Sie bitte zu mir nach vorn kommen?«

Sie wartet, bis sich die Frau annähert. Sie hat rote Wangen, sieht verschwitzt aus, ihre dunklen Locken sind verklebt, wahrscheinlich hat sie gerade ihr morgendliches Sportprogramm absolviert. Und da ist noch etwas in ihren Gesten verborgen: Abwehr. Sie möchte nicht, hat keine Lust, das erkennt Greta auf den ersten Blick.

»Wie sieht Ihr Beitrag aus?«, fragt Greta, als die Frau vor dem Hochsitz steht.

»Ich habe Tische geschleppt«, antwortet die Frau. »Das reicht mir. Ehrlich gesagt.« Sie lacht und sieht sich um. Ob andere mit ihr lachen.
Greta bleibt ernst. »Ihre Aufgabe ist dann beendet, wenn alle Besucher wieder zu Hause sind«, sagt sie. »Das muss Ihnen allen klar sein.« Sie blickt in die Runde.
Einige klatschen, rufen: »Jawohl, sie hat Recht!«
»Das bedeutet«, fährt Greta fort, »dass sich jeder Einzelne überlegen muss, wie er sich für die Gruppe einbringen kann. Wie bereichere ich das Fest? Was kann ich persönlich einbringen, das über das, was man von mir ohnehin erwartet, hinausgeht? Mehr. Darum geht es. Um das Unerwartete. Die zusätzliche Anstrengung. Der Bonus. So funktioniert Erfolg. Das können Sie mir glauben. Wer die Erwartungen erfüllt, bleibt bestenfalls Mittelfeld. Mehr. Bitte wiederholen Sie mit mir.«
Mit dem Megafon gibt Greta den Einsatz.
»Mehr«, schallt es vielstimmig zu ihr herauf.
Greta wächst in ihrem Hochsitz. Über sich hinaus. Und überhaupt. Das ist es, was sie kann. Das ist es, was sie will.
»Mehr«, skandieren die Leute. »Mehr!«
Sie blickt in die Augen der Frau, die immer noch reglos vor ihr steht, und sieht dabei zu, wie der Widerstand bricht. Wie sie einknickt unter der Last der Rufe. Wie sie kleinbeigibt.
»Ich ... ich werde ein Kinderquiz veranstalten?«, sagt sie. Mehr Frage als Aussage.
»Sie«, sagt Greta und erhebt sich in ihrem Hochsitz – wofür sie ihre Tasche in die Hand nehmen muss – »Sie werden die Verantwortung für den Glückshafen über-

nehmen. Sie werden die Kinder einteilen, sie mit Losen versorgen, über den korrekten Ablauf wachen. Dafür eignen Sie sich hervorragend.«

Ihr Auftritt schindet Eindruck. Als sie sich erhoben hat, ist es mit einem Mal ganz still geworden.

»Weiß jeder, was zu tun ist? Herr Bürgermeister, Sie teilen die Teams ein. Team Vorbereitung, Team Logistik, Team Ablauf, Team Security.«

Und just in dem Moment, in dem sie das »ity« von Security ausspricht, meldet sich die Übelkeit zurück, die sie seit dem vergangenen Abend begleitet. Mit dem Fleisch stimmte etwas nicht, vielleicht war es aber auch das Fett, das Hannelore für die Bratkartoffeln verwendet hat, es roch seltsam, wenn sie sich recht erinnert. Greta hat mit einem Mal riesigen Durst, sie will Wasser trinken, Wasser, jetzt sofort. »Ich will hinunter«, ächzt sie ins Megafon. Sofort sind drei Männer da, die sie stützen, als sie zitternd die Sprossen hinunterklettert, und mindestens dreißig Oeder sehen ihr dabei zu wie sie, auf den Schirm gestützt, den Windplatz hinkend überquert und alles, was sie am Vorabend in sich hineingestopft hat, auf einen fleischfarbenen Rhododendron erbricht.

Und als sie den Kopf hebt und mit zitternder Hand nach dem Handtuch greift, das man ihr reicht, fühlt sie sich, als habe man einen Felsen aus ihrem Inneren entfernt.

Zwei junge Männer entrollen ein Plakat.

HERZLICH WILLKOMMEN ZUM TYCHOON-FEST DES WINDRADS.

»Ich hoffe, Sie fühlen sich besser«, sagt der Bürgermeister. Ob man den Arzt herbeirufen solle. Den Herrn Doktor Schrittesser. Er sei bestimmt gern bereit, ein Auge

auf »unsere Organisations-Koryphäe« zu werfen, sagt er. Dank des großzügigen Sponsorings durch ein Unternehmen namens »Taifun« – er deutet auf das Plakat – sei man in der Lage, sämtliche Kosten abzudecken, das beinhalte selbstverständlich auch spontane Notfälle.
»Ich brauche nichts«, sagt Greta. »Mir geht es gut.«

Beim TYCHOON-Stand, dem imposantesten Stand auf dem gesamten Windplatz, trifft sie auf Alfred Sauerländer, der einen Prospektstapel geraderückt.
»Ich habe mich entschieden«, sagt Greta. »Ich mache mit.«
Wie leicht ihr diese Sätze doch über die Lippen gehen. Es ist aus. Ich brauche nichts. Mir geht es gut. Ich mache mit.
Er lächelt. Sie lächelt. Er reicht ihr die Hand. »Wir freuen uns«, sagt er. »Maximal.« Er spricht bereits für das Kollektiv. Aus dem wird noch was. Greta hat dafür einen Riecher. Sie wird sich in die Materie einarbeiten und dann würde man ja sehen.
»Nächste Woche ist Schulung«, sagt er. »Täglich von neun bis fünfzehn Uhr. Arbeitsbeginn: sofort.«
Er überreicht ihr ein Formular. Das müsse jeder Kunde ausfüllen. Ein Interessensprofil. Festgelegt werde darin noch nichts, sie brauche sich nicht sorgen. Keine Unterschrift, kein Vertrag, keine Polizze, keine Bindung. Es sei nur eine Eingrenzung der Varianten. Sie selbst habe es ja bereits ausgefüllt, nun könne sie sich an anderen erproben. Das Fest des Windrads sei eine große Chance. Für sie alle.
Er deutet auf eine Frau mit ondulierten blonden Haaren.

Sie trägt ein Kostüm, dunkelblau, und hält ein aufgeklapptes TYCHOON-Prospekt in der Hand. »Ihre Chance«, sagt er. »Viel Glück.«

Dass es so schnell gehen würde mit der Erprobung, damit hat Greta nicht gerechnet. Sie steht da, das Formular in der Hand, wie eine Grundschülerin, die sich verlaufen hat. Und dann ist es die Frau selbst, die auf sie zukommt und fragt, ob sie »hier dazugehört«, und Greta hört sich antworten: »Ja.«

Sie interessiere sich für das Paket F, sagt die Frau. Fehlentscheidungen. Ja, tatsächlich leide sie massiv unter den Fehlentscheidungen ihres Mannes und unter ihren eigenen noch viel mehr. Sie wissen, dass die Vergangenheit vorbei sei, vorbei, vorbei, doch sie wolle sich für die Zukunft wappnen.

»Können Sie das nachvollziehen?«

»Natürlich«, sagt Greta und sucht im Formular nach der Information zum Produkt F. Es ist bei weitem das kostspieligste. Ab 298 Euro pro Monat. Dafür habe der Versicherte im Schadensfall Anrecht auf eine Mind-Detox-Kur in Sri Lanka, um den Geist zu klären und sich für den Fall weiterer Entscheidungsfindungen zu stärken.

»Ach«, sagt die Frau. »In Sri Lanka war ich schon. Vor dem Tsunami.« Sie schaut Greta über die Schulter. »Zweihundertachtundneunzig? Ich fürchte, das kann ich mir nicht leisten. Das ist leider eine Konsequenz der Fehlentscheidungen.«

»Sie müssen ohnehin nichts unterschreiben«, sagt Greta. »Bei TYCHOON sind Sie frei, kein Druck.« Das hat Alfred Sauerländer auch gesagt, als er ihr die Konditionen erklärte: *Bei* TYCHOON *sind Sie frei.*

»Ach, wissen Sie«, sagt die Frau, »von Freiheit will ich nichts mehr hören. Jeder ist frei zu tun, was immer er möchte, und am Ende ist er der Unfreieste von allen, in Geiselhaft von Banken und Versicherungen. Und vom eigenen Lebensstil natürlich. Der zieht die Fesseln besonders eng.«

Die Frau setzt ihre Sonnenbrille auf, große, dunkle Gläser, die das halbe Gesicht verdecken.

Greta mag diese Frau. Eine sympathische Erscheinung. Ein wenig exaltiert.

»Was ist«, sagt die Frau, »wenn die Entscheidung für TYCHOON selbst eine Fehlentscheidung war? Wird dann auch eine Entschädigung gezahlt? Bin ich dann automatisch aus den Pflichten entlassen?«

Manche Fragen sind besser, als es eine Antwort je sein kann. Greta sieht sich nach Sauerländer um. Sie entdeckt ihn auf einer Stehleiter am anderen Ende des Platzes. Mit zwei Helfern schraubt er an einem Gerüst, das als Halterung für das Werbeplakat dient.

»Was machen Sie beruflich?«, fragt Greta. Unwissenheit kann man nur durch das Vorschützen eines persönlichen Interesses verbergen.

»Nichts«, sagt die Frau.

»Sie wohnen in Oed?«

»Noch«, sagt sie. »Unser Haus wird verkauft. Ergebnis einer – Sie ahnen es: Fehlentscheidung.«

Greta horcht auf. Sie benötigt eine neue Bleibe. Für die TYCHOON-Einschulung wird sie in Oed bleiben. Bei Hannelore will sie nicht schlafen, sie hat ihre Gastfreundschaft ohnehin schon überstrapaziert.

»Ist es zu mieten? Übergangsweise?«

»Nur Kauf«, sagt die Frau. »Das Nachbarshaus ist zu mieten. Jurek Bach.«
»Das ist doch der Taxifahrer«, sagt Greta.
Ein Haus auf dem Land, das wäre schön, denkt Greta. Ein Garten, eine Veranda. Die letzten Tage in Oed in angenehmer Atmosphäre verbringen. Dann nach Wien zurückkehren und in der Zentrale arbeiten. Das hat Sauerländer ihr vorgeschlagen.
Greta füllt das Formular aus. Bei »wohnhaft in« macht sie ein Fragezeichen, in die Rubrik »Bedenken« notiert sie: »Prämie zu teuer.«
»Sind Sie verheiratet?«
»Nicht mehr lange«, sagt die Frau. »Mein Mann hatte nach dem finanziellen Ruin auch noch den Eheruin auf seinem Jahresplan. Sie brauchen mich übrigens nicht zu bedauern. Heute wird gefeiert.«
Greta kreuzt das Kästchen neben »ledig« an.
Eine schmale Apothekerin trägt einen Korb über den Platz, bleibt vor Greta stehen. »Haben Sie eine kleine Spende für uns? Ist für den Glückshafen.«
Die Blonde legt ohne zu zögern ihre Sonnenbrille in den Korb. »Davon hab ich noch jede Menge«, sagt sie. »Und ich will sie alle loswerden.«
Greta blickt an sich herunter, sie trägt immer noch den veilchenblauen Overall. Nichts dabei, das sie spenden könnte.
»Wir freuen uns über alles«, sagt die Apothekerin. »Gutschein, Frauenzeitschrift, Haarspange, nicht wahr?«
Da hat Greta eine Idee. Das Bahnticket, das sie am Bahnhof Mundschuh gekauft hat und nicht nutzen würde, da zunächst die TYCHOON-Schulung bevorstand und ihre

Rückfahrt auch wirklich nicht eilte. Dieses Ticket könnte sie beisteuern, es ist noch einen Monat gültig.

Möge es dich weiterbringen, schreibt Greta auf die Rückseite, eine Botschaft an den Gewinner, die ihr gleich darauf etwas salbungsvoll erscheint. Sie hat zu viel Zeit mit Hannelore verbracht. Doch die Apothekerin wirkt ungeduldig, also schiebt sie das Ticket ins Kuvert und legt es in den Geschenkekorb.

»Irene« steht auf dem Namensschildchen der Apothekerin.

»Danke, Irene«, sagt Greta. Wenn man einen Namen kennt, dann soll man ihn auch verwenden, hat ihre Mutter immer gesagt. Irene lächelt.

Greta wendet sich wieder ihrem Formular zu. Es fühlt sich an, als hätte sie immer schon bei TYCHOON gearbeitet.

»Ich brauch nur noch Ihren Namen.«

»Rosenstein. Danielle. Mit doppel-L. Und jetzt suchen wir Jurek.«

13

Hans hat Talent, denkt Jurek. Er spricht ein grauenvolles Französisch, aber das merkt hier ohnehin niemand. Jetzt stimmt er »Dans le port d'Amsterdam« an. Jurek summt die Melodie mit. Die Franzosen haben einen angeborenen Hang zur Melodramatik. Hans rollt das »r«, und es klingt wie eine Boule-Kugel, die über den Schotter rollt.

Es riecht nach Popcorn und Bratwurst. Hinter den Tischen, auf denen sich die Vereine und Firmen präsentieren, stehen Buden, wie man sie von Weihnachtsmärkten kennt. So etwas hat Jurek in Oed noch nicht gesehen. Ältere Frauen mit Schürze und Kopftuch verkaufen Kinderspielzeug aus Holz, Hausschuhe mit Schaffell-Futter und biologische Schutzengel-Raumsprays. In jeder zweiten Hütte gibt es etwas Fettes zu essen, Lángos, gebackenen Camembert, kleine panierte Schnitzel.

Jetzt, am späten Nachmittag, sind fast nur Familien auf dem Platz. Jurek hat Pommes gekauft und schlendert durch die Menge. Er stopft sich im Gehen die lauwarmen Kartoffelstäbchen in den Mund. Sie schmecken nach nassem Schwamm.

Unter dem Windrad dreht ein Tierkarussell seine Kreise. Von den Zebras, Kamelen und Elefanten blättert die Farbe, manche Ohren und Nasen sind abgeschlagen. Die Kinder sitzen hochkonzentriert und vollkommen reglos auf den Tieren. Ein kleines Mädchen hält sich panisch am Hals eines Pferdes fest. Spaß scheinen nur die Eltern zu haben, die ihre Kinder vom Rand der beweglichen Platte aus anfeuern. Als das Karussell anhält, klettern die Kinder sofort herunter. Keines will ein zweites Mal fahren.

»Na, was sagst du dazu.« Vroni steht vor ihm und deutet mit dem Kopf zur Bühne, auf der Hans ein weiteres Chanson anstimmt. Zur Feier des Tages trägt sie einen Hosenanzug mit blinkenden Nieten. Ihre Lippen hat sie dunkel geschminkt, beinahe schwarz. Zum Fürchten.

»Er ist begabt«, sagt Jurek. »Du solltest ihn an den Zirkus verkaufen.«

Vroni lacht.

Er bietet ihr seine Pommes an. Sie wirft einen Blick in die Tüte. »Das kann man essen? Gib mir lieber eine Zigarette.«
Sie deutet auf eine kleine Erhebung auf dem Platz, eine Verwerfung im Asphalt, gerade groß genug für zwei. Dort rauchen sie und betrachten die Menschen, die an beiden Seiten der Insel vorbeiströmen.
»Keine Ahnung, woher die alle kommen«, sagt Vroni. »Manchmal habe ich das Gefühl, ich kenne niemanden mehr.«
»Wir sind die letzten Saurier«, sagt Jurek. Unter Denkmalschutz, möchte er noch anfügen, aber das lässt er bleiben. Sie könnte es als Seitenhieb auf ihre Restaurierungsbemühungen verstehen.
»Wo ist Alice?«
»Keine Zeit«, sagt er. Dass Mathilda Scharlach hat, geht Vroni nichts an.
Vroni bohrt nicht tiefer, aber Jurek merkt, dass sie ihn öfter von der Seite mustert, dass sie in seinem Gesicht forscht, wenn sie sich unbeobachtet fühlt. Er fragt sich, wonach sie sucht.
»Ich habe jemanden kennengelernt«, sagt sie plötzlich.
»Einen Mann?«
»Was sonst?«
»Man kann doch auch andere Leute kennenlernen. Eine Wurstverkäuferin. Oder einen Staubsaugervertreter, was weiß ich.«
»Wir nähern uns ganz vorsichtig an«, sagt Vroni. »Wir wollen nichts kaputtmachen. Ich fühl mich wie ein Teenager.«
Im ersten Moment denkt Jurek an Hans. Dass sie ihn

sich jetzt endgültig einverleibt hat. Der kann ja nicht flüchten. Auf jeden Fall muss es etwas Ernstes sein. Vorsicht und Geduld zählten noch nie zu Vronis herausragendsten Eigenschaften.
»Hauptsache, du bist glücklich.«
»Er wohnt in deiner Nähe.«
»Aha.«
»Ganz in der Nähe.« Das »ganz« betont sie so, als wäre damit schon alles verraten.
»Ralf? Im Ernst? Ralf?« Jurek lacht.
»Lachst du über ihn oder über mich?« Vroni ist beleidigt.
»Nein, es ist nur ...« Was soll er jetzt sagen. Am besten nichts.
Sie fixiert einen Punkt in der Ferne. »Wir sind wie Zündholz und Reibefläche«, sagt sie und breitet ihre Arme aus. »Wusch.«
»Ich hab schon verstanden«, sagt Jurek. Er überlegt. Wer wohl die Reibefläche, wer das Zündholz ist? In jedem Fall klingt es nicht danach, als ob Ralf die XL-Packung *Mann Ultra* noch benötigte.
Nach langem Kramen in ihrer Glitzertasche fördert Vroni einen Flyer zutage. »Wir feiern zwanzig Jahre *Bergruh*. Ich hoffe, du kommst.« Sie wirft den Zigarettenstummel auf den Boden und tritt ihn mit dem Absatz ihres Stiefels aus. »Danke für die Retta.« Dann geht sie.
Zwanzig Jahre. Jurek erinnert sich an die Eröffnungsfeier, bei der eine Band spielte, die *Terror and Pleasure* hieß.
Er lässt seinen Blick schweifen, entdeckt Irmi, die Frisörin, in die er mit siebzehn verknallt war. Er ließ sich jede Woche die Haare schneiden, nur um in ihr Dekolleté bli-

cken zu können. Eine unerwiderte Liebe. Niemals später war er so unglücklich und zugleich so gut frisiert. Sie ist kaum wiederzuerkennen, so wuchtig ist sie geworden, wie eine Walküre schreitet sie über den Platz.
Was macht das Alter mit uns, denkt Jurek. Es macht uns zu Karikaturen.
Weil er vermeiden möchte, dass sie ihn sieht, mischt er sich in den Besucherstrom und lässt sich bis zum TYCHOON-Stand treiben. Er und Alfred begrüßen sich seit kurzem, indem sie ihre Handflächen aneinander schlagen. Lynn ist auch da. Es gibt Erdbeersekt und von Lynn fabrizierte Erdbeerschnitten. Alle sind in Feierlaune. Alfred hat vorgeschlagen, das Haus zu übernehmen und dort die TYCHOON-Zentrale für Ostösterreich anzusiedeln. Die Nebenkosten schrecken ihn nicht, außerdem sei er in der Lage, Jurek eine angemessene Miete zu bezahlen. Sein Chef habe ihm sogar schon eine erste Prämie in Aussicht gestellt, damit werde er die Fassade fertigstellen. Jurek hat sofort zugestimmt. Er ist das Haus los, dennoch bleibt es in der Familie. Die beste aller Lösungen.
Alfreds Erfolg verblüfft ihn. Er, der nie einen Gedanken an Karriere oder Aufstieg verschwendet hat – auch weil ihm der Ort, an dem er lebte, vollkommen ungeeignet dafür schien –, erlebt nun, wie es dem Jungen gelingt, scheinbar mühelos das Dorf einzunehmen.
Jurek lässt sich in der Menge treiben. Er muss aufpassen, wohin er tritt. Viele kleine Hunde sind unterwegs. Ein Junge hat sein Eis fallen lassen. Er schreit und weigert sich beharrlich weiterzugehen. Er boxt jeden in die Wade, der in die Eislache tritt.

»Lose gefällig?«
Es ist Joe. Er sieht gut aus, findet Jurek. Er muss abgenommen haben. In seiner Armbeuge hängt ein Weidenkorb.
»Genauso habe ich mir eine Glücksfee vorgestellt«, sagt Jurek. Und dann erinnert er sich an ihr letztes Telefonat, an seine harten Worte. »Tut mir leid«. Seine Hand auf Joes Schulter. »Ich hab's nicht so gemeint. Ich war enttäuscht.«
»Von mir?«
»Von allen anderen. Ich besorge dir so viele Streifen, wie du willst. Gleich morgen.«
»Besorg dir lieber ein gutes Gewissen«, sagt Joe und reicht Jurek einen Flyer.
DIE ERLÖSE DES GLÜCKSHAFENS KOMMEN ZUR GÄNZE DEM VEREIN »ZUCKERSCHLECKEN« ZUGUTE.
Jurek kauft fünf Lose.
»Morgen kommt Mary«, sagt Joe. »Leider konnte sie heute nicht weg. Hatte etwas zu erledigen.«
Jurek klopft ihm auf die Schulter. »Du bist ein Held«, sagt er. »Du bringst sie zurück.« Er möchte verschwenderisch sein, hat Lust, im großen Stil Komplimente zu verteilen. Alle sollen sich gut fühlen dürfen.
»Habe ich dir schon meine Tochter vorgestellt? Einen Schwiegersohn habe ich auch schon, toller Typ, verkauft Premium-Versicherungen, das wär doch was für dich. Alfred, kommst du mal?«
Sobald Alfred sich mit seiner Lastwagenplanentasche durch die Menge gearbeitet und Joe in ein Gespräch verwickelt hat, nutzt Jurek die Gelegenheit, um abzuhauen.

Er öffnet das erste Los. Niete. Zweites Los: Nummer. Drittes Los: Nummer. Und noch zwei Nieten. Wie im richtigen Leben, denkt er.

In der Nähe des TYCHOON-Stands erspäht er Greta, mit Danielle Rosenstein ins Gespräch vertieft. Woher kennen sich die? Vroni hat zu erzählen gewusst, dass Greta wohl doch noch ein wenig länger in Oed bleibe. So muss er sie nicht noch einmal zum Bahnhof fahren.

Am Montag muss er seinen Wagen in die Werkstatt bringen, um die Kerbe in der Heckscheibe ausbessern zu lassen. Alfred hat ihm versprochen, dass TYCHOON sich darum kümmern wird. Wie das gehen soll, er habe doch noch keinen Vertrag unterschrieben, hat Jurek gefragt. Er solle sich mal keine Sorgen machen, hat Alfred erwidert, Vor- und Rückdatierungen seien im Preis inbegriffen, er habe das doch auch für diese Wienerin erledigt, für diese Kaminsky. Jurek hat abgewunken, das komme ihm alles spanisch vor, hat er gesagt, Alfred werde sich mit dem Gedanken anfreunden müssen, dass sie keine Geschäftspartner würden. Schwiegersohn und Schwiegervater, damit habe man doch schon genug zu tun.

Beim Glückshafen tauscht Jurek seine Lose gegen zwei Kuverts ein.

Die Blasmusik Mundschuh spielt einen Tusch. Und dann tritt ein Mädchen im Ballett-Trikot vor, kaum älter als zwölf, in der Hand einen Blumenstrauß. Sie steht vor dem Windrad wie angenagelt und hält den Strauß hoch in den Himmel. Eine Miniatur-Freiheitsstatur, umzingelt von einer Horde Oeder Hobbyfotografen.

Der Bürgermeister tritt auf die Bühne, sein Adjutant

reicht ihm das Mikrofon. »Heute ist ein glücklicher Tag«, sagt er. »Für Oed, für die Zukunft der Gemeinde. Für uns alle. Ich bin stolz auf euch, liebe Oederinnen und Oeder, die ihr mit uns gemeinsam den Weg in ein neues Zeitalter geht. Natürlich müssen auch wir sparen, doch wir sparen am rechten Fleck und lassen uns die Butter nicht vom Brot nehmen!«
Vereinzelt brandet Applaus auf.
»Unser neues Wahrzeichen, konzipiert von einem international erfolgreichen Künstler« – hier macht er eine Pause, um seinen Worten die notwendige Bedeutungsschwere zu verleihen –, »ist ein Zeichen für den Innovationsgeist, der diese Gemeinde in der Vergangenheit geprägt hat und der sie ganz nach oben bringen wird. Jawohl, ganz nach oben!« Er stößt mit seiner Faust in die Luft. Dann tupft er sich mit einem Stofftaschentuch den Schweiß von der Stirn. »Heute Abend sagen wir unserem Windrad Lebewohl. Es hat seine Aufgabe erledigt, nun ist Zeit für etwas Neues. Wir danken noch einmal unseren lieben amerikanischen Freunden, die das Windrad aufgebaut haben, wir danken dem Herrn Sebastian, der sich in den letzten Jahrzehnten um das Windrad gekümmert hat wie um einen Sohn. Und wir danken nicht zuletzt meiner lieben Frau, der Margot, auf deren Mist – verzeih mir, mein Augenstern – die Idee für dieses Fest gewachsen ist. Heute kann ich es Ihnen ja verraten: Ich wollte das Windrad abreißen lassen. Margot aber meinte: Schenken wir ihm doch noch einen hellen, warmen Moment, einen Augenblick, in dem alle zu ihm hochblicken und staunen. Das sind wir unserem Windrad schuldig. Einen glühenden Abschied. Deshalb freut es mich, dass

Tamara« – er nickt dem Mädchen im Tutu zu, das sich zu den Zuschauern dreht und artig einen Knicks macht – »das Windrad jetzt anzünden wird. Es kann losgehen.«
Der Bürgermeister tritt unter schütterem Applaus von der Bühne.
»Adieu«, sagt Jurek.
Abschiede sind auch etwas für Franzosen.
Das Mädchen verstreicht Brennpaste auf einem der vier Beine des Windrads. Ihre langen blonden Haare sind zu einem Pferdeschwanz zurückgebunden, ihr Mund reicht von einem Ohr bis zum anderen. Zu viele Zähne. Jurek bildet sich ein, dass sie ihn anlächelt. Er hätte seiner Tochter in diesem Alter niemals erlaubt, mit Brennpaste zu hantieren.
Der Windradwärter schlägt mit seinem Stock eine Schneise durch die Menge. »Auf die Seite, auf die Seite!« Margot, die Bürgermeistergattin, habe »Feuer geholt«, sagt einer. Jurek fragt sich, woher. Aus Olympia?
Und dann stolziert sie auch schon durch die Schneise und an ihm vorbei, eine unscheinbare Endfünfzigerin im Pepita-Kostüm mit blauer Dauerwelle und strengem Blick. Sie hat in ihren späten Vierzigern zu malen begonnen, Obst-Stillleben, Landschaften mit und ohne Nebel, und Oeds ersten Kunstverein gegründet, dessen einziges Mitglied sie nach wie vor ist. Sie trägt die Fackel in der Rechten wie etwas, das sie möglichst rasch loswerden möchte. Ihr linker Arm ist angewinkelt, in der Armbeuge hängt eine Handtasche aus Kroko-Imitat.
Frau Margot reicht Tamara die Fackel.
Tamara hält die Fackel an das hölzerne Bein des Windrads. Doch Flammen und Holz scheinen nicht kom-

munizieren zu wollen. Tamara blickt verzweifelt hoch. Der Bürgermeister nimmt dem Mädchen die Fackel aus der Hand und versucht es an einer anderen Stelle des Stammes.
Unangenehme Stille.
»Wird's bald!«, schreit die Wasserfaller plötzlich mit einer erstaunlich durchdringenden Stimme. »Brenn' endlich!«
Die Umstehenden lachen, einige klatschen.
»Brenn-en, brenn-en, brenn-en!« Die Rufe schwellen zu einem Chor an. Sie feuern das Feuer an. Lynn und Alfred schwenken TYCHOON-Prospekte.
Morgen wird alles vorbei sei, denkt Jurek, der Schutt abtransportiert, der Boden gefegt, die Oeder waren schon immer vorbildlich, wenn es darum geht, Spuren zu beseitigen.

Es ist kurz vor zehn, als Jurek Alice anruft.
»Wie geht es der Kleinen?«
»Sie will nicht schlafen«, sagt Alice. »Ich bin schon so schlapp. Und bei euch?«
»Das Windrad will nicht brennen«, sagt er. »Es wehrt sich.«
Er hört sie lachen. »Typisch«, sagt sie. »Wir Oeder sind widerspenstig.«
»Ich habe etwas für dich gewonnen«, sagt Jurek. »Hör genau zu.« Er öffnet ein Kuvert, zieht ein Billet heraus. »Freuen Sie sich auf eine exklusive Produktpräsentation: Wir führen Ihnen zu Hause unseren neuen Fensterputzroboter Otto vor!«
Jurek liebt es, wenn sie lacht.

»Und jetzt?«, fragt sie.
»Brennt immer noch nicht. Hörst du sie schreien?«
Er hält das Telefon hoch über den Kopf.
»Der Bürgermeister bringt einen Kanister«, sagt Jurek.
»Dürfte Benzin sein. Mit der Brennpaste stimmte etwas nicht. Warte. Ja. Er schüttet Benzin auf das Holz.«
»Um Gottes Willen«, sagt Alice. »Bring dich in Sicherheit.«
Jurek hatte seinen zweiten Gewinn noch nicht begutachtet. Er klemmt das Handy zwischen Schulter und Ohr, säbelt mit dem Zeigefinger das Kuvert auf.
»Und jetzt?«
»Jetzt kommt der Feuerwehrkommandant.«
Zwischen dem Feuerwehrkommandanten und dem Bürgermeister entbrennt ein Streit. Das Mädchen im Tutu tanzt. Der Himmel bläht sich über dem Windplatz wie ein schwarzes Segel.
Jurek entdeckt Greta in Begleitung von Danielle Rosenstein. Greta hat sich bei Danielle untergehakt, offenbar ist sie wieder auf dem Damm. Beide lachen laut, Danielle schüttelt ihre Mähne. Sie steuern auf ihn zu. Keine gute Idee. Er muss hier weg.
»Warte einen Moment«, sagt er und hastet zum Häuschen des Windradwärters. Hier ist er abgeschnitten vom Trubel.
»Was ist los?«, fragt Alice. Jetzt ist ihre Stimme wieder warm und nah.
»Ich bin geflüchtet«, sagt Jurek.
Er öffnet das zweite Kuvert.
Ein Bahn-Ticket. EUROPA SPEZIAL. Gültig für eine Person in eine beliebige europäische Hauptstadt.

Na sowas, denkt Jurek. Was soll ich denn damit anfangen? Das ist doch ein Witz. Er fährt mit dem Auto, er ist Autofahrer, von einem Fremden lässt er sich nicht chauffieren, schon gar nicht von einem Lokführer.
Und einen Augenblick später denkt er: warum nicht.
Einmal noch vor dem Umzug raus aus OTG. Irgendwohin, wo ihn niemand kennt. In eine Großstadt. Paris, Rom, Amsterdam. Durchatmen. Ja, Paris. Alice fragen, ob sie mitkommt. Sich von einem Taxi herumkutschieren lassen wie ein Tourist, in das weiche Leder sinken, dabei Alices Hand halten. Gemeinsam aus dem Fenster sehen.
Möge es dich weiterbringen. Was auch immer das heißen soll.
»Und jetzt?«, fragt Alice. »Was passiert jetzt?«
Der Bürgermeister redet auf den Feuerwehrkommandanten ein. Sie werden handgreiflich. Einer der Männer geht zu Boden, Jurek kann nicht sehen, wer es ist. Eine Frau schreit. Erhobene Arme. Er hört die heisere Stimme des Windplatzwärters.
Ein Polizist kämpft sich durch die Menge. Der Wind fährt in das TYCHOON-Plakat, das über die gesamte Breite des Platzes gespannt ist. IHR GLÜCK IST UNSER JOB.
Und mit einem Mal hört Jurek ein Brausen, und als er den Kopf hebt, stehen die hölzernen Beine des Windrads in Flammen und leuchten hinauf in den Oeder Himmel.
Die Kapelle spielt einen Tusch.
Es sieht so aus, als hätte die Bude, die neben dem Windrad steht, Feuer gefangen. Ein Mann stürzt mit einem weinenden Kind in den Armen in die Dunkelheit. Der Bürgermeister spricht ins Mikrofon, doch die Anlage

scheint nicht mehr zu funktionieren. Die Sirene der Feuerwehr wird lauter und erstirbt.
»Und jetzt? Jurek, was ist da los? Was ist das für ein Lärm?«
»Es ist alles in bester Ordnung«, sagt Jurek.
Er zündet sich eine Zigarette an. Der Wind trägt einen Schwall warmer Luft zu ihm herüber. Das Feuer hat an Kraft gewonnen und züngelt sich den hölzernen Gittermast empor. Asche liegt in der Luft.
Und dann. Mit einem Mal.
»Es ... dreht sich, Alice«, sagt er. »Ich glaub's nicht ... die Flügel ... das Feuer bewegt die Flügel!«
Jurek lacht. Er öffnet seine Arme, die Zigarette in der Rechten, das Handy in der Linken. Er kann den Blick nicht vom Windrad lösen, und dann beginnt auch er sich zu drehen, zuerst langsam, ungelenk, wie ein verrosteter Kreisel, dann schneller, sicherer. Ein warmer Schein beleuchtet die zertrampelte Wiese unter seinen Füßen, der Boden schwankt, die Spitze der Zigarette glüht. Er dreht sich schneller, zu einem Rhythmus, den nur er hören kann, und es ist ihm egal, vollkommen egal, ob ihm jemand dabei zusieht, er dreht sich weiter und weiter und weiter, während in seiner Brust die Worte wiederhallen, die einzigen Worte, die von Bedeutung sind: Es ist alles in bester Ordnung, alles so, wie es sein muss.

Die Autorin dankt dem Bundeskanzleramt Österreich Kunst/Kultur
für die Unterstützung der Arbeit an diesem Roman.

FSC
www.fsc.org
MIX
Papier aus verantwortungsvollen Quellen
FSC® C083411

ISBN 978-3-351-05017-7

Blumenbar ist eine Marke der Aufbau Verlag GmbH & Co. KG

1. Auflage 2015

Umschlaggestaltung Tim Jockel
Gesetzt aus der FF Scala bei Greiner & Reichel, Köln
Druck und Binden CPI – Clausen & Bosse, Leck
Printed in Germany

www.blumenbar.de
www.aufbau-verlag.de

CLUBBING | LESU
GESPRÄCH | LIVE-
KLUSIVE TEXTE |
STATT | PARTYS |
TRAILER | **SEHEN**
REZENSIONEN | IN
PARTNERBUCHHA